Arthur Schnitzler, geboren am 15. 5. 1862 in Wien, ist am 21. 10. 1931 ebendort gestorben.

»Als Erzähler behaupte ich mich besser wie als Dramatiker«, notierte Arthur Schnitzler 1911 in seinem Tagebuch. Seine immer wieder gerühmte psychologische Tiefe zeigt sich insbesondere an seinen »Frauengeschichten«, deren Modernität noch heute erstaunt. Krankheit wird Schnitzler zur Metapher für den gesellschaftlichen Verfall der Jahrhundertwende; die traditionellen Geschlechterverhältnisse lassen keinen Raum für Emanzipation oder weibliche Selbstverwirklichung. Dem praktizierenden Mediziner Schnitzler gelingt die Offenlegung der sozialen Dimensionen psychischer und physischer Erkrankungen. Er zeigt seine Protagonisten in einem, wie er es selbst formuliert, »Grenzzustand, einem Kampf«, in dem sie notwendig unterliegen müssen.

insel taschenbuch 2804

Arthur Schnitzler

Frauengeschichten

ARTHUR SCHNITZLER
FRAUENGESCHICHTEN

Herausgegeben
und mit einem Nachwort versehen
von Hansgeorg Schmidt-Bergmann

Insel Verlag

insel taschenbuch 2804
Erste Auflage 2002

Hinweise zu dieser Ausgabe am Schluß des Bandes
Vertrieb durch den Suhrkamp Taschenbuch Verlag
Umschlag nach Entwürfen von Willy Fleckhaus
Satz: Hümmer GmbH, Waldbüttelbrunn
Druck: Nomos Verlagsgesellschaft, Baden-Baden
Printed in Germany

1 2 3 4 5 6 – 07 06 05 04 03 02

INHALT

DIE BRAUT

Studie

Auf einem Maskenball lernte ich sie kennen, nach Mitternacht. Ihre klugen und ruhigen Augen hatten mir gefallen und das dunkelblaue Kleid, das sie trug. Sie war nicht maskiert und machte durchaus kein Hehl aus ihrer wahren Person. Sie gehörte zur Kategorie der aufrichtigen Dirnen und hatte selbst in dem Maskentrubel, der alle Frauen so sehr dazu reizt, durchaus kein Bedürfnis, Komödie zu spielen. Das erfrischte mich, da ich mich von all den trivialen Faschingslügen, die mich umschwirrten, recht ermüdet und angewidert fühlte.

Sie war ungewöhnlich intelligent, man hörte es ihren Reden und sah es ihren Bewegungen an, daß sie aus besseren Kreisen herkam. Bei ihr lag die Frage besonders nahe, die man so oft an Weiber ihrer Art stellt, um schließlich immer dieselbe abgedroschene Geschichte zu hören, wie es denn eigentlich dahin mit ihnen gekommen. Von dieser aber mit den klugen Augen vermutete ich etwas anderes zu vernehmen, und darum blieb ich mit ihr zusammen.

Es ging gegen den Morgen zu, als wir, vom Champagner ein wenig angeduselt, einen Wagen nahmen und in den Prater fuhren. Es war im März, eine merkwürdig linde Nacht. Momente lang hatte ich das Gefühl, als wenn da ein Wesen an meiner Seite lehnte, das ich schon lange, lange kannte und sehr lieb hätte. Mir war sehr wohl neben ihr, und geraume Zeit sprachen wir gar nichts. Ich konnte mich nicht entschließen, sie schlechthin als das Weib zu nehmen, das den Abschluß einer lustigen Nacht bedeutet, ich wollte sie kennenlernen. Von ihrem Leben wollte ich wissen, von ihrer

Jugend, von den Männern, die sie geliebt, bevor sie sich entschloß, alle zu lieben, die sie wollten.

Hier gab es ein Schicksal zu entdecken, und endlich, wie wir schon weit unten im Prater waren, nach langem Schweigen, fragte ich sie. Sie ließ sich nicht lange um eine Antwort bitten. Freilich hab' ich nun die Worte, mit denen sie mir schlicht und bereitwillig ihr Bekenntnis ablegte, vergessen, aber die Geschichte selbst steht mir eigentlich klarer vor Augen als in der Stunde, da ich sie vernahm. Übergänge haben sich für mich gefunden, Lücken, welche sie im Erzählen ließ, habe ich unbewußt im Bedenken, im Erinnern ausgefüllt.

Sie war aus einer guten Familie, aus einer sehr geachteten und bekannten, behauptete sie sogar, und man hatte sie zu Hause streng erzogen. Aber ihre Sinne erwachten früh und in heftigem Verlangen. In den einsamen Nächten ihrer frühreifen Mädchenzeit hatte sie viele Qualen zu überstehen, und ein seltsamer Vorsatz bildete sich in ihr, aus unklaren Wünschen zu immer festerer Gestaltung. Sie wollte warten, bis sich der Gatte gefunden, denn das mußte sie wohl, dann aber, wenn die Gefahr vorüber, wollte sie sich freimütig den ursprünglichen und wilden Trieben ihrer Natur, wollte sich jedem hinschleudern, der ihr gefiel ... Männerschönheit und Männerstärke genießen, wo sie sich bot.

Mit siebzehn Jahren verlobte sie sich, und nun kam in ihrem Leben eine kurze Zeit, über die sie sich in fast sentimentalen Worten ausließ. Da fand ich jene merkwürdige Stelle in ihrem Herzen, die man auch in den verworfensten entdeckt – das Heimweh nach der Unschuld. Denn es gibt ja auch ein Heimweh für die Heimatlosen, und vielleicht empfinden die es am schmerzlichsten von allen. Daß man eine Heimat überhaupt hat, ist schon ein wenig Trost, der aber fehlt den andern.

Nun aber geschah etwas Seltsames. Sie begann den Bräutigam, der ihr anfangs nur Mittel zum Zwecke bedeutet hatte, ernstlich zu lieben. Anfangs wollte sie sich's selbst nicht glauben; aber sie mußte es endlich, denn wie anders war es zu erklären, daß sie sich plötzlich ihrer früheren Vorsätze zu schämen anfing – so heftig und schmerzlich, wie vielleicht keine Sünderin der Tat sich der Vergangenheit zu schämen vermag –, daß sie bereute? Sie wollte ihm eine brave Gattin werden, treu und ergeben. Sie wurde ruhiger. Ihre Empfindungen bekamen einen eigentümlichen Hauch von Frieden und Keuschheit, und sie liebte ihn tief. Ein paar Monate, oder waren es nur Wochen, ich weiß es nicht mehr – dauerte dieser Zustand an. Der Tag der Hochzeit rückte näher. Da regte sich allmählich wieder die alte Raserei in ihr. Vielleicht lag da ein besonderer Grund vor, über den sie sich selbst nicht klar war, vielleicht war es nur der natürliche Gang, und die kurze Periode der Beruhigung nahm ihr Ende, weil das eben in dem Temperament des Mädchens lag. Es kam in einer entsetzlichen Weise über sie. Zehnmal war sie daran – nicht sich ihrem Verlobten hinzugeben – nein ... ihn zu nehmen, selbst zu nehmen, mit sich zu ziehen in das dunkle Zimmer neben dem Salon – oder dorthin in die Nische – oder dort ... Aber die Umstände fügten es nicht, sie war nie allein mit ihm. Vielleicht auch verließ sie der Mut, wenn die Gelegenheit kam, und bald begann sie auch wieder zu merken, wie ihre Glut ins Allgemeine ging, wie er eigentlich nicht mehr der Geliebte war. Ja, sie wollte ihn – freilich – aber auch den – und jenen – und jenen – und alle. Sie fühlte, daß es unabänderlich vorbei war mit ihrer einen, ach, mit ihrer Liebe überhaupt. Es war wieder Trieb geworden, wütender, durstiger Trieb, der den Mann wollte, einfach den Mann, nicht ihn, den einen! Etwas war dennoch von ihrer tiefen Neigung zurückgeblieben: sie war dem Mann, der sie unendlich Hohes hatte empfinden lassen, der sie aus der Dumpfheit fiebernden Verlangens für einige Zeit zur schönen Heiterkeit der Liebe hinaufgehoben hatte, diesem Mann war sie etwas schuldig geworden. Wahrheit! ... Es wühlte in ihr, es ließ sie nicht ruhn. Sie mußte sich ihm entdecken. Sie wußte, was es für ein Ende nehmen mußte. Darum wünschte sie ihn von Schmach und Gram frei zu erhalten. Sie war nicht geschaffen zum braven Weib, aber sie wollte auch nicht das seine werden, den sie vielleicht schon nach der ersten Nacht hätte betrügen müssen – und der sie dann – das schwebte ihr wohl auch dunkel vor – am nächsten Tage davongejagt hätte. Der Gedanke, daß er ihr am Ende genügen, daß mit seinem Besitz ihr Wahnsinn gemildert, gestillt sein könnte, war ihr zu einer kindischen Erinnerung geworden, aber gestehen wollte sie's ihm, ihm sagen: Ich bin nicht geschaffen, deine brave Hausfrau zu werden, laß mich frei.

Die Zeit rückte vor. Die ruhigen und festen Grenzen ihrer Liebe zu dem einen verwischten sich mehr und mehr und flossen auseinander zu den zitternden Linien einer schmerzlichen, ungestillten, kaum mehr zu zügelnden Sehnsucht nach dem Manne.

Und eines Abends – sie schilderte mir die Stimmung jenes Abends mit frappierender Kraft, wie sie nur das sichere Bewußtsein von der Bedeutsamkeit eines Erlebnisses besitzt –, eines Abends, im Hause ihrer Eltern, im Salon, der in das Halbdunkel von matten, farbigen Lampen getaucht war, während sie mit ihm an dem offenen Fenster stand, das auf eine reiche und helle Straße hinausführte, da gestand sie's ihm ein. Alles. Die brennenden Wünsche ihrer kaum erwachten Jugend, die kurze Zeit ihrer stillen erwachenden Glückseligkeit und endlich das rasche Untergehen dieses Traumes. Er war wie erstarrt. Nie hatte er Ähnliches in dem braven Mädchen aus gutem Hause vermutet, das er mit der freudigen Zustimmung seiner Eltern zur Frau nehmen wollte und in dem er wahrscheinlich auch das zu finden hoffte, was wir ja alle von unserem künftigen Weibe erwarten: den wundersamen, heiligen, tugendhaften Kontrast zu der tollen Leidenschaftlichkeit unserer Jugendliebeleien ... Er versuchte ihr zu widersprechen. Er wollte ihr klarmachen, daß sie sich über sich selber täusche, daß sie ein natürliches und im Grunde schönes Verlangen heruntersetze und entweihe, weil sie sich in ihrer stolzen Jungfräulichkeit desselben schäme. Es war vergebens. Je eindringlicher er sie über ihren Zustand beruhigen wollte, mit um so heftigeren und deutlicheren und frecheren Worten ließ sie ihn in das Zittern und Glühen ihrer tiefsten Seele schauen. Und sie erklärte ihm, daß sie ihr Wort zurücknehme, ihm das seine zurückgebe. Sie flehte ihn an, daß er sie ihrem Schicksal überlassen und in dieses Haus nicht mehr wiederkehren sollte. Was ihr eigenes Los anbelangt, so stand ihr Plan fest. Morgen noch, vielleicht heute nacht auf und davon, mit einem Male verschwunden aus dem Kreise der Ihren, weg von allen diesen Menschen, die ruhig und zufrieden und gesund waren und zu denen sie nicht gehörte, fort von hier und toll hinausgejubelt in ein Leben ungezügelter Lust, für das sie nun einmal bestimmt war, in das sie hineinmußte, wenn sie nicht verrückt werden, wenn sie nicht zugrunde gehen sollte.

Wie er, der Bräutigam, sie so reden hörte, mußte sie ihm wohl von wilderer und flammenderer Schönheit erschienen sein als je. Und der klagende Ausdruck seiner Augen wandelte sich allmählich in den Glanz bebenden Begehrens, das heftiger und heftiger daraus hervorbrach.

Er stand dicht neben ihr, und eben noch bittend, beschwörend, hatte er ihre beiden Hände gefaßt – und noch klangen ihr seine gramvollen Worte ins Ohr: sie mißverstehe sich selbst, und er verzeihe ihr alles, und sie solle nur bei ihm bleiben; da mit einem Male wurde der Druck seiner Hände fester, heißer, und das Zittern der Verzweiflung in seiner Stimme ward zum Zittern des Verlangens, und seine Worte klangen anders mit einem Male, ganz anders, bis es ihr endlich frech, schrill, brutal an ihr Ohr klang, das er mit seinen Lippen berührte: wenn es schon sein muß, wenn du schon fort willst, wenn du schon die brave Hausfrau nicht sein kannst, wenn du allen gehören willst, die dich wollen, so gehöre doch zuerst mir, der dich will wie kein anderer, mir, den du geliebt hast, mir ... mir ... mir ..., der dich anbetet.

Da aber fuhr sie zurück, und mit Ekel stieß sie ihn fort und entriß ihm ihre Hände.

Er begriff anfangs nicht, versuchte noch ungeschickt und flehend ihr klarzumachen, daß es ja nun das Gescheiteste wäre, was sie tun könnte. Ihr aber war dieser Mann, den sie so sehr geliebt hatte, mit einem Male der einzige geworden, den sie nicht mehr lieben konnte, den sie haßte, der sie anwiderte. Der Hauch, der von seinem Munde kam, die trokkenen heißen Hände, das weit offene starre Auge, seine Stimme, die etwas Klirrendes und Weinendes hatte, all das ward ihr innerhalb eines Augenblickes so unsagbar unerträglich, daß sie von ihm fort mußte, rasch, zu einem anderen, zu dem anderen, zu irgendwem, der ein Mann und nicht er war. Und noch in derselben Nacht verließ sie das Haus ihrer Eltern, in derselben Nacht irrte sie durch die schwülen Straßen der Stadt, in derselben Nacht noch trug sie sich irgendeinem auf der Straße an, der eben vor ihr her spazierte und dessen Gang leicht und vergnügt war und den sie früher nie gesehen hatte. Und der nahm sie und jagte sie wieder fort, und das war ihr erster Liebhaber!

Sie schwieg, nachdem sie mir das gesagt, ohne daß sie Näheres über diesen Mann mitgeteilt hätte. Ich war neugierig geworden und wollte mehr wissen. Wer er war, ob sie ihn geliebt, ob sie ihm nachgeweint, was sie empfunden, als er sie nahm, und wie ihr war, als sie das erste Mal verlassen wurde. Da aber sah sie mich mit großen Augen an. Und dann, als wäre das etwas ganz Selbstverständliches, in einem Tone der Bestimmtheit, der mir jetzt noch im Ohr klingt, sagte sie: »Das ist ja vollkommen gleichgültig.« Ich verstand sie nicht gleich, aber wie ich sie nun eine Weile anschaute, dieses Antlitz mit dem ruhigen Ausdruck der Glücklichen, welche ihren wahren Beruf gefunden, unbekümmert um die Meinung der anderen, da fiel es mit einem Mal hell in meine Seele, und ich konnte begreifen, was sie gemeint. Ja, es war gleichgültig, wer jener Mann gewesen, mit dem sie die erste Nacht durchlebt, gleichgültig, wer nach ihm gekommen, und gleichgültig war es auch, ob ich oder ein anderer da neben ihr im Wagen lehnte. Nicht weil sie das war, was wir so leichthin eine Verworfene nennen. Denn haben wir's nicht alle an den Frauen, von denen wir wahrhaftig geliebt wurden, schaudernd und in stummer Verzweiflung hundertmal erlebt, wie wir im Moment der Erfüllung für sie verlorengingen, wir, mit der ganzen Majestät unseres Ich, und wie unsere gleichgültige Persönlichkeit nur mehr das allmächtige Gesetz bedeutete, zu dessen zufälligen Vertretern wir bestellt waren.

Und wenn sie aus ihrem höchsten Rausch langsam erwachen, sehen wir nicht, wie sie mit einem unheimlichen Staunen uns ansehen, nein, wie sie uns wiedersehen, um sich an uns zu erinnern, weil wir gerade in dem Momente ihrer herrlichsten Entzückung mit allen unsern höchst eigenen Eigenschaften, mit unserem Geist und unserer Schönheit, mit all den Tugenden und all den Lastern, womit wir sie gewannen, so unbeschreiblich überflüssig geworden sind, gegenüber dem ewigen Prinzip, das in der Maske eines Individuums erscheinen muß, um walten zu dürfen: denn der kurze und bewußtlose Augenblick, in welchem die Natur ihren Zweck durchzusetzen weiß, braucht nur den Mann und das Weib, und wenn wir auch sein Vorher und Nachher so erfindungsreich von den tausend Lichtern unserer Individualität umtanzen lassen – sie löschen doch alle aus, wenn uns die dumpfe Nacht der Erfüllung umfängt.

KOMÖDIANTINNEN

Helene

Er ging in seinem Zimmer auf und ab … in dem kleinen Zimmer mit einem Fenster, durch das nicht viel Licht hereinkonnte, weil die dunkelgrünen Vorhänge zu beiden Seiten herunterwallten. Und nun war die Dämmerung da; das Zimmer lag fast im Dunkel, nur der gelbliche Plato-Kopf auf dem Ofen glänzte ein wenig und die weißen Wachskerzen, die auf dem Klavier standen. Er dachte darüber nach, ob er alle die Empfindungen, die jetzt in ihm waren, einfach Glück nennen durfte. Nein, Glück nicht. Es war zu viel Sehnsucht in ihnen und zu viel Ungewißheit. Aber jene Stunde gestern, das war doch wohl Glück gewesen. Wenn er diesen einzigen langen Kuß, auf den dann kein Wort mehr gefolgt war, mit dem sie ihn allein zurückgelassen hatte, als wäre jeder Laut Entweihung, wenn er den mit irgend was vergleichen wollte, so mußte er an eine Zeit zurückdenken, wo er fast noch ein Knabe war; an stille Spaziergänge mit einem blonden Mädel auf einsamem Waldweg und an das Ausruhen auf den Bänken, wo er ihr dann die Wangen und die Haare streichelte … Ja, etwas Keusches und Süßes war das gewesen, und alle Glut, die in ihrem Geständnis lag, und alle Leidenschaft, mit der sie ihn zum Abschied an sich gedrückt, und selbst der dumpfe Rausch, in dem sie ihn zurückgelassen – in alledem war etwas, was ihn an jene Stimmung der ersten Liebe erinnerte mit ihren zitternden Wünschen, die keine Erfüllung kennen.

Und dabei in dem letzten »morgen«, das von ihren Lippen gehaucht kam, wie sie schon in der Tür stand, war doch so viel ängstliche Abwehr gewesen und ein so willenloses

Versprechen. Daß sie heute kommen würde, wußte er. Es lag keine lange Zeit vor ihnen, in wenigen Tagen mußte sie ja weg, nach Deutschland, an ein kleines Hoftheater, wo sie ihre künstlerische Laufbahn beginnen sollte. Und er suchte in seinem Innern nach dem tiefen Schmerz, den das eigentlich in ihm hätte erregen müssen, aber er fand keinen. Vielleicht war das eben das Schöne, daß die ganze Geschichte sich nicht so ins Ferne und Angstvolle verlor, sondern daß das Ende klar und bestimmt vor ihm lag. Daß sie ihn so lange warten ließ, war ihm fast angenehm, sie mußte kommen, wenn es ganz dunkel geworden war und die Kerzen dort am Klavier brannten. Er zündete sie an, er ließ die Rouleaux herunter und entfernte auch die stählerne Kette, durch welche die grünen Vorhänge zusammengehalten waren. Nun rauschten sie in schweren Falten auseinander. Da öffnete sich die Tür. In einem glatten, dunklen Kleid stand sie da und sagte mit ihrer ruhigen Stimme: »Guten Abend.«

Er trat ihr entgegen, lächelnd, ohne die Erregung zu verspüren, die er selbst erwartet hatte. Er war nur sehr zufrieden. Sie reichte ihm die Hand und trat ein, dann strich sie den blaßroten Schleier zurück und nahm aus dem hellen, flachen Strohhut die lange Nadel, die mitten durch ihre hohe Frisur gesteckt war. Schleier, Hut und Nadel legte sie aufs Klavier. Es kam nur ein mattes Licht von den Kerzen, das aber doch in allen Ecken schimmerte. Sie setzte sich auf den runden Sessel vor dem Klavier und stützte den einen Arm auf den Deckel, während sie die andere Hand über die Augen legte.

Er stand vor ihr. Es war unmöglich, jetzt etwas zu sagen. Sie nahm plötzlich die Hand von den Augen und wandte den Kopf nach aufwärts, so daß sie einander voll ansahen. Sie lächelten beide. Er beugte sich ein wenig zu ihr nieder. Wie er aber die Lippen ihren Augen näherte, wehrte sie ab und sagte: »Nein.« Da sank er vor ihr nieder, nahm ihre Hände und küßte sie ... Mit einem Male stand sie auf, so rasch, daß er ihr kaum folgen konnte. Sie trat zum Fenster hin, zwischen die Vorhänge und ließ ihre Finger mit den Falten spielen. »Nun möchte ich doch wieder Ihre Stimme hören«, sagte sie.

»Was soll ich Ihnen jetzt sagen?« erwiderte er.

»Es ist nicht gut, Richard, wenn Sie nicht reden ... Ich bitte Sie, erzählen Sie mir doch ... Was haben Sie heute den ganzen Tag gemacht? Wo sind Sie gestern abend noch gewesen? Haben Sie an mich gedacht?«

»Ob ich an Sie gedacht habe?« rief er aus. »Hätt' ich was anderes ...«, und er hielt inne. Er hatte eine Scheu vor den Worten, die alle sagen und die man allen sagt. Es war ganz gut, daß sie ihn nach dem gestrigen Abend und nach dem Tag gefragt. Er fing an ihr zu erzählen, wie er gestern noch allein da in dem Fauteuil vor dem Schreibtisch gesessen, und wie er endlich, spät, seine Wohnung verlassen und durch die Straßen spaziert sei, in denen der Dunst des schwülen Augustabends lag.

»Ich bin auch in die Gasse gekommen, in der Sie wohnen, aber die Fenster waren dunkel. Es war freilich schon spät, elf oder zwölf. Ich mußte dorthin. Ja, nach der Luft, in der Sie atmen, Helene, habe ich mich gesehnt, und denken Sie, sogar die unheimlich heimliche Idee hat nicht gefehlt, daß Sie fühlen müssen, wenn ich in Ihrer Nähe bin, und daß es Sie glücklich macht.«

»Daß es mich glücklich macht«, wiederholte sie halblaut und kühl.

Er war näher zu ihr getreten.

»Warum sollte es mich glücklich machen, ich liebe Sie nicht, Richard«, sagte sie plötzlich ganz schroff.

Er hielt betroffen ein.

Sie schüttelte einige Male ganz ruhig den Kopf. »Ich liebe Sie nicht, durchaus nicht.«

Er schaute ihr ins Gesicht. »Und gestern abend?«

»Ich habe Sie auch gestern nicht geliebt. Ich habe einfach ein wenig Komödie gespielt.«

Richard lachte.

»Ich muß Sie vielleicht um Verzeihung bitten, lieber Freund, aber gerade Sie sind der Mann, der mich begreifen wird.«

Richard trat zuerst einen Schritt auf sie zu, dann entfernte er sich und ging hin und her. Dann setzte er sich vor den Schreibtisch hin und stützte die Hand darauf.

»Wollen Sie nicht lieber, daß ich jetzt gehe?« fragte Helene.

»Ich möchte doch Ihre Aufklärung hören«, erwiderte Richard, ohne sie anzusehen. »Warum diese Komödie, nur aus Liebe zum Komödienspielen?«

»Gewissermaßen«, entgegnete Helene ruhig.

»So?«

»Nicht wahr, Sie verstehen mich. Ich wollte wissen, ob es mir gelingen kann, etwas glaubwürdig darzustellen, wovon ich gar nichts empfinde. Ich wollte ...«

Richard unterbrach sie. »Das ist schon manchen Frauen gelungen, ohne daß sie große Künstlerinnen gewesen wären.«

»Das glaube ich nicht! Eine Ahnung von dem, was sie sagen, empfinden sie doch. Und wenn sie nicht gerade denjenigen lieben, dem sie es versichern, so haben sie doch irgendeine Erinnerung oder eine Hoffnung in der Seele, welche sie begeistert. Oder es ist wenigstens Liebessehnsucht in ihnen. Mir fehlt das alles.«

»Sie wissen das ganz bestimmt?«

»Ja, ich bin über zwanzig Jahre alt. Man hat mir schon oft von Liebe gesprochen und mich darum angefleht, Sie können sich das denken, aber bis heute begreife ich nicht, was das heißt, in Versuchung kommen ...«

»Und das soll ich alles glauben?«

»Das steht bei Ihnen. Aber bedenken Sie, daß ich keinen Grund habe, Ihnen die Unwahrheit zu sagen.«

»Vielleicht beliebt es Ihnen, wieder Komödie zu spielen.«

»Daraus würde folgen, daß ich gestern die Wahrheit sprach – daß ich Sie also liebe?«

»Nicht gerade das. Sie haben sich gestern hinreißen lassen, und Sie sind darauf gekommen, daß Sie sich selbst getäuscht haben.«

»Ah! Und nun schäme ich mich wohl, das einzugestehen.«

»Das wäre wohl möglich! Denn ich begreife nicht ganz, was Sie veranlaßt hätte, gerade mich, als ... Opfer Ihres Talentes auszuerwählen?«

»Gerade Sie mußten es sein, ja, gerade Sie! Es gibt keinen, der mißtrauischer ist als Sie.«

»Daß man geliebt wird, glaubt man doch immer wieder!«

»Wenn das so ist, dann bin ich freilich mit Unrecht auf meine Kunst stolz gewesen. Aber ich erinnere mich an alles, was Sie mir aus Ihrem Leben erzählt haben. Ich wußte, daß Sie sich abgewöhnt hätten, uns Frauen zu glauben. Einmal haben Sie mir sogar gesagt, daß Sie in jedem Worte, das eine Frau zu Ihnen spricht, die Lüge herausspüren.«

»Das habe ich mir eben eingebildet.«

»Aber ich versichre Ihnen, wenn Ihnen eine andere von Liebe sprach, so war es noch immer tausendfach wahrer, als wenn ich es tat. Wenn Sie schon bei den anderen die

Lüge gemerkt haben, so hätten Sie bei mir, nach dem ersten Worte, zusammenschauern oder lachen müssen.«

Richard stand auf. »Und haben Sie keinen Augenblick überlegt, daß Sie mich ... daß dieses Spiel ... haben Sie nicht überlegt, daß Sie ...«

Er konnte nicht weitersprechen.

»Daß ich Ihnen vielleicht wehtun könnte, meinen Sie? – Nun, das konnte ich nicht vermeiden. Und wenn ich aufrichtig sein soll, ich habe kaum daran gedacht. Wie mich einmal der Gedanke erfaßt hatte, meine Rolle zu spielen, konnten solche Regungen doch keinen Einfluß mehr haben.«

Sie stand unbeweglich da, während sie sprach, und spielte noch immer mit den Falten des Vorhangs, den sie zwischen den Händen hin und her gleiten ließ. Zuweilen schaute sie ihn mit einem klaren Blicke an, der nur langsam von ihm weg in die Ecke des Zimmers ging.

»Sie haben also nicht daran gedacht, daß eine solche neue Erfahrung ...«

»Nein, man hat Sie ja so oft getäuscht.«

»Aber so völlig, ohne jede Regung ...«

»Ja«, rief sie beinahe freudig aus, »ohne jede Regung. Und Sie meinten, mein ganzes Wesen sei voll von dieser Liebe zu Ihnen.«

»Warum kamen Sie heute?« fiel er heftig ein.

»Das mußte ich doch. Wie hätte ich denn erfahren sollen, ob ich gut gespielt habe?«

»Nun, haben Sie nicht gestern bemerkt, daß ich Ihnen glaubte?«

»Ich war der Meinung, allerdings. Aber ich war nicht sicher genug. Daß Sie heute nacht vor meinen Fenstern auf und ab gegangen sind, hab' ich nicht gewußt. Ich hätte auch denken können, daß Ihre Zweifel schon begannen, nachdem ich Sie verlassen. Das quälte mich sehr. Vielleicht hätten Sie mich mit mißtrauischen Fragen, verzagt, mit Zweifeln an meiner Liebe empfangen.«

»Und was wäre in diesem Falle gewesen? Sie hätten versucht, mich zu beruhigen, Ihre Rolle womöglich weitergespielt.«

»Ach nein, ich hätte mich eben mit einem Achtungserfolg begnügen müssen. Und dann, es wäre keine Zeit mehr dazu gewesen, denn ich reise schon morgen ab.«

»Ah?«

»Ja, ein Telegramm des Direktors beruft mich früher hin, als ich erwartete.«

»Also morgen ... es ist eigentlich erfreulich für mich, daß Ihnen die Möglichkeit genommen wurde, weiterzuspielen.«

»Ich hätte es keineswegs getan.«

»Wer weiß. Das eine darf ich Sie wohl fragen: Wann kam Ihnen eigentlich die Idee zu Ihrer Komödie? War das schon, bevor Sie das erste Mal ihren Fuß über meine Schwelle setzten?«

»Nein.«

»Und warum kamen Sie überhaupt? Warum kamen Sie zu mir?«

»Sie wissen es ja. Sie haben mir Schumann und Chopin vorgespielt, Sie haben sehr gescheite Dinge mit mir geredet.«

»Man kommt doch nicht zu einem jungen Mann, um sich Schumann und Chopin vorspielen zu lassen.«

»Warum denn nicht? Was hat es denn für eine Gefahr, da Sie mir stets vollkommen gleichgültig gewesen sind?«

»Aber die Idee muß Ihnen früher gekommen sein. Ihr Liebesgeständnis hat mich durchaus nicht überrascht. Seit Tagen schon drängte alles dazu, es kam ja nicht plötzlich.«

»Das scheint Ihnen heute so. Gestern hätte es Sie durchaus nicht befremdet, wenn ich Ihnen einfach beim Kommen gesagt hätte: Lieber Freund, ich will Ihnen nur adieu sagen, ich reise ab, bleiben Sie mir gewogen. Ist es nicht so? Warum ich mir eine solche Mühe geben muß, Ihnen das auseinanderzusetzen?! Sie können es heute gar nicht fassen, daß ich Sie nicht liebe, nachdem Sie vor einigen Tagen noch nicht an Liebe geglaubt haben.«

»Nun also, Sie haben großartig gespielt! Sind Sie nun zufrieden?«

»Noch nicht ganz, ich muß noch eines von Ihnen hören, daß Sie sich nicht verletzt fühlen.«

»Sie verlangen nicht wenig.«

»Sie müssen mich verstehen, wenn Sie ein Künstler sind. Ich bin nun einmal nicht wie andere. Sie ahnen nicht, wie es mich manchmal selbst schaudert, so einsam durch eine ganz fremde Welt zu gehen. Was hab' ich schon alles gesehen, was hat man mir schon erzählt! Daß alle diese Freuden und Schmerzen existieren, welche das Wesen der Liebe ausmachen, muß ich wohl glauben. – Ich sehe es rings um mich, und es scheint auch, daß alle die Komödien, in welchen ich auftreten werde, nicht viel anderes enthalten. Mir ist das alles, alles fremd. Alle Fähigkeit des Empfindens ist in der Leidenschaft für meine Kunst abgeschlossen. Ich muß spielen, Komödie spielen, immer, überall. Ich habe stets dieses Bedürfnis, besonders dort, wo andere ein großes Glück oder ein tiefes Weh empfänden. Ich suche überall Gelegenheit zu einer Rolle.«

»Und Sie haben schon oft eine ähnliche gespielt wie gestern abend bei mir?«

»Unbewußt, früher einmal. Ich war kokett, aber meine Koketterie ging eben nicht wie bei anderen jungen Mädchen aus einem unklaren Verlangen nach Liebe hervor, sondern eben wieder nur aus dem Vergnügen, eine Rolle zu spielen.

Die anderen übertreiben doch eigentlich nur ein Gefühl, das sich in ihnen zu regen beginnt. Ich aber mußte in solchen Fällen stets aus dem Nichts schaffen.«

»Aber so vollendet wie gestern haben Sie noch nie gespielt? Und so weit sind Sie noch nie in der Ausgestaltung Ihrer Rolle gekommen? Ich frage nur: warum?«

»Ich sagte es Ihnen ja schon. Gerade einen Menschen wie Sie brauchte ich dazu, einen, der nur sehr schwer zu überzeugen ist und den ich dann auch wirklich in Ruhe fragen durfte, wie er mit meiner Leistung zufrieden war.«

»Vielleicht irren Sie sich. Vielleicht haben Sie nur deshalb besser gespielt und weiter gespielt als sonst, weil sich zu dem, was Sie erfanden, etwas Echtes beigesellte, ohne daß Sie es ahnten.«

»Nichts! ... Nichts ... Nichts! ... Seien Sie doch nicht so eitel.«

»Nun, dann, meine Liebe, bedaure ich nur, daß Sie nicht den Mut hatten – ganz bis zu Ende zu spielen.«

Helene zuckte unmerklich zusammen. Dann aber lächelte sie und reichte ihm die Hand. »Ich bin mit meinem kleinen Triumphe ganz zufrieden, und nun lassen Sie mich gehen. Auf Wiedersehen will ich Ihnen nicht sagen, denn Ihre Sympathie für mich ist nun wohl vorbei. Leben Sie wohl.« Sie nahm Hut und Schleier vom Klavier.

»Und nun bedenken Sie nur«, setzte sie fort, während sie die Nadel durch den Hut steckte, »wenn Sie mich nun liebten! Wenn wir von einander Abschied nehmen müßten auf immer vielleicht, wenn Sie ein angebetetes Wesen in die Fremde ziehen ließen, für das Sie zittern müßten! So scheiden wir lächelnd, und das ist doch eigentlich viel schöner.«

»Wenn Sie es wünschen, Helene, so will ich lächeln.«

Sie reichte ihm nochmals die Hand. »Wenn Sie es jetzt nicht tun, so wird es in ein paar Stunden oder morgen geschehen. Daß Sie mich verstehen werden, sobald Ihr erster Zorn dahin ist, daran kann ich nicht zweifeln. Die Liebe soll sehr eigensinnig sein und rücksichtslos. Warum sollte Sie's wundernehmen, daß auch die Kunst in dieser närrischen Weise geliebt werden kann, von einer, die andere Liebe nicht kennt. Nicht wahr? Und nun ... leben Sie wohl.«

Er antwortete nicht, nickte mit dem Kopfe und blieb mitten im Zimmer stehen. Sie war an der Tür. Da wandte sie sich noch einmal um, als hätte sie noch etwas zu sagen. Sie ging aber wortlos, und er war allein.

Sie eilte rasch die Treppe hinunter und war gleich auf der Straße, ging rasch bis zur Ecke, wo sie in die Nebengasse einbog, so daß sie von seinem Fenster aus nicht mehr gesehen werden konnte. Hier blieb sie eine Weile stehen und atmete tief auf. Dann aber eilte sie weiter, mit schnellen Schritten und mit immer schnelleren, als ob sie fliehen wollte.

Fritzi

Im Ballanzug sitze ich vor meinem Schreibtisch. Ich muß doch noch in den alten Blättern herumstöbern, bevor ich zu Weißenbergs gehe, wo ich sie wiedersehen soll. Wie viele Blätter liegen nun schon da, und die ersten fangen an gelb zu werden, vergilbt, würde ich sagen, wenn ich ein Romantiker wäre. Wie wenig man doch die Bedeutung der einzelnen Dinge abschätzen kann zur Zeit, da man sie erlebt und aufnotiert. Da finde ich Abenteuer in breiten Sätzen und großen Worten verzeichnet, an welche ich mich kaum mehr erinnern kann. Als wären es Geschichten von fremden Menschen. Und dann wieder Andeutungen, kurze Bemerkungen, die niemand anderer verstehen könnte als ich, der sie selbst niedergeschrieben – und aus einer kleinen Bemerkung blüht mir wieder die ganze Zeit mit ihrem Duft entgegen, und alle Einzelheiten werden jung und lebendig. Ich habe um acht Jahre zurückgeblättert, denn gerade auf jene Winterabende kam es mir an. Nur ein paar Mal steht der Name Fritzi in den alten Blättern. Einmal ganz einfach »Fritzi«. Und ein zweites Mal »Fritzi reizendes Grisettenköpferl, klagende und lachende Augen«. Und selbst jener Dezemberabend, an welchem ich sie zum letzten Mal sah, weil ich tags darauf die Stadt verlassen mußte, ist mit zwei Zeilen abgetan: »Fritzi ... Abschied ... der rote Schein am Himmel ... jagende Leute ... wie sie davonflog ...« Und wie ist das alles in mir wach und klar, obwohl ich doch eigentlich alle die Jahre über recht wenig an sie gedacht habe. Es mag ja auch sein, daß ich damals vor acht Jahren die Verpflichtung gefühlt hätte, mehr über sie in diese Blätter einzuschreiben, wenn mir nur eine Ahnung gekommen wäre, daß in dieser kleinen Konservaroristin eine große Künstlerin steckt, die heute dem ganzen Wiener Publikum den Kopf verdreht. Wie solche Geschichten manchmal zu Ende gehen oder eigentlich abreißen! Und wo man nur diese Erinnerungen bewahrt, um die man sich jahrelang nicht kümmert und die man dann nach geraumer Zeit so blank, so licht, so unverändert wiederfindet, als hätte sie der Hauch täglichen Gedenkens frisch erhalten. Nun träum' ich das ganze Erlebnis von der Sekunde seines Beginnens wieder vor mich hin, bis zu jenem letzten Abend, der so merkwürdig endete. Es ist mir, als sähe ich auch die ganze glutrote Beleuchtung wieder, unter der die Stadt stand. Es muß wohl elf Uhr gewesen sein, als wir aus dem Haustor traten. Die Nacht war kalt. Fritzi schmiegte sich an mich, frierend und zärtlich. Kaum waren wir aus der engen Gasse, in der ich wohnte, in die Währingerstraße gekommen, so merkten wir, daß etwas Ungewöhnliches vorgehen müsse. Es waren mehr Menschen auf der Straße als gewöhnlich, die rasch immer in einer Richtung gegen den Ring sich bewegten. Und nun sahen wir den glutroten Schein am Himmel. Die Leute riefen: Es brennt, es brennt! »Komm schnell«, sagte Fritzi. Und wieder rannten Leute an uns vorbei, und sie schrien: Das Ringtheater brennt. »Wie?« fragte Fritzi. Und wieder andere rannten an uns vorbei und sagten: Das Ringtheater brennt! Plötzlich schrie Fritzi auf wie eine Wahnsinnige. Sie ließ meinen Arm los und blieb einen Moment stehen, dann schaute sie zum Himmel auf, der immer dunkelroter wurde. Sie fuhr zusammen, als würde ihr etwas Entsetzliches klar, und dann stürzte sie fort, ohne sich nur nach mir umzuwenden. Ich versuchte sie einzuholen, aber ich hatte sie sofort in der Menschenmenge, die immer beträchtlicher anwuchs, verloren. Ich muß gestehen, daß mich das im ganzen und großen wenig aufregte, ich weiß sogar noch, daß ich, nachdem ich ein paar Mal »Fritzi, Fritzi« gerufen, ganz ruhig vor mich hin sagte: hysterische Person. Dann kam mir auch der tröstliche Gedanke, daß durch dieses plötzliche Davonstürmen etwas sehr Peinliches und Rührendes vermieden worden war, nämlich der Abschied in der Nähe ihrer Wohnung, der vielleicht einer auf ewig sein sollte. Ich ging damals noch die halbe Nacht spazieren; eine Weile stand ich auch vor dem brennenden Theater. Am Morgen darauf reiste ich ab. An Fritzi habe ich ein paar Zeilen von München aus gesandt, ich erhielt aber keine Antwort. Und das sind nun acht Jahre. Unterdessen ist die kleine Fritzi eine große Sängerin geworden, und in einer halben Stunde werd' ich sie wiedersehen. – – –

Später: Ja, ich habe Fritzi wieder gesehen und wieder gehört und wieder gesprochen. Sie stand im Gespräch mit zwei Herren vor dem großen Wandspiegel des Salons, als ich eintrat. Sie erkannte mich gleich, als ich sie begrüßte, und streckte mir freundlich und harmlos die Hand entgegen. Nur in ihrem Lächeln lag es wie eine Erinnerung. »Wir haben uns lange nicht gesehen«, meinte sie. Ich hatte das Gefühl meiner Wichtigkeit sofort verloren, aber ich fühlte mich ganz wohl dabei. Ich forderte Fritzi auf, beim Souper meine Nachbarin zu sein. »Schade, daß Sie nicht früher gekommen sind«, erwiderte sie, »man hat sich so um mich gerissen, daß ich Ihnen höchstens schief vis-à-vis sitzen kann. Meine rechte Seite, meine linke Seite und sogar mein gerades vis-à-vis habe ich schon vergeben.«

So kam es also, daß ich ihr schief vis-à-vis saß. Um zu ihr hinüberzuschauen, mußten sich meine Augen um einen großen Aufsatz mit Trauben, Nüssen und Pfirsichen sozusagen herumschlängeln. Ich hatte übrigens eine sehr gescheite Nachbarin, mit der ich bald in ein vergnügtes Plaudern kam. Es war die Flegendorfer. Und so geschah es, daß mir bereits beim Braten die unsägliche Lächerlichkeit sämtlicher Anwesenden außer mir und Frau Flegendorfer über jeden Zweifel klar war. Es war sehr amüsant. Das Stimmengewirr um den reichbesetzten Tisch mit seinen trefflichen Weinen wurde immer lauter und lebhafter, und bald war die Crème- und Champagnerstimmung da. Da ereignete sich etwas Sonderbares. Aus all den Leuten heraus, als begänne sie jetzt erst zu sprechen, hörte ich plötzlich die Stimme Fritzis, und zwei Worte klangen an mein Ohr: »die Flammen ...«

Offenbar hatte sie diese Worte auch lauter gesprochen als die andern, denn die nächsten verklangen wieder im Lärm. Aber schon nach ein paar Sekunden konnte ich ihre Stimme wieder so deutlich vernehmen, daß ich Silbe für Silbe verstand. Und nun merkte ich auch, daß es Fritzi war, welche das Gespräch beherrschte. Sie hatte die allgemeine Aufmerksamkeit erzwungen, alle hörten ihr zu. Und zu ihr wandten sich alle Blicke. Ich kam allerdings erst im Laufe einiger Sekunden zu dieser Betrachtung, denn im Anfang war ich in einer Weise frappiert ...

»Die Flammen schlugen in den Zuschauerraum«, sagte sie. »Ich hatte eigentlich im ersten Augenblicke durchaus nicht die Empfindung einer fürchterlichen Gefahr, sondern, daran erinnere ich mich noch ganz genau, ich sagte zu mir selbst: Wie groß, wie herrlich schön.«

»Wovon erzählt sie denn da?« fragte ich leise die Flegendorfer.

»Nun«, erwiderte diese, »es ist ihre bekannte Geschichte, auf die sie reist. Sie kann in keine Gesellschaft gehen, wo sie sie nicht zum besten gibt. Sie macht es übrigens famos, hören Sie nur.«

Ich hörte, es war wirklich erschütternd:

»Mir war es«, sagte sie, »als wären diese Flammen nichts Feindseliges, nichts was mich bedrohte. Ich starrte hinein mit Interesse, vielleicht mit Begeisterung, gewiß nicht mit Furcht. Da plötzlich fühlte ich mich gestoßen, nein, nicht gestoßen, gehoben, und um mich herum war ein schauerlicher, ungeheurer Lärm, als stürzte alles zusammen; und es heulte wie ein Sturm durch den Raum, und vor die rote Glut legte sich grauer, dunkler Rauch. Plötzlich kam ein gewaltiger Ruck nach einer bestimmten Richtung. Mit einem Mal war es dunkel, und ich konnte mich nicht rühren. Um mich herum wurde geflucht und gejammert. Ja, auch ich schrie mit einem Male auf, ich weiß, daß ich ein paar Sekunden lang schrie und dabei kaum begriff, warum. Und plötzlich spürte ich an meinem Halse Nägel, Krallen. Irgendwer klammerte sich an mich. Es wurde an meinem Halskragen gerissen, meine Taille wurde mir einfach vom Leibe gezerrt.«

»Dazu«, flüsterte mir Frau Flegendorfer zu, »hat damals noch das Ringtheater abbrennen müssen.«

»Pst«, machte ich, denn ich war gespannt, atemlos gespannt.

Fritzi erzählte weiter. Sie erzählte, wie sie in einer ganz rätselhaften Weise gestoßen, geschoben, gehoben, über dunkle Gänge, über dunkle Stiegen ins Freie auf die Straße gekommen war.

»Ich war wie gebannt«, sagte sie, »konnte nicht fort. Ich hatte die Empfindung: Hier mußt du stehenbleiben, bis alles vorbei ist. Ich war ruhiger als alle Menschen, die da herumstanden, und daß ich selbst da drinnen in dem brennenden Hause gewesen sein sollte, das war mir wie ein dumpfer Traum. Plötzlich aber fuhr es mir durch den Kopf, was mir unbegreiflicherweise noch keine Sekunde lang zum Bewußtsein gekommen war: Um Gottes willen, meine Mutter! Ich hatte ihr ja gesagt, daß ich ins Ringtheater gehen wolle, wie ich ja zu jener Zeit als blutige Anfängerin fast jeden Abend ins Theater ging. Es war schon damals meine Leidenschaft.«

Bei dieser Stelle ihres Berichtes wurde ich verlegen. Wir sind doch besser, wir Männer!

Fritzi erzählte weiter. »Ich ging, ich lief, nein, ich stürzte nach Hause. Und nun denken Sie! Als ich nach Hause kam, war es bereits elf Uhr, mehr als drei Stunden war ich vor dem Theater gestanden, ohne nur ein Bewußtsein davon zu haben, daß die Zeit verging. So stelle ich mir eigentlich den Wahnsinn vor. Das Wiedersehen mit meiner Mutter kann ich Ihnen kaum schildern. Ich weiß nur eines, der Augenblick, da wir uns wieder in den Armen lagen, wird mir unvergeßlich bleiben, unvergeßlich!«

Man war gerührt, als Fritzi geendet hatte. Einige Herren standen auf, traten mit den gefüllten Gläsern auf sie zu und stießen mit ihr an. Jetzt trafen sich unsere Blicke. Einen Moment lang starrte sie mich ganz gedankenlos an, dann aber glitt ein ganz sonderbares Lächeln über ihre Züge – ach, ein Lächeln, das ich noch so gut kannte. Sie nahm ihr Glas und ließ es mit dem meinen zusammenklingen.

»Auf Ihre wunderbare Rettung«, rief ich aus und leerte mein Glas. Gleich nach dem Souper trat sie auf mich zu und reichte mir beide Hände, als wollte sie mich um Entschuldigung bitten. »Es scheint also wirklich«, sagte sie, »daß Sie es waren.«

»Es scheint so?« entgegnete ich ein wenig befremdet.

»Nun«, sagte sie, »ich habe es immer geahnt, daß sich die Geschichte nicht genau so zugetragen hat, wie ich sie erzähle, aber ich habe schon angefangen an sie zu glauben – und wären Sie mir um ein paar Jahre später wieder begegnet, so hätten Sie mich kaum mehr überzeugen können; denn mir ist heute, als hätte ich sie wirklich erlebt. Ich habe die Geschichte so oft erzählen müssen, den Verwandten und dann den Kollegen, den Kolleginnen und allen möglichen Leuten, daß sie schon beinahe wahr, jedenfalls aber berühmt geworden ist.«

»Da sehen Sie, Fritzi«, sagte ich, »ein wie ungerechtes Ding der Ruhm eigentlich ist. Der ihn am meisten verdient, an dem geht er vorüber.«

»Wieso?« fragte sie.

»Nun, ich denke doch«, erwiderte ich ihr, »wenn ihn einer verdient, so bin ich's, Fritzi« – und ich neigte mich näher zu ihr, ganz nah zu ihrem Ohr –, »ich, Fritzi, dein Lebensretter.«

DIE TOTEN SCHWEIGEN

Er ertrug es nicht länger, ruhig im Wagen zu sitzen; er stieg aus und ging auf und ab. Es war schon dunkel; die wenigen Laternenlichter in dieser stillen, abseits liegenden Straße flackerten, vom Winde bewegt, hin und her. Es hatte aufgehört zu regnen; die Trottoirs waren beinahe trocken; aber die ungepflasterten Fahrstraßen waren noch feucht, und an einzelnen Stellen hatten sich kleine Tümpel gebildet.

Es ist sonderbar, dachte Franz, wie man sich hier, hundert Schritt von der Praterstraße, in irgend eine ungarische Kleinstadt versetzt glauben kann. Immerhin – sicher dürfte man hier wenigstens sein; hier wird sie keinen ihrer gefürchteten Bekannten treffen.

Er sah auf die Uhr ... Sieben – und schon völlige Nacht. Der Herbst ist diesmal früh da. Und der verdammte Sturm.

Er stellte den Kragen in die Höhe und ging rascher auf und ab. Die Laternenfenster klirrten. »Noch eine halbe Stunde«, sagte er zu sich, »dann kann ich gehen. Ah – ich wollte beinahe, es wäre so weit.« Er blieb an der Ecke stehen; hier hatte er einen Ausblick auf beide Straßen, von denen aus sie kommen könnte.

Ja, heute wird sie kommen, dachte er, während er seinen Hut festhielt, der wegzufliegen drohte. – Freitag – Sitzung des Professorenkollegiums – da wagt sie sich fort und kann sogar länger ausbleiben ... Er hörte das Geklingel der Pferdebahn; jetzt begann auch die Glocke von der nahen Nepomukkirche zu läuten. Die Straße wurde belebter. Es kamen mehr Menschen an ihm vorüber: meist, wie ihm schien, Bedienstete aus den Geschäften, die um sieben geschlossen wurden. Alle gingen rasch und waren mit dem Sturm, der das Gehen erschwerte, in einer Art von Kampf begriffen.

Niemand beachtete ihn; nur ein paar Ladenmädel blickten mit leichter Neugier zu ihm auf. – Plötzlich sah er eine bekannte Gestalt rasch herankommen. Er eilte ihr entgegen. Ohne Wagen? dachte er. Ist sie's?

Sie war es; als sie seiner gewahr wurde, beschleunigte sie ihre Schritte.

»Du kommst zu Fuß?« sagte er.

»Ich hab' den Wagen schon beim Karltheater fortgeschickt. Ich glaube, ich bin schon einmal mit demselben Kutscher gefahren.«

Ein Herr ging an ihnen vorüber und betrachtete die Dame flüchtig. Der junge Mann fixierte ihn scharf, beinahe drohend; der Herr ging rasch weiter. Die Dame sah ihm nach. »Wer war's?« fragte sie ängstlich.

»Ich kenne ihn nicht. Hier gibt es keine Bekannten, sei ganz ruhig. – Aber jetzt komm rasch; wir wollen einsteigen.«

»Ist das dein Wagen?«

»Ja.«

»Ein offener?«

»Vor einer Stunde war es noch so schön.«

Sie eilten hin; die junge Frau stieg ein.

»Kutscher«, rief der junge Mann.

»Wo ist er denn?« fragte die junge Frau.

Franz schaute rings umher. »Das ist unglaublich«, rief er, »der Kerl ist nicht zu sehen.«

»Um Gotteswillen!« rief sie leise.

»Wart' einen Augenblick, Kind; er ist sicher da.«

Der junge Mann öffnete die Tür zu dem kleinen Wirtshause; an einem Tisch mit ein paar anderen Leuten saß der Kutscher; jetzt stand er rasch auf.

»Gleich, gnä' Herr«, sagte er und trank stehend sein Glas Wein aus.

»Was fällt Ihnen denn ein?«

»Bitt schön, Euer Gnaden; i bin schon wieder da.«

Er eilte ein wenig schwankend zu den Pferden. »Wohin fahr'n mer denn, Euer Gnaden?«

»Prater – Lusthaus.«

Der junge Mann stieg ein. Die junge Frau lehnte ganz versteckt, beinahe zusammengekauert, in der Ecke unter dem aufgestellten Dach.

Franz faßte ihre beiden Hände. Sie blieb regungslos. – »Willst du mir nicht wenigstens guten Abend sagen?«

»Ich bitt dich; laß mich nur einen Moment, ich bin noch ganz atemlos.«

Der junge Mann lehnte sich in seine Ecke. Beide schwiegen eine Weile. Der Wagen war in die Praterstraße eingebogen, fuhr an dem Tegetthoff-Monument vorüber, und nach wenigen Sekunden flog er die breite, dunkle Praterallee hin. Jetzt umschlang Emma plötzlich mit beiden Armen den Geliebten. Er schob leise den Schleier zurück, der ihn noch von ihren Lippen trennte, und küßte sie.

»Bin ich endlich bei dir!« sagte sie.

»Weißt du denn, wie lang wir uns nicht gesehen haben?« rief er aus.

»Seit Sonntag.«

»Ja, und da auch nur von weitem.«

»Wieso? Du warst ja bei uns.«

»Nun ja ... bei euch. Ah, das geht so nicht fort. Zu euch komm' ich überhaupt nie wieder. Aber was hast du denn?«

»Es ist ein Wagen an uns vorbeigefahren.«

»Liebes Kind, die Leute, die heute im Prater spazieren fahren, kümmern sich wahrhaftig nicht um uns.«

»Das glaub' ich schon. Aber zufällig kann einer hereinschaun.«

»Es ist unmöglich, jemanden zu erkennen.«

»Ich bitt dich, fahren wir wo anders hin.«

»Wie du willst.«

Er rief dem Kutscher, der aber nicht zu hören schien. Da beugte er sich vor und berührte ihn mit der Hand. Der Kutscher wandte sich um.

»Sie sollen umkehren. Und warum hauen Sie denn so auf die Pferde ein? Wir haben ja gar keine Eile, hören Sie! Wir fahren in die ... wissen Sie, die Allee, die zur Reichsbrücke führt.«

»Auf die Reichsstraßen?«

»Ja, aber rasen Sie nicht so, das hat ja gar keinen Sinn.«

»Bitt schön, gnä' Herr, der Sturm, der macht die Rösser so wild.«

»Ah freilich, der Sturm.« Franz setzte sich wieder.

Der Kutscher wandte die Pferde. Sie fuhren zurück.

»Warum habe ich dich gestern nicht gesehen?« fragte sie.

»Wie hätt' ich denn können?«

»Ich dachte, du warst auch bei meiner Schwester geladen.«

»Ach so.«

»Warum warst du nicht dort?«

»Weil ich es nicht vertragen kann, mit dir unter anderen Leuten zusammen zu sein. Nein, nie wieder.«

Sie zuckte die Achseln.

»Wo sind wir denn?« fragte sie dann.

Sie fuhren unter der Eisenbahnbrücke in die Reichsstraße ein.

»Da geht's zur großen Donau«, sagte Franz, »wir sind auf dem Weg zur Reichsbrücke. Hier gibt es keine Bekannten!« setzte er spöttisch hinzu.

»Der Wagen schüttelt entsetzlich.«

»Ja, jetzt sind wir wieder auf Pflaster.«

»Warum fährt er so im Zickzack?«

»Es scheint dir so.«

Aber er fand selbst, daß der Wagen sie heftiger als nötig hin und her warf. Er wollte nichts davon sagen, um sie nicht noch ängstlicher zu machen.

»Ich habe heute viel und ernst mit dir zu reden, Emma.«

»Da mußt du bald anfangen, denn um neun muß ich zu Hause sein.«

»In zwei Worten kann alles entschieden sein.«

»Gott, was ist denn das ...?« schrie sie auf. Der Wagen war in ein Pferdebahngeleise geraten und machte jetzt, als der Kutscher herauswenden wollte, eine so scharfe Biegung, daß er fast zu stürzen drohte. Franz packte den Kutscher beim Mantel. »Halten Sie«, rief er ihm zu. »Sie sind ja betrunken.«

Der Kutscher brachte die Pferde mühsam zum Stehen. »Aber gnä' Herr ...«

»Komm, Emma, steigen wir hier aus.«

»Wo sind wir?«

»Schon an der Brücke. Es ist auch jetzt nicht mehr gar so stürmisch. Gehen wir ein Stückchen. Man kann während des Fahrens nicht ordentlich reden.«

Emma zog den Schleier herunter und folgte.

»Nicht stürmisch nennst du das?« rief sie aus, als ihr gleich beim Aussteigen ein Windstoß entgegenfuhr.

Er nahm ihren Arm. »Nachfahren«, rief er dem Kutscher zu.

Sie spazierten vorwärts. So lang die Brücke allmählich anstieg, sprachen sie nichts; und als sie beide das Wasser unter sich rauschen hörten, blieben sie eine Weile stehen. Tiefes Dunkel war um sie. Der breite Strom dehnte sich grau und in unbestimmten Grenzen hin, in der Ferne sahen sie rote Lichter, die über dem Wasser zu schweben schienen und sich darin spiegelten. Von dem Ufer her, das die beiden eben verlassen hatten, senkten sich zitternde Lichtstreifen ins Wasser; jenseits war es, als verlöre sich der Strom in die schwarzen Auen. Jetzt schien ein ferneres Donnern zu ertönen, das immer näher kam; unwillkürlich sahen sie beide nach der Stelle, wo die roten Lichter schimmerten; Bahnzüge mit hellen Fenstern rollten zwischen eisernen Bogen hin, die plötzlich aus der Nacht hervorzuwachsen und gleich wieder zu versinken schienen. Der Donner verlor sich allmählich, es wurde still; nur der Wind kam in plötzlichen Stößen.

Nach langem Schweigen sagte Franz: »Wir sollten fort.«

»Freilich«, erwiderte Emma leise.

»Wir sollten fort«, sagte Franz lebhaft, »ganz fort, mein' ich ...«

»Es geht ja nicht.«

»Weil wir feig sind, Emma; darum geht es nicht.«

»Und mein Kind?«

»Er würde es dir lassen, ich bin fest überzeugt.«

»Und wie?« fragte sie leise ... »Davonlaufen bei Nacht und Nebel?«

»Nein, durchaus nicht. Du hast nichts zu tun, als ihm einfach zu sagen, daß du nicht länger bei ihm leben kannst, weil du einem andern gehörst.«

»Bist du bei Sinnen, Franz?«

»Wenn du willst, erspar' ich dir auch das, – ich sag' es ihm selber.«

»Das wirst du nicht tun, Franz.«

Er versuchte, sie anzusehen; aber in der Dunkelheit konnte er nicht mehr bemerken, als daß sie den Kopf erhoben und zu ihm gewandt hatte.

Er schwieg eine Weile. Dann sagte er ruhig: »Hab' keine Angst, ich werde es nicht tun.«

Sie näherten sich dem anderen Ufer.

»Hörst du nichts?« sagte sie. »Was ist das?«

»Es kommt von drüben«, sagte er.

Langsam rasselte es aus dem Dunkel hervor; ein kleines rotes Licht schwebte ihnen entgegen; bald sahen sie, daß es von einer kleinen Laterne kam, die an der vorderen Deichsel eines Landwagens befestigt war; aber sie konnten nicht sehen, ob der Wagen beladen war und ob Menschen mitfuhren. Gleich dahinter kamen noch zwei gleiche Wagen. Auf dem letzten konnten sie einen Mann in Bauerntracht gewahren, der eben seine Pfeife anzündete. Die Wagen fuhren vorbei. Dann hörten sie wieder nichts als das dumpfe Geräusch des Fiakers, der zwanzig Schritte hinter ihnen langsam weiter rollte. Jetzt senkte sich die Brücke leicht gegen das andere Ufer. Sie sahen, wie die Straße vor ihnen zwischen Bäumen ins Finstere weiter lief. Rechts und links von ihnen lagen in der Tiefe die Auen; sie sahen wie in Abgründe hinein.

Nach langem Schweigen sagte Franz plötzlich: »Also das letztemal ...«

»Was?« fragte Emma in besorgtem Ton.

»– Daß wir zusammen sind. Bleib' bei ihm. Ich sag' dir Adieu.«

»Sprichst du im Ernst?«

»Vollkommen.«

»Siehst du, daß du es bist, der uns immer die paar Stunden verdirbt, die wir haben; nicht ich!«

»Ja, ja, du hast Recht«, sagte Franz. »Komm, fahren wir zurück.«

Sie nahm seinen Arm fester. »Nein«, sagte sie zärtlich, »jetzt will ich nicht. Ich laß' mich nicht so fortschicken.«

Sie zog ihn zu sich herab und küßte ihn lang. »Wohin kämen wir«, fragte sie dann, »wenn wir hier immer weiter führen?«

»Da geht's direkt nach Prag, mein Kind.«

»So weit nicht«, sagte sie lächelnd, »aber noch ein bißchen weiter da hinaus, wenn du willst.« Sie wies ins Dunkle.

»He, Kutscher!« rief Franz. Der hörte nichts.

Franz schrie: »Halten Sie doch!«

Der Wagen fuhr immer weiter. Franz lief ihm nach. Jetzt sah er, daß der Kutscher schlief. Durch heftiges Anschreien weckte ihn Franz auf. »Wir fahren noch ein kleines Stück weiter – die gerade Straße – verstehen Sie mich?«

»Is' schon gut, gnä' Herr ...«

Emma stieg ein; nach ihr Franz. Der Kutscher hieb mit der Peitsche drein; wie rasend flogen die Pferde über die aufgeweichte Straße hin. Aber die beiden im Wagen hielten einander fest umarmt, während der Wagen sie hin- und herwarf.

»Ist das nicht auch ganz schön«, flüsterte Emma ganz nahe an seinem Munde.

In diesem Augenblick war ihr, als flöge der Wagen plötzlich in die Höhe – sie fühlte sich fortgeschleudert, wollte sich an etwas klammern, griff ins Leere; es schien ihr, als drehe sie sich mit rasender Geschwindigkeit im Kreise herum, so daß sie die Augen schließen mußte – und plötzlich fühlte sie sich auf dem Boden liegen, und eine ungeheure schwere Stille brach herein, als wenn sie fern von aller Welt und völlig einsam wäre. Dann hörte sie verschiedenes durcheinander: Geräusch von Pferdehufen, die ganz in ihrer Nähe auf dem Boden schlugen, ein leises Wimmern; aber sehen konnte sie nichts. Jetzt faßte sie eine tolle Angst; sie schrie; ihre Angst ward noch größer, denn sie hörte ihr Schreien nicht. Sie wußte plötzlich ganz genau, was geschehen war: der Wagen war an irgend etwas gestoßen, wohl an einen der Meilensteine, hatte umgeworfen, und sie waren herausgestürzt. Wo ist *er*? war ihr nächster Gedanke. Sie rief seinen Namen. Und sie hörte sich rufen, ganz leise zwar, aber sie hörte sich. Es kam keine Antwort. Sie versuchte, sich zu erheben. Es gelang ihr soweit, daß sie auf den Boden zu sitzen kam, und als sie mit den Händen ausgriff, fühlte sie einen menschlichen Körper neben sich. Und nun konnte sie auch die Dunkelheit mit ihrem Auge durchdringen. Franz lag neben ihr, völlig regungslos. Sie berührte mit der ausgestreckten Hand sein Gesicht; sie fühlte etwas Feuchtes und Warmes darüber fließen. Ihr Atem stockte. Blut ...? Was war da geschehen? Franz war verwundet und bewußtlos. Und der Kutscher – wo war er denn? Sie rief nach ihm. Keine Antwort. Noch immer saß sie auf dem Boden. Mir ist nichts geschehen, dachte sie, obwohl sie Schmerzen in allen Gliedern fühlte. Was tu' ich nur, was tu' ich nur ... es ist doch nicht möglich, daß mir gar nichts geschehen ist. »Franz!« rief sie. Eine Stimme antwortete ganz in der Nähe: »Wo sind S' denn, gnä' Fräul'n, wo ist der gnä' Herr? Es ist doch nix g'schehn? Warten S', Fräulein, – i zünd' nur die Latern' an, daß wir was sehn; i weiß net, was die Krampen heut hab'n. Ich bin net Schuld, meiner Seel' ... in ein' Schoderhaufen sein s' hinein, die verflixten Rösser.«

Emma hatte sich, trotzdem ihr alle Glieder weh taten, vollkommen aufgerichtet, und daß dem Kutscher nichts geschehen war, machte sie ein wenig ruhiger. Sie hörte, wie der Mann die Laternenklappe öffnete und Streichhölzchen anrieb. Angstvoll wartete sie auf das Licht. Sie wagte es nicht, Franz noch einmal zu berühren, der vor ihr auf dem Boden lag; sie dachte: wenn man nichts sieht, scheint alles furchtbarer; er hat gewiß die Augen offen ... es wird nichts sein.

Ein Lichtschimmer kam von der Seite. Sie sah plötzlich

den Wagen, der aber zu ihrer Verwunderung nicht auf dem Boden lag, sondern nur schief gegen den Straßengraben zu gestellt war, als wäre ein Rad gebrochen. Die Pferde standen vollkommen still. Das Licht näherte sich; sie sah den Schein allmählich über einen Meilenstein, über den Schotterhaufen in den Graben gleiten; dann kroch er auf die Füße Franzens, glitt über seinen Körper, beleuchtete sein Gesicht und blieb darauf ruhen. Der Kutscher hatte die Laterne auf den Boden gestellt; gerade neben den Kopf des Liegenden. Emma ließ sich auf die Knie nieder, und es war ihr, als hörte ihr Herz zu schlagen auf, wie sie das Gesicht erblickte. Es war blaß; die Augen halb offen, so daß sie nur das Weiße von ihnen sah. Von der rechten Schläfe rieselte langsam ein Streifen Blut über die Wange und verlor sich unter dem Kragen am Halse. In die Unterlippe waren die Zähne gebissen. »Es ist ja nicht möglich!« sagte Emma vor sich hin.

Auch der Kutscher war niedergekniet und starrte das Gesicht an. Dann packte er mit beiden Händen den Kopf und hob ihn in die Höhe. »Was machen Sie?« schrie Emma mit erstickter Stimme, und erschrak vor diesem Kopf, der sich selbständig aufzurichten schien.

»Gnä' Fräul'n, mir scheint, da ist ein großes Malheur gescheh'n.«

»Es ist nicht wahr«, sagte Emma. »Es kann nicht sein. Ist denn Ihnen was geschehen? Und mir ...«

Der Kutscher ließ den Kopf des Regungslosen wieder langsam sinken; – in den Schoß Emmas, die zitterte. »Wenn nur wer käm' ... wenn nur die Bauersleut' eine Viertelstund' später daher'kommen wären ...«

»Was sollen wir denn machen?« sagte Emma mit bebenden Lippen.

»Ja, Fräul'n wenn der Wagen net brochen wär' ... aber so, wie er jetzt zug'richt ist ... Wir müssen halt warten, bis wer kommt.« Er redete noch weiter, ohne daß Emma seine Worte auffaßte; aber während dem war es ihr, als käme sie zur Besinnung, und sie wußte, was zu tun war.

»Wie weit ist's bis zu den nächsten Häusern?« fragte sie.

»Das ist nimmer weit, Fräul'n, da ist ja gleich das Franz Josefsland ... Wir müßten die Häuser sehen, wenn's licht wär', in fünf Minuten müßte man dort sein.«

»Gehen Sie hin. Ich bleibe da, holen Sie Leute.«

»Ja, Fräul'n, ich glaub' schier, es ist g'scheiter, ich bleib mit Ihnen da – es kann ja nicht so lang dauern, bis wer kommt, es ist ja schließlich die Reichsstraße, und –«

»Da wird's zu spät, da kann's zu spät werden. Wir brauchen einen Doktor.«

Der Kutscher sah auf das Gesicht des Regungslosen, dann schaute er kopfschüttelnd Emma an.

»Das können Sie nicht wissen –«, rief Emma, »und ich auch nicht.«

»Ja, Fräul'n ... aber wo find' i denn ein' Doktor im Franz Josefsland?«

»So soll von dort jemand in die Stadt und –«

»Fräul'n, wissen's was! I denk mir, die werden dort vielleicht ein Telephon haben. Da könnten wir um die Rettungsgesellschaft telephonieren.«

»Ja, das ist das Beste! Gehen Sie nur, laufen Sie, um Himmelswillen! Und Leute bringen Sie mit ... Und ... bitt' Sie, gehen Sie nur, was tun Sie denn noch da?«

Der Kutscher schaute in das blasse Gesicht, das nun auf Emmas Schoß ruhte. »Rettungsgesellschaft, Doktor, wird nimmer viel nützen.«

»Gehen Sie! Um Gotteswillen! Gehen Sie!«

»I geh' schon – daß S' nur nicht Angst kriegen, Fräul'n, da in der Finstern.« Und er eilte rasch über die Straße fort. »I kann nix dafür, meiner Seel«, murmelte er vor sich hin.

»Ist auch eine Idee, mitten in der Nacht auf die Reichsstraßen ...«

Emma war mit dem Regungslosen allein auf der dunklen Straße. »Was jetzt?« dachte sie. Es ist doch nicht möglich ... das ging ihr immer wieder durch den Kopf ... es ist ja nicht möglich. – Es war ihr plötzlich, als hörte sie neben sich atmen. Sie beugte sich herab zu den blassen Lippen. Nein, von da kam kein Hauch. Das Blut an Schläfe und Wangen schien getrocknet zu sein. Sie starrte die Augen an; die gebrochenen Augen, und bebte zusammen. Ja warum glaube ich es denn nicht – es ist ja gewiß ... das ist der Tod! Und es durchschauerte sie. Sie fühlte nur mehr: ein Toter. Ich und ein Toter, der Tote auf meinem Schoß. Und mit zitternden Händen rückte sie den Kopf weg, so daß er wieder auf den Boden zu liegen kam. Und jetzt erst kam ein Gefühl entsetzlicher Verlassenheit über sie. Warum hatte sie den Kutscher weggeschickt? Was für ein Unsinn! Was soll sie denn da auf der Landstraße mit dem toten Manne allein anfangen? Wenn Leute kommen ... Ja, was soll sie denn tun, wenn Leute kommen? Wie lang wird sie hier warten müssen? Und sie sah wieder den Toten an. Ich bin nicht allein mit ihm, fiel ihr ein. Das Licht ist ja da. Und es kam ihr vor, als wäre dieses Licht etwas Liebes und Freundliches, dem sie danken müßte. Es war mehr Leben in dieser kleinen Flamme, als in der ganzen weiten Nacht um sie; ja, es war ihr fast, als sei ihr dieses Licht ein Schutz gegen den blassen fürchterlichen Mann, der neben ihr auf dem Boden lag ... Und sie sah in das Licht so lang, bis ihr die Augen flimmerten, bis es zu tanzen begann. Und plötzlich hatte sie das Gefühl, als wenn sie erwachte. Sie sprang auf! Das geht ja nicht, das ist ja unmöglich, man darf mich doch nicht hier mit ihm finden ... Es war ihr, als sähe sie sich jetzt selbst auf der Straße stehen, zu ihren Füßen den Toten und das Licht; und sie sah sich, als ragte sie in sonderbarer Größe in die Dunkelheit hinein. Worauf wart' ich, dachte sie, und ihre Gedanken jagten ... Worauf wart' ich? Auf die Leute? – Was brauchen mich denn die? Die Leute werden kommen und fragen ... und ich ... was tu' ich denn hier? Alle werden fragen, wer ich bin. Was soll ich ihnen antworten? Nichts. Kein Wort werd' ich reden, wenn sie kommen, schweigen werd' ich. Kein Wort ... sie können mich ja nicht zwingen.

Stimmen kamen von weitem.

Schon? dachte sie. Sie lauschte angstvoll. Die Stimmen kamen von der Brücke her. Das konnten also nicht die Leute sein, die der Kutscher geholt hatte. Aber wer immer sie waren – jedenfalls werden sie das Licht bemerken – und das durfte nicht sein, dann war sie entdeckt.

Und sie stieß mit dem Fuß die Laterne um. Die verlöschte. Nun stand sie in tiefer Finsternis. Nichts sah sie. Auch ihn sah sie nicht mehr. Nur der weiße Schotterhaufen glänzte ein wenig. Die Stimmen kamen näher. Sie begann am ganzen Körper zu zittern. Nur hier nicht entdeckt werden. Um Himmelswillen, das ist ja das einzige Wichtige, nur auf das und auf gar nichts anderes kommt es an – sie ist ja verloren, wenn ein Mensch erfährt, daß sie die Geliebte von ... Sie faltet die Hände krampfhaft. Sie betet, daß die Leute auf der anderen Seite der Straße vorüber gehen mögen, ohne sie zu bemerken. Sie lauscht. Ja von drüben ... Was reden Sie doch? ... Es sind zwei Frauen oder drei. Sie haben den Wagen bemerkt, denn sie reden etwas davon, sie kann Worte unterscheiden. Ein Wagen ... umgefallen ... was sagen sie sonst? Sie kann es nicht verstehen. Sie gehen weiter ... sie sind vorüber ... Gott sei Dank! Und jetzt, was jetzt? Oh, warum ist sie nicht tot wie er? Er ist zu beneiden, für ihn ist alles vorüber ... für ihn gibt es keine Gefahr mehr und keine Furcht. Sie aber zittert vor vielem. Sie fürchtet, daß man sie hier finden, daß man sie fragen wird: wer sind Sie? ... Daß sie mit auf die Polizei muß, daß alle Menschen es erfahren werden, daß ihr Mann – daß ihr Kind –

Und sie begreift nicht, daß sie so lange schon dagestanden ist wie angewurzelt ... Sie kann ja fort, sie nützt ja keinem hier, und sich selbst bringt sie ins Unglück. Und sie macht einen Schritt ... Vorsichtig ... sie muß durch den Straßengraben ... hinüber ... einen Schritt hinauf – oh, er ist so seicht! – und noch zwei Schritte, bis sie in der Mitte der Straße ist ... und dann steht sie einen Augenblick still, sieht vor sich hin und kann den grauen Weg ins Dunkle hinein verfolgen. Dort – dort ist die Stadt. Sie kann nichts von ihr sehen ... aber die Richtung ist ihr klar. Noch einmal wendet sie sich um. Es ist ja gar nicht so dunkel. Sie kann den Wagen ganz gut sehn; auch die Pferde ... und wenn sie sich sehr anstrengt, merkt sie auch etwas wie die Umrisse eines menschlichen Körpers, der auf dem Boden liegt. Sie reißt die Augen weit auf, es ist ihr, als hielte sie etwas hier zurück ... der Tote ist es, der sie hier behalten will, und es graut sie vor seiner Macht ... Aber gewaltsam macht sie sich frei, und jetzt merkt sie: der Boden ist zu feucht; sie steht auf der glitschigen Straße, und der nasse Staub hat sie nicht fortgelassen. Nun aber geht sie ... geht rascher ... läuft ... und fort von da ... zurück ... in das Licht, in den Lärm, zu den Menschen! Die Straße läuft sie entlang, hält das Kleid hoch, um nicht zu fallen. Der Wind ist ihr im Rücken, es ist, als wenn er sie vorwärts triebe. Sie weiß nicht mehr recht, wovor sie flieht. Es ist ihr, als ob sie vor dem bleichen Manne fliehen müßte, der dort weit hinter ihr, neben dem Straßengraben liegt ... dann fällt ihr ein, daß sie ja den Lebendigen entkommen will, die gleich dort sein und sie suchen werden. Was werden die denken? Wird man ihr nicht nach? Aber man kann sie nicht mehr einholen, sie ist ja gleich bei der Brücke, sie hat einen großen Vorsprung, und dann ist die Gefahr vorbei. Man kann ja nicht ahnen, wer sie ist, keine Seele kann ahnen, wer die Frau war, die mit jenem Mann über die Reichsstraße gefahren ist. Der Kutscher kennt sie nicht, er wird sie auch nicht erkennen, wenn er sie später einmal sieht. Man wird sich auch nicht darum kümmern, wer sie war. Wen geht es an? – Es ist sehr klug, daß sie nicht dort geblieben ist, es ist auch nicht gemein. Franz selbst hätte ihr recht gegeben. Sie muß ja nach Haus, sie hat ein Kind, sie hat einen Mann, sie wäre ja verloren, wenn man sie dort bei ihrem toten Geliebten gefunden hätte. Da ist die Brücke, die Straße scheint heller ... ja schon hört sie das Wasser rauschen wie früher; sie ist da, wo sie mit ihm Arm in Arm gegangen – wann – wann? Vor wieviel Stunden? Es kann noch nicht lange sein. Nicht lang? Vielleicht doch! Vielleicht war sie lange bewußtlos, vielleicht ist es längst Mitternacht, vielleicht ist der Morgen schon nahe, und sie wird daheim schon vermißt. Nein, nein, das ist ja nicht möglich, sie weiß, daß sie gar nicht bewußtlos war; sie erinnert sich jetzt genauer als im ersten Augenblick, wie sie aus dem Wagen gestürzt und gleich über alles im Klaren gewesen ist. Sie läuft über die Brücke und hört ihre Schritte hallen. Sie sieht nicht nach rechts und links. Jetzt bemerkt sie, wie eine Gestalt ihr entgegenkommt. Sie mäßigt ihre Schritte. Wer kann das sein, der ihr entgegenkommt? Es ist jemand in Uniform. Sie geht ganz langsam. Sie darf nicht auffallen. Sie glaubt zu merken, daß der Mann den Blick fest auf sie gerichtet hält. Wenn er sie fragt? Sie ist neben ihm, erkennt die Uniform; es ist ein Sicherheitswachmann; sie geht an ihm vorüber. Sie hört, daß er hinter ihr stehen geblieben ist. Mit Mühe hält sie sich davon zurück, wieder zu laufen; es wäre verdächtig. Sie geht noch immer so langsam wie früher. Sie hört das Geklingel der Pferdeeisenbahn. Es kann noch lang nicht Mitternacht sein. Jetzt geht sie wieder schneller; sie eilt der Stadt entgegen, deren Lichter sie schon unter dem Eisenbahnviadukt am Ausgang der Straße entgegenschimmern sieht, deren gedämpften Lärm sie schon zu vernehmen glaubt. Noch diese einsame Straße, und dann ist die Erlösung da. Jetzt hört sie von weitem schrille Pfiffe, immer schriller, immer näher; ein Wagen saust an ihr vorüber. Unwillkürlich bleibt sie stehen und sieht ihm nach. Es ist der Wagen der Rettungsgesellschaft. Sie weiß, wohin er fährt. Wie schnell! denkt sie ... Es ist wie Zauberei. Einen Moment lang ist ihr, als müßte sie den Leuten nachrufen, als müßte sie mit, als müßte sie wieder dahin zurück, woher sie gekommen – einen Moment lang packt sie eine ungeheure Scham, wie sie sie nie empfunden; und sie weiß, daß sie feig und schlecht gewesen ist. Aber wie sie das Rollen und Pfeifen immer ferner verklingen hört, kommt eine wilde Freude über sie, und wie eine Gerettete eilt sie vorwärts. Leute kommen ihr entgegen; sie hat keine Angst mehr vor ihnen – das Schwerste ist überstanden. Der Lärm der Stadt wird deutlich, immer lichter wird es vor ihr; schon sieht sie die Häuserzeile der Praterstraße, und es ist ihr, als werde sie dort von einer Flut von Menschen erwartet, in der sie spurlos verschwinden darf. Wie sie jetzt zu einer Straßenlaterne kommt, hat sie schon die Ruhe, auf ihre Uhr zu sehen. Es ist zehn Minuten vor Neun. Sie hält die Uhr ans Ohr – sie ist nicht stehen geblieben. Und sie denkt: ich bin lebendig, gesund ... sogar meine Uhr geht ... und er ... er ... tot ... Schicksal ... Es ist ihr, als wäre ihr alles verziehen ... als wäre nie irgendeine Schuld auf ihrer Seite gewesen. Es hat sich erwiesen, ja es hat sich erwiesen. Sie hört, wie sie diese Worte laut spricht. Und wenn es das Schicksal anders bestimmt hätte? – Und wenn sie jetzt dort im Graben läge und er am Leben geblieben wäre? Er wäre nicht geflohen, nein ... er nicht. Nun ja, er ist ein Mann. Sie ist ein Weib –

und sie hat ein Kind und einen Gatten. – Sie hat Recht gehabt, – es ist ihre Pflicht – ja ihre Pflicht. Sie weiß ganz gut, daß sie nicht aus Pflichtgefühl so gehandelt … Aber sie hat doch das Rechte getan. Unwillkürlich … wie … gute Menschen immer. Jetzt wäre sie schon entdeckt. Jetzt würden die Ärzte sie fragen. Und Ihr Mann, gnädige Frau? O Gott! … Und die Zeitungen morgen – und die Familie – sie wäre für alle Zeit vernichtet gewesen und hätte ihn doch nicht zum Leben erwecken können. Ja, das war die Hauptsache; für nichts hätte sie sich zu Grunde gerichtet. – Sie ist unter der Eisenbahnbrücke. – Weiter … weiter … Hier ist die Tegetthoffsäule, wo die vielen Straßen ineinander laufen. Es sind heute, an dem regnerischen, windigen Herbstabend wenig Leute mehr im Freien, aber ihr ist es, als brause das Leben der Stadt mächtig um sie; denn woher sie kommt, dort war die fürchterlichste Stille. Sie hat Zeit. Sie weiß, daß ihr Mann heute erst gegen zehn nach Hause kommen wird – sie kann sich sogar noch umkleiden. Jetzt fällt es ihr ein, ihr Kleid zu betrachten. Mit Schrecken merkt sie, daß es über und über beschmutzt ist. Was wird sie dem Stubenmädchen sagen? Es fährt ihr durch den Kopf, daß morgen die Geschichte von dem Unglücksfall in allen Zeitungen zu lesen sein wird. Auch von einer Frau, die mit im Wagen war, und die dann nicht mehr zu finden war, wird überall zu lesen stehen, und bei diesem Gedanken bebt sie von neuem – *eine* Unvorsichtigkeit, und all ihre Feigheit war umsonst. Aber sie hat den Wohnungsschlüssel bei sich; sie kann ja selbst aufsperren; – sie wird sich nicht hören lassen. Sie steigt rasch in einen Fiaker. Schon will sie ihm ihre Adresse angeben, da fällt ihr ein, daß das vielleicht unklug wäre, und sie ruft ihm irgend einen Straßennamen zu, der ihr eben einfällt. Wie sie durch die Praterstraße fährt, möchte sie gern irgend etwas empfinden, aber sie kann es nicht; sie fühlt, daß sie nur einen Wunsch hat: zu Hause, in Sicherheit sein. Alles andere ist ihr gleichgültig. Im Augenblick, da sie sich entschlossen hat, den Toten allein auf der Straße liegen zu lassen, hat alles in ihr verstummen müssen, was um ihn klagen und jammern wollte. Sie kann jetzt nichts mehr empfinden als Sorge um sich. Sie ist ja nicht herzlos ... o nein! ... sie weiß ganz gewiß, es werden Tage kommen, wo sie verzweifeln wird; vielleicht wird sie daran zu Grunde gehen; aber jetzt ist nichts in ihr, als die Sehnsucht, mit trockenen Augen und ruhig zu Hause am selben Tisch mit ihrem Gatten und ihrem Kinde zu sitzen. Sie sieht durchs Fenster hinaus. Der Wagen fährt durch die innere Stadt; hier ist es hell erleuchtet, und ziemlich viele Menschen eilen vorbei. Da ist ihr plötzlich, als könne alles, was sie in den letzten Stunden durchlebt, gar nicht wahr sein. Wie ein böser Traum erscheint es ihr ... unfaßbar als Wirkliches, Unabänderliches. In einer Seitengasse nach dem Ring läßt sie den Wagen halten, steigt aus, biegt rasch um die Ecke und nimmt dort einen andern Wagen, dem sie ihre richtige Adresse angibt. Es kommt ihr vor, als wäre sie jetzt überhaupt nicht mehr fähig, einen Gedanken zu fassen. Wo ist er jetzt, fährt es ihr durch den Sinn. Sie schließt die Augen, und sie sieht ihn vor sich auf einer Bahre liegen, im Krankenwagen – und plötzlich ist ihr, als sitze sie neben ihm und fahre mit ihm. Und der Wagen beginnt zu schwanken, und sie hat Angst, daß sie herausgeschleudert werde, wie damals – und sie schreit auf. Da hält der Wagen. Sie fährt zusammen; sie ist vor ihrem Haustor. – Rasch steigt sie aus, eilt durch den Flur, mit leisen Schritten, so daß der Portier hinter seinem Fenster gar nicht aufschaut, die Treppen hinauf, sperrt leise die Tür auf, um nicht gehört zu werden ... durchs Vorzimmer in ihr Zimmer – es ist gelungen! Sie macht Licht, wirft eilig ihre Kleider ab und verbirgt sie wohl im Schrank. Über Nacht sollen sie trocknen – morgen will sie

sie selber bürsten und reinigen. Dann wäscht sie sich Gesicht und Hände und nimmt einen Schlafrock um.

Jetzt klingelt es draußen. Sie hört das Stubenmädchen an die Wohnungstür kommen und öffnen. Sie hört die Stimme ihres Mannes; sie hört, wie er den Stock hinstellt. Sie fühlt, daß sie jetzt stark sein müsse, sonst kann noch immer alles vergeblich gewesen sein. Sie eilt ins Speisezimmer, so daß sie im selben Augenblick eintritt wie ihr Gatte.

»Ah, du bist schon zu Haus?« sagte er.

»Gewiß«, antwortet sie, »schon lang.«

»Man hat dich offenbar nicht kommen gesehn.« Sie lächelt, ohne sich dazu zwingen zu müssen. Es macht sie nur sehr müde, daß sie auch lächeln muß. Er küßt sie auf die Stirn.

Der Kleine sitzt schon bei Tisch; er hat lang warten müssen, ist eingeschlafen. Auf dem Teller hat er sein Buch liegen, auf dem offenen Buch ruht sein Gesicht. Sie setzt sich neben ihn, der Gatte ihr gegenüber, nimmt eine Zeitung und wirft einen flüchtigen Blick hinein. Dann legt er sie weg und sagt: »Die anderen sitzen noch zusammen und beraten weiter.«

»Worüber?« fragt sie.

Und er beginnt zu erzählen, von der heutigen Sitzung, sehr lang, sehr viel. Emma tut, als höre sie zu, nickt zuweilen.

Aber sie hört nichts, sie weiß nicht, was er spricht, es ist ihr zu Mute, wie einem, der furchtbaren Gefahren auf wunderbare Weise entronnen ... sie fühlt nichts als: Ich bin gerettet, ich bin daheim. Und während ihr Mann immer weiter erzählt, rückt sie ihren Sessel näher zu ihrem Jungen, nimmt seinen Kopf und drückt ihn an ihre Brust. Eine unsägliche Müdigkeit überkommt sie – sie kann sich nicht beherrschen, sie fühlt, daß der Schlummer über sie kommt; sie schließt die Augen.

Plötzlich fährt ihr eine Möglichkeit durch den Sinn, an die sie seit dem Augenblick, da sie sich aus dem Graben erhoben hat, nicht mehr gedacht. Wenn er nicht tot wäre! Wenn er ... Ach nein, es war kein Zweifel möglich ... Diese Augen ... dieser Mund – und dann ... kein Hauch von seinen Lippen. – Aber es gibt ja den Scheintod. Es gibt Fälle, wo sich geübte Blicke irren. Und sie hat gewiß keinen geübten Blick. Wenn er lebt, wenn er schon wieder zu Bewußtsein gekommen ist, wenn er sich plötzlich mitten in der Nacht auf der Landstraße allein gefunden ... wenn er nach ihr ruft ... ihren Namen ... wenn er am Ende fürchtet, sie sei verletzt ... wenn er den Ärzten sagt, hier war eine Frau, sie muß weiter weggeschleudert worden sein. Und ... und ... ja, was dann? Man wird sie suchen. Der Kutscher wird zurückkommen vom Franz Josefsland mit Leuten ... er wird erzählen ... die Frau war ja da, wie ich fortgegangen bin – und Franz wird ahnen. Franz wird wissen ... er kennt sie ja so gut ... er wird wissen, daß sie davongelaufen ist, und ein gräßlicher Zorn wird ihn erfassen, und er wird ihren Namen nennen, um sich zu rächen. Denn er ist ja verloren ... und es wird ihn so tief erschüttern, daß sie ihn in seiner letzten Stunde allein gelassen, daß er rücksichtslos sagen wird: Es war Frau Emma, meine Geliebte ... feig und dumm zugleich, denn nicht wahr, meine Herren Ärzte, Sie hätten sie gewiß nicht um ihren Namen gefragt, wenn man Sie um Diskretion ersucht hätte. Sie hätten sie ruhig gehen lassen, und ich auch, o ja – nur hätte sie dableiben müssen, bis Sie gekommen sind. Aber da sie so schlecht gewesen ist, sag' ich Ihnen, wer sie ist ... es ist ... Ah!

»Was hast du?« sagt der Professor sehr ernst, indem er aufsteht.

»Was ... wie? ... Was ist?«

»Ja, was ist dir denn?«

»Nichts.« Sie drückte den Jungen fester an sich.

Der Professor sieht sie lang an. »Weißt du, daß du begonnen hast, einzuschlummern und –«

»Und?«

»Dann hast du plötzlich aufgeschrien.«

»... So?«

»Wie man im Traum schreit, wenn man Alpdrücken hat. Hast du geträumt?«

»Ich weiß nicht. Ich weiß gar nichts.«

Und sich selbst gegenüber im Wandspiegel sieht sie ein Gesicht, das lächelt, grausam, und mit verzerrten Zügen. Sie weiß, daß es ihr eigenes ist, und doch schaudert ihr davor ... Und sie merkt, daß es starr wird, sie kann den Mund nicht bewegen, sie weiß es: dieses Lächeln wird, so lange sie lebt, um ihre Lippen spielen. Und sie versucht zu schreien. Da fühlt sie, wie sich zwei Hände auf ihre Schultern legen, und sie sieht, wie sich zwischen ihr eigenes Gesicht und das im Spiegel das Antlitz ihres Gatten drängt; seine Augen, fragend und drohend, senken sich in die ihren. Sie weiß: übersteht sie diese letzte Prüfung nicht, so ist alles verloren. Und sie fühlt, wie sie wieder stark wird, sie hat ihre Züge, ihre Glieder in der Gewalt; sie kann in diesem Augenblick mit ihnen anfangen, was sie will; aber sie muß ihn benützen, sonst ist es vorbei, und sie greift mit ihren beiden Händen nach denen ihres Gatten, die noch auf ihren Schultern liegen, zieht ihn zu sich; sieht ihn heiter und zärtlich an.

Und während sie die Lippen ihres Mannes auf ihrer Stirn fühlt, denkt sie: freilich ... ein böser Traum. Er wird es niemandem sagen, wird sich nie rächen, nie ... er ist tot ... er ist ganz gewiß tot ... und die Toten schweigen.

»Warum sagst du das?« hörte sie plötzlich die Stimme ihres Mannes. Sie erschrickt tief. »Was hab' ich denn gesagt?« Und es ist ihr, als habe sie plötzlich alles ganz laut erzählt ...

als habe sie die ganze Geschichte dieses Abends hier bei Tisch mitgeteilt ... und noch einmal fragt sie, während sie vor seinem entsetzten Blick zusammenbricht: »Was hab' ich denn gesagt?«

»Die Toten schweigen«, wiederholt ihr Mann sehr langsam.

»Ja ...«, sagt sie, »ja ...«

Und in seinen Augen liest sie, daß sie ihm nichts mehr verbergen kann, und lange seh'n die beiden einander an. »Bring' den Buben zu Bett«, sagte er dann zu ihr; »ich glaube, du hast mir noch etwas zu erzählen ...«

»Ja«, sagte sie.

Und sie weiß, daß sie diesem Manne, den sie durch Jahre betrogen hat, im nächsten Augenblick die ganze Wahrheit sagen wird.

Und während sie mit ihrem Jungen langsam durch die Tür schreitet, immer die Augen ihres Gatten auf sich gerichtet fühlend, kommt eine große Ruhe über sie, als würde vieles wieder gut ...

DIE FREMDE

Als Albert um sechs Uhr früh erwachte, war das Bett neben ihm leer, und seine Frau war fort. Auf ihrem Nachttisch lag ein beschriebener Zettel. Albert langte nach ihm und las folgende Worte: »Mein lieber Freund, ich bin früher aufgewacht als du. Adieu. Ich gehe fort. Ob ich zurückkommen werde, weiß ich nicht. Leb wohl. Katharina.«

Albert ließ den Zettel auf die weiße Bettdecke sinken und schüttelte den Kopf. Ob sie nun heute wiederkam oder nicht – es war ja doch ziemlich gleichgültig. Er wunderte sich weder über Inhalt, noch über Ton des Briefes. Es war nur ein wenig früher gekommen, als er erwartet. Vierzehn Tage hatte das ganze Glück gewährt. Was lag daran? Er war bereit.

Langsam erhob er sich, warf den Schlafrock um, tat ein paar Schritte zum Fenster hin und öffnete es. Die Stadt Innsbruck lag in friedlich stillem Morgenschein zu seinen Füßen, und in der Ferne ragten unruhige Felsen in das blaue Licht. Albert kreuzte die Arme über der Brust und sah ins Freie. Ihm war sehr weh ums Herz. Er dachte, wie doch alle Voraussicht und selbst ein vorgefaßter Entschluß ein schweres Geschick nicht leichter, sondern nur mit besserer Haltung tragen ließen. Er zögerte eine Weile. Aber was sollte er jetzt noch abwarten? War es nicht das beste, gleich ein Ende zu machen? War nicht schon die Neugier, die ihn quälte, ein Verrat an seinen Vorsätzen? Sein Los mußte sich erfüllen. Entschieden war es doch schon gewesen, als er vor zwei Jahren beim Tanze das erstemal den kühlen Hauch der geheimnisvollen Lippen seine Wange streifen fühlte.

Er erinnerte sich, wie er in jener Nacht mit seinem Freunde Vincenz nach Hause gegangen war. An alles mußte er denken, was ihm Vincenz damals erzählt hatte; und der zarte Ton früher Warnung klang ihm wieder im Ohr. Vincenz wußte mancherlei über Katharina und ihre Familie. Der Vater war als Oberst eines Artillerie-Regimentes während des bosnischen Feldzuges in den Freiherrnstand erhoben worden und fiel durch die Kugel eines Insurgenten. Ihr Bruder war Kavallerie-Leutnant gewesen und hatte sein Erbteil rasch durchgebracht; später opferte die Mutter, um den Sohn vor dem Schlimmsten zu bewahren, ihr ganzes Vermögen auf; das half aber nicht für lange, und bald darauf erschoß sich der junge Offizier. Nun stellte der Baron Maaßburg, der als Bräutigam Katharinens galt, seine Besuche in dem Hause ein. Man brachte das nicht nur mit den nunmehr erklärt ärmlichen Verhältnissen der Familie in Zusammenhang, sondern auch mit einer merkwürdigen Szene, die sich während des Leichenbegängnisses zugetragen hatte. Katharina war einem ihr bis dahin ganz unbekannten Kameraden ihres Bruders schluchzend in die Arme gefallen, als wäre er ihr Freund oder Verlobter. Ein Jahr später wurde sie von einer heftigen Schwärmerei für den berühmten Orgelspieler Banetti erfaßt. Er verließ Wien, ohne daß sie ihn jemals gesprochen hatte. Eines Morgens erzählte sie ihrer Mutter den Traum, daß Banetti zu ihnen ins Zimmer getreten, auf dem Klavier eine Fuge von Bach gespielt, dann rücklings zu Boden gestürzt und tot dagelegen war, während sich die Decke öffnete und das Klavier in den Himmel schwebte. Am selben Tage traf die Nachricht ein, daß sich Banetti in einem kleinen lombardischen Dorf von der Kirchturmspitze in den Friedhof hinabgestürzt hatte und tot zu Füßen eines Kreuzes liegen geblieben war. Bald darauf begannen sich bei Katharinen die Anzeichen einer Gemütskrankheit zu zeigen, die sich allmählich bis zu tiefster Versunkenheit steigerte; nur der dringende Widerstand der Mutter und deren fester

Glaube an die Genesung Katharinens hielt die Ärzte davon ab, das Mädchen in eine Anstalt zu bringen. Ein ganzes Jahr brachte Katharina tagsüber einsam und schweigend hin; aber nachts erhob sie sich zuweilen aus dem Bette und sang einfache Lieder wie in früherer Zeit. Allmählich, zum größten Staunen der Ärzte, erwachte Katharina aus ihrem Trübsinn. Sie schien dem Leben, ja der Freude wiedergegeben. Bald nahm sie Einladungen, zuerst nur in engere Zirkel an; der Bekanntenkreis breitete sich wieder aus, und als Albert sie auf dem Weißen Kreuz-Ball kennen lernte, war sie ihm von einer solchen Ruhe des Gemütes erschienen, daß er den Erzählungen seines Freundes auf dem Heimweg nur zweifelnd zu folgen vermochte.

Albert von Webeling, der früher nicht sehr viel in der Welt verkehrt hatte, war durch den guten Namen seiner Familie, durch seine Stellung als Vize-Sekretär in einem Ministerium leicht in die Lage versetzt, in den Kreisen Katharinens Zutritt zu finden. Jede Begegnung vertiefte seine Neigung für sie. Katharina trug sich immer einfach, aber ihre hohe Gestalt und ganz besonders ihre einzige, ja königliche Weise, das Haupt zu neigen, wenn sie jemandem zuhörte, verlieh ihr eine Vornehmheit von ganz eigener Art. Sie sprach nicht viel, und ihre Augen pflegten oft, wenn sie in Gesellschaft war, wie in eine für die andern unzugängliche Ferne zu blikken. Die jüngeren Herren behandelte sie mit einiger Unachtsamkeit, lieber unterhielt sie sich mit reiferen Männern von Rang oder Ruf. Und, wieder ein Jahr, nachdem Albert sie kennen gelernt hatte, verlobte sie das Gerücht mit dem Grafen Rummingshaus, der eben von einer Forschungsreise in Tibet und Turkestan heimgekehrt war. Damals wußte Albert, daß der Tag, an dem Katharina einem andern die Hand zur Ehe reichte, der letzte seines Lebens sein würde, und er, dessen Dasein bis zu seinem dreißigsten Jahr unbeirrt hingeflossen war, begriff mit einem Male alle Gefahren und allen Wahnsinn, in die heftige Leidenschaft den besonnensten Mann zu stürzen vermag. Von seiner Nichtigkeit Katharinen gegenüber war er völlig durchdrungen. Er hatte sein anständiges Auskommen und konnte als Junggeselle ein recht behagliches Leben führen, aber Reichtum hatte er von keiner Seite zu erwarten. Eine sichere, aber gewiß nicht bedeutende Laufbahn stand ihm bevor. Er kleidete sich mit großer Sorgfalt, ohne jemals wirklich elegant auszusehen, er redete nicht ohne Gewandtheit, hatte aber niemals irgend etwas Besonderes zu sagen, und er war stets gerne gesehen, ohne jemals aufzufallen. Und so fühlte er, daß ein Wesen, geheimnisvoll und gleichsam aus einer andern Welt wie Katharina, sich tief zu ihm herablassen müßte, wenn er sie gewinnen wollte, und daß sie jedenfalls von ihm verlangen durfte, ein unverdientes Glück teuer zu bezahlen. Da er sich aber zu jedem Opfer bereit wußte, schien er sich auch allmählich ihrer würdig zu werden. Eines Morgens erfuhr er, daß der Graf nach Galizien abgereist war, ohne sich erklärt zu haben; mit einer Entschlossenheit, die sonst seine Art nicht war, hielt er den rechten Augenblick für gekommen und begab sich zu Katharina.

Wie weit schien ihm nun jene Stunde zu liegen!

Er sah das Zimmer im Schottenhof vor sich, weitläufig und gewölbt, aber niedrig, mit alten, gut gehaltenen Möbeln, sah den vereinsamten dunkelroten Fauteuil am Fenster stehen, das offene Piano mit den aufgeschlagenen Noten, den runden Mahagonitisch, darauf das Album mit dem Perlmutterdeckel und die Visitkartenschale aus Alt-Meißner Porzellan. Und er erinnerte sich, wie er in den geräumigen Hof hinuntergeblickt hatte, durch den eben viele Leute von der Palmsonntagmesse aus der gegenüberliegenden Schottenkirche kamen. Während die Glocken läuteten, trat

Katharina mit ihrer Mutter aus dem Nebenzimmer herein und war nicht so erstaunt über seinen Besuch, als er eigentlich erwartete. Sie hörte ihm freundlich zu und nahm seinen Antrag an, kaum in größerer Bewegung, als wenn er die Einladung zu einem Ball überbracht hätte. Die Mutter, immer mit dem verbindlichen Lächeln der Schwerhörigen, saß still in der Diwan-Ecke und führte ihren kleinen schwarzen Seidenfächer manchmal ans Ohr. Während des ganzen Gesprächs in dem kühlen, sonntagsstillen Zimmer hatte Albert die Empfindung, als wäre er in eine Gegend gekommen, über die durch lange Zeit heftige Stürme gejagt hätten, und die nun eine große Sehnsucht nach Ruhe atmete. Und als er später die graue Treppe hinunterschritt, ward ihm nicht die beseligende Empfindung eines erfüllten Wunsches, sondern nur das Bewußtsein, daß er in eine wohl wundersame, aber ungewisse und dunkle Epoche seines Lebens eingetreten war. Und wie er so durch den Sonntag spazierte, von Straße zu Straße, durch Gärten und Alleen, den Frühjahrshimmel über sich, an manchen fröhlichen und unbekümmerten Menschen vorbei, da fühlte er, daß er von nun an nicht mehr zu diesen gehörte, und daß über ihm ein Geschick anderer und besonderer Art zu walten begann.

Jeden Abend saß er nun oben in dem gewölbten Zimmer. Zuweilen sang Katharina mit einer angenehmen Stimme, aber beinahe völlig ausdruckslos, einfache, meist italienische Volkslieder, zu denen er sie auf dem Klavier begleitete. Nachher stand er oft mit ihr bis zum späten Abend am Fenster und sah in den stillen Hof hinab, wo die Bäume grünten und knospten. An schönen Nachmittagen traf er manchmal im Belvederegarten mit ihr zusammen; dort war sie meist schon lang gesessen und hatte den Kinderspielen zugesehen. Wenn sie ihn kommen sah, stand sie auf, und dann spazierten sie auf den besonnten Kieswegen auf und ab. Anfangs redete er manchmal von seiner früheren Existenz, von den Jugendjahren im Grazer Elternhaus, von der Studienzeit in Wien, von Sommerreisen, und er wunderte sich nur über die Schattenhaftigkeit, in der beim Versuch erinnernden Gestaltens ihm selbst sein bisheriges Leben erschien. Vielleicht lag es auch daran, daß Katharina allen diesen Dingen nicht das geringste Interesse entgegenbrachte. Seltsame Dinge ereigneten sich, die an sich ohne Bedeutung sein mochten, die aber jedenfalls ohne Erklärung blieben. So begegnete Albert eines Tages um die Mittagsstunde seiner Braut auf dem Stephansplatz in Gesellschaft eines in Trauer gekleideten, eleganten Herrn, den er früher nie gesehen hatte. Albert blieb stehen, aber Katharina grüßte kühl, und ohne sich um ihn zu kümmern, ging sie mit dem fremden Herrn weiter. Albert folgte ihr eine Weile, der Herr stieg in einen Wagen, der an einer Straßenecke auf ihn wartete, und fuhr davon. Katharina ging nach Hause. Als Albert sie abends fragte, wer jener Herr gewesen wäre, sah sie ihn befremdet an, nannte einen ihm gänzlich unbekannten polnischen Namen und zog sich für den Rest des Abends auf ihr Zimmer zurück. Ein anderes Mal ließ sie abends lang vergeblich auf sich warten. Endlich erschien sie, als es zehn Uhr schlug, mit einem Strauß von Feldblumen in der Hand und erzählte, daß sie auf dem Lande gewesen und auf einer Wiese eingeschlafen sei. Die Blumen warf sie zum Fenster hinab. Einmal besuchte sie mit Albert das Künstlerhaus und stand lang mit ihm vor einem Bild, das eine einsame grüne Höhenlandschaft mit weißen Wolken drüber vorstellte. Ein paar Tage darauf sprach sie von dieser Gegend, als wäre sie in Wirklichkeit über diese Höhen gewandelt, und zwar als Kind in Gesellschaft ihres verstorbenen Bruders. Zuerst glaubte Albert, daß sie scherzte, allmählich aber merkte er, daß das Bild für sie in der Erinnerung gleichsam lebendig geworden war. Damals fühlte er, wie sich sein Staunen in ein schmerzliches Grauen zu verwandeln begann. Aber je unfaßlicher ihm ihr Wesen zu entgleiten schien, um so hoffnungslos dringender rief seine Sehnsucht nach ihr. Zuweilen gelang es ihm, sie von ihrer Jugend reden zu machen. Doch alles, was sie berichtete, Erzählungen wirklicher Geschehnisse und Geständnisse ferner Träumereien, schwebte wie im gleichen matten Schimmer vorüber, so daß Albert nicht wußte, was sich ihrem Gedächtnis lebendiger eingeprägt: jener Orgelspieler, der sich vom Kirchturm herabgestürzt hatte, der junge Herzog von Modena, der einmal im Prater an ihr vorübergeritten war, oder ein Van Dyckscher Jüngling, dessen Bildnis sie als junges Mädchen in der Liechtenstein-Galerie gesehen hatte. Und so dämmerte auch jetzt ihr Wesen hin, wie nach unbekannten oder ungewissen Zielen, und Albert ahnte, daß er nichts anderes für sie bedeutete als irgend einer, dem sie in einer Gesellschaft zu einer Runde durch den Saal den Arm gereicht hätte. Und da ihm jede Kraft gebrach, sie aus ihrer verschwommenen Art des Daseins emporzuziehen, fühlte er endlich, wie ihn der verwirrende Hauch ihres Wesens zu betäuben und wie sich allmählich seine Weise zu denken, ja selbst zu handeln, aller durch das tägliche Leben gegebenen Notwendigkeit zu entäußern begann. Es fing damit an, daß er Einkäufe für den künftigen Hausstand machte, die seine Verhältnisse weit überstiegen. Dann schenkte er seiner Braut Schmuckgegenstände von beträchtlichem Wert. Und am Tage vor der Hochzeit kaufte er ein kleines Häuschen in einer Gartenvorstadt, das ihr auf einem Spaziergang gefallen hatte, und überbrachte ihr am selben Abend eine Schenkungsurkunde, durch die es in ihren alleinigen Besitz überging. Sie aber nahm alles mit der gleichen Freundlichkeit und Ruhe hin, wie früher den Antrag seiner Hand. Gewiß hielt sie ihn für reicher, als er war. Im

Anfang hatte er natürlich daran gedacht, auch über seine Vermögensverhältnisse mit ihr zu reden. Er schob es von Tag zu Tag hinaus, da ihm die Worte versagten; aber endlich kam es dahin, daß er jede Aussprache über dergleichen Dinge für überflüssig hielt. Denn wenn sie über ihre Zukunft redete, so tat sie das nicht wie jemand, dem ein vorgezeichneter Weg ins Weite weist; vielmehr schienen ihr alle Möglichkeiten nach wie vor offen zu stehen, und nichts in ihrem Verhalten deutete auf innere oder äußere Gebundenheit. So wußte Albert eines Tages, daß ihm ein unsicheres und kurzes Glück bevorstand, daß aber auch alles, was folgen könnte, wenn Katharina ihm einmal entschwunden war, jeglicher Bedeutung für ihn entbehrte. Denn ein Dasein ohne sie war für ihn vollkommen undenkbar geworden, und es war sein fester Entschluß, einfach die Welt zu verlassen, sobald ihm Katharina verloren war. In dieser Sicherheit fand er den einzigen, aber würdigen Halt während dieser wirren und sehnsuchtsvollen Zeit.

Am Morgen, da Albert Katharina zur Trauung abholte, war sie ihm geradeso fremd, als an dem Abend, da er sie kennen gelernt hatte. Sie wurde die Seine ohne Leidenschaft und ohne Widerstreben. Sie reisten miteinander ins Gebirge. Durch sommerliche Täler fuhren sie, die sich weiteten und engten; ergingen sich an den milden Ufern heiter bewegter Seen und wandelten auf verlorenen Wegen durch den raunenden Wald. An manchen Fenstern standen sie, schauten hinab zu den stillen Straßen verzauberter Städte, sandten die Blicke weiter den Lauf geheimnisvoller Flüsse entlang, zu stummen Bergen hin, über denen blasse Wolken in Dunst zerflossen. Und sie redeten über die täglichen Dinge des Daseins wie andre junge Paare, spazierten Arm in Arm, verweilten vor Gebäuden und Schaufenstern, berieten sich, lächelten, stießen mit weingefüllten Gläsern an, sanken

Wange an Wange in den Schlaf der Glücklichen. Manchmal aber ließ sie ihn allein, in einem matthellen Gasthofzimmer, darin alle Trauer der Fremde dämmerte, auf einer steinernen Gartenbank unter Menschen, die sich des duftenden Blütentags freuten, in einem hohen Saal vor dem gedunkelten Bild eines Landsknechts oder einer Madonna, und niemals wußte er in solcher Stunde, ob Katharina wiederkehren würde oder nicht. Denn unablässig und untrüglich in ihm wie der Schlag seines Herzens war das Gefühl, daß nichts sich geändert hatte seit dem ersten Tag, daß sie frei war wie je und er ihr völlig verfallen.

So kam es, daß ihr Verschwinden heute früh nach einer Hochzeitsreise von vierzehn Tagen, daß auch ihr seltsamer Brief ihn nur erschüttert hatte, ohne ihn eigentlich zu überraschen. Er hätte sie und sich zu erniedrigen geglaubt, wenn er geforscht hätte. Wer sie ihm genommen hatte, ob eine Laune, ob ein Traum, ob ein lebendiger Mensch, war ja völlig gleichgültig; er wußte nichts und brauchte nicht mehr zu wissen, als daß sie ihm nicht mehr gehörte. Vielleicht war es sogar gut, daß das Unvermeidliche so früh gekommen war. Sein Vermögen war durch den Kauf des Hauses auf das Geringste zusammengeschmolzen, und von seinem kleinen Gehalt konnten sie beide nicht leben. Mit ihr von Einschränkungen und von den gewöhnlichen Sorgen des Alltags zu reden, wäre ihm in jedem Fall unmöglich gewesen. Einen Moment fuhr es ihm durch den Sinn, von ihr Abschied zu nehmen. Sein Blick fiel auf die Bettdecke, wo der beschriebene Zettel lag. Der flüchtige Einfall kam ihm, auf die weiße Seite ein kurzes Wort der Erklärung hinzuschreiben. Aber in der deutlichen Empfindung, daß ein solches Wort für Katharina nicht das geringste Interesse haben könnte, stand er wieder davon ab. Er öffnete die Handtasche, steckte seinen kleinen Revolver zu sich und gedachte, irgendwo hinaus vor die Stadt zu wandern, um dort mit Anstand, und ohne jemanden zu stören, seine Tat zu verüben.

Ein Sommermorgen von dunkelblauer Klarheit und vorzeitiger Schwüle lag über der Stadt. Albert ging geradeaus fort. Er war noch nicht hundert Schritte weit vom Hotel entfernt, als er Katharinens Gestalt vor sich erblickte. Sie hielt ihren grauseidenen Sonnenschirm in der Hand und ging langsam des Weges. Die erste Regung Alberts war, in eine andere Straße abzubiegen; aber eine Macht, die heftiger war als alle seine Vorsätze und Überlegungen, drängte ihn, ihr zu folgen, um sich nun doch die Gewißheit zu verschaffen, der er vor einer Minute noch mit Gleichgültigkeit gegenüberzustehen geglaubt hatte. Er bekam sogar einige Angst, daß sie sich umwenden und ihn entdecken könnte. Sie nahm den Weg dem Hofgarten zu, er hielt sich in gemessener Entfernung. Jetzt war sie bei der Hofkirche angelangt, deren Tor offen stand. Sie trat ein. Albert folgte ihr nach einigen Augenblicken. Er blieb in der Nähe des Einganges im tiefsten Schatten stehen; er sah, wie Katharina langsam durch das Mittelschiff zwischen den dunklen Bildsäulen der Helden und Königinnen hindurchschritt. Plötzlich hielt sie inne. Albert entfernte sich von dem Platz, wo er bisher gewartet, und schlich in einem weiten Bogen hinter das Grabmal des Kaisers Maximilian, das gewaltig in der Mitte der Kirche ragte. Katharina stand regungslos vor der Statue des Theodorich. Die Linke auf den Degen gestützt, blickte der erzene Held wie aus ewigen Augen vor sich hin. Seine Haltung war von erhabener Müdigkeit, als sei er sich zugleich der Größe und der Zwecklosigkeit seiner Taten bewußt, und als ginge sein ganzer Stolz in Schwermut unter. Katharina stand vor der Bildsäule und starrte dem Gotenkönig ins Antlitz. Albert blieb einige Zeit in der Verborgenheit, dann wagte er sich vor. Sie hätte die Schritte hören müssen, aber sie wandte sich nicht um; wie gebannt blieb sie auf derselben Stelle. Leute kamen in die Kirche, Fremde mit roten Reisebüchern, man sprach neben ihr, hinter ihr, sie hörte nicht. Es wurde eine Weile stiller, Katharina stand wie früher, in ihrer Bewegungslosigkeit selber einer Bildsäule gleich. Eine neue Viertelstunde und wieder eine verging. Katharina rührte sich nicht.

Albert ging. Am Ausgang wandte er sich noch einmal um; da sah er, wie Katharina nahe an die Statue herangetreten war und mit ihren Lippen den erzenen Fuß berührte. Eilig entfernte sich Albert. Er lächelte. Ein Einfall kam ihm, der ihn mit einer Art von Rührung erfüllte und dessen er sich freute. Nun hatte er noch etwas für die Geliebte zu tun, bevor er dahinging. Er nahm den Weg zu einer Kunsthandlung in der Bahnhofstraße; dort fragte er, ob eine Bronzenachahmung des Theodorich in natürlicher Größe zu beschaffen sei. Ein Zufall wollte es, daß eine solche vor einem Monat fertig geworden war; der Besteller, ein Lord, war gestorben, und die Erben weigerten sich, das Kunstwerk zu übernehmen. Albert fragte nach dem Preis. Er entsprach ungefähr dem Rest seines Vermögens. Albert gab seine Wiener Adresse an und erteilte genaue Weisung, in welcher Art ein Vertrauensmann der Firma die Aufstellung im Garten des Häuschens besorgen sollte. Dann empfahl er sich, eilte durch die Stadt, nahm den Weg durch die Vorstadt Wilten gegen Igls zu, und im Wäldchen erschoß er sich, gerade als die Sonne Mittag zeigte.

Katharina kehrte erst einige Wochen nach diesem Vorfall nach Wien zurück. Indessen war Albert in der Grazer Familiengruft beigesetzt worden. Am Abend ihrer Ankunft stand Katharina eine geraume Weile im Garten vor der Bildsäule, die unter hohen Bäumen einen schönen Platz gefunden. Dann begab sie sich in ihr Zimmer und schrieb einen längeren Brief nach Verona postlagernd an Andrea Geraldini. So hatte sich nämlich ein Herr genannt, der ihr von der Hofkirche aus gefolgt war, als sie Theodorich den Großen verlassen hatte, und von dem sie ein Kind unter dem Herzen trug. Ob das auch der richtige Name des Herrn war, erfuhr sie nie; denn sie erhielt keine Antwort.

DIE GRIECHISCHE TÄNZERIN

Die Leute mögen sagen, was sie wollen, ich glaube nicht daran, daß Frau Mathilde Samodeski an Herzschlag gestorben ist. Ich weiß es besser. Ich gehe auch nicht in das Haus, aus dem man sie heute zur ersehnten Ruhe hinausträgt; ich habe keine Lust, den Mann zu sehen, der es ebensogut weiß als ich, warum sie gestorben ist; ihm die Hand zu drücken und zu schweigen.

Einen anderen Weg schlag' ich ein; er ist allerdings etwas weit, aber der Herbsttag ist schön und still, und es tut mir wohl, allein zu sein. Bald werde ich hinter dem Gartengitter stehen, hinter dem ich im vergangenen Frühjahr Mathilde zum letztenmal gesehen habe. Die Fensterladen der Villa werden alle geschlossen sein, auf dem Kiesweg werden rötliche Blätter liegen, und an irgendeiner Stelle werde ich wohl den weißen Marmor durch die Bäume schimmern sehen, aus dem die griechische Tänzerin gemeißelt ist.

An jenen Abend muß ich heute viel denken. Es kommt mir fast wie eine Fügung vor, daß ich mich damals noch im letzten Augenblick entschlossen hatte, die Einladung von Wartenheimers anzunehmen, da ich doch im Laufe der Jahre die Freude an allem geselligen Treiben so ganz verloren habe. Vielleicht war der laue Wind schuld, der abends von den Hügeln in die Stadt geweht kam und mich aufs Land hinauslockte. Überdies sollte es ja ein Gartenfest sein, mit dem die Wartenheimers ihre Villa einweihen wollten, und man brauchte keinerlei besonderen Zwang zu fürchten. Sonderbar ist es auch, daß ich im Hinausfahren kaum an die Möglichkeit dachte, Frau Mathilde draußen zu begegnen. Und dabei war mir doch bekannt, daß Herr Wartenheimer die griechische Tänzerin von Samodeski für seine Villa gekauft hatte; – und daß Frau von Wartenheimer in den Bildhauer verliebt war, wie alle übrigen Frauen, das wußt' ich nicht minder. Aber selbst davon abgesehen hätte ich wohl an Mathilde denken können, denn zur Zeit, da sie noch Mädchen war, hatte ich manche schöne Stunde mit ihr verbracht. Insbesondere gab es einen Sommer am Genfersee vor sieben Jahren, gerade ein Jahr vor ihrer Verlobung, den ich nicht so leicht vergessen werde. Es scheint sogar, daß ich mir damals trotz meiner grauen Haare mancherlei eingebildet hatte, denn als sie im Jahre darauf Samodeskis Gattin wurde, empfand ich einige Enttäuschung und war vollkommen überzeugt – oder hoffte sogar –, daß sie mit ihm nicht glücklich werden könnte. Erst auf dem Fest, das Gregor Samodeski kurz nach der Rückkehr von der Hochzeitsreise in seinem Atelier in der Gußhausgasse gab, wo alle Geladenen lächerlicherweise in japanischen oder chinesischen Kostümen erscheinen mußten, habe ich Mathilde wiedergesehen. Ganz unbefangen begrüßte sie mich; ihr ganzes Wesen machte den Eindruck der Ruhe und Heiterkeit. Aber später, während sie im Gespräch mit anderen war, traf mich manchmal ein seltsamer Blick aus ihren Augen, und nach einiger Bemühung habe ich deutlich verstanden, was er zu bedeuten hatte. Er sagte: ›Lieber Freund, Sie glauben, daß er mich um des Geldes willen geheiratet hat; Sie glauben, daß er mich nicht liebt; Sie glauben, daß ich nicht glücklich bin – aber Sie irren sich ... Sie irren sich ganz bestimmt. Sehen Sie doch, wie gut gelaunt ich bin, wie meine Augen leuchten.‹

Ich bin ihr auch später noch einige Male begegnet, aber immer nur ganz flüchtig. Einmal auf einer Reise kreuzten sich unsere Züge; ich speiste mit ihr und ihrem Gatten in einem Bahnhofsrestaurant, und er erzählte allerhand Witze, die mich nicht sonderlich amüsierten. Auch im Theater sprach ich sie einmal, sie war mit ihrer Mutter dort, die eigentlich noch immer schöner ist als sie ... der Teufel weiß, wo Herr Samodeski damals gewesen ist. Und im letzten Winter hab' ich sie im Prater gesehen; an einem klaren, kalten Tage. Sie ging mit ihrem kleinen Mäderl unter den kahlen Kastanien über den Schnee. Der Wagen fuhr langsam nach. Ich befand mich auf der anderen Seite der Fahrbahn und ging nicht einmal hinüber. Wahrscheinlich war ich innerlich mit ganz anderen Dingen beschäftigt; auch interessierte mich Mathilde schließlich nicht mehr besonders. So würde ich mir heute vielleicht gar keine weiteren Gedanken über sie und über ihren plötzlichen Tod machen, wenn nicht jenes letzte Wiedersehen bei Wartenheimers stattgefunden hätte. Dieses Abends erinnere ich mich heute mit einer merkwürdigen, geradezu peinlichen Deutlichkeit, etwa so wie manchen Tags am Genfersee. Es war schon ziemlich dämmerig, als ich hinauskam. Die Gäste gingen in den Alleen spazieren, ich begrüßte den Hausherrn und einige Bekannte. Irgendwoher tönte die Musik einer kleinen Salonkapelle, die in einem Boskett versteckt war. Bald kam ich zu dem kleinen Teich, der im Halbkreis von hohen Bäumen umgeben ist; in der Mitte auf einem dunklen Postament, so daß sie über dem Wasser zu schweben schien, leuchtete die griechische Tänzerin; durch elektrische Flammen vom Hause her war sie übrigens etwas theatralisch beleuchtet. Ich erinnere mich des Aufsehens, das sie im Jahre vorher in der Sezession erregt hatte; ich muß gestehen, auch auf mich machte sie einigen Eindruck, obwohl mir Samodeski ausnehmend zuwider ist, und trotzdem ich die sonderbare Empfindung habe, daß eigentlich nicht er es ist, der die schönen Sachen macht, die ihm zuweilen gelingen, sondern irgend etwas anderes in ihm, irgend etwas Unbegreifliches, Glühendes, Dämonisches meinethalben, das ganz bestimmt erlöschen wird, wenn er einmal aufhören wird, jung und geliebt zu sein. Ich glaube, es gibt mancherlei Künstler dieser Art, und dieser Umstand erfüllt mich seit jeher mit einer gewissen Genugtuung.

In der Nähe des Teiches begegnete ich Mathilden. Sie schritt am Arm eines jungen Mannes, der aussah wie ein Korpsstudent und sich mir als Verwandter des Hauses vorstellte. Wir spazierten zu dritt sehr vergnügt plaudernd im Garten hin und her, in dem jetzt überall Lichter aufgeflakkert waren. Die Frau des Hauses mit Samodeski kam uns entgegen. Wir blieben alle eine Weile stehen, und zu meiner eigenen Verwunderung sagte ich dem Bildhauer einige höchst anerkennende Worte über die griechische Tänzerin. Ich war eigentlich ganz unschuldig daran; offenbar lag in der Luft eine friedliche, heitere Stimmung, wie das an solchen Frühlingsabenden manchmal vorkommt: Leute, die einander sonst gleichgültig sind, begrüßen sich herzlich, andere, die schon eine gewisse Sympathie verbindet, fühlen sich zu allerlei Herzensergießungen angeregt. Als ich beispielsweise eine Weile später auf einer Bank saß und eine Zigarette rauchte, gesellte sich ein Herr zu mir, den ich nur oberflächlich kannte und der plötzlich die Leute zu preisen begann, die von ihrem Reichtum einen so vornehmen Gebrauch machen wie unser Gastgeber. Ich war vollkommen seiner Meinung, obwohl ich Herrn von Wartenheimer sonst für einen ganz einfältigen Snob halte. Dann teilte ich wieder dem Herrn ganz ohne Grund meine Ansichten über moderne Skulptur mit, von der ich nicht sonderlich viel verstehe, Ansichten, die für ihn sonst gewiß ohne jedes Interesse gewesen wären; aber unter dem Einflusse dieses verführerischen Frühlingsabends stimmte er mir begeistert zu. Später traf ich die Nichten des Hausherrn, die das Fest äußerst romantisch fanden, hauptsächlich, weil die Lichter zwischen den Blättern hervorglänzten und Musik in der

Ferne ertönte. Dabei standen wir gerade neben der Kapelle: aber trotzdem fand ich die Bemerkung nicht unsinnig. So sehr stand auch ich unter dem Banne der allgemeinen Stimmung.

Das Abendessen wurde an kleinen Tischen eingenommen, die, soweit es der Platz erlaubte, auf der großen Terrasse, zum anderen Teil im anstoßenden Salon aufgestellt waren. Die drei großen Glastüren standen weit offen. Ich saß an einem Tisch im Freien mit einer der Nichten; an meiner anderen Seite hatte Mathilde Platz genommen mit dem Herrn, der aussah wie ein Korpsstudent, übrigens aber Bankbeamter und Reserveoffizier war. Gegenüber von uns, aber schon im Saal, saß Samodeski zwischen der Frau des Hauses und irgendeiner anderen schönen Dame, die ich nicht kannte. Er warf seiner Gattin eine scherzhaft verwegene Kußhand zu; sie nickte ihm zu und lächelte. Ohne weitere Absicht beobachtete ich ihn ziemlich genau. Er war wirklich schön mit seinen stahlblauen Augen und dem langen schwarzen Spitzbarte, den er manchmal mit zwei Fingern der linken Hand am Kinn zurechtstrich. Ich glaube aber auch, daß ich nie in meinem Leben einen Mann so sehr von Worten, Blicken, Gebärden gewissermaßen umglüht gesehen habe als ihn an diesem Abend. Anfangs schien es, als ließe er sich das eben nur gefallen. Aber bald sah ich an seiner Art, den Frauen leise zuzuflüstern, an seinen unerträglichen Siegerblicken und besonders an der erregten Munterkeit seiner Nachbarinnen, daß die scheinbar harmlose Unterhaltung von irgendeinem geheimen Feuer genährt wurde. Natürlich mußte Mathilde das alles geradeso gut bemerken, als ich; aber sie plauderte anscheinend unbewegt bald mit ihrem Nachbarn, bald mit mir. Allmählich wandte sie sich zu mir allein, erkundigte sich nach verschiedenen äußeren Umständen meines Lebens und ließ sich von meiner vorjährigen Reise nach Athen berichten. Dann sprach sie von ihrer Kleinen, die merkwürdigerweise schon heute Lieder von Schumann nach dem Gehör singen konnte, von ihren Eltern, die sich nun auch auf ihre alten Tage ein Häuschen in Hietzing gekauft, von alten Kirchenstoffen, die sie selbst im vorigen Jahr in Salzburg angeschafft hatte, und von hundert anderen Dingen. Aber unter der Oberfläche dieses Gespräches ging etwas ganz anderes zwischen uns vor; ein stummer erbitterter Kampf: sie versuchte mich durch ihre Ruhe von der Ungetrübtheit ihres Glückes zu überzeugen – und ich wehrte mich dagegen, ihr zu glauben. Ich mußte wieder an jenen japanisch-chinesischen Abend in Samodeskis Atelier denken, wo sie sich in gleicher Weise bemüht hatte. Diesmal fühlte sie wohl, daß sie gegen meine Bedenken wenig ausrichtete und daß sie irgend etwas ganz Besonderes ausdenken mußte, um sie zu zerstreuen. Und so kam sie auf den Einfall, mich selbst auf das zutunliche und verliebte Benehmen der zwei schönen Frauen ihrem Gatten gegenüber aufmerksam zu machen und begann von seinem Glück bei Frauen zu sprechen, als wenn sie sich auch daran geradeso wie an seiner Schönheit und an seinem Genie ohne jede Unruhe und jedes Mißtrauen als gute Kameradin freuen dürfte. Aber je mehr sie sich bemühte, vergnügt und ruhig zu scheinen, um so tiefere Schatten flogen über ihre Stirne hin. Als sie einmal das Glas erhob, um Samodeski zuzutrinken, zitterte ihre Hand. Das wollte sie verbergen, unterdrücken; dadurch verfiel aber nicht nur ihre Hand, sondern der Arm, ihre ganze Gestalt für einige Sekunden in eine solche Starrheit, daß mir beinahe bange wurde. Sie faßte sich wieder, sah mich rasch von der Seite an, merkte offenbar, daß sie daran war, ihr Spiel endgültig zu verlieren, und sagte plötzlich, wie mit einem letzten verzweifelten Versuch: »Ich wette, Sie halten mich für eifersüchtig.« Und ehe ich Zeit hatte, etwas zu erwidern, setzte sie rasch hinzu: »Oh, das glauben viele. Im Anfang hat es Gregor selbst geglaubt.« Sie sprach absichtlich ganz laut, man hätte drüben jedes Wort hören können. »Nun ja«, sagte sie mit einem Blick hinüber, »wenn man einen solchen Mann hat: schön und berühmt ... und selber den Ruf, nicht sonderlich hübsch zu sein ... Oh, Sie brauchen mir nichts zu erwidern ... ich weiß ja, daß ich seit meinem Mäderl ein bißchen hübscher geworden bin.« Sie hatte möglicherweise recht, aber für ihren Gemahl – davon war ich völlig überzeugt – hatte der Adel ihrer Züge nie sonderlich viel bedeutet, und was ihre Gestalt anlangt, so hatte sie mit der mädchenhaften Schlankheit für ihn wahrscheinlich ihren einzigen Reiz verloren. Doch ich stimmte ihr natürlich mit übertriebenen Worten bei; sie schien erfreut und fuhr mit wachsendem Mute fort: »Aber ich habe nicht das geringste Talent zur Eifersucht. Das habe ich selbst nicht gleich gewußt; ich bin erst allmählich daraufgekommen, und zwar hauptsächlich vor ein paar Jahren in Paris ... Sie wissen ja, daß wir dort waren?«

Ich erinnerte mich.

»Gregor hat dort die Büsten der Fürstin La Hire und des Ministers Chocquet gemacht und mancherlei anderes. Wir haben dort so angenehm gelebt wie junge Leute ... das heißt, jung sind wir ja noch beide ... ich meine, wie ein Liebespaar, wenn wir auch gelegentlich in die große Welt gingen ... Wir waren ein paarmal beim österreichischen Botschafter, die La Hires haben wir besucht und andere. Im ganzen aber machten wir uns nicht viel aus dem eleganten Leben. Wir wohnten sogar draußen auf Montmartre, in einem ziemlich schäbigen Haus, wo übrigens Gregor auch sein Atelier hatte. Ich versichere Sie, unter den jungen Künstlern, mit denen wir dort verkehrten, hatten manche keine Ahnung, daß wir verheiratet waren. Ich bin überall mit ihm herumgestiefelt.

Oft bin ich in der Nacht mit ihm im Café Athenés gesessen, mit Léandre, Carabin und vielen anderen. Auch allerlei Frauen waren zuweilen in unserer Gesellschaft, mit denen ich wahrscheinlich in Wien nicht verkehren möchte ... obzwar schließlich – –« Sie warf einen hastigen Blick hinüber auf Frau Wartenheimer und fuhr rasch wieder fort: »Und manche war sehr hübsch. Ein paarmal war auch die letzte Geliebte von Henri Chabran dort, die seit seinem Tode immer ganz in Schwarz ging und jede Woche einen anderen Liebhaber hatte, die aber in dieser Zeit auch alle Trauer tragen mußten, das verlangte sie ... Sonderbare Leute lernt man kennen. Sie können sich denken, daß die Frauen meinem Manne dort nicht weniger nachgelaufen sind als anderswo; es war zum Lachen. Aber da ich doch immer mit ihm war – oder meistens, so wagten sie sich nicht recht an ihn heran, um so weniger, als ich für seine Geliebte galt ... Ja, wenn sie gewußt hätten, daß ich nur seine Frau war –! Und da bin ich einmal auf einen sonderbaren Einfall gekommen, den Sie mir gewiß nie zugetraut hätten – und aufrichtig gestanden, ich wundere mich heute selbst über meinen Mut.« Sie sah vor sich hin und sprach leiser als früher: »Es ist übrigens auch möglich, daß es schon mit etwas im Zusammenhang stand – nun, Sie können sich's ja denken. Seit ein paar Wochen wußte ich, daß ich ein Kind zu erwarten hatte. Das machte mich unerhört glücklich. Im Anfang war ich nicht nur heiterer, sondern merkwürdigerweise auch viel beweglicher als jemals früher ... Also denken Sie, eines schönen Abends habe ich mir Männerkleider angezogen und bin so mit Gregor auf Abenteuer aus. Natürlich hab' ich ihm vor allem das Versprechen abgenommen, daß er sich keinerlei Zwang antun dürfte ... nun ja, sonst hätte die ganze Geschichte keinen Sinn gehabt. Ich habe übrigens famos ausgesehen – Sie hätten mich nicht erkannt ... niemand hätte mich erkannt. Ein Freund von Gregor, ein gewisser Léonce Albert, ein junger Maler, ein buckliger Mensch, holte uns an diesem Abend ab. Es war wunderschön ... Mai ... ganz warm ... und ich war frech, davon machen Sie sich keinen Begriff. Denken Sie sich, ich hab' meinen Überzieher – einen sehr eleganten gelben Überzieher – einfach abgelegt und ihn auf dem Arm getragen ... so wie das eben Herren zu tun pflegen ... Es war allerdings schon ziemlich dunkel ... In einem kleinen Restaurant auf dem äußeren Boulevard haben wir diniert, dann sind wir in die Roulotte gegangen, wo damals Legay sang und Montoya ... »*Tu t'en iras les pieds devant*« ... Sie haben es ja neulich hier gehört im Wiedener Theater – nicht wahr?« Jetzt warf Mathilde einen raschen Blick zu ihrem Mann hinüber, der nicht darauf achtete. Es war, als wenn sie nun auf längere Zeit von ihm Abschied nähme. Und nun erzählte sie drauflos, immer heftiger, stürzte sozusagen vorwärts. »In der Roulotte«, sagte sie, »war eine sehr elegante Dame, die ganz nahe vor uns saß; die kokettierte mit Gregor, aber in einer Weise ... nun, ich versichere Sie, man kann sich nichts Unanständigeres vorstellen. Ich werde nie begreifen, daß ihr Gatte sie nicht auf der Stelle erwürgt hat. Ich hätte es getan. Ich glaube, es war eine Herzogin ... Nun, Sie müssen nicht lachen, es war gewiß eine Dame der großen Welt, trotz ihres Benehmens ... das kann man schon beurteilen ... Und ich wollte eigentlich, daß Gregor auf die Sache einginge ... natürlich! – ich hätte gern gesehen, wie man so etwas anfängt ... ich wünschte, daß er ihr einen Brief zusteckte – oder sonst was täte – was er eben in solchen Fällen getan haben wird, bevor ich seine Frau wurde ... Ja, das wollte ich, trotzdem es nicht ohne Gefahr für ihn gewesen wäre. Offenbar steckt in uns Frauen so eine grausame Neugier ... Aber Gregor hatte, Gott sei Dank, keine Lust. Wir gingen sogar recht bald fort, wieder hinaus in die schöne Mainacht, Léonce blieb immer mit uns. Der hat sich übrigens an diesem Abend in mich verliebt und wurde gegen seine Gewohnheit geradezu galant. Es war sonst ein sehr verschüchterter Mensch – wegen seines Aussehens ... Ich sagte ihm noch: »Man muß wohl einen gelben Überzieher haben, damit Sie einem den Hof machen.« Wir sind so vergnügt weiterspaziert wie drei Studenten. Und jetzt kam das Interessante: wir gingen nämlich ins Moulin Rouge. Das gehörte zum Programm. Es war auch notwendig, daß endlich irgend etwas geschah. Bisher hatten wir ja noch gar nichts erlebt ... nur mich – denken Sie: mich selbst – hatte ein Frauenzimmer auf der Straße angeredet. Aber das war ja nicht die Absicht gewesen ... Um ein Uhr waren wir im Moulin Rouge. Wie es da zugeht, wissen Sie ja wahrscheinlich; eigentlich hatte ich mir's ärger vorgestellt ... Es passierte auch anfangs dort nicht das Geringste, und es sah ganz danach aus, als sollte der ganze Scherz zu nichts führen. Ich war ein bißchen ärgerlich. »Du bist ein Kind«, sagte Gregor. »Wie denkst du dir das eigentlich? Wir kommen, und sie fallen uns zu Füßen –?« Er sagte »uns« aus Höflichkeit für Léonce; es war keine Rede davon, daß man Léonce zu Füßen fallen konnte. Aber wie wir nun schon alle ernstlich daran dachten, nach Hause zu gehen, nahm die Sache eine Wendung. Mir fiel nämlich eine Person auf ... mir, wirklich mir ... die schon ein paarmal ganz zufällig an uns vorübergegangen war ... Sie war ganz ernst und sah ziemlich anders aus als die meisten anwesenden Damen. Sie war gar nicht auffallend gekleidet – in Weiß, vollkommen in Weiß ... Ich hatte bemerkt, wie sie zwei oder drei Herren, die sie ansprachen, überhaupt gar keine Antwort gab, einfach weiterging, ohne sie eines Blickes zu würdigen. Sie schaute nur dem Tanze zu, sehr ruhig, interessiert, sachlich möchte ich sagen ... Léonce fragte – ich hatte ihn darum gebeten – ein paar

Bekannte, ob ihnen das hübsche Wesen schon irgendwo begegnet wäre, und einer erinnerte sich, daß er sie im vorigen Winter auf einem der Donnerstagsbälle im Quartier Latin gesehen hatte. Léonce sprach sie dann in einiger Entfernung von uns an, und ihm gab sie Antwort. Dann kam er mit ihr näher, wir setzten uns alle an einen kleinen Tisch und tranken Champagner. Gregor kümmerte sich gar nicht um sie – als wenn sie überhaupt nicht dagewesen wäre ... Er plauderte mit mir, immer nur mit mir ... Das schien sie nun besonders zu reizen. Sie wurde immer heiterer, gesprächiger, ungenierter, und wie das so kommt, allmählich hatte sie ihre ganze Lebensgeschichte erzählt. Was so ein armes Ding alles erleben kann – oder erleben muß, möglicherweise! Man liest ja so oft davon, aber wenn man es einmal als etwas ganz Wirkliches hört, von einer, die daneben sitzt, da ist es doch ganz sonderbar. Ich erinnere mich noch an mancherlei. Wie sie fünfzehn Jahre alt war, hat sie irgendeiner verführt und sitzen lassen. Dann war sie Modell. Auch Statistin an einem kleinen Theater ist sie gewesen. – Was sie uns vom Direktor für Dinge erzählte! ... Ich wäre auf und davon gelaufen, wenn ich nicht vom Champagner schon ein wenig angeheitert gewesen wäre ... Dann hatte sie sich in einen Studenten der Medizin verliebt, der in der Anatomie arbeitete, den holte sie manchmal aus der Leichenkammer ab ... oder blieb vielmehr mit ihm dort ... nein, es ist nicht möglich, zu wiederholen, was sie uns erzählt hat! – Der Mediziner verließ sie natürlich auch. Und das wollte sie nicht überleben – gerade das! Und sie brachte sich um, das heißt, sie versuchte es. Sie machte sich selbst darüber lustig ... in Ausdrücken! Ich höre noch ihre Stimme ... es klang gar nicht so gemein, als es war. Und sie lüftete ihr Kleid ein wenig und zeigte über der linken Brust eine kleine rötliche Narbe. Und wie wir alle diese kleine Narbe ganz ernsthaft betrachten, sagte sie – nein, schreit sie plötzlich meinen Mann an: »Küssen!« Ich sagte Ihnen schon, Gregor kümmerte sich gar nicht um sie. Auch während sie ihre Geschichten erzählte, hörte er kaum zu, sah in den Saal hinein, rauchte Zigaretten, und jetzt, wie sie ihn so anrief, lächelte er kaum. Ich hab' ihn aber gestoßen, gezwickt, ich war ja wirklich etwas beduselt ... jedenfalls war es die sonderbarste Stimmung meines Lebens. Und ob er nun wollte oder nicht, er mußte die Narbe ... das heißt, er mußte so tun, als berührte er die Stelle mit den Lippen. Ja, und dann wurde es immer lustiger und toller. Nie hab' ich so viel gelacht wie an diesem Abend – und gar nicht gewußt, warum. Und nie hätte ich es für möglich gehalten, daß sich ein weibliches Wesen – und noch dazu solch eines – im Verlauf einer Stunde so wahnsinnig in einen Mann verlieben könnte, wie dieses Geschöpf in Gregor. Sie hieß Madeleine.«

Ich weiß nicht, ob Frau Mathilde den Namen absichtlich lauter aussprach – jedenfalls schien es mir, als hörte ihn ihr Gatte, denn er sah zu uns herüber; seine Frau sah er sonderbarerweise nicht an, aber unsere Blicke begegneten sich und blieben eine ganze Weile ineinander ruhen, nicht eben mit besonderer Sympathie. Dann plötzlich lächelte er seiner Gattin zu, sie nickte zurück, er sprach mit seinen Nachbarinnen weiter, und sie wandte sich wieder zu mir.

»Ich kann mich natürlich nicht mehr an alles erinnern, was Madeleine später gesprochen hat«, sagte sie, »es war ja alles so wirr. Aber ich will aufrichtig sein: es gab eine Sekunde, in der ich ein bißchen verstimmt wurde. Das war, als Madeleine die Hand meines Mannes nahm und küßte. Aber gleich war es wieder vorbei. Denn, sehen Sie, in diesem Augenblick mußte ich an unser Kind denken. Und da hab' ich gefühlt, wie unauflöslich ich und Gregor miteinander verbunden waren, und wie alles andere nichts sein konnte, als

Schatten, Nichtigkeiten oder Komödie, wie heute Abend. Und da war alles wieder gut. Wir sind dann noch alle bis zum Morgengrauen auf dem Boulevard in einem Kaffeehause gesessen. Da hörte ich, wie Madeleine meinen Gatten bat, er solle sie nach Hause begleiten. Er lachte sie aus. Und dann, um den Spaß zu einem guten und in gewissem Sinne vorteilhaften Ende zu führen – Sie wissen ja, was die Künstler alle für Egoisten sind ... insofern es sich nämlich um ihre Kunst handelt ... – kurz, er sagte ihr, daß er Bildhauer sei, und forderte sie auf, nächstens zu ihm zu kommen, er wollte sie modellieren. Sie antwortete: »Wenn du ein Bildhauer bist, lasse ich mich hängen! Aber ich komm' doch.«

Mathilde schwieg. Aber nie habe ich die Augen eines weiblichen Wesens so viel Leid ausdrücken – oder verbergen sehen. Dann, nachdem sie sich gefaßt zu dem Letzten, was sie mir noch zu sagen hatte, fuhr sie fort: »Gregor wollte durchaus, ich sollte am nächsten Tag im Atelier sein. Ja, er machte mir sogar den Vorschlag, hinter dem Vorhang verborgen zu bleiben, wenn sie käme. Nun, es gibt Frauen, viele Frauen, ich weiß es, die darauf eingegangen wären. Ich aber finde: entweder man glaubt oder man glaubt nicht ... Und ich habe mich entschlossen, zu glauben. Hab' ich nicht recht?« Und sie sah mich mit großen, fragenden Augen an. Ich nickte nur, und sie sprach weiter: »Madeleine kam natürlich am Tag darauf und dann sehr oft ... wie manche andere vorher und nachher gekommen ist ... und daß sie eine der schönsten war, können Sie mir glauben. Sie selbst sind erst heute vor ihr in Bewunderung gestanden, draußen am Teich.«

»Die Tänzerin?«

»Ja, Madeleine hat zu ihr Modell gestanden. Und nun denken Sie, daß ich in einem solchen oder in einem anderen Falle mißtrauisch gewesen wäre! Würde ich nicht ihm und mir das Dasein zur Qual gemacht haben? Ich bin sehr froh, daß ich keine Anlage zur Eifersucht habe.«

Irgend jemand stand in der offenen Mitteltür und hatte begonnen, einen wahrscheinlich sehr witzigen Toast auf den Hausherrn zu sprechen, denn die Leute lachten von ganzem Herzen. Ich aber betrachtete Mathilde, die ebensowenig zuhörte wie ich. Und ich sah, wie sie zu ihrem Gatten hinüberschaute und ihm einen Blick zuwarf, der nicht nur eine unendliche Liebe verriet, sondern auch ein unerschütterliches Vertrauen heuchelte, als wäre es wahrhaftig ihre höchste Pflicht, ihn im Genuß des Daseins auf keine Weise zu stören. Und er empfing auch diesen Blick – lächelnd, unbeirrt, obwohl er natürlich ebensogut wußte als ich, daß sie litt und ihr Leben lang gelitten hat wie ein Tier.

Und darum glaub' ich nicht an die Fabel von dem Herzschlag. Ich habe an jenem Abend Mathilde zu gut kennen gelernt, und für mich steht es fest: so wie sie vor ihrem Gatten die glückliche Frau gespielt hat vom ersten Augenblick bis zum letzten, während er sie belogen und zum Wahnsinn getrieben hat, so hat sie ihm auch schließlich einen natürlichen Tod vorgespielt, als sie das Leben hinwarf, weil sie es nicht mehr ertragen konnte. Und er hatte auch dieses letzte Opfer hingenommen, als käme es ihm zu.

Da stehe ich vor dem Gitter ... Die Läden sind fest geschlossen. Weiß und wie verzaubert liegt die kleine Villa im Dämmerschein, und dort schimmert der Marmor zwischen den roten Zweigen ...

Vielleicht bin ich übrigens ungerecht gegen Samodeski. Am Ende ist er so dumm, daß er die Wahrheit wirklich nicht ahnt. Aber es ist traurig, zu denken, daß es für Mathilde im Tode keine größere Wonne gäbe, als zu wissen, daß ihr letzter himmlischer Betrug gelungen ist.

Oder irre ich mich gar? Und es war ein natürlicher Tod?

... Nein, ich lasse mir nicht das Recht nehmen, den Mann zu hassen, den Mathilde so sehr geliebt hat. Das wird ja wahrscheinlich für lange Zeit mein einziges Vergnügen sein ...

DIE HIRTENFLÖTE

I

Ein Mann aus wohlhabender Familie, der sich als Jüngling in städtischer und ländlicher Gesellschaft vielfach umgetan und allerlei Wissenschaften und Künste als Liebhaber betrieben hatte, unternahm in reiferen Jahren Reisen in ferne Lande und kehrte erst mit ergrauenden Haaren in die Heimat wieder. In stiller Gegend am Waldesrand baute er sich ein Haus mit dem Ausblick nach der weiten Ebene und nahm die anmutige eben erst verwaiste Tochter eines Landwirts zur Frau. Eltern und Verwandte waren ihm längst gestorben, zu den Freunden von einst fühlte er sich nicht hingezogen, neue zu gewinnen lockte ihn wenig; und so gab er sich in dieser beinahe stets von einem blauen Himmel überhellten Landschaft der von ihm besonders geliebten Kunde vom Lauf der Sterne hin.

Einmal in einer schwülen Nacht, da Erasmus wie gewöhnlich im Turm seiner Beschäftigung nachgehangen, erhob sich Dunst aus den feuchten Wiesen und trübte allmählich jede Aussicht nach den himmlischen Fernen. Erasmus schritt die Treppe hinab; und früher als er es in klaren Nächten zu tun pflegte, betrat er das eheliche Gemach, wo er seine Gattin schon schlafend fand. Ohne sie zu wecken, ließ er den Blick lange auf ihr weilen, und obgleich ihre Lider geschlossen und ihre Züge ohne Regung blieben, betrachtete er sie mit angespannter stetig wachsender Aufmerksamkeit, als müßte er in dieser Stunde hinter der friedlich glatten Stirn das Treiben von Gedanken erkunden, die ihm bisher verborgen geblieben waren. Endlich löschte er das Licht, setzte sich auf einen Lehnstuhl am Fußende des Bettes hin, und im

Schweigen der Nacht überließ er sich einem völlig ungewohnten Sinnen über das Wesen, mit dem er seit drei Jahren in ruhig unbekümmerter Ehe verbunden, und das ihm heute zum erstenmal wie eine Unbekannte erschienen war. Erst als das hohe Fenster vom aufsteigenden Frühlicht zu erschimmern begann, erhob er sich und wartete dann geduldig, bis unter seinem Blick Dionysia tief Atem holte, sich dehnte, die Augen aufschlug und ihn mit heiterem Morgenlächeln begrüßte. Da sie ihn aber mit so ungerührtem Ernste am Fußende des Bettes stehen sah, fragte sie verwundert und vorerst im scherzenden Ton: »Was ist dir denn begegnet, mein Erasmus? Hast du dich heute nacht auf dem Himmel nicht zurecht gefunden? Gab es der Wolken zu viele? Oder entlief dir irgendein Stern in die Unendlichkeit, aus der du ihn selbst mit deinem neuen vortrefflichen Fernrohr nicht mehr zurückzuholen vermochtest?« Erasmus blieb stumm.

Dionysia richtete sich ein wenig auf, sah ihren Gatten forschend an und fragte weiter: »Warum antwortest du nicht? Ist dir etwas Übles widerfahren? Fühlst du dich krank? Oder sollte ich dich am Ende gar gekränkt haben ohne mein Wissen? Das muß ich wohl am ehesten vermuten. Denn über jede andere Unbill dich zu beruhigen oder zu trösten wäre ich ja selber da, und du bliebst mir nicht so lange die Antwort schuldig.«

Nun endlich entschloß sich Erasmus zu sprechen. »Von dir, Dionysia«, begann er, »kann mir diesmal freilich weder Beruhigung noch Trost kommen, denn mein nachdenkliches Wesen rührt eben daher, daß ich viele Stunden lang über dich nachgesonnen und mir zu gleicher Zeit bewußt ward, daß ich es bis zu dieser Nacht niemals getan hatte!«

Dionysia, auf ihre Polster gestützt, lächelte. »Und weißt du nun anders oder besser als früher, daß du eine zärtliche, treue und glückliche Frau dein eigen nennst?«

»Es ist wohl möglich«, entgegnete Erasmus trüb, »daß du das wirklich bist; das Schlimme ist nur, daß ich es nicht wissen kann und daß du es ebensowenig wissen kannst als ich.«

»Was sprichst du da? Woher kommen dir mit einem Male solche Zweifel?«

»Das will ich dir sagen, Dionysia. Niemals war mir – niemals dir selbst, die früher im Frieden ihres väterlichen Hauses und jetzt an meiner Seite still dahingelebt hat, Gelegenheit gegeben, dich kennen zu lernen. Woher also nimmst du, woher nehme ich das Recht überzeugt zu sein, daß deine Zärtlichkeit Liebe, deine Unbeirrtheit Treue, das Gleichmaß deiner Seele Glück bedeuten, und sich auch im Drang und Sturm eines bewegteren Lebens so bewähren würden?«

Nun nickte Dionysia wie beruhigt. »Glaubst du wirklich«, fragte sie, »daß bisher noch niemals Versuchungen an mich herangetreten sind? Habe ich dir etwa verschwiegen, daß sich, ehe du meine Hand begehrtest, andere Männer um mich beworben haben, jüngere, ja sogar weisere als du? Und ohne dein Erscheinen vorhersehen zu können, mein teuerer Erasmus, habe ich sie alle ohne Bedenken abgewiesen. Und auch in diesen Tagen, wenn an unserm Gartenzaun Wanderer vorbeiziehen, sehe ich in ihren jungen Augen gar oft gefährliche Fragen und Wünsche glühen. Keinem hat mein Blick je Antwort gegeben. Und sogar die fremden Gelehrten, die sich mit dir über die Kometen kommender Jahrhunderte unterhalten, versäumen selten eine Gelegenheit, durch Augenspiel und Lächeln mir anzudeuten, daß meine Huld ihnen werter wäre als alle Kunde von Sonne, Mond und Sternen. Habe ich einem von ihnen jemals andere Höflichkeit erwiesen, als sie eben Gästen geziemt, die an unserem Tische speisen?«

Spöttisch erwiderte Erasmus: »Du bildest dir gewiß nicht

ein, Dionysia, daß du mir, der ich die Menschen kenne, mit diesen deinen Worten etwas Neues erzählt hast. Aber wenn dein Betragen auch immer ohne Fehle gewesen ist, weiß ich darum, und weißt du es selbst, Dionysia, ob deine Unnahbarkeit den wahren Ausdruck deines Wesens vorstellt; – oder ob du nur deshalb allen Werbungen widerstanden hast, und dich entschlossen glaubst, ihnen auch in Zukunft zu widerstehen, weil du bisher gar nie auf den Gedanken kamst, daß es anders sein könnte, oder weil du insgeheim fürchtest, der gewohnten Behaglichkeit deines Daseins für alle Zeit verlustig zu werden, wenn du je versuchtest, dich über die Gebote ehelicher Sitte hinwegzusetzen?«

»Ich verstehe nicht«, rief Dionysia betroffen, »was du mit alldem sagen willst? Ich habe nicht die geringste Lust, dergleichen zu versuchen und versichere dich, daß ich mich in meinem jetzigen Zustand vollkommen zufrieden und glücklich fühle.«

»Daran zweifle ich nicht, Dionysia. Aber verstehst du denn noch immer nicht, daß mir das gar nichts mehr bedeutet, nichts bedeuten kann, nun, da mir in stiller Nachtstunde die Einsicht geschenkt ward, daß das tiefste Geheimnis deiner Seele noch verborgen und unerweckt in dir ruhen mag? Um aber die Ruhe wiederzufinden, die mir sonst für ewig verloren wäre, ist es unerläßlich, daß dieses Geheimnis ans Licht gebracht werde; und darum Dionysia, habe ich beschlossen, dich frei zu geben.«

»Mich frei zu geben?« wiederholte Dionysia ratlos mit weitgeöffneten Augen.

Unbeirrt fuhr Erasmus fort: »Höre mich wohl an, Dionysia, und versuche mich zu verstehen. Von diesem Augenblick an begebe ich mich aller Rechte auf dich, die mir bisher eingeräumt waren: des Rechts dich zu warnen, dich zurückzuhalten, dich zu strafen. Ja, ich verlange vielmehr, daß du jeder Neugier, die sich in dir regt, jeder Sehnsucht, die dich lockt, ohne Zögern Folge leistest, wohin sie dich auch führe. Und zugleich schwöre ich dir, Dionysia: du magst von hier gehen, wohin du willst, mit wem du willst – wann du willst, magst heute heimkommen oder in zehn Jahren – als Königin oder Bettlerin, unberührt oder als Dirne – du wirst jederzeit dein Gemach, dein Bett, dein Gewand in diesem Haus bereit finden, wie du sie verlassen; und von mir, der weiter hier verweilen, aber nicht deiner warten wird, für alle Zukunft keinen Vorwurf oder auch nur eine Frage zu fürchten haben.«

Dionysia streckte sich ruhig im Bette hin, die Hände über dem Haupt verschlungen und fragte: »Ist es Ernst oder Scherz, was du hier sprichst?«

»Es ist so völlig Ernst, Dionysia, daß nichts auf dieser Welt, keine Bitte und kein Flehen mich bewegen könnten, die Worte, die ich eben gesprochen, wieder zurückzunehmen. Versteh mich also wohl, und nimm's in seiner ungeheuersten Bedeutung, Dionysia, du bist frei.« Und er wandte sich wie zum Abschied von ihr fort.

In demselben Augenblick warf Dionysia die Decke ab, eilte zum Fenster, riß es auf, und wäre Erasmus nicht herzugeeilt, so hätte sie im nächsten Augenblick zerschmettert in der Tiefe liegen müssen.

»Unglückliche!« rief er aus, die Zitternde in den Armen haltend, »was wolltest du tun?«

»Ein Leben enden, das mir nichts mehr wert ist, da ich dein Vertrauen verloren habe.«

Erasmus' Lippen berührten die Stirne der Gattin, die in seinen Armen die Besinnung zu verlieren schien, und er atmete tief.

Mit einem Male lösten sich aus dem Schweigen des Tales, das im Morgengrauen dalag, liebliche Töne. Dionysia öffnete die Augen, sie horchte auf, und ihre Züge, eben noch wie in verzweifelter Müdigkeit erschlafft gewesen, spannten neu sich an. Erasmus gewahrte es und entließ Dionysia sofort aus seiner Umarmung. »Erkennst du, was eben zu uns heraufklingt?« fragte er. »Es sind die Töne einer Hirtenflöte. Und siehe, ohne daß du es dir gestehen möchtest, ja, ohne daß du dir dessen so recht bewußt wärst, regt sich in dir, die soeben bereit war in den Tod zu gehen, die Neugier, zu erfahren, an welchen Lippen die Flöte ruht, der diese Töne entklingen. So ist es denn Zeit für dich, Dionysia, ganz zu erfassen, was du früher vielleicht nicht fassen konntest: daß du frei bist. Folge dieser ersten Lockung, die an dich ergeht – und jeder andern, die noch kommen mag, gerade so wie dieser. Zieh hin, Dionysia, dein Schicksal zu erfüllen, ganz du selbst zu sein.«

Mit wehem Erstaunen wandte Dionysia den Blick ihrem Gatten zu.

»Zieh hin«, wiederholte Erasmus entschiedener als vorher. »Dies ist mein letzter Befehl an dich. Vielleicht bedeutet dieser Flötenton die einzige Lockung, der zu unterliegen du bestimmt bist, vielleicht die erste nur von wenigen oder vielen. Vielleicht ruft eine andere dich in der nächsten Stunde schon zurück nach Hause, vielleicht erscheinst du in Jahren, vielleicht niemals wieder. Des einen aber sei eingedenk: wann du auch wiederkehrest und mit welchen Erinnerungen beladen, – Bett, Gewand und Wohnstatt warten deiner; keine Frage und kein Vorwurf wird dich kränken, und ich selbst werde dich nicht anders empfangen als an dem Abend, da du als meine junge Gattin über diese Schwelle tratest. Und nun, Dionysia, leb wohl.« Mit diesen Worten und einem letzten Blick wandte er sich ab, schritt zur Tür hin, schloß sie hinter sich ab und wandelte langsam die Treppe hinauf, nach seinem Turmgemach. Noch nicht lange stand er oben an der kleinen Fensterluke, die Augen talwärts gewandt, als er sah, wie seine Gattin in einem seltsam schwebenden Gang, den er nie an ihr gekannt hatte, über die Wiese eilte, dem nahen Walde zu, aus dessen Schatten das Flötenlied ihr entgegenklang. Bald verschwand sie unter den Bäumen, und in der nächsten Minute hörte Erasmus die Flöte verstummen.

II

Der junge Hirte, der unter einem Baum liegend durch die Blätter zum Blau des Himmels emporgeblinzelt hatte, ließ die Flöte von den Lippen sinken, als er ein Rauschen in seiner Nähe vernahm. Er war nicht wenig erstaunt, da er eine junge Frau im weißen, wallenden Nachtgewand mit bloßen Füßen vor sich im Moose stehen sah. »Was willst du?« fragte er. »Warum blickst du mich so böse an? Ist es etwa nicht gestattet, hier zu früher Stunde Flöte zu blasen? Habe ich dich aus deinem Morgenschlummer erweckt? So wisse, ich bin es gewohnt, mit der Sonne aufzustehen und zu blasen, wann es mir beliebt. Und dabei wird es bleiben, das glaube mir.« Mit diesen Worten schüttelte der Hirte das Haupt, so daß die Locken flogen, streckte sich wieder der Länge nach hin, blinzelte in die Höhe und setzte die Flöte an den Mund.

»Wer bist du?« fragte Dionysia bewegt.

Ärgerlich setzte der Jüngling die Flöte ab und erwiderte: »Es dürfte nicht schwer zu merken sein, daß ich ein Hirte bin.« Und er blies weiter.

»Wo ist deine Herde?« fragte Dionysia.

»Siehst du es nicht dort zwischen den Baumstämmen weiß zu uns herschimmern? In jener Lichtung weiden meine Schafe. Aber ich rate dir nicht, nahe hinzugehen, denn sie sind scheu und fliehen nach allen Windrichtungen, wenn sie Fremde in ihrer Nähe spüren.« Und wieder wollte er die Flöte an seine Lippen setzen.

»Wie kommst du in diese Gegend?« fragte Dionysia. »Ich kenne dich nicht.«

Jetzt sprang der Jüngling auf und erwiderte zornig: »Ich ziehe mit meiner Herde durch das ganze Land. Den einen Tag bin ich hier, den zweiten dort, den dritten anderswo, und daher habe ich schon allerlei erlebt. Aber das ist mir wahrlich noch nie vorgekommen, daß in aller Morgenfrühe Damen im Nachtgewand vor mir im Moose stehen und mich um Dinge fragen, die sie nichts kümmern, just wenn ich die Flöte blasen und in die junge Sonne blinzeln will.« Er maß Dionysia verächtlich vom Kopf bis zu den Füßen, setzte die Flöte an den Mund und spazierte blasend davon der schimmernden Lichtung zu. Da schämte sich Dionysia ihrer bloßen Füße und ihres Nachtgewandes, und sie wandte sich, um nach Hause zu gehen. Während aber die Töne immer ferner klangen, fuhr es ihr durch den Sinn: der freche Knabe! Ich möchte seine Flöte zerbrechen. Und es fiel ihr ein, daß sie nicht das Recht hatte nach Hause zurückzukehren, ehe sie diesem Wunsche nachgegeben, und eilends folgte sie den Flötentönen durch den Wald. Das Geäst schlug über ihrer Stirn zusammen, die Blätter blieben ihr im offenen Haar hängen und Wurzelwerk schlang sich um ihre Füße. Sie aber kehrte sich nicht daran, brach die Zweige, die ihrem Schreiten hinderlich waren, mit ihren feinen Fingern, entwand sich dem Erdgeflecht und schüttelte die Blätter aus ihrem Haar. Als sie aus dem Wald heraustrat, senkte sich die grüne Wiese vor ihr mit blauen, roten und weißen Blumen, und jenseits, wo der Wald wieder anfing, stand der Hirt mitten unter seinem schimmernden Getier, und seine Locken leuchteten im Sonnenglanz. Er sah Dionysia herankommen, runzelte die Brauen und wies die Nahende mit befehlender Gebärde von dannen. Sie aber ließ sich nicht abhalten, schritt gerade auf ihn zu, nahm dem Staunenden die Flöte aus der Hand, brach sie entzwei und schleuderte ihm die Stücke vor die Füße hin. Jetzt erst schien er zur Besinnung zu kommen, packte Dionysia an den Handgelenken und wollte sie zu Boden werfen. Sie wehrte sich, stemmte sich ihm entgegen, seine Augen glühten zornig in die ihren, sein hastender Atem fauchte ihr über die Stirn. Er preßte die Lippen zusammen, sie lachte: plötzlich ließ er ihre Hände frei und umfaßte ihren Leib mit beiden Armen. Heftig wallte es in ihr auf, und sie wollte sich ihm entreißen. Aber da er sie immer mächtiger an sich heranzog, drängte sie selbst sich ihm entgegen, ermattete, sank aufs Gras und mit ungeahnter Wonne gab sie sich seinen grimmigen Küssen hin. –

Manche Tage wandelte sie nun mit dem Hirten und seiner Herde durchs freie Land. In den heißen Mittagsstunden ruhten sie im Schatten der Bäume, nachts schliefen sie auf einsam weiten Auen. Die Herde, sonst gewohnt einem Flötenspiel zu folgen, das nun für immer verstummt schien, verlief sich allmählich, und am Ende hüpfte nur mehr ein kleines Lämmchen neben dem Paare einher.

Da kam nach hundert Sonnentagen und hundert Sternennächten an einem trüben Morgen ein rauher Wind über die Wiese gesaust, auf der die Liebenden geschlafen hatten, und Dionysia erwachte schaudernd. »Wach auf«, rief sie über den Hirten hin, »erhebe dich, mich friert. Fern im Morgennebel sehe ich Häuser liegen; hier läuft der Weg hinab, gehe rasch, kaufe mir Schuhe, Kleid und Mantel.«

Der Hirte stand auf, trieb das letzte Lämmchen vor sich her, verkaufte es in der Stadt, und für den Erlös brachte er Dionysia, was sie gewünscht hatte. Als Dionysia neu gekleidet war, streckte sie sich wieder auf den Boden hin, kreuzte die Arme über ihrem Haupt und sagte: »Nun möchte ich gerne wieder einmal etwas auf der Flöte spielen hören.«

»Ich habe keine Flöte mehr«, erwiderte der Hirte. »Du hast sie mir zerbrochen.«

»Du hättest sie fester halten sollen«, erwiderte Dionysia. Dann sah sie um sich und fragte: »Wo ist denn unser silberwolliges Gefolge?«

»Es hat sich verlaufen, da es mein Flötenspiel nicht mehr hörte«, antwortete der Jüngling.

»Warum hast du nicht besser achtgegeben?« fragte Dionysia.

»Ich habe mich um nichts gekümmert als dich«, erwiderte der Jüngling.

»Heute Morgen sah ich ja noch ein Lämmchen neben uns ruhn.«

»Das hab ich verkauft, um dir Schuhe, Kleid und Mantel zu bringen.«

»Wärst du mir nicht gehorsam gewesen«, sagte Dionysia ärgerlich, erhob sich und wandte sich ab.

»Wohin willst du denn?« fragte der Hirte schmerzlich erstaunt.

»Nach Hause«, erwiderte Dionysia, und sie fühlte ein leises Sehnen nach Erasmus.

»Das ist ein weiter Weg«, sagte der Hirt, »allein findest du nicht zurück, ich will dich begleiten.«

»Das könnte mir fehlen, daß ich den weiten Weg zu Fuße gehe.«

In diesem Augenblick fuhr unten auf der Landstraße ein Wagen vorüber. Dionysia rief laut und winkte mit der Hand. Aber der Kutscher kümmerte sich nicht darum, hieb auf die Pferde ein und trieb sie vorwärts. Dionysia rief noch lauter. Da neigte sich jemand aus dem Wagenfenster und wandte sich nach der Richtung, aus der die Stimme tönte.

Als er der schönen Frau gewahr wurde, befahl er dem Kutscher zu halten, stieg aus dem Wagen und ging Dionysia entgegen, die die Wiese heruntereilte.

»Was willst du?« fragte er. »Warum hast du gewinkt und gerufen?«

»Ich bitte dich«, erwiderte Dionysia, »gönne mir einen Platz in deinem Wagen und führe mich in meine Heimat.« Und sie nannte ihm den Ort, wo das Haus ihres Gatten stand.

»Gern will ich deinen Wunsch erfüllen, wunderschöne Frau«, erwiderte der Fremde, »aber es ist weit in deine Heimat, und da ich eben erst von einer Reise heimkehre, muß ich auf einen Tag nach Hause, um nach meinen Geschäften zu sehen. Doch sollst du mir in meinen Räumen willkommen sein, und ehe du dich auf die Heimreise begibst, dürfte ein Tag und eine Nacht der Ruhe dich wohl erquicken.«

Dionysia war es zufrieden, der Reisende öffnete höflich den Wagenschlag, ließ die junge Frau einsteigen, die sich in die Ecke lehnte, ohne sich noch einmal umzuwenden und nahm an ihrer Seite Platz. Die Kutsche setzte sich in Bewegung. Sie fuhr zuerst auf der Landstraße zwischen grünem Gelände, dann zwischen kleinen wohlgehaltenen Häusern weiter.

»Wo sind wir?« fragte Dionysia.

»Was du hier siehst«, erwiderte der Fremde, »ist alles mein. Ich baue Maschinen für das ganze Land, und in den Dörfern, durch die wir fahren, wohnen die Arbeitsleute, die mir dienen.« Während er diese Worte sprach, betrachtete Dionysia ihn aufmerksamer, und sie sah, daß seine schmalen Lippen von verhaltener Kraft schwollen und seine hellen Augen stolz und wie unerbittlich vor sich hinblickten.

Mit Anbruch der Nacht hielt die Kutsche vor einem schloßartigen Gebäude. Das Tor öffnete sich. Eine marmorweiße Halle strahlte von vielen Lichtern wider. Auf den Ruf ihres Herrn erschien das Mädchen, geleitete Dionysia in ein behaglich ausgestattetes Gemach, war ihr beim Auskleiden behilflich und wies ihr dann den anstoßenden kristallblauen Raum, wo ein Bad bereitet war, in dessen laue Fluten Dionysia mit Behagen tauchte. Nachher erschien das Mädchen wieder und fragte Dionysia, ob sie allein oder in Gesellschaft des Herrn zu speisen wünsche. Dionysia erklärte, heute für sich bleiben zu wollen, denn schon wußte sie, daß sie lange genug hier verweilen würde, um ihren Gastgeber so nahe kennen zu lernen, als es sie gelüstete. –

III

Es war Herbst gewesen, da Dionysia in das Schloß gekommen war; das Frühjahr nahte, und noch weilte sie, doch längst nicht mehr als Gast, sondern als Gefährtin des Hausherrn, und als Herrin des Hauses. Von ihrem Balkon aus war der Blick frei auf weites hügeliges Land. Aus fernen Talmulden ragten Schlote auf, der Wind brachte das Geräusch von Räderschnurren und Hämmerschlag, und an dunklen Abenden verglühten über den Rauchfängen hastige Funken in den Lüften. Nah ans Schloß gerückt, eng aneinander gedrängt und von ärmlichen Gärtchen umgeben, standen Wohnhäuser in langen Reihen, aber ein dichter Wald hielt auch die nächsten vom Schlosse ab. Hinter den letzten Maschinenhäusern strebte Ackerland hügelaufwärts und senkte sich wieder nach unsichtbaren Ebenen, doch verrieten ferne Rauchsäulen, daß auch jenseits der Hügel ein Bezirk der Arbeit sich dehnte. Das Schloß selbst stand in einem Park, der sich so weithin streckte, daß Dionysia, die sich täglich darin zu ergehen pflegte, noch in den letzten

Wintertagen ihr unbekannt gebliebene Stellen entdeckte. Zuweilen um die Mittagsstunde oder des Abends begleitete sie auf ihren Spaziergängen der Gutsherr, und sie erfuhr von ihm, daß noch vor kaum zwei Jahrzehnten dieser Park eine Art von Urwald gewesen, daß an der Stelle des Schlosses ein kleines Haus gestanden und daß unten, wo jetzt hundert Schlote rauchten, unter Bauernhütten eine einzige arme Schmiede Arbeit verrichtet hatte. Aber alles, was seither ringsum entstanden war, sollte nicht mehr zu bedeuten haben als den Anfang größeren Werkes. Schon rührte es sich an den Gemarken des freien Hügellandes, sumpfige Stellen wurden trocken gelegt, Bächen wurde durch Wehr und Damm Widerstand und neue Kraft gegeben, Wälder wurden ausgeholzt, im nächsten Sommer sollte eine Riesenhalle fertig stehen, um die Modelle aller Maschinen aufzubewahren, die jemals von hier in die Welt gegangen waren und noch gehen sollten.

Oft erschienen Gäste auf dem Schloß; Erfinder, Baumeister, Abgesandte des Fürsten, Bevollmächtigte fremder Staaten. Einige schieden befriedigt und leichtgemut, andere unlustig und betroffen. Des Gutsherrn Wort aber schien stets von gleichem Ernst und Gewicht, und immer fühlte Dionysia, daß keiner der Gäste einen Vorteil über ihn zu gewinnen vermocht hatte, daß er klüger und stärker gewesen war als die andern alle.

Manchmal durfte sie selbst an seiner Seite zwischen glühenden Hämmern und schnurrenden Rädern, schlürfenden Seilen und brausenden Röhren einhergehen. Auch die Kanzleiräume blieben ihr nicht fremd, wo Zeichnungen und Entwürfe auflagen, Briefe empfangen und abgesandt und die Bücher des Hauses geführt wurden. Mit jedem Schreiber und jedem Arbeiter schien der Gutsherr sich zu beraten, überall war er Lehrer und Lernender zugleich; aber aus welcher Türe er auch trat, stets wußte er sicherer Bescheid darüber, was in dem eben verlassenen Raum gedacht und geschaffen wurde, als diejenigen, die ihre ganzen Tage dort verbrachten. An manchen Abenden ließen Künstler des Gesangs und verschiedener Instrumente sich hören, ja eine vorzügliche Schauspielgesellschaft gab etliche Male im Schloß ihre Vorstellungen, zu der aus der Umgebung und auch aus dem weiteren Umkreis sich Zuschauer einfanden. So war dafür gesorgt, daß keine Stunde für Dionysia auch nur von der Ahnung einer möglichen Leere durchweht war, und doch blieb ihr das Recht der Einsamkeit durchaus gewahrt. Der Gutsherr selbst versäumte es nie anzufragen, ob seine Gesellschaft erwünscht sei, und wenn es Dionysia gefiel, sich allein auf Spaziergänge zu begeben, so bedurfte es nur eines Winks, um jede Begleitung von ihrer Seite zu weisen.

Einmal zu Sommerbeginn, als sie durch ein Dörfchen spazierte, das, wiewohl drei Stunden entfernt, noch immer den Ländereien des Gutsherrn zugerechnet wurde, lief ihr ein blasses kleines Mädchen entgegen und flehte mit ausgestreckten Händen um einen Bissen Brot. Dionysia, befremdet, schüttelte den Kopf und war geneigt, das Kind für ein vorlaut bettelhaftes Geschöpf anzusehen, an denen es am Ende auch hier nicht mangeln mochte; da machte ein traurig ängstlicher Blick aus den Augen des Mädchens sie nachdenklich, und sie beschloß im Hause selbst Nachschau zu halten. Eine nicht mehr junge Frau stand im Vorraum, ein Kind auf dem Arm, zwei andere spielten auf dem Fußboden mit Holzstückchen und Obstkernen. Auf Dionysias Frage erwiderte die Frau, daß jene bettelnde Kleine heute nichts anderes genossen hätte, als ein halbes Gläschen Milch; ohne weitere Fragen abzuwarten, ließ sie ihren Klagen freien Lauf, und so erfuhr Dionysia, daß hier im Ort zumindest innerhalb der mit Kindern gesegneten Familien Mangel und Sorge zu Hause wären. Dionysia, höchst betroffen, ließ all ihr Geld zurück und eilte nach Hause, um den Geliebten von diesen Zuständen in Kenntnis zu setzen, an denen ihrer Überzeugung nach nur Untreue und böser Wille untergeordneter Beamten Schuld tragen konnten. Der Gutsherr klärte sie auf, daß selbst innerhalb der einfachsten, scheinbar gleichmäßigsten Verhältnisse das Schicksal der einzelnen je nach persönlichen Eigenschaften und allerlei Zufälligkeiten sich höchst verschieden zu gestalten pflegte, und riet ihr, sich um dergleichen Dinge fernerhin nicht zu kümmern. Sie erklärte sich außerstande diesem Rat zu folgen, vielmehr erbat sie die Erlaubnis, auf ihre Art und soweit ihre Kräfte reichten, die Mißstände, unter denen ja nicht die Schuldigen allein litten, aufheben oder wenigstens verbessern zu dürfen. Der Gutsherr hatte nichts dagegen, daß sie die Summen, die ihr reichlich zur Verfügung standen, nach Gutdünken verwendete, und erhob auch keinerlei Einspruch gegen die Nachforschungen und Wanderungen, die sie schon vom nächsten Tage an zu unternehmen begann. Bald gewahrte sie, daß mehr zu helfen not tat, als sie je geahnt hätte und daß auch dort, wo die Gegenwart keine Sorgen zu bergen schien, eine düstere und ungewisse Zukunft herandrohte. Wo aber die Leute sich leidlich behagten, dort war es gerade die unbewußte Hoffnungslosigkeit ihres Daseins, die Dionysia mit Verwunderung und Kummer erfüllte. Es kam endlich dahin, daß sie ihren eigenen Überfluß wie ein Unrecht an jenen empfand, denen selbst das Notwendige versagt war, und wenn sie auch hier und dort von einem Tag auf den andern ein Schicksal günstiger zu gestalten imstande war, sie begriff bald, daß sie die Ordnung des Staates, ja die Gesetze der Welt hätte ändern müssen, um vollkommen nur für die Dauer zu helfen. Kummervoll stellte sie ihre Wanderungen ein, und weder die Vergnügungen der Geselligkeit, die ihr zahlreicher und lebhafter geboten waren als je, noch die Zärtlichkeiten ihres Geliebten konnten ihre Schwermut besiegen.

Zu dieser Zeit meldeten Gerüchte eine wachsende Unzufriedenheit der arbeitenden Bevölkerung, und der Gutsherr, ohne ein Wort des Vorwurfs, verhehlte Dionysia nicht, daß gerade sie an solcher in dieser Gegend bisher nicht erhörten Bewegung nicht minder durch ihre früher geübte Wohltätigkeit als durch deren unerwartete Einstellung mitschuldig sein mochte. Abgesandte erschienen im Schlosse, Erhöhung der Löhne und Herabsetzung der Arbeitszeit zu fordern; und einiges, im Verhältnis wachsenden eigenen Wohlstandes vermochte der Gutsherr zu gewähren. Eine Beruhigung trat ein, die nicht lange anhielt. Neue, immer lebhaftere Forderungen wurden erhoben, denen Erfüllung versagt werden mußte. Die Unruhe stieg an, wandte sich in Erbitterung, in einzelnen Gebieten wurde die Arbeit unterlassen, bald zwangen die Aufständischen auch dort dazu, wo man bisher noch weiter geschafft hatte; es kam zu Gewalttätigkeiten, der Gutsherr sah sich genötigt, die Regierung um Unterstützung anzugehen, Soldaten rückten herbei, der Grimm stieg, und Kämpfe erfolgten, mit Opfern auf beiden Seiten. Bald aber war der Sieg der Staatsgewalt völlig erklärt, einige Führer der Bewegung wurden ins Gefängnis geworfen, andere entlassen, neue Arbeitskräfte, die von überall zuzogen, aufgenommen, und es dauerte nicht lange, so rollten die Räder, rauchten die Schlote und keuchten die Maschinen rings im Gelände wie zuvor.

In jenen schweren Zeiten hatte Dionysia sich stille verhalten. Sie bangte um den Gutsherrn, der stets im Bannkreis der höchsten Gefahr zu finden war, zugleich aber jammerte sie das Los der Schwachen, deren Auflehnung sie besser zu begreifen vermeinte, als irgendwer. Wie immer die Entscheidung fallen sollte, Dionysia sah vorher, daß sie ihr keine Beruhigung bringen konnte; und am Tage der Entscheidung, da der Geliebte als Sieger in sein Schloß zurückgekehrt war, traf er Dionysia nicht mehr an. Arm und frei, wie sie gekommen, hatte sie den Weg nach der Heimat angetreten in der festen Meinung, daß nun keine Lockung mehr ihrer harren könnte.

IV

Die Bewegung, die an dem Orte, dem Dionysia den Rücken wandte, niedergeworfen schien, war nach anderen, näheren und ferneren, um so entschiedener weitergerückt, ergriff immer neue Kreise, verbreitete sich durch das ganze Land, so daß bald nicht nur die Arbeiter gegen die Fabrikherren, sondern auch die Armen gegen die Begüterten, die Abhängigen gegen die Freien, die Bürger gegen den Adel in Aufruhr standen. So geschah es, daß Dionysia schon am dritten Tag ihrer Wanderung in eine Art von Feldlager geriet, unter eine Rotte von Männern, Frauen, Halberwachsenen, Kindern, die zum Teil mit den sonderbarsten Waffen versehen waren. Man hielt die wohlgekleidete Reisende an; sie erklärte, daß sie auf dem Weg nach ihrer Heimat begriffen sei, und, wie sie leicht beweisen konnte, nicht mehr Geldes bei sich trug, als für die notwendigsten Bedürfnisse eben ausreichte. Ein älterer Mann, der sich ihrer gleich gegen die unziemlichen Späße der Jüngeren angenommen, gab ihr zu bedenken, daß die Straßen unsicher wären, und sie am Ende froh sein müßte, gerade hier angehalten worden zu sein, wo trotz aller erlittenen Unbill die Sehnsucht nach Rache noch nicht in blindwütige Zerstörungs- und Mordlust ausgeartet wäre. Er riet ihr, vorläufig hier Rast zu halten, wo man sie bis auf weiteres jeden Schutzes versichern wollte, statt eine Reise fortzusetzen, auf der ihr, als einer allein wandernden schönen jungen Frau nicht allein die Gefahr des Todes drohen mochte. Dionysia gehorchte dem Rat um so williger, als sie unschwer vorhersehen konnte, wie übel man einen Widerstand aufnehmen würde, und merkte bald, daß sie sich wohl unter entschlossenen, doch nicht unbesonnenen Menschen befand. Es waren Bergleute, die ihr Leben bis vor wenigen Tagen in der Düsternis und dem Todesatem ungeheurer Gruben verbracht hatten, und die ganze nachtgewohnte Schar, als hätte das Licht des Himmels ihr Blut und Sinne berauscht, war der kühnsten Hoffnungen voll. Sie rechneten alle auf die Niederlage der Mächtigen, denen sie bisher Frondienst geleistet, auf die Einsicht und Bundesbrüderschaft der Vernünftigen und auf das Erstehen eines Reichs der Gleichheit und Gerechtigkeit. Dionysia aber, als fühlte sie sich durch höhere Fügung an den ihr angemessenen Ort gestellt, gab sich als Gleichgesinnte zu erkennen und erklärte sich bereit, mit ihren neuen Gefährten zu tragen, was diesen bestimmt sein mochte, Sieg oder Untergang.

Die erste Nacht schlief sie unbehelligt in dem abgeschiedenen Lager der Frauen und Kinder. Am nächsten Tag hielten die Männer Beratung ab; und bald schwirrte es rings von Widerspruch und Streit. Die einen hielten es für das klügste, mit den zag gewordenen Behörden in Unterhandlungen einzutreten, andere, ungeduldig, schlugen vor, ohne weiteren Aufschub in die nächste Stadt nach Feindesart einzubrechen. Am Ende wurde beschlossen, Leute nach benachbarten aufständischen Gruppen auszusenden, um vorerst zu erfahren, wie da und dort die Dinge stünden. Die Boten gingen, keiner von ihnen kam abends wieder, keiner am nächsten Morgen. Die Zurückgebliebenen ahnten Schlimmes. Zu Mittag setzte sich der ganze Haufe in Bewegung, Männer, Frauen und

Kinder. Am Horizont erschienen Rauchsäulen und roter Feuerschein. Man durchwanderte eine weite, kahle Ebene, wo es an Wasser und Nahrung mangelte. Man zog durch armselige, beinahe menschenleere Dörfer, brach in Keller und Gehöfte ein, wo Weine und Eßwaren, freilich nicht in ausreichendem Maße, erbeutet wurden. Durstige fielen über Berauschte, Hungrige über Gesättigte her. Die Ordnung war aufgelöst, Frauen und Männer lagerten in der Nacht durcheinander. Ein junger, hagerer Mensch, der sich Dionysia schon auf der Wanderung angeschlossen hatte, näherte sich ihr, zog sie mit sich, und im Gebüsch umschlang er sie mit gierigen Armen. Sie gehörte ihm diese eine Nacht, am Morgen darauf kannte er sie nicht mehr, und auch er verschwand für sie als ein Gleichgültiger in der Menge. Die Wanderung ging weiter, an rauchigen Gehöften und niedergebrannten Dörfern vorbei, durch ausgestorbenes und verwüstetes Land. Endlich machte die Schar Halt vor den dunklen schweigenden Mauern einer Stadt mit verschlossenen Toren. Niemand wußte, was der morgige Tag bringen konnte; Himmel und Erde hüllten sich in Geheimnis; keine Fackel wurde entzündet, Schweigen lastete über der dunklen Menge. Plötzlich aus der Finsternis tönte ein schrilles Lachen, als gälte es, das Furchtbare zu durchbrechen, das nicht länger zu ertragen war. Dem Lachen folgte ein wütender Schrei, dem Schrei ersticktes Stöhnen, wehes Heulen und wieder Gelächter. Männer und Frauen hatten sich durcheinander, aneinander gedrängt, jeder nahm, die ihm am nächsten war, keine leistete Widerstand; denn alle wußten mit einem Mal, daß morgen alles zu Ende war. Dionysia wurde von einer ungeheuren Angst erfaßt. Es gelang ihr, zwischen gierig greifenden Händen, heißtrockenen Atemzügen immer weiter hindurchzufliehen und endlich zu entkommen. Die ganze Nacht kauerte sie, in ihren zerrissenen Mantel gehüllt, im Schatten eines Mauervorsprungs, wo das Stöhnen und Schreien und Lachen nur heiser und verhallend zu ihr drang. Plötzlich, im ersten Morgengrauen, sprangen die Tore der Stadt auf. Bewaffnete stürmten hervor, fielen über die Ermatteten, Verwüsteten, Schlaftrunkenen, über Männer und Weiber her, hieben sie zusammen und jagten, was je nach Laune ihr Mordstahl verschonte, in die Stadt hinein. Dionysia war unter diesen; und schon bei Sonnenaufgang lag sie mit Hunderten anderer Frauen in einem Festungshof hinter zugeschmettertem Tor. Das Fieber schüttelte sie, sie verfiel in wüste, unfaßbare Träume, endlich verließen sie die Sinne.

V

In einem weißen geräumigen Zimmer erwachte sie. Eine Wartefrau saß ihr zu Häupten, von ihr erfuhr sie, daß sie aus dem Gefängnis hierher gebracht worden und viele Tage ohne Bewußtsein gelegen sei. Zugleich hörte sie, daß der Aufruhr im Lande niedergeworfen war, daß viele der Schuldigen im Kerker schmachteten und einige hingerichtet worden waren. Und endlich erzählte ihr die Wärterin, daß ein junger gräflicher Offizier für sie die Haftung übernommen hätte, da es ihm nach ihrem ganzen Aussehen zweifellos erschienen, daß sie unverschuldet und nur durch eine sonderbare Fügung unter die Aufständischen und Gefangenen geraten war; und mit bedeutungsvollem Lächeln fügte die Wärterin hinzu, daß der Graf täglich käme, sich nach ihr zu erkundigen, oft lange Zeit an ihrem Bett verweilt und sie bewegt betrachtet hätte. Ein alter Arzt trat ins Krankenzimmer, zeigte sich nicht sonderlich erstaunt, Dionysia bei Bewußtsein zu finden, da er diesen Umschwung für den heutigen Tag erwartet hätte, nahm eine Untersuchung der Leidenden vor, vermied mit deutlicher Absicht jede Frage nach Dionysias Herkunft und Schicksal und stellte baldige vollkommene Genesung in Aussicht. Dann erhob er sich, verabschiedete sich mit auffallender Höflichkeit und traf am Ausgang mit einem jungen Mann in glänzender Uniform zusammen, dem er freundlich, aber bestimmt, den Eintritt zu verweigern schien, worauf sich hinter beiden die Türe schloß. Doch hatte Dionysia Zeit genug gehabt, einen lebhaften Blick aus hellen Mannesaugen aufzufangen, und sie erinnerte sich wie aus einem Traum, daß diese selben Augen auf ihr geruht hatten, als sie fiebernd und sinnverlassen zwischen ragenden Lanzen durch hallende Straßen in das Gefängnis geführt worden war.

Von Tag zu Tag fühlte sie sich kräftiger werden; allmählich stellte sich auch wieder die Klarheit des Denkens ein, und noch immer sah sie niemanden, außer der Wärterin und dem Arzt, der in einer gewissen vertraulichen Weise auf geheime Freunde anspielte, die an dem Geschick der Kranken wärmsten Anteil nähmen, denen aber gerade in diesen Tagen der fortschreitenden Genesung der Zutritt strenge verwehrt sein müßte. Dionysia hörte all dies mit Gleichgültigkeit an. Sie war entschlossen, sobald sie sich völlig gesund fühlte, die so schlimm unterbrochene Reise nach ihrer Heimat fortzusetzen, vor ihren Gatten hinzutreten, ihm ihre Schicksale zu berichten und ihn zu fragen, ob er sie, seines Wortes eingedenk, trotz allem, was ihr widerfahren, in seinem Hause wieder aufnehmen wollte. Doch fühlte sie auf dem Grunde dieses Vorsatzes mehr Neugier als Sehnsucht, und ein Wiedersehen mit Erasmus lockte sie wie ein neues Abenteuer, nicht als der Abschluß ihres wechselvollen Wanderlebens.

Am Morgen, da sie sich zum erstenmal aus dem Bett erhoben hatte, von dem Balkon ihres Krankenzimmers in ein

Gärtchen hinuntersah, und ihre Blicke weiter hinaus über die zerstampften und erstickten Felder schweifen ließ, trat der junge Graf bei ihr ein und entschuldigte sich vor allem wegen der Verfügungen, die er wohl in bester Absicht, doch ohne jede Ermächtigung zu treffen sich erlaubt hätte. Dionysia dankte ihm lebhaft, doch ohne Verwunderung und erklärte nur so vieler Freundlichkeit gegenüber sich zur Mitteilung verpflichtet zu fühlen, wem man sie erwiesen. Aber einer plötzlichen Eingebung folgend, nannte sie einen Namen als den ihren, den sie nie geführt, als Wohnort eine kleine Stadt, in der sie nie geweilt, und teilte ihrem Gatten einen Beruf zu, den jener niemals ausgeübt hatte. Mit einer ihr selbst erstaunlichen und neuen Freude am Lügen, die sie im Anhören ihrer eigenen Worte wachsen fühlte, erzählte sie, wie sie auf dem Gut von Freunden zu Gast gewesen und auf der Rückreise von einer aufrührerischen Horde aus dem Wagen gerissen und beraubt, ihr Leben nur hätte retten können, indem sie sich als geheime Anhängerin der Aufständischen bekannte; wie sie nun tagelang mit jenen fürchterlichen Menschen in der Irre umhergezogen wäre und endlich unschuldig und gezwungen deren Schicksal hätte teilen müssen. Nun aber war es an der Zeit heimzukehren, und so müßte ihr Dank zu gleicher Zeit ihren Abschied bedeuten. Der junge Graf war betrübt, doch schien er in seine zurückhaltende Rolle so eingewöhnt oder von Natur so schüchtern, daß er keinen Widerspruch versuchte und sich nur als letzte Erlaubnis erbat, Dionysia einen guten Wagen für die Reise zu besorgen. Sie wiederum, so sehr sie sich auch sehnte von der dunklen und bebenden Stimme des Grafen zärtlichere Worte zu vernehmen, fand soviel Vergnügen an ihrer ihr selbst neuen Verstellungskunst, daß sie wie in überströmender Dankbarkeit des Grafen Hand ergriff und ihn mit Augen anblickte, die sie, wie sie mit Befriedigung merkte, je nach Willen in feuchtem Glanze aufleuchten oder trüb konnte verlöschen lassen. Gleich nachdem der Graf sich entfernt hatte, traf sie Anstalten zur Abreise. Der Arzt kam, schien über ihr Beginnen unwillig und versicherte, keinerlei Bürgschaft übernehmen zu können, ob sie nicht etwa die Reise gleich würde unterbrechen und dann in irgendeinem schlechten Wirtshaus tage- und nächtelang krank liegen müssen. Dionysia, wohl merkend, daß der Arzt mit dem jungen Grafen im Einverständnis handelte, spielte zuerst die Widerstrebende, dann die Zögernde und versprach am Ende seufzend, sich Anordnungen zu fügen, deren vernünftiger Begründung sie sich nicht verschließen könnte. Am Abend kam der junge Graf wieder und schlug Dionysia vor, da die Abreise nun doch einmal hinausgeschoben wäre, sie möge bis zum Eintritt ihrer vollkommenen Genesung ein bescheidenes ihm gehöriges in frischer Waldluft gelegenes Jagdhäuschen bewohnen. Eine Dame vom besten Ruf werde ihr als Gesellschafterin zur Seite gegeben werden, um jede üble Nachrede von Anbeginn auszuschließen. Dionysia entgegnete, daß sie selbst sich Sicherheit und Bürgschaft bedeute, erklärte aber, die Einladung des Grafen nur dann annehmen zu dürfen, wenn er sich verpflichtete, das Jagdhaus während der Dauer ihres Aufenthaltes überhaupt nicht zu besuchen. Er neigte das Haupt tief wie zum Zeichen völliger Unterwerfung, sie aber hielt sich in diesem Augenblick nur mit Mühe zurück, die Arme nach ihm auszustrecken und ihn an ihre Brust zu ziehen.

Am nächsten Morgen bezog sie das Jagdhaus, das einfach und wohlgehalten zwei Stunden von der Stadt entfernt in laubdunkler Einsamkeit dalag. Ein hübsches Bauernmädchen war zu Dionysias Empfang und weiterer Bedienung anwesend und verhielt sich still und gefällig. Die Speisen waren wohlschmeckend und trefflich bereitet, das Bett köstlich und weich. Auf den gut gehaltenen Wegen unter hohen kühlen Wipfeln erging sich Dionysia ungestört wie in einem abgeschlossenen Park. Oft lag sie stundenlang auf freiem Wiesenplatz, die Arme unter dem Haupt verkreuzt, die halbgeschlossenen Augen im schwindenden Blau des Himmels verloren. Schmetterlinge, vorüberflatternd, berührten ihre Stirn, der kühle Atem des Waldes strich über ihre Lider und Haare hin, und aller Lärm der Welt verklang in fernen Gründen.

Eines Morgens, da Dionysia das Haus verlassen wollte, zogen schwere Wolken auf und blieben dunkel schweigend über den Wipfeln hängen. Dionysia ging in den niedern Zimmern hin und wieder, spazierte vor der Tür auf und ab, und eine wehe Beklommenheit stieg in ihrer Seele auf. Zu Mittag rührte sie die Speisen nicht an, das Mädchen fand sie am gedeckten Tisch in Tränen, erhielt auf seine Fragen keine Antwort; und erschrocken sandte es in die Stadt nach dem Grafen, der ihm die Obhut über die schöne Frau anvertraut hatte. Am späten Abend, während ein schwül hingezögertes Gewitter mit Hagel, Donner und Blitz endlich niederging, trat so unerwartet als ersehnt der junge Graf ins Zimmer, und sein Glück war ohne Maß, als Dionysia, die er als eine Verstörte oder neuerdings Erkrankte zu finden gefürchtet, mit glanzhellen Augen und jauchzender Begrüßung an seine Brust stürzte.

Doch noch im Dämmer derselben Nacht, in der sie sich ihm gegeben, versicherte ihm Dionysia, daß diese erste zugleich die letzte bedeuten müsse. Der Graf in der rasch erwachten eifersüchtigen Neugier des Besitzenden drang auf Erklärung. Dionysia darauf in einem unbezwinglichen Drang, den Geliebten zu quälen, gab vor, ihr sei mit einem Male, als hätte sie in jener furchtbaren Nacht vor den Toren der ummauerten Stadt, schon vom dumpfen Fieber befallen, mit Schaudern, aber wehrlos, nicht einem, sondern vielen ihrer wilden Gefährten angehört; ließ aber zugleich die Möglichkeit bestehen, daß all dies nur ein grauenhafter Traum gewesen sein mochte, der nun in der Erinnerung wie eine unerträgliche Wahrheit sie bedrücke. Der junge Graf fiel in Verzweiflung, von der tiefsten Verzweiflung in neue Lust, von der höchsten Lust in tolle Raserei, schwur, die Geliebte auf der Stelle zu töten, und flehte sie am Ende doch an, ihn nur nicht zu verlassen, da ein Dasein ohne ihren Besitz ihm von dieser Stunde an nutzlos und elend dünkte.

Dionysia blieb. Und bald war ihre Seele dem Grafen so völlig hingegeben, daß sie all ihrer Lügen sich zu schämen, ja unter ihnen zu leiden begann und endlich den Wunsch in sich aufsteigen fühlte, dem Geliebten die wahre Geschichte ihres Lebens mitzuteilen, was sie nun aber wieder, in Angst durch dieses späte Geständnis neues Mißtrauen zu erwekken, von einem Tag zum andern hinausschob.

Da erschien an einem regenschweren Herbsttag ein reitender Bote mit der Kunde, daß an der Landesgrenze eine längst erwartete Bewegung des Nachbarheeres immer drohender sich ankündigte, und wies einen Befehl vor, demgemäß der Graf sich innerhalb der nächsten vierundzwanzig Stunden an die Spitze seines Regiments zu stellen hätte. Sobald der Bote wieder davon gesprengt war, erklärte Dionysia dem Geliebten, daß sie in keinem Fall von seiner Seite weichen werde und unwiderruflich gesonnen sei, in Männerkleidung mit ihm in den Krieg zu ziehen. Der junge Graf, ergriffen und beglückt, versuchte Dionysia zuerst die Unmöglichkeit eines solchen Beginnens vor Augen zu stellen; doch als sie ihm zuschwor, daß sie schlimmstenfalls auch gegen seinen Willen, ja im Troß des Heeres ihm und seinem Schicksal zu folgen entschlossen sei, verließ er noch am gleichen Tage mit ihr das Jagdhaus, begab sich mit ihr in die

Stadt, erbat eine Audienz beim Fürsten und trug diesem, ihm seit jeher wohlgewogenen Herrn ehrerbietig den Fall zur Entscheidung vor. Der Fürst, selbst einer jungen und edlen Frau vermählt, seinem Wesen nach so leicht erzürnt als begeistert und von jeder Art von Seltsamkeit rasch gefangen, fand in so unruhigen Zeitläuften gegen die Ausführung eines wohl abenteuerlichen, doch heldenhaften Planes nichts einzuwenden, und so geschah es, daß am nächsten Morgen Dionysia in kriegerischer Gewandung, aber nicht unerkannt, vielmehr mit Hochachtung und Teilnahme angesehen, an ihres Geliebten Seite aus dem Tor der Stadt durch das aufgeregte Land an die Grenze und dort früher als sie geahnt mitten in ein Gefecht sprengte, das, von ihren Sinnen kaum begriffen, wie eine zerrissene rote Wolke um ihre weiße Stirn und ihren leuchtenden Degen trieb.

Der Krieg nahm seinen blutig-wechselvollen Gang. Dionysia zog an ihres Geliebten Seite weiter in die feindlichen Gauen, ruhte auf verwüsteter und verbrannter Erde, wurde von Trompeten in die Schlacht gerufen, sah Getroffene neben sich zu Boden sinken und lag selbst mit einer Schläfenwunde durch manche Tage und Nächte unter Stöhnenden und Sterbenden in einem wankenden Barackenbau. Sie genas; fand den Geliebten, von dem sie ohne jede Nachricht geblieben war, am Vorabend eines entscheidungsvollen Tags, mit kaum verheilten Wunden gleich ihr, doch schon zu neuen Wagnissen gerüstet, an der Spitze seiner zusammengeschmolzenen Truppen wieder, ritt im Morgengrauen an seiner Seite ins feindliche Gewühl, hatte gleichen Anteil mit ihm an Gefahr und Ehre und trug eine mit ihm gemeinsam erbeutete Fahne in das siegreiche Lager heim. In der Nacht, die diesem Tage folgte und die dunkel und schwül war unter der doppelten Finsternis eines sternenlosen Himmels und eines faltenschweren Zelts, schlief Dionysia zum ersten

Male wieder seit Beginn des Kriegs an der Seite des jungen Grafen als sein Weib; am Morgen aber traten sie beide als Kampfgefährten ins Freie, begrüßt von den siegesfrohen Stimmen ihrer Kameraden. Beruhigter Sonnenglanz lag über der Ebene, und draußen im Feld, inmitten wehender Helmbusche und funkelnder Degenspitzen, ahnte man des Fürsten leuchtende Nähe. Da mit einem Male statt der erwarteten Friedensbotschaft tönten die wohlbekannten Zeichen nahenden Angriffs. Hinter einem geringen Hügel stiegen Staubwolken auf, rückten näher, Hörner und Pfeifen klangen, und auf schwarzen Rossen stürmte eine Schar toller Reiter heran. Die so unvermutet Angegriffenen waren rasch zu heftiger Verteidigung bereit, doch zeigte sich bald, daß ihnen nur ein kleiner Trupp tollkühner Jünglinge entgegenstand, entschlossen, statt einen schimpflichen Frieden anzunehmen, ein letztes Mal für ungeheuren Gewinn ihr Leben einzusetzen. Doch da ihre Genossen hinter ihnen zögerten, waren sie nach kurzer Frist umzingelt und bis auf den letzten Mann niedergehauen. Aber nicht wohlfeil hatten sie ihr Dasein dahingegeben: unter denjenigen, die ihr verzweifelter Ansturm zu Boden geworfen hatte, lag auch der junge Graf. Dionysia bettete sein wundes Haupt auf ihre Knie; und während sein letztes Blut über ihre regungslosen Finger floß, winkten die weißen Fahnen rings auf den Höhen, Trompetenstöße kündeten die Einstellung der Feindseligkeiten, und als des Geliebten Augen brachen, schallte an Dionysias Ohr die jauchzende Kunde des endlich errungenen Friedens. In ihrer Nähe aber dämpfte auch der lauteste und froheste Jubel sich ab. Immer weiter von ihr wich der Kreis der Frohen und Glücklichen. Selbst der Fürst, der zur Mittagszeit herbeigeritten kam, grüßte nur aus achtungsvoller Entfernung die Regungslose, die in kriegerischer Rüstung dasaß, doch ohne Helm, und mit gelöstem Haar, das über ihres toten Geliebten Antlitz dahinfloß, wie ein blauschwarzes Leichentuch. Erst als der Abend gekommen war, erhob sie sich, faßte den teuern Leichnam um den Leib, und mit übermenschlicher Kraft band sie ihn in seiner vollen Rüstung auf den Sattel seines Rosses fest. Dann bestieg sie das ihre, spornte es an; das andere, im Sattel seinen toten Herrn, blieb nach alter Gewohnheit ihr zur Seite; und so ritt das seltsame Paar stumm und abseits, von den heimwärtsziehenden Kriegsscharen, denen es vorbeisprengte, mit staunendem Grauen betrachtet, durch das besiegte Feindesland der Heimat zu. Als Dionysia aber der Stadttürme ansichtig ward, nahm sie den wohlbekannten Seitenweg zu dem kleinen Jagdhaus, das mit offener Tür, doch ganz verlassen, ihrer zu warten schien; dort schwang sie sich vom Pferd, löste den toten Gefährten vom Sattel, bereitete ein Grab, bettete den Geliebten darein mit Degen, Panzer und Helm und schaufelte die Erde über dem Leichnam wieder zu. Erst als sie diese Arbeit getan hatte, legte sie ihre Rüstung ab und sank in einen tiefen langen Schlaf von drei Tagen und drei Nächten. Als sie erwachte, stand die Mutter des jungen Grafen ihr zu Häupten, tränenlos, und küßte die Hände, die ihres Sohnes Grab gegraben.

VI

Der Herbst stürmte dahin, der Winter glitt vorbei. Dionysia wußte, daß seit jener Nacht vor dem letzten Kampf in ihrem Schoß ein neues Wesen keimte; und so fühlte sie sich dem hingeschiedenen Geliebten wie dem Leben selbst neu und hoffnungsreich verbunden.

Im Frühling brachte sie einen Knaben zur Welt, und da er zum erstenmal an ihrer Brust trank, zog auch das erste Lächeln über Dionysias Antlitz. Reiche Geschenke von des Grafen Mutter, von anderen Anverwandten, ja vom Fürsten selbst, wurden dem Söhnlein des Helden in die Wiege gelegt. Als Dionysia das Bett verließ, war ihr, als müßte sie sich zum erstenmal wieder in Weiß kleiden; und in hellen, leicht bewegten Falten, wie das duftige Gewand, fühlte sie auch den lauen, blütenschweren Tag um sich fließen. Über ihrem jungen Haupt, das schon so viel Erinnertes und so viel Vergessenes barg, hing von Zukunft schwer ein neuer lebensblauer Frühling. Noch warf sie sich nicht selbst in den Strom des Daseins, doch ließ sie es zu, daß er bis an ihre Füße heranrauschte. Ein Fest, das das Volk des Landes feierte, zog sich in ihre Nähe. Mit Anteil betrachtete sie einen Reigentanz, der auf der Waldwiese statthatte. Der Heldenwitwe, die selbst eine Heldin war, hielt man sich anfangs in Ehrfurcht fern. Bald aber nahm sie Huldigungen entgegen, die ihr von der begeisterten Jugend des Landes dargebracht wurden, und selbst das geheimnisvoll Unaufgeklärte ihrer Herkunft lag wie ein goldener Glanz über ihrer gepriesenen Stirn.

Zu Beginn des Winters bezog sie das Schloß des verstorbenen Grafen, das als ihr natürliches Eigentum angesehen wurde. Dort waltete sie, anfangs nur mütterlichen Pflichten hingegeben, zurückgezogen und still. Endlich aber öffneten sich die Türen, zuerst nur für die gräfliche Verwandtschaft, später auch für den Anhang der Familie und für entferntere Freunde, und bald war von den durch Geburt oder Verdienst Ausgezeichneten niemand im Lande, der es unterlassen hätte, der unbegreiflichen und hohen Erscheinung Bewunderung und Liebe auszudrücken. Daß auch der Fürst in eigener Person sich einstellte, war keinem verwunderlich. Von Dionysias rätselhafter Anmut bewegt, kam er wieder, der Schimmer seiner Macht drang aus seinen jungen Blicken in ihre erwachten Sinne; das traumhaft stolze Bewußtsein eines unerhörten Geschicks überströmte aus ihrem Wesen in sein Blut. Und keine Bedenken, denen Geringere unterworfen sein mochten, setzten beider Wünschen sich entgegen, als der Fürst, seines angetrauten Weibes vergessend, Dionysia das glühende Geschenk seiner Liebe bot. –

Zuerst wurde auch diese Wendung in der nächsten Umgebung und rings im Land ohne Widerspruch und üble Nachrede, ja von manchen und nicht nur von Schmeichlern und Höflingen, wie etwas Natürliches und Erlaubtes hingenommen. Die erste, die sich abwandte, betroffen, aber stumm, war die Mutter des Grafen. Einige Verwandte folgten ihrem Beispiel und mieden fortan Dionysias Nähe. Dann erst war es der engere Kreis der Fürstin, der anfing, sich verletzt zu zeigen, zu einer Zeit, da die Fürstin selbst noch fern davon war, ihres Gatten Beziehungen zu der fremden Frau für andere als freundschaftliche anzusehen. Doch als jener die Wahrheit kund ward, schloß sie sich ohne ein Wort der Aussprache, im Innersten getroffen, von ihrem Gatten ab, der von nun ab wie mit Absicht und Stolz seine Liebe zu Dionysia vor allem Volk zur Schau zu tragen begann. Er ließ es nicht länger zu, daß sie in ihrem von dem Grafen ererbten Schlosse wohnte, und räumte ihr eine der fürstlichen Besitzungen nahe der Stadt als Wohnsitz ein. Nicht nur die Stunden der Muße weihte er von nun ab der Geliebten; in ihren Gemächern empfing er Minister und Abgesandte; Beratungen über Staat und Volk wurden in Dionysias Beisein abgehalten, und bald sprach ihre Stimme in jeder Entscheidung mit. Da nun alle, die dem Throne nahestanden, sich vor ihr neigten und ohne weiteres, was der Fürst ihr als Einfluß zugestanden, anzuerkennen bereit waren, so hätte sie wohl vor sich selbst als die wahre Fürstin des Landes gelten dürfen, – wenn sie nicht manchmal bei Ausfahrten und öfter von Tag zu Tag bemerkt hätte, daß Begegnende sie nicht zu beachten, ja sich mit Absicht wegzuwenden schienen. Zuerst nahm sie es leicht, lächelte darüber als über Neid und Torheit geringer Seelen, allmählich aber regte sich Ärger in ihr, wuchs weiter an, und eines Tages, da sie an einem jungen Adeligen vorbeiritt, der als Parteigänger der verlassenen Fürstin wohlbekannt, zu ihr, der fürstlichen Geliebten, mit einem höhnischen Zucken der Lippen aufsah, schlug sie ihm mit der Peitsche übers Gesicht. Als er dann in Wut ihr ein ungeheueres Schimpfwort ins Antlitz schrie, ließ sie ihn verhaften, und ihre Fürbitte erst bestimmte den empörten Fürsten, dem unbedachten Beleidiger die Todesstrafe nachzusehen. Doch war seit diesem Zwischenfall der Haß der beiden Parteien, der bisher im stillen gelauert, zu offener und lauter Feindseligkeit gewandelt. Es wurde Dionysia zugetragen, was man im Volk, im Adel und insbesondere in der nächsten Umgebung der Fürstin über sie zu reden wagte. Die noch vor kurzem eine Fremde rätselhafter, doch vielleicht göttlicher Sendung erschienen war, galt heute vielen für nichts besseres als eine Abenteurerin und Dirne. Noch drohte ihr keine ernste Gefahr, denn der Fürst hielt fester zu ihr als je. Ja zum Trotz gegen den wachsenden Widerstand erweiterte er ungebeten Dionysias Machtvollkommenheiten nach allen Seiten, umgab sie mit einer niemals erhörten Pracht, verlieh ihrem fünfjährigen Sohn den Titel eines Prinzen und heftete auf die Kinderbrust einen Orden, der bisher nur Mitgliedern des Fürstenhauses vorbehalten war. Jedes unvorsichtige Wort, jede zweifelhafte Gebärde, die sich gegen Dionysia zu richten schien, wurde mit der furchtbarsten Strenge geahndet. Dionysia selbst war längst nicht mehr geneigt, bei dem Fürsten Gnade zu erflehen für Hohe oder Niedere, die sich gegen den Glauben an ihre Majestät vergangen hatten. Wenn sie durch die Straßen fuhr, in ihrem von sechs schwarzen Rappen gezogenen goldenen Wagen, dem Reiter voran- und nachsprengten, hörte sie aus dem Jubel, der sie begrüßte, die falschen und erzwungenen Töne und fühlte, daß nicht mehr Ehrfurcht, daß nur mehr dumpfe Scheu, daß Angst und Haß rings um sie webten. Böse Träume von Verschwörungen und Anschlägen störten ihren Schlaf, selbst an der Seite des Fürsten, der doch gewillt schien, sie mit seinem eigenen Leib zu schützen. Ein Gerücht begann durch das Schloß zu irren, daß in der nächsten Umgebung der verstoßenen Fürstin sich Unheilvolles gegen Dionysia vorbereite. Niemand wußte, woher es drang, doch Dionysia hielt die Zeit gekommen, entschiedene Abhilfe von ihrem Geliebten zu fordern, und stellte den Zaudernden vor die Wahl: entweder die angetraute Gattin vom Hof zu verbannen und des Landes zu verweisen, oder sie selbst ziehen zu lassen, wann und wohin es ihr beliebte. Da für das Vorhandensein einer Verschwörung sichere Beweise nicht vorlagen, so glaubten Schranzen sich berechtigt, künstlich solche herzustellen. Ein scheinbar ordentliches Gericht wurde abgehalten, die verdächtige Fürstin in ihrer Abwesenheit schuldig erkannt, und es ward ihr anbefohlen, unter Zurücklassung aller ihrer Briefschaften und ihres Geschmeides Hof und Land zu verlassen. Am nächsten Morgen schon, als wäre sie längst darauf gefaßt gewesen, begab sie sich, von wenigen Getreuen begleitet, auf die Reise nach ihrer königlichen Eltern fernem Reich. Andere aber, die verdächtig schienen, wurden des Landes verwiesen, ja manche, die man für besonders gefährlich hielt, verschwanden in den Gefängnissen des Landes, die unersättlich schienen. Da auch das geringste Zeichen der Unzufriedenheit schonungslos geahndet wurde, kam Ruhe ins Land und Dionysia war endlich so unumschränkte Herrin, wie sie es kaum mit der Krone auf dem Haupt hätte sein können. Aber je höher ihre Macht anstieg, um so weniger wurde sie ihres Schicksals froh. Die

Feste ihr zu Ehren wurden immer lauter, aber entbehrten jeder Heiterkeit. Selbst die Wonnen in des Fürsten Armen wurden schal und trüb, und bald erkannte Dionysia, daß sie im tiefsten wünschte, der Geliebte hätte sich ihren eitlen Wünschen widersetzt, und daß sie ihn zu verachten anfing, weil er ihr in allem zu Willen gewesen war. Um ihn zu erniedern, wie er es ihr zu verdienen schien, gab sie sich in dem fürstlichen Bette den Jünglingen vom Hofe hin, an denen sie ein augenblickliches Gefallen fand. Der Fürst, in Scham und Reue, verschloß zuerst seinen Grimm im Herzen, bald aber, mit erhitzten und verwirrten Sinnen ließ er sich die leicht errungene Gunst anderer Frauen gefallen, für die nun die Tore des Schlosses sich, wie früher für Dionysia, zu öffnen begannen. Doch wie zum Entgelt dafür stiegen die Jünglinge am höchsten bei Hofe, die Dionysias Begehrlichkeit am besten zu schmeicheln wußten. Ohne Zügel, Rücksicht und Scham trieb das Leben im Schlosse weiter, und bald hieß es im Volke, daß die Riesenfackeln der Festsäle in mancher Nacht wie im Grauen vor dem Übermaß der schmachvollen Lüste verlöschten, in denen Fürst und Geliebte, Buhlen und Buhlerinnen sich berauschten.

An einem grauen Morgen, den schimmernden Mantel um die nackten Schultern leicht gerafft, mit verhülltem Gesicht einer Schar von Trunkenen entfliehend, fort aus dem Saal, wo der Fürst selbst wie ein plötzlich rasend Gewordener mit gezücktem Messer ohne Ziel hin und her stürmte, eilte Dionysia die Treppe hinab, und einer Lockung folgend, die sie für die letzte hielt, strebte sie einem trüben Weiher zu, der unter Buchen am Ende des Parkes lag, um dort ihren Rausch, ihre Schmach, ihren Ekel mit ihrem abgetanen Leben zugleich und für ewig zu versenken. Doch wie sie in dem schillernden Wasser ihr verzerrtes Bild erblickte, erinnerte sie sich, was ihr zwei Jahre lang kaum mehr begegnet, – daß sie Mutter war. Sie wandte sich, eilte unter den hängenden Ästen nach dem Schloß zurück und mit flügeljungem Schritt in das Schlafgemach des siebenjährigen Prinzen. Mit keinem andern Gedanken war sie an sein Bett getreten, als ihn auf den Arm und mit sich in den Tod zu nehmen. Doch als sie ihn hier so ruhig schlummern sah, da schien ihr seine süße Kinderstirn wie von einer wundersamen, früher nie gesehenen Hoheit leuchtend; ein anderer Einfall zuckte ihr mit einem Male durch den Sinn und war gleich im Entstehen so mächtig, daß sie den schlafenden Prinzen auf die Arme nahm, mit ihren bloßen Füßen in den Festsaal zurückeilte, wo sie den Fürsten nur ganz allein, waffenlos, das Haar wirr in die Stirn hängend, mit einem ungeheuren Ernst an dem zerstörten, mit halbwelken Blumen bedeckten Tische sitzend fand. Sie wußte in diesem Augenblick, daß er von der gleichen Todessehnsucht erfüllt war wie sie selbst. Als er Dionysia mit dem schlaftrunkenen Prinzen vor sich sah, schaute er sie lange an und fragte nach dem Anlaß dieses sonderbaren Auftretens. Sie hielt ihm das Kind entgegen wie ein kostbares Geschenk und verlangte von ihm, daß er es noch am gleichen Tage zum Erben seines Reiches ernennen solle. Und als er betroffen schwieg, schwor sie im belebenden Frühglanz der neuen Sonne, die eben aufstieg, daß das wollüstig grauenvolle Treiben der letzten Zeit nun ein Ende haben solle, daß sie entschlossen sei, sich von nun an Werken des Wohltuns und der Gesetzgebung zu widmen und an des geliebten Fürsten Seite als treue Gefährtin zu walten. Sie traute sich die Kraft zu, die Schmach der vergangenen Jahre durch den Ruhm der kommenden auszulöschen und wollte sich dafür verbürgen, daß im Gedächtnis des Volkes die Erinnerung jener verflossenen Zeit nur wie die einer bösen Krankheit dumpf fortleben und endlich wie eine Sage erlöschen sollte. Die Erbschaftserklärung an ihren Sohn sollte die letzte Tat der Willkür sein und schien ihr so verzeihlich als geboten, da sie in jedem Sinne nur zum Heile des Landes geschähe. Der Fürst, aufleuchtenden Auges, stimmte zu. Unverzüglich wurde der Rat der Edlen zusammenberufen. In durchglühtem Ernst trug der Fürst seinen Willen vor, und kein Widerspruch wurde laut. Die Neuigkeit wurde im Volke bekanntgemacht, und es war Sorge getragen, daß sie mit Jubel begrüßt würde. Des Abends flammten Lichter in allen Fenstern auf, anscheinend freudig erregte Scharen zogen durch die Straßen, und was man von Reden erlauschen konnte, klang nicht anders, als wäre am heutigen Tag einem geliebten Fürsten von einer edlen Gattin der langersehnte Erbe geboren worden. Zum ersten Male wieder seit langer Zeit ließ Dionysia sich täuschen und hielt die bezahlten oder durch Furcht erzwungenen Freudenäußerungen der lärmenden Menge für die neuerwachte Hoffnung einer herzenswarmen, niemals ganz verloren gewesenen und darum leicht wiedergewonnenen Bevölkerung. Innern Jubels voll trat sie mit dem Fürsten auf den Balkon, vor dem die Menge sich staute. Die Leute riefen nach dem Prinzen immer lauter, als wäre es ihr gutes Recht, den Erben des Reichs an dem großen Tag, da sein erhabenes Schicksal sich entschieden, von Angesicht zu Angesicht zu sehen. Neu beglückt eilte Dionysia nach den Gemächern ihres Sohnes. Es fiel ihr kaum auf, daß die Wache fehlte, die sonst an der Türe zu stehen pflegte. Sie eilte weiter. Da sah sie die Erzieherin des Prinzen gleich einer Betrunkenen am Eingang liegen. Von böser Ahnung erfaßt, stürzte Dionysia ans Bett ihres Sohnes und fand ihn mit gebrochenen Augen, verzerrtem Antlitz, eine tiefe Wunde auf der Stirn, tot auf dem rotdurchfeuchteten Linnen. Nur einen Augenblick stand Dionysia starr, dann ergriff sie den Leichnam ihres Kindes, stürzte mit ihm von Zimmer zu Zimmer, durch Gänge, über Treppen, durchs ganze Schloß, das wie ausgestorben schien, endlich, immer die blutige Leiche des Prinzen auf den Armen, fand sie sich wieder auf dem Balkon, wo der Fürst allein stand, zeigte zuerst ihm, dann der Menge unten das ermordete Kind und rief sie mit dunkel beschwörenden Worten zu furchtbarer Rache auf. Der Fürst aber, als hätte er ein Gespenst gesehen, war sofort von dannen geeilt, Dionysia stand allein, – und unten vor dem Schloß war mit einemmal jeder Laut erstorben. Kein Jammerruf antwortete der klagenden Mutter, kein Schrei der Wut grimmte auf; – als zweifelte keiner, daß ein von Gott, nicht von übelgesinnten Menschen verhängtes Schicksal hereingebrochen wäre, gegen das jede Auflehnung vergeblich, ja frevelhaft wäre, schweigend, geduckt, wie Zeugen eines längst erwarteten Gerichts schlichen alle die Tausende davon und verschwanden im Dunkel der Nacht. Die erneuten Entsetzensschreie Dionysias gellten ins Leere und endlich, mit dem blutigen Kinderleichnam im Arm, sank sie auf die Steinfliesen hin.

Als sie erwachte, war eine große Stille um sie. Sie war allein, und die Leiche des Kindes war fort. Einen Augenblick wollte sie sich einbilden, daß sie aus einem grauenhaften Traum erwacht sei. Der Anblick ihrer blutigen Hände rief sie in die Wirklichkeit zurück. Sie erhob sich, sah um sich und hinab über die Balustrade. Das Morgengrauen schlich trüb über den verlassenen Schloßplatz. Dionysia eilte von Gemach zu Gemach. Kein lebendes Wesen war zu sehen. Keine Wache auf den Gängen, kein Lakai, in den Stallungen kein Pferd und kein Wagen; Dionysia war völlig allein. Wie ein Ort des Fluchs schien das Schloß von allen Atmenden verlassen. Eine Angst ohnegleichen packte Dionysia, und sie wagte nicht, ins Freie zu treten. Da erinnerte sie sich mit einemmal eines unterirdischen Gangs, der von ihrem Schlafgemach aus nach dem fürstlichen Residenzschlosse führte.

Durch eine nur ihr bekannte Tür trat Dionysia ins Dunkle, stürmte fort immer geradeaus, mit wändestreifendem Kleid. Allmählich begann mattes Licht um sie her zu spielen, endlos schien der Weg; wie verfolgt jagte sie weiter, bis sie endlich wieder eine Tür erreichte, die sie aufstieß, um plötzlich, wie aus der Wand gespieen, vor dem Fürsten dazustehen, der einsam in dunkler Gewandung vor seinem Schreibtisch saß, auf dem eine Kerze brannte. Er fuhr zusammen, seine Augen flackerten, er versuchte, ein Blatt zu verbergen, das vor ihm lag; sie griff darnach, er ließ die zitternden Hände sinken; – und Dionysia las ihr eigenes Todesurteil, auf dem nichts weiter fehlte als die Unterschrift des Fürsten. Erbärmlicher als sie ihn jemals gesehen, aller Hoheit entkleidet, stand der einst Geliebte vor ihr und stammelte feige, doch verhängnisschwere Worte. Unwiderstehlichen Mächten sei er unterlegen, er war ein Gefangener in seinem eigenen Palast. Schon wäre mit ihren Getreuen die verstoßene Fürstin auf dem Wege hierher, und nur, wenn er seinen Namen unter dieses Urteil setzte, rettete er sich selbst, sein Land, seine Herrschaft und vielleicht sein Leben. Er sei schmerzlich verwundert, Dionysia vor sich zu sehen. Im stillen hätte er gehofft, sie wäre schon auf der Flucht und in Sicherheit. War das Schloß nicht menschenleer gewesen? Hatte sie nicht die Wege frei gefunden nach allen Seiten? Daß sie die Verwirrung der Nacht nicht besser ausgenützt, wäre ihre eigene, unbegreifliche Schuld; und wie mit Absicht hatte sie sich selbst in den sicheren Untergang begeben. Nun aber sollte sie erfahren – und seine Rede klang bestimmter und frecher mit jedem Wort – daß er ein gnädiger Herr sei: er werde nicht, wie sie wohl zu fürchten allen Anlaß hätte, nach der Wache rufen, nein, er stelle es ihr vielmehr frei, sofort wieder durch die gleiche Tür zu verschwinden, aus der sie eben gekommen war, den Tag über sich in dem unterirdischen Gang aufzuhalten und bei Anbruch der Nacht ihn von der anderen Seite wieder zu verlassen. Er werde sie nicht ausliefern, ja sogar dafür Sorge tragen, daß das Lustschloß heute den ganzen Tag verlassen bleibe; nach Ablauf dieser Frist aber möge sie fliehen, so rasch und so weit ihre Füße sie trügen. Und am Ende gab er ihr sein fürstliches Wort, daß sie bis dahin vor jeder Verfolgung werde sicher sein.

Dionysia ließ ihn reden und sah ihm während der ganzen Zeit starr in die Augen, die von ihrem kalten Blick immer wieder abglitten. Dann, ohne ein Wort der Erwiderung, schritt sie an dem jäh Erblassenden vorbei, stieß die Türe zum Vorsaal auf, und zwischen den Wachen, die regungslos standen, über die marmorne Treppe hinab, durch das hohe Schloßtor, dann durch die Straßen der Stadt, an den Menschen vorbei, die sie erkannten, und scheu vor ihr abrückten, wie vor einer Gezeichneten – in blutigem Kleid, mit halbgeschlossenen, gerade vor sich hin gerichteten Augen schritt sie dahin. Bis ans Stadttor waren ihr einige, dann aber immer mehr Leute in furchtsam gemessener Entfernung gefolgt. Hier aber wandte Dionysia sich um; mit einer gebieterischen Bewegung ihrer blutigen Hände verbot sie jenen, ihr weiter zu folgen, und nun, in lauer Frühlingsluft, zwischen gelben Feldern, die im Morgenglanz wogten, nahm sie tief atmend den Weg nach Hause.

VII

Sie wanderte die Nächte durch und schlief bei Tage auf Wiesen und Wäldern, wusch Leib und Gewand in Flüssen und Teichen und lebte von den Früchten, die ihr der Zufall bot. Nicht um sich zu verbergen und um ein Leben zu fristen, das ihr gleichgültig war, nur um Menschenstimmen nicht zu hören, Menschengesichter nicht zu sehen, hielt sie sich abseits vom gewohnten Zug der Straßen. Nach einer Reihe von Tagen, die sie nicht gezählt, zu einer sternenstillen Mitternachtsstunde stand sie an der Pforte des vor so langer Zeit verlassenen Hauses, die offen stand wie für eine Erwartete. Ohne die Wohnung zu betreten, schritt Dionysia die Wendeltreppe hinauf zum Turm, wo sie sicher war, ihren Gatten zu finden. Sie erblickte ihn, aufrecht stehend, das Auge am Fernrohr, das zum Himmel gerichtet war. Als er Schritte hörte, wandte er sich um, und da er Dionysia erkannte, zeigte sein Blick keinerlei Erstaunen, nur ein mildes Lächeln von der Art, wie es liebe Gäste zu begrüßen pflegt.

»Ich bin es«, sagte Dionysia.

Der Gatte nickte. »Ich habe dich erwartet. In dieser Nacht, nicht früher und nicht später mußtest du kommen.«

»So kennst du mein Schicksal?«

»Ob du's auch unter fremdem Namen erlebtest, ich kenne es. Es war keines von der Art, daß es geheim bleiben konnte; und von allen Frauen, die leben, konnte es keiner beschieden sein, als dir. Sei willkommen, Dionysia.«

»Willkommen nennst du mich? Dich schaudert nicht vor mir?«

»Du hast dein Leben gelebt, Dionysia. Reiner stehst du vor mir als all jene andern, die im trüben Dunst ihrer Wünsche atmen. Du weißt, wer du bist. Wie sollte mich vor dir schaudern?«

»Ich weiß, wer ich bin? So wenig weiß ich's, als da du mich entließest. In der Beschränkung, die du mir zuerst bereitet und wo alles Pflicht wurde, war mir versagt, mich zu finden. Im Grenzenlosen, wohin du mich sandtest, und wo alles Lockung war, mußte ich mich verlieren. Ich weiß nicht, wer ich bin.«

»Was kommt dich an, Dionysia? Willst du, Undankbare,

mir zum Vorwurf machen, daß ich tat, was kein Weiser unter den Liebenden je gewagt, was kein Liebender unter den Weisen je sich abgewonnen?«

»Du ein Weiser? Und hast nicht erkannt, daß jedem menschlichen Dasein nur ein schmaler Strich gegönnt ist, sein Wesen zu verstehen und zu erfüllen? Dort, wo das einzige, mit ihm einmal geborene und niemals wiederkehrende Rätsel seines Wesens im gleichen Bett mit den hohen Gesetzen göttlicher und menschlicher Ordnung läuft? Ein Liebender du? Und bist nicht selbst an jenem fernen Morgen ins Tal hinabgestiegen, eine Flöte zerbrechen, deren Töne der Geliebten Verführung drohten? Dein Herz war müd, Erasmus, darum ließest du mich scheiden, ohne einen Kampf aufzunehmen, der damals noch nicht verloren war; und dein Geist war erwürgt im kalten Krallengriff von Worten, darum vermeintest du des Lebens ungeheure Fülle, das Hin- und Widerspiel von Millionen Kräften im hohlen Spiegel einer Formel einzufangen.« Und sie wandte sich zu gehen.

»Dionysia«, rief der Gatte ihr nach. »Komm doch zu dir! Dein buntes Schicksal hat dir den Sinn verwirrt. Hier wirst du Ruhe und Klarheit wiederfinden. Hast du denn vergessen? Gemach, Bett und Gewand warten deiner, und keine Frage, kein Vorwurf wird jemals dich quälen. Hier bist du in Sicherheit, draußen lauern Gefahr und Tod.«

Noch einmal, an der Türe schon, wandte Dionysia sich um: »Was kümmert mich, was draußen meiner harrt? Ich fürchte das Draußen nicht mehr. Bange macht mir deine Nähe allein!«

»Meine Nähe, Dionysia? – Denkst du etwa, ich könnte meines Wortes je vergessen? Sei ohne Sorge, Dionysia! Hier ist der Friede, denn hier ist das Verstehn!«

»So sagst du selbst mir, warum ich dich fliehe –? Ja wärst du erschauert vor dem Hauch der tausend Schicksale, der um meine Stirne fließt, so hätt' ich bleiben dürfen, und unsere Seelen wären vielleicht ineinandergeschmolzen in der Glut namenloser Schmerzen. So aber, tiefer als vor allen Masken und Wundern der Welt, graut mich vor der steinernen Fratze deiner Weisheit.«

Damit schritt sie die Wendeltreppe wieder hinab, ohne nur einen Blick zurückzuwerfen. Eilig verließ sie das Haus und verschwand alsbald im weiten Schatten der Ebene.

Erasmus, nach anfänglicher Starrheit, eilte ihr nach und folgte ihrer Spur stundenlang. Doch sie selbst erreichte er nicht mehr, und er mußte sich endlich entschließen zurückzukehren. Auch alle weiteren Nachforschungen nach Dionysia blieben vergeblich. Sie blieb verschwunden; und kein Mensch weiß, ob sie noch längere Zeit, vielleicht unter fremdem Namen, irgendwo in der Welt weitergelebt oder bald unerkannt ein zufälliges oder selbstgewähltes Ende gefunden hat. –

Erasmus aber entdeckte bald darauf einen rätselhaft glitzernden Stern, der nach neuen, noch nicht erkundeten Gesetzen im weiten Raum umherirrte. Und in seinen Aufzeichnungen fand man, daß er diesem Stern, in Erinnerung an seine Gattin, deren harte Abschiedsworte er ihr nicht weiter nachtrug, den Namen Dionysia zu geben gedachte. Andere Forscher prüften nach, suchten den Himmel nach allen Fernen, zu allen Jahreszeiten und zu allen Stunden ab; doch keinem gelang es, jenen Stern wiederzufinden, der von der Unendlichkeit für immer verschlungen schien.

DAS TAGEBUCH DER REDEGONDA

Gestern nachts, als ich mich auf dem Heimweg für eine Weile im Stadtpark auf einer Bank niedergelassen hatte, sah ich plötzlich in der anderen Ecke einen Herrn lehnen, von dessen Gegenwart ich vorher nicht das geringste bemerkt hatte. Da zu dieser späten Stunde an leeren Bänken im Park durchaus kein Mangel war, kam mir das Erscheinen dieses nächtlichen Nachbars etwas verdächtig vor; und eben machte ich Anstalten, mich zu entfernen, als der fremde Herr, der einen langen grauen Überzieher und gelbe Handschuhe trug, den Hut lüftete, mich beim Namen nannte und mir einen guten Abend wünschte. Nun erkannte ich ihn, recht angenehm überrascht. Es war Dr. Gottfried Wehwald, ein junger Mann von guten Manieren, ja sogar von einer gewissen Vornehmheit des Auftretens, die zumindest ihm selbst eine immerwährende stille Befriedigung zu gewähren schien. Vor etwa vier Jahren war er als Konzeptspraktikant aus der Wiener Statthalterei nach einer kleinen niederösterreichischen Landstadt versetzt worden, tauchte aber von Zeit zu Zeit wieder unter seinen Freunden im Caféhause auf, wo er stets mit jener gemäßigten Herzlichkeit begrüßt wurde, die seiner eleganten Zurückhaltung gegenüber geboten war. Daher fand ich es auch angezeigt, obzwar ich ihn seit Weihnachten nicht gesehen hatte, keinerlei Befremden über Stunde und Ort unserer Begegnung zu äußern; liebenswürdig, aber anscheinend gleichgültig erwiderte ich seinen Gruß und schickte mich eben an, mit ihm ein Gespräch zu eröffnen, wie es sich für Männer von Welt geziemt, die am Ende auch ein zufälliges Wiedersehen in Australien nicht aus der Fassung bringen dürfte, als er mit einer abwehrenden Handbewegung kurz bemerkte: »Verzeihen Sie, werter

Freund, aber meine Zeit ist gemessen und ich habe mich nur zu dem Zwecke hier eingefunden, um Ihnen eine etwas sonderbare Geschichte zu erzählen, vorausgesetzt natürlich, daß Sie geneigt sein sollten, sie anzuhören.«

Nicht ohne Verwunderung über diese Anrede erklärte ich mich trotzdem sofort dazu bereit, konnte aber nicht umhin, meinem Befremden Ausdruck zu verleihen, daß Dr. Wehwald mich nicht im Caféhause aufgesucht habe, ferner wieso es ihm gelungen war, mich nächtlicherweise hier im Stadtpark aufzufinden und endlich, warum gerade ich zu der Ehre ausersehen sei, seine Geschichte anzuhören.

»Die Beantwortung der beiden ersten Fragen«, erwiderte er mit ungewohnter Herbheit, »wird sich im Laufe meines Berichtes von selbst ergeben. Daß aber meine Wahl gerade auf Sie fiel, werter Freund (er nannte mich nun einmal nicht anders), hat seinen Grund darin, daß Sie sich meines Wissens auch schriftstellerisch betätigen und ich daher glaube, auf eine Veröffentlichung meiner merkwürdigen, aber ziemlich zwanglosen Mitteilungen in leidlicher Form rechnen zu dürfen.«

Ich wehrte bescheiden ab, worauf Dr. Wehwald mit einem sonderbaren Zucken um die Nasenflügel ohne weitere Einleitung begann: »Die Heldin meiner Geschichte heißt Redegonda. Sie war die Gattin eines Rittmeisters, Baron T. vom Dragonerregiment X, das in unserer kleinen Stadt Z. garnisonierte.« (Er nannte tatsächlich nur diese Anfangsbuchstaben, obwohl mir nicht nur der Name der kleinen Stadt, sondern aus Gründen, die bald ersichtlich sein werden, auch der Name des Rittmeisters und die Nummer des Regiments keine Geheimnisse bedeuteten.) »Redegonda«, fuhr Dr. Wehwald fort, »war eine Dame von außerordentlicher Schönheit und ich verliebte mich in sie, wie man zu sagen pflegt, auf den ersten Blick. Leider war mir jede Gelegenheit versagt, ihre persönliche Bekanntschaft zu machen, da die Offiziere mit der Zivilbevölkerung beinahe gar keinen Verkehr pflegten und an dieser Exklusivität selbst gegenüber uns Herren von der politischen Behörde in fast verletzender Weise festhielten. So sah ich Redegonda immer nur von weitem; sah sie allein oder an der Seite ihres Gemahls, nicht selten in Gesellschaft anderer Offiziere und Offiziersdamen, durch die Straßen spazieren, erblickte sie manchmal an einem Fenster ihrer auf dem Hauptplatze gelegenen Wohnung, oder sah sie abends in einem holpernden Wagen nach dem kleinen Theater fahren, wo ich dann das Glück hatte, sie vom Parkett aus in ihrer Loge zu beobachten, die von den jungen Offizieren in den Zwischenakten gerne besucht wurde. Zuweilen war mir, als geruhe sie, mich zu bemerken. Aber ihr Blick streifte immer nur so flüchtig über mich hin, daß ich daraus keine weiteren Schlüsse ziehen konnte. Schon hatte ich die Hoffnung aufgegeben, ihr jemals meine Anbetung zu Füßen legen zu dürfen, als sie mir an einem wundervollen Herbstvormittag in dem kleinen parkartigen Wäldchen, das sich vom östlichen Stadttor aus weit ins Land hinaus erstreckte, vollkommen unerwartet entgegenkam. Mit einem unmerklichen Lächeln ging sie an mir vorüber, vielleicht ohne mich überhaupt zu gewahren und war bald wieder hinter dem gelblichen Laub verschwunden. Ich hatte sie an mir vorübergehen lassen, ohne nur die Möglichkeit in Erwägung zu ziehen, daß ich sie hätte grüßen oder gar das Wort an sie richten können; und auch jetzt, da sie mir entschwunden war, dachte ich nicht daran, die Unterlassung eines Versuchs zu bereuen, dem keinesfalls ein Erfolg hätte beschieden sein können. Aber nun geschah etwas Sonderbares: Ich fühlte mich nämlich plötzlich gezwungen, mir vorzustellen, was daraus geworden wäre, wenn ich den Mut gefunden hätte, ihr in den Weg zu treten und sie anzureden.

Und meine Phantasie spiegelte mir vor, daß Redegonda, fern davon mich abzuweisen, ihre Befriedigung über meine Kühnheit keineswegs zu verbergen suchte, es im Laufe eines lebhaften Gespräches an Klagen über die Leere ihres Daseins, die Minderwertigkeit ihres Verkehrs nicht fehlen ließ und endlich ihrer Freude Ausdruck gab, in mir eine verständnisvolle mitfühlende Seele gefunden zu haben. Und so verheißungsvoll war der Blick, den sie zum Abschied auf mir ruhen ließ, daß mir, der ich all dies, auch den Abschiedsblick, nur in meiner Einbildung erlebt hatte, am Abend desselben Tages, da ich sie in ihrer Loge wiedersah, nicht anders zumute war, als schwebe ein köstliches Geheimnis zwischen uns beiden. Sie werden sich nicht wundern, werter Freund, daß ich, der nun einmal von der Kraft seiner Einbildung eine so außerordentliche Probe bekommen hatte, jener ersten Begegnung auf die gleiche Art bald weitere folgen ließ, und daß sich unsere Unterhaltungen von Wiedersehen zu Wiedersehen freundschaftlicher, vertrauter, ja inniger gestalteten, bis eines schönen Tages unter entblätterten Ästen die angebetete Frau in meine sehnsüchtigen Arme sank. Nun ließ ich meinen beglückenden Wahn immer weiterspielen, und so dauerte es nicht mehr lange, bis Redegonda mich in meiner kleinen, am Ende der Stadt gelegenen Wohnung besuchte und mir Seligkeiten beschieden waren, wie sie mir die armselige Wirklichkeit nie so berauschend zu bieten vermocht hätte. Auch an Gefahren fehlte es nicht, unser Abenteuer zu würzen. So geschah es einmal im Laufe des Winters, daß der Rittmeister an uns vorbeisprengte, als wir auf der Landstraße im Schlitten pelzverhüllt in die Nacht hineinfuhren; und schon damals stieg ahnungsvoll in meinen Sinnen auf, was sich bald in ganzer Schicksalsschwere erfüllen sollte. In den ersten Frühlingstagen erfuhr man in der Stadt, daß das Dragonerregiment, dem Redegondas Gatte angehörte, nach Galizien versetzt werden sollte. Meine, nein, unsere Verzweiflung war grenzenlos. Nichts blieb unbesprochen, was unter solchen außergewöhnlichen Umständen zwischen Liebenden erwogen zu werden pflegt: gemeinsame Flucht, gemeinsamer Tod, schmerzliches Fügen ins Unvermeidliche. Doch der letzte Abend erschien, ohne daß ein fester Entschluß gefaßt worden wäre. Ich erwartete Redegonda in meinem blumengeschmückten Zimmer. Daß für alle Möglichkeiten vorgesorgt sei, war mein Koffer gepackt, mein Revolver schußbereit, meine Abschiedsbriefe geschrieben. Dies alles, mein werter Freund, ist die Wahrheit. Denn so völlig war ich unter die Herrschaft meines Wahns geraten, daß ich das Erscheinen der Geliebten an diesem Abend, dem letzten vor dem Abmarsch des Regiments, nicht nur für möglich hielt, sondern daß ich es geradezu erwartete. Nicht wie sonst gelang es mir, ihr Schattenbild herbeizulocken, die Himmlische in meine Arme zu träumen; nein, mir war als hielte etwas Unberechenbares, vielleicht Furchtbares, sie daheim zurück; hundertmal ging ich zur Wohnungstüre, horchte auf die Treppe hinaus, blickte aus dem Fenster, Redegondas Nahen schon auf der Straße zu erspähen; ja, in meiner Ungeduld war ich nahe daran, davonzustürzen, Redegonda zu suchen, sie mir zu holen, trotzig mit dem Recht des Liebenden und Geliebten sie dem Gatten abzufordern, – bis ich endlich, wie von Fieber geschüttelt, auf meinen Diwan niedersank. Da plötzlich, es war nahe an Mitternacht, tönte draußen die Klingel. Nun aber fühlte ich mein Herz stillestehen. Denn daß die Klingel tönte, verstehen Sie mich wohl, war keine Einbildung mehr. Sie tönte ein zweites und ein drittes Mal und erweckte mich schrill und unwidersprechlich zum völligen Bewußtsein der Wirklichkeit. Aber in demselben Augenblick, da ich erkannte, daß mein Abenteuer bis zu diesem Abend nur eine seltsame Reihe von

Träumen bedeutet hatte, fühlte ich die kühnste Hoffnung in mir erwachen: Daß Redegonda, durch die Macht meiner Wünsche in den Tiefen ihrer Seele ergriffen, in eigener Gestalt herbeigelockt, herbeigezwungen, draußen vor meiner Schwelle stünde, daß ich sie in der nächsten Minute leibhaftig in den Armen halten würde. In dieser köstlichen Erwartung ging ich zur Türe und öffnete. Aber es war nicht Redegonda, die vor mir stand, es war Redegondas Gatte; er selbst, so wahrhaft und lebendig, wie Sie hier mir gegenüber auf dieser Bank sitzen, und blickte mir starr ins Gesicht. Mir blieb natürlich nichts übrig, als ihn in mein Zimmer treten zu lassen, wo ich ihn einlud, Platz zu nehmen. Er aber blieb aufrecht stehen, und mit unsäglichem Hohn um die Lippen sprach er: ›Sie erwarten Redegonda. Leider ist sie am Erscheinen verhindert. Sie ist nämlich tot.‹ ›Tot‹, wiederholte ich, und die Welt stand still. Der Rittmeister sprach unbeirrt weiter: ›Vor einer Stunde fand ich sie an ihrem Schreibtisch sitzend, dies kleine Buch vor sich, das ich der Einfachheit halber gleich mitgebracht habe. Wahrscheinlich war es der Schreck, der sie tötete, als ich so unvermutet in ihr Zimmer trat. Hier diese Zeilen sind die letzten, die sie niederschrieb. Bitte!‹ Er reichte mir ein offenes, in violettes Leder gebundenes Büchlein, und ich las die folgenden Worte: ›Nun verlasse ich mein Heim auf immer, der Geliebte wartet.‹ Ich nickte nur, langsam, wie zur Bestätigung. ›Sie werden erraten haben‹, fuhr der Rittmeister fort, ›daß es Redegondas Tagebuch ist, das Sie in der Hand haben. Vielleicht haben Sie die Güte, es durchzublättern, um jeden Versuch des Leugnens als aussichtslos zu unterlassen.‹ Ich blätterte, nein, ich las. Beinahe eine Stunde las ich, an den Schreibtisch gelehnt, während der Rittmeister regungslos auf dem Diwan saß; las die ganze Geschichte unserer Liebe, diese holde, wundersame Geschichte, – in all ihren Einzelheiten; von dem

Herbstmorgen an, da ich im Wald zum erstenmal das Wort an Redegonda gerichtet hatte, las von unserem ersten Kuß, von unseren Spaziergängen, unseren Fahrten ins Land hinein, unseren Wonnestunden in meinem blumengeschmückten Zimmer, von unseren Flucht- und Todesplänen, unserem Glück und unserer Verzweiflung. Alles stand in diesen Blättern aufgezeichnet, alles – was ich niemals in Wirklichkeit, – und doch alles genau so, wie ich es in meiner Einbildung erlebt hatte. Und ich fand das durchaus nicht so unerklärlich, wie Sie es, werter Freund, in diesem Augenblick offenbar zu finden scheinen. Denn ich ahnte mit einemmal, daß Redegonda mich ebenso geliebt hatte wie ich sie und daß ihr dadurch die geheimnisvolle Macht geworden war, die Erlebnisse meiner Phantasie in der ihren alle mitzuleben. Und da sie als Weib den Urgründen des Lebens, dort wo Wunsch und Erfüllung eines sind, näher war als ich, war sie wahrscheinlich im tiefsten überzeugt gewesen, alles das, was nun in ihrem violetten Büchlein aufgezeichnet stand, wirklich durchlebt zu haben. Aber noch etwas anderes hielt ich für möglich: daß dieses ganze Tagebuch nicht mehr oder nicht weniger bedeutete, als eine auserlesene Rache, die sie an mir nahm. Rache für meine Unentschlossenheit, die meine, unsere Träume nicht hatte zur Wahrheit werden lassen; ja, daß ihr plötzlicher Tod das Werk ihres Willens und daß es ihre Absicht gewesen war, das verräterische Tagebuch dem betrogenen Gatten auf solche Weise in die Hände zu spielen. Aber ich hatte keine Zeit, mich mit der Lösung dieser Fragen lange aufzuhalten, für den Rittmeister konnte ja doch nur eine, die natürliche Erklärung gelten; so tat ich denn, was die Umstände verlangten, und stellte mich ihm mit den in solchen Fällen üblichen Worten zur Verfügung.«

»Ohne den Versuch« –

»Zu leugnen?!« unterbrach mich Dr. Wehwald herb. »Oh! Selbst wenn ein solcher Versuch die leiseste Aussicht auf Erfolg geboten hätte, er wäre mir kläglich erschienen. Denn ich fühlte mich durchaus verantwortlich für alle Folgen eines Abenteuers, das ich hatte erleben wollen und das zu erleben ich nur zu feig gewesen. – ›Mir liegt daran‹, sprach der Rittmeister, ›unsern Handel auszutragen, noch eh Redegondas Tod bekannt wird. Es ist ein Uhr früh, um drei Uhr wird die Zusammenkunft unserer Zeugen stattfinden, um fünf soll die Sache erledigt sein.‹ Wieder nickt' ich zum Zeichen des Einverständnisses. Der Rittmeister entfernte sich mit kühlem Gruß. Ich ordnete meine Papiere, verließ das Haus, holte zwei mir bekannte Herren von der Bezirkshauptmannschaft aus den Betten – einer war ein Graf – teilte ihnen nicht mehr mit als nötig war, um sie zur raschen Erledigung der Angelegenheit zu veranlassen, spazierte dann auf dem Hauptplatz gegenüber den dunklen Fenstern auf und ab, hinter denen ich Redegondas Leichnam liegen wußte, und hatte das sichre Gefühl, der Erfüllung meines Schicksals entgegenzugehen. Um fünf Uhr früh in dem kleinen Wäldchen ganz nahe der Stelle, wo ich Redegonda zum ersten Male hätte sprechen können, standen wir einander gegenüber, die Pistole in der Hand, der Rittmeister und ich.«

»Und Sie haben ihn getötet?«

»Nein. Meine Kugel fuhr hart an seiner Schläfe vorbei. Er aber traf mich mitten ins Herz. Ich war auf der Stelle tot, wie man zu sagen pflegt.«

»Oh!« rief ich stöhnend mit einem ratlosen Blick auf meinen sonderbaren Nachbar. Aber dieser Blick fand ihn nicht mehr. Denn Dr. Wehwald saß nicht mehr in der Ecke der Bank. Ja, ich habe Grund zu vermuten, daß er überhaupt niemals dort gesessen hatte. Hingegen erinnerte ich mich sofort, daß gestern abends im Caféhaus viel von einem Duell die Rede gewesen, in dem unser Freund, Dr. Wehwald, von einem Rittmeister namens Teuerheim erschossen worden war. Der Umstand, daß Frau Redegonda noch am selben Tage mit einem jungen Leutnant des Regiments spurlos verschwunden war, gab der kleinen Gesellschaft trotz der ernsten Stimmung, in der sie sich befand, zu einer Art von wehmütiger Heiterkeit Anlaß, und jemand sprach die Vermutung aus, daß Dr. Wehwald, den wir immer als ein Muster von Korrektheit, Diskretion und Vornehmheit gekannt hatten, ganz in seinem Stil, halb mit seinem, halb gegen seinen Willen, für einen anderen, Glücklicheren, den Tod hatte erleiden müssen.

Was jedoch die Erscheinung des Dr. Wehwald auf der Stadtparkbank anbelangt, so hätte sie gewiß an eindrucksvoller Seltsamkeit erheblich gewonnen, wenn sie sich mir vor dem ritterlichen Ende des Urbildes gezeigt hätte. Und ich will nicht verhehlen, daß der Gedanke, durch diese ganz unbedeutende Verschiebung die Wirkung meines Berichtes zu steigern, mir anfangs nicht ganz ferne gelegen war. Doch nach einiger Überlegung scheute ich vor der Möglichkeit des Vorwurfs zurück, daß ich durch eine solche, den Tatsachen nicht ganz entsprechende Darstellung der Mystik, dem Spiritismus und anderen gefährlichen Dingen neue Beweise in die Hand gespielt hätte, sah Anfragen voraus, ob meine Erzählung wahr oder erfunden wäre, ja, ob ich Vorfälle solcher Art überhaupt für denkbar hielte – und hätte mich vor der peinlichen Wahl gefunden, je nach meiner Antwort als Okkultist oder als Schwindler erklärt zu werden. Darum habe ich es am Ende vorgezogen die Geschichte meiner nächtlichen Begegnung so aufzuzeichnen, wie sie sich zugetragen, freilich auf die Gefahr hin, daß viele Leute trotzdem an ihrer Wahrheit zweifeln werden, – in jenem weithin verbreiteten

Mißtrauen, das Dichtern nun einmal entgegengebracht zu werden pflegt, wenn auch mit weniger Grund als den meisten anderen Menschen.

DER MÖRDER

Ein junger Mann, Doktor beider Rechte, ohne seinen Beruf auszuüben, elternlos, in behaglichen Umständen lebend, als liebenswürdiger Gesellschafter wohl gelitten, stand nun seit mehr als einem Jahre in Beziehungen zu einem Mädchen geringerer Abkunft, das, ohne Verwandtschaft gleich ihm, keinerlei Rücksichten auf die Meinung der Welt zu nehmen genötigt war. Gleich zu Beginn der Bekanntschaft, weniger aus Güte oder Leidenschaft als aus dem Bedürfnis, sich seines neuen Glückes auf möglichst ungestörte Weise zu erfreuen, hatte Alfred die Geliebte veranlaßt, ihre Stellung als Korrespondentin in einem ansehnlichen Wiener Warenhause aufzugeben. Doch nachdem er sich längere Zeit hindurch, von ihrer dankbaren Zärtlichkeit umschmeichelt, im bequemsten Genusse gemeinsamer Freiheit wohler befunden hatte als in irgendeinem früheren Verhältnis, begann er nun allmählich jene ihm wohlbekannte verheißungsvolle Unruhe zu verspüren, wie sie ihm sonst das nahe Ende einer Liebesbeziehung anzukündigen pflegt, ein Ende, das nur in diesem Falle vorläufig nicht abzusehen schien. Schon sah er sich im Geiste als Schicksalsgenossen eines Jugendfreundes, der, vor Jahren in eine Verbindung ähnlicher Art verstrickt, nun als verdrossener Familienvater ein zurückgezogenes und beschränktes Leben zu führen gezwungen war; und manche Stunden, die ihm ohne Ahnungen solcher Art an der Seite eines anmutigen und sanften Wesens, wie Elise es war, das reinste Vergnügen hätten gewähren müssen, begannen ihm Langeweile und Pein zu bereiten. Wohl war ihm die Fähigkeit und, was er sich noch höher anrechnen mochte, die Rücksicht eigen, Elise von solchen Stimmungen nichts merken zu lassen, immerhin aber hatten sie die Wirkung, ihn wieder öfter die Geselligkeit jener gutbürgerlichen Kreise aufsuchen zu lassen, denen er im Laufe des letzten Jahres sich beinahe völlig entfremdet hatte. Und als ihm bei Gelegenheit einer Tanzunterhaltung eine vielumworbene junge Dame, die Tochter eines begüterten Fabrikbesitzers, mit auffallender Freundlichkeit entgegenkam, und er so plötzlich die leichte Möglichkeit einer Verbindung vor sich sah, die seiner Stellung und seinem Vermögen angemessen war, begann er jene andere, die wie ein heiter zwangloses Abenteuer angefangen, als lästige Fessel zu empfinden, die ein junger Mann von seinen Vorzügen unbedenklich abschütteln dürfte. Doch die lächelnde Ruhe, mit der Elise ihn immer wieder empfing, ihre sich stets gleichbleibende Hingabe in den spärlicher werdenden Stunden des Zusammenseins, die ahnungslose Sicherheit, mit der sie ihn aus ihren Armen in eine ihr unbekannte Welt entließ, all dies drängte ihm nicht nur jedesmal das Abschiedswort von den Lippen, zu dem er sich vorher stets fest entschlossen glaubte, sondern erfüllte ihn mit einer Art von quälendem Mitleid, dessen kaum bewußte Äußerungen einer so herzlich vertrauenden Frau wie Elise nur als neue und innigere Zeichen seiner Neigung erscheinen mußten. Und so kam es dahin, daß Elise sich niemals heißer von ihm angebetet glaubte, als wenn er von einer neuen Begegnung mit Adele, wenn er durchbebt von der Erinnerung süßfragender Blicke, verheißender Händedrücke und zuletzt im Rausch der ersten heimlichen Brautküsse in jenes stille, ihm allein und seiner treulosen Liebe geweihte Heim zurückgekehrt war; und statt mit dem Lebewohl, das er sich noch auf der Schwelle vorgenommen, verließ Alfred die Geliebte allmorgendlich mit erneuten Schwüren ewigen Angehörens.

So liefen die Tage durch beide Abenteuer hin; endlich blieb nur mehr zu entscheiden, welcher Abend für die unvermeidlich gewordene Aussprache mit Elisen besser gewählt wäre, der vor oder der nach der Verlobung mit Adelen; und an dem ersten dieser beiden Abende, da ja doch noch eine Frist vor ihm lag, erschien Alfred in einer durch die Gewohnheit seines Doppelspiels fast beruhigten Seelenverfassung bei der Geliebten.

Er fand sie blaß, wie er sie vorher niemals gesehen, in der Ecke des Diwans lehnen; auch erhob sie sich nicht wie sonst bei seinem Eintritt, um ihm Stirn und Mund zum Willkommskuß zu bieten, sondern zeigte ein müdes, etwas gezwungenes Lächeln, so daß zugleich mit einem Gefühl der Erleichterung die Vermutung in Alfred aufstieg, die Nachricht von seiner bevorstehenden Verlobung sei trotz aller Geheimhaltung nach der rätselhaften Art der Gerüchte doch schon bis zu ihr gedrungen. Aber auf seine sich überstürzenden Fragen erfuhr er nichts anderes, als daß Elise, was sie ihm bisher verschwiegen, von Zeit zu Zeit an Herzkrämpfen leide, von denen sie sich sonst rasch zu erholen pflegte, deren Nachwirkung aber diesmal länger anzuhalten drohe als je. Alfred, im Bewußtsein seiner schuldvollen Vorsätze, war von dieser Eröffnung so heftig berührt, daß er sich in Ausdrücken der Teilnahme, in Beweisen von Güte gar nicht genug tun konnte; und vor Mitternacht, ohne zu begreifen, wie es so weit gekommen, hatte er mit Elisen den Plan einer gemeinsamen Reise entworfen, auf der sie gewiß dauernde Genesung von ihren üblen Zufällen finden sollte.

Niemals so zärtlich geliebt, nie aber auch so durchtränkt von eigener Zärtlichkeit hatte er je von ihr Abschied genommen als in dieser Nacht, so daß er auf dem Heimweg ernstlich einen Absagebrief an Adele erwog, in dem er seine Flucht aus Verlobung und Eheband wie ein Gebot seiner für ein dauernd stilles Glück nicht geschaffenen unsteten Natur zu entschuldigen gedachte. Die kunstvollen Verschlingungen der Sätze verfolgten ihn noch in den Schlaf; aber schon das Morgenlicht, das durch die Spalten der Jalousien auf seiner Decke spielte, ließ ihm die aufgewandte Mühe ebenso töricht als überflüssig erscheinen. Ja, er war kaum zu staunen fähig, daß ihm nun die leidende Geliebte der verflossenen Nacht traumhaft fern wie eine Verlassene erschien, während Adele blühend im Duft unermeßlicher Sehnsucht vor seiner Seele stand. Um die Mittagsstunde brachte er dem Vater Adelens seine Werbung vor, die wohl sehr freundlich, aber doch nicht mit völliger Zustimmung aufgenommen wurde. In gutmütig spöttischer Anspielung auf des Bewerbers oft versuchte Jugend stellte der Vater vielmehr die Forderung, Alfred möge sich vorerst für ein Jahr auf Reisen begeben, um so in der Entfernung die Kraft und die Widerstandsfähigkeit seiner Gefühle zu prüfen, und er widersetzte sich sogar dem Vorschlag eines Briefwechsels zwischen den jungen Leuten, um die Möglichkeit einer Selbsttäuschung auch auf diesem Wege mit Sicherheit ausgeschaltet zu wissen. Wenn Alfred mit den Absichten von heute wiederkehrte, und wenn er dann bei Adelen die gleichen Empfindungen wiederfände, die sie heute zu hegen überzeugt sei, so werde der sofortigen Vermählung des jungen Paares von seiner Seite nicht das geringste im Wege stehen. Alfred, der sich diesen Bedingungen nur widerstrebend zu fügen schien, nahm sie in Wahrheit, wie eine neue Fristerstreckung des Geschicks innerlich aufatmend entgegen, und nach kurzem Besinnen erklärte er, unter diesen Umständen sich schon heute verabschieden zu wollen, wäre es auch nur, um damit zugleich das Ende der geforderten Trennungszeit näher heranzurücken. Adele schien zuerst von dieser unerwarteten Fügsamkeit verletzt zu sein, doch nach einer kurzen vom Vater verstatteten Unterredung unter vier Augen hatte Alfred seine Braut dahin gebracht, daß sie ihn um seiner Liebesklugheit willen bewunderte und ihn mit Schwüren der Treue, ja mit Tränen in den Augen in eine gefährliche Trennungsferne entließ.

Kaum auf die Straße gelangt, begann Alfred schon allerlei Möglichkeiten zu erwägen, die im Laufe dieses ihm zur Verfügung stehenden Jahres eine Lösung seiner Beziehungen zu Elisen herbeiführen könnten. Und sein Drang, die schwierigsten Angelegenheiten des Lebens ohne tätiges Eingreifen zu erledigen, war so übermächtig, daß jener nicht nur über seine Eitelkeit den Sieg davontrug, sondern auch dem Aufschweben düsterer Ahnungen günstig war, vor denen sein wehleidiges Wesen sonst gerne zurückschreckte. In dem Zwang ungewohnt engen Zusammenseins, wie es die Reise mit sich brachte, so dachte er, könnte es wohl geschehen, daß Elise, erkaltend, sich allmählich von ihm abwendete; und auch das Herzleiden der Geliebten bot den Ausblick auf eine freilich unerwünschtere Art der Befreiung. Bald aber wies er beides, Hoffnung wie Befürchtung, mit so heftiger Bewegung von sich, daß am Ende nichts in ihm war als die kindlich-freudige Erwartung einer bunten Lustfahrt ins Weite in Gesellschaft eines liebenswürdig anhänglichen Geschöpfes; und noch am Abend des gleichen Tages plauderte er mit der arglosen Geliebten in heiterster Laune über die reizvollen Aussichten der bevorstehenden Reise.

Da der Frühling im Anzug war, suchte Alfred mit Elisen zuerst die milden Ufer des Genfersees auf. Später stiegen sie zu kühleren Gebirgshöhen empor, verbrachten den Spätsommer in einem englischen Seebad, besuchten im Herbst holländische und deutsche Städte, um endlich dem einbrechenden trüberen Wetter unter den Trost südlicher Sonne zu entfliehen. Bis dahin war nicht nur Elise, die über die nahe Umgebung Wiens früher nicht hinausgekommen war, wie eine köstlich Träumende an der Hand ihres geliebten Führers durch dieses Jahr der Wunder geschwebt; auch Alfred, so klar er sich immerfort der Zukunft mit ihren nur aufgeschobenen Schwierigkeiten bewußt war, hatte, von dem Glück Elisens wie mitgefangen, sich der anmutigen Gegenwart unbedenklich hingegeben. Und während er zu Beginn der Reise Begegnungen mit Bekannten vorsichtig auszuweichen gesucht, es möglichst vermieden hatte, mit Elisen sich auf belebteren Promenaden und in den Speisesälen großer Hotels zu zeigen, forderte er später mit einer gewissen Absichtlichkeit das Schicksal heraus und war gerne gefaßt, durch eine Depesche seiner Braut des Treubruchs bezichtigt und damit zwar eines noch immer heiß ersehnten Besitzes, zugleich aber alles Zwiespalts, aller Unruhe und aller Verantwortung ledig zu werden. Doch keine Depesche, noch sonst eine Nachricht aus der Heimat drang zu ihm, denn Adele hielt sich gegen Alfreds eitle Erwartung so streng wie er selbst nach der vom Vater geforderten Übereinkunft.

Doch es kam die Stunde, in der, für Alfred wenigstens dies Wunderjahr ein jähes Ende nahm und mit einem Male zauberlos, ja öder als irgendein anderes, das er erlebt, in der Zeit stillezustehen schien. Dies ereignete sich im Botanischen Garten zu Palermo an einem hellen Herbsttag, da Elise, die bis dahin sich frisch, lebhaft und blühend gezeigt hatte, plötzlich mit beiden Händen an ihr Herz griff, den Geliebten angstvoll anblickte und sofort wieder lächelte, als sei sie sich's wie einer Pflicht bewußt, ihm keinerlei Ungelegenheiten zu verursachen. Dies aber, statt ihn zu rühren, füllte ihn mit Erbitterung, die er freilich vorerst unter der Miene des Besorgten zu verbergen wußte. Er warf ihr vor, ohne selbst daran zu glauben, daß sie ihm dergleichen Zufälle gewiß schon etliche Male geheimgehalten, gab seiner Kränkung Ausdruck, daß sie ihn offenbar für herzlos hielte, beschwor sie, heute noch, sofort, mit ihm einen Arzt aufzusuchen, und war recht froh, als sie diesen Vorschlag mit Rücksicht auf ihr geringes Vertrauen zu den Heilkünstlern des Landes ablehnte. Doch als sie plötzlich, wie überströmend von Dankbarkeit und Liebe, hier, unter freiem Himmel, auf der Bank, an der Leute vorübergingen, seine Hand an ihre Lippen drückte, fühlte er, gleich einer fliegenden Welle, Haß durch seine Pulse jagen, dessen Vorhandensein ihn zwar selbst in Erstaunen setzte, den er aber bald vor sich mit der Erinnerung vieler Stunden der Langweile und Leere entschuldigte, an denen die Reise, wie er mit einmal zu wissen glaubte, allzu reich gewesen war. Zugleich flammte ein so glühendes Verlangen nach Adelen in ihm auf, daß er, allen Abmachungen zu Trotz, noch am gleichen Tag eine Depesche an sie sandte, in der er sie um ein Wort nach Genua anflehte und die er unterschrieb: Ewig der Deine.

Wenige Tage später fand er in Genua ihre Erwiderung, die lautete: Und ich die Deine für ebensolang. Mit dem zerknitterten Blatt auf dem Herzen, das ihm nun trotz des fragwürdig scherzhaften Tones den Inbegriff aller Hoffnungen bedeutete, trat er in Elisens Begleitung die Fahrt nach Ceylon an, die als voraussichtlich schönster Teil der Reise an deren Ende gesetzt war. Elise hätte von verschlagenerer Gemütsart sein müssen, als sie war, wenn sie auf dieser Fahrt zu ahnen vermocht hätte, daß nur das kühne Spiel von Alfreds Einbildungskraft ihr reichere Wonnen des Geliebtseins schenkte als je zuvor; wenn sie gewußt hätte, daß nicht sie selbst es mehr war, die nun in den schweigenden dunklen Meeresnächten an seinem Halse lag, sondern die ferne, durch seine Sehnsucht in aller Lebensfülle herbeigezauberte Braut. Doch auf der endlich erreichten glühenden Insel, in der dumpfen Gleichförmigkeit des letzten Aufenthaltes, da er erkannte, daß die allzu stürmisch aufgeforderte Phantasie ihm den Dienst versagen wollte, begann er sich von Elisen fernzuhalten und war tückisch genug, eine neue leichte Mahnung des Herzleidens, das sie beim ersten Betreten des festen Bodens angewandelt, als die Ursache seiner Zurückhaltung anzugeben. Sie nahm es hin wie alles, was von ihm kam, als Zeichen einer Liebe, die ihr nun allen Sinn und alle Seligkeit des Daseins bedeutete. Und wenn sie, unter dem wilden Glanz eines blaugoldenen Himmels, fest an ihn geschmiegt und geborgen, durch die rauschenden Schatten der Wälder fuhr, wußte sie nicht, daß ihr Begleiter nur die einsame Stunde herbeiwünschte, in der ihm, ungestört von Elisen, Gelegenheit geboten war, mit fliegender Feder beschwörende, sengende Worte an eine andere auf das Papier zu werfen, von deren Dasein in der Welt Elise bis zu diesem Augenblick nichts ahnte und niemals etwas ahnen sollte. In solchen Stunden des Alleinseins stieg sein Verlangen nach der Entfernten so mächtig an, daß er die Eine, die Nahe, die ihm Gehörende, die, mit der er nun bald ein Jahr lang die Welt durchquerte, bis auf die Züge des Antlitzes, ja bis auf die Stimme zu vergessen vermochte. Und als er in der Nacht vor dem Antritt der Heimreise, aus dem Schreibzimmer kommend, Elise in einem neuen schweren Anfall halb bewußtlos auf das Bett hingestreckt fand, erkannte er, was er sonst eher wie eine leise Angst in sich zu fühlen geglaubt hatte, mit leichtem, beinahe süßem Grauen als die nie erloschene, finster glimmende Hoffnung seiner Seele. Dennoch sandte er ohne Aufschub und in wirklich schmerzlicher Erregung nach dem Arzt, der unverzüglich erschien und der Kranken durch eine Morphiumeinspritzung Linderung verschaffte. Dem vermeintlichen Gatten aber, der die nun bedenklich gewordene Reise aus gewichtigen Gründen nicht aufschieben zu können erklärte, gab er ein Billett mit, das die Leidende der besonderen Sorgfalt des Schiffsarztes empfahl.

Gleich in den ersten Tagen schien die Seeluft auf Elise den wohltätigen Einfluß auszuüben. Ihre Blässe verschwand, ihr Wesen war aufgeschlossener, ihr Gebaren freier, als Alfred es jemals an ihr wahrgenommen. Und während sie früher sich gegen jede, selbst die harmloseste Annäherung von fremder Seite gleichgültig, ja abwehrend verhalten hatte, wich sie diesmal gemeinsamen Unterhaltungen, wie sie das Leben auf dem Schiffe mit sich brachte, keineswegs aus und nahm die achtungsvollen Huldigungen einiger mitreisender Herren mit Befriedigung entgegen. Insbesondere ein deutscher Baron, der auf dem Meere Heilung eines langwierigen Lungenleidens suchte, hielt sich in Elisens Nähe so viel auf, als es eben noch ohne Zudringlichkeit geschehen konnte, und Alfred hätte sich gern überredet, das aufmunternde Benehmen, das Elise diesem liebenswürdigsten ihrer Bewunderer gegenüber zur Schau trug, als die willkommenen Zeichen einer neukeimenden Neigung anzusehen. Doch als er Elise einmal scheinbar ärgerlich über ihre auffallende Freundlichkeit zur Rede zu stellen versuchte, erklärte sie ihm lächelnd, daß all dies entgegenkommende Wesen andern gegenüber nichts anderes bezweckt hätte, als des Geliebten Eifersucht zu erregen, und sie der gelungenen List sich unsäglich freute. Diesmal vermochte Alfred seine Ungeduld, seine Enttäuschung nicht mehr zu verbergen. Er erwiderte ihr Geständnis, durch das sie ihn beruhigt und beglückt zu haben glaubte, mit Worten von einer ihr unbegreiflichen Härte; in dumpfer Ratlosigkeit hielt sie ihnen eine Weile stand, bis sie plötzlich auf dem Verdeck, wo die Unterredung stattgefunden hatte, bewußtlos zusammenstürzte und in die Kajüte hinuntergetragen werden mußte. Der Schiffsarzt, durch das Schreiben seines Kollegen genügend unterrichtet, hielt eine nähere Untersuchung nicht für nötig und brachte dem gequälten Herzen durch das schon einmal bewährte Mittel vorübergehende Linderung. Doch konnte er nicht verhindern, daß sich die Anfälle am nächsten und am dritten Tage ohne jede äußere Veranlassung wiederholten, und wenn das Morphium auch nie seine Wirkung versagte, so durfte er doch seine Befürchtung nicht verhehlen, daß die Krankheit ein übles Ende nehmen könnte, und mahnte Alfred in angemessener, aber höchst bestimmter Form, seiner schönen Gattin in jeder Hinsicht Schonung angedeihen zu lassen.

Alfred, in seinem dumpf wühlenden Groll gegen Elise, wäre leicht geneigt gewesen, dem Arzte besonders in dem einen Punkte, der einem strengen Verbote gleich kam, Folge zu leisten, wenn nicht Elise, von Sehnsucht verzehrt, in einer einsamen Nachtstunde den Widerstrebenden, als gälte es, ihn durch Zärtlichkeit zu versöhnen, endlich wieder in ihr Herz zu ziehen verstanden hätte. Doch wie sie mit halbgeschlossenen Augen vergehend in seinen Armen lag und er über ihrer feuchten Stirne den bläulichen Wellenschein verschimmern sah, der durch das kleine Kajütenfenster hereinbrach, da fühlte er, wie ihm gleichsam aus den tiefsten Seelengründen auf die Lippen ein Lächeln stieg, das er selbst erst allmählich als eines des Hohns, ja des Triumphes erkannte. Und noch während er seiner dunklen Hoffnung erschauernd sich bewußt ward, mußte er sich sagen, daß ihre Erfüllung nicht nur für ihn das Heil und die Rettung aus allem Wirrsal, sondern daß auch Elise, wenn sie das Ende als unausbleiblich erkannt hätte und ihr eine Wahl verstattet wäre, kein anderes wünschen würde, als unter seinen Küssen zu verscheiden. Und wie sie nun, wohl vertraut mit der Gefahr, in immer leidenschaftlicherer Hingabe gleichsam bereit schien, aus Liebe und in Liebe dahinzugehen, so glaubte er sich stark genug, ein Opfer anzunehmen, durch das, so ungeheuer es auch war, im Ineinanderwirken schicksalhafter Zusammenhänge das Los dreier Menschen zuletzt doch nur günstig gewendet würde.

Aber während er Nacht für Nacht das matte Verschimmern ihrer Augen, das selige Verhauchen ihres Atems mit erwartungsvollem Grauen beobachtete, erschien er sich wie ein Betrogener, wenn eine Minute später ihre erwachenden Blicke dankbar in die seinen glänzten, der warme Hauch ihrer Lippen mit frischer Lust den seinen eintrank und so der ganze Aufwand seiner tödlichen Tücke zu nichts anderem vertan war, als neues schöneres Leben durch Elisens Pulse zu treiben. Und sie war seiner Liebe so sicher, daß sie bei Tag, wenn er sie auf Stunden sich selbst oder der Gesellschaft anderer überlassen hatte, um auf dem obersten Verdeck die fiebernde Stirn dem kühlenden Meerwind preiszugeben, ohne Mißtrauen zurückblieb und das ratlos irre Lächeln des Wiederkehrenden leuchtenden Auges wie einen zärtlichen Gruß erwiderte.

In Neapel, wo das Schiff zu eintägiger Rast anlegen sollte, um dann ohne weiteren Zwischenaufenthalt nach Hamburg abzugehen, hoffte Alfred, von Adelen einen Brief zu finden, um den er sie zuletzt aus Ceylon in glühenden Worten angefleht hatte. Das stürmische Wetter enthob ihn der Mühe, einen Vorwand dafür zu suchen, daß er sich ohne Elise in Gesellschaft anderer gleichgültiger Reisender durch einen der bereitliegenden Kähne ans Land setzen ließ. Er fuhr zur Post, trat zum Schalter, nannte seinen Namen und mußte sich mit leeren Händen zurückziehen. Wenn er sich auch damit zu beruhigen versuchte, daß Adelens Brief nicht rechtzeitig abgesandt oder verloren gegangen war, so ließ ihn doch das Gefühl von Vernichtung, das nach dieser Enttäuschung über ihn kam, erkennen, daß ein künftiges Leben ohne Adele für ihn nicht mehr zu denken war. Am Ende seiner Verstellungskräfte angelangt, dachte er zuerst daran, sofort nach seiner Rückkehr auf das Schiff Elisen schonungslos die Wahrheit mitzuteilen. Gleich aber kam die Überlegung, daß die Folgen eines solchen Geständnisses nicht abzusehen waren, daß es Elise nicht nur auf der Stelle tödlich treffen, daß es sie auch in Wahnsinn oder Selbstmord treiben, daß aber eine solche Begebenheit in ihren Ursachen kaum geheim bleiben und damit seinen Beziehungen zu Adele verhängnisvoll werden könnte. Das gleiche blieb zu befürchten, wenn er das Geständnis bis zum letzten Augenblick, bis zur Landung in Hamburg oder gar bis zur Ankunft in Wien aufschieben wollte. In so verzweifelten Gedanken und ihrer Hinterhältigkeit sich kaum mehr bewußt, wandelte Alfred zur Mittagszeit im brennenden Sonnenschein am Meeresstrand umher, als er sich plötzlich schwindeln und einer Ohnmacht nahe fühlte. Angsterfüllt sank er auf eine Bank und blieb sitzen, bis der Krampf sich löste und die Nebel vor seinen Augen schwanden. Dann aber atmete er wie erwachend auf. Er wußte mit einemmal, daß in dem unbegreiflichen Augenblick, da seine äußeren Sinne ihn zu verlassen gedroht hatten, ein Entschluß furchtbar und klar zu Ende gereift war, der längst in den Tiefen seiner Seele sich vorbereitet hatte. Seinen heißen, grausamen Wunsch, dessen Erfüllung er all die Tage her gleichsam aus feiger Verborgenheit zu fördern gesucht hatte, er mußte ihn nun ohne weiteren Aufschub mit eigenem Willen, mit eigenen Händen zur Tat machen. Und wie das Ergebnis langer innerer Überlegung stieg ein fertiger Plan aus seiner Brust hervor.

Er erhob sich und begab sich vorerst in ein Hotel, um dort mit dem trefflichsten Appetit sein Mittagsmahl einzunehmen. Dann suchte er nacheinander drei Ärzte auf, gab sich überall als einen von unerträglichen Schmerzen gepeinigten Kranken aus, der, seit Jahren an Morphium gewöhnt, mit seinem Vorrat zu Ende gekommen sei, nahm die erbetenen

Rezepte in Empfang, ließ sie in verschiedenen Apotheken anfertigen und fand sich, als er bei sinkender Sonne wieder an Bord ging, im Besitze einer Dosis, die er für seine Zwecke mehr als genügend halten durfte. An der Abendtafel auf dem Schiff erzählte er im Tone höchsten Entzückens von einer Wanderung durch Pompeji, zu der er den verflossenen Tag ausgenützt hätte, und mit einer brennenden Lust am Lügen, als müßte er nun sein eigenes Wesen ins Teuflische steigern, verweilte er bei der Schilderung einer Viertelstunde, die er im Garten des Appius Claudius verbracht hatte, vor einer Statuette, die er natürlich in Wirklichkeit nie gesehen und von der er zufällig im Reisehandbuch gelesen. Elise saß an seiner Seite, ihr gegenüber der Baron, die Blicke der beiden begegneten sich, und Alfred vermochte die Vorstellung nicht abzuwehren, daß hier zwei Gespenster aus leeren Augenhöhlen einander anstarrten.

Später aber, wie an so manchem Abend vorher, wandelte er mit Elisen auf dem obersten Verdeck im Mondenschein umher, während fern die Lichter der Küste verglänzten. Da er eine Sekunde lang sich schwach werden fühlte, jagte er seinen Entschluß durch die Einbildung neu auf, daß es Adelens Arm wäre, den er an den seinen preßte; und an der Glutwelle, die ihm durch die Adern schoß, erkannte er, daß das Glück, das seiner wartete, auch durch die furchtbarste Schuld nicht zu teuer erkauft wäre. Zugleich aber regte sich in ihm geheimnisvoll etwas wie Neid auf das junge Geschöpf an seiner Seite, dem es beschieden sein sollte, aus aller Lebenswirrnis so bald ohne Leiden und ahnungslos den erlösenden Ausgang zu finden.

Als er Elise in der Kajüte mit vollkommener, fast ins Unerträgliche gesteigerter Klarheit und doch mit verzweifelter Lust zum letztenmal in die Arme schloß, empfand er sich wie den Vollzieher eines Schicksals, an dem sein Wille keinen Anteil mehr hatte. Nur eines Griffes von seinen Fingern hätte es bedurft, das Glas umzustoßen, das bläulich vom Tischchen herüberschillerte, und die Gifttropfen wären, ein harmloses Naß, in die gleichgültigen Dielen versickert. Aber Alfred lag regungslos und wartete. Er wartete, bis er endlich, mit stillstehendem Herzen, einer ihm wohlvertrauten Bewegung Elisens gewahr wurde, die mit halb geschlossenen Augen ihre Hand nach dem Glas ausstreckte, um, wie sie immer vor dem Einschlafen tat, ihren letzten Durst zu stillen. Er sah mit weit aufgerissenen Lidern, ohne sich zu rühren, wie sie sich ein wenig aufrichtete, das Glas an die Lippen setzte und dessen Inhalt in einem Zuge hinunterstürzte. Dann legte sie sich wieder hin mit einem leichten Seufzer, den Kopf, ihrer Gewohnheit nach, zum Schlummer an seine Brust bettend. Alfred hörte in seinen Schläfen ein langsames, dumpfes Hämmern, hörte Elisens ruhiges Atmen und hörte die Wellen wie klagend an den Bug des Schiffes schlagen, das gleichsam durch eine stillestehende Zeit hinschwebte.

Mit einem Male fühlte er, wie ein heftiges Beben durch Elisens Körper ging. Ihre beiden Hände griffen nach seinem Nacken, ihre Finger schienen sich in seine Haut einbohren zu wollen, dann erst, mit einem langen Stöhnen öffnete sie die Augen. Alfred löste sich aus ihrer Umklammerung, sprang aus dem Bett, sah, wie sie versuchte, sich zu erheben, mit den Armen ins Leere schlug, einen irren Blick in der Dämmerung hin und her flackern ließ, und plötzlich der Länge nach wieder zurücksank, um mit kurzen flachen Atemzügen, aber völlig bewegungslos liegenzubleiben. Alfred erkannte sofort, daß sie ohne jedes Bewußtsein war, und fragte sich kalt, wie lange dieser Zustand wohl währen könnte, ehe er zum Ende führte. Es fiel ihm zugleich ein, daß sie in diesem Augenblick vielleicht noch zu retten wäre; und mit dem dunklen Gefühl, auf diese Art ein letztes Mal das Schicksal zu versuchen: entweder selbst die Früchte seines bisherigen Tuns zu vernichten oder durch ein kühnes Wagnis sich zu entsühnen, eilte er davon, den Arzt zu holen. Erkannte der, was hier geschehen war, so sollte das Spiel endgültig verloren sein; im anderen Falle aber sprach er sich selbst für alle Zukunft von Schuld und Reue los.

Als Alfred mit dem Arzt in die Kajüte trat, lag Elise bleich mit halb offenen verglasten Augen, die Finger in die Decke verkrampft und schimmernde Tropfen auf Stirn und Wangen. Der Arzt beugte sich nieder, legte sein Ohr an ihre Brust, horchte lang, nickte bedenklich, schob Elisens Lider auseinander, hielt die eigene Hand vor ihre Lippen, horchte noch einmal; dann wandte er sich zu Alfred und eröffnete ihm, daß der Todeskampf zu Ende sei. Mit einem irren Blick, der nicht geheuchelt war, schlug Alfred die Hände über dem Kopf zusammen, sank vors Bett hin und blieb, die Stirn auf Elisens Knie gepreßt, eine kurze Weile so liegen. Dann wandte er sich um und starrte wie verloren den Arzt an, der mit bedauerndem Blick ihm die Hand bot, Alfred nahm sie nicht, schüttelte den Kopf, und, im völligen Besitze seiner inneren Klarheit, wie in allzu spätem Selbstvorwurf, flüsterte er vor sich hin: »Hätten wir Ihnen doch gefolgt.« Dann verbarg er kummervoll das Gesicht in den Händen. »Das hab ich mir denken können«, hörte er den Arzt tadelnd, aber mild erwidern: und in einem übermächtigen Gefühl des Triumphes spürte er hinter seinen zuckenden Lidern das Glühen und Leuchten seiner Augen.

Schon am Tage darauf, wie es die Vorschrift verlangte, wurde Elisens Leichnam ins Meer gesenkt, und Alfred als Witwer fühlte sich von allgemeiner, doch stumm zurückhaltender Teilnahme umgeben. Niemand wagte ihn zu stören, wenn er stundenlang auf dem Verdeck hin und her ging und in eine Weite blickte, die für ihn, was niemand ahnen konnte, vom Dufte seligster Hoffnungen durchweht war. Nur der Baron schloß sich zuweilen auf kurze Minuten dem hin und her Wandelnden an, wobei er es mit deutlicher Absicht unterließ, auch nur mit einem Worte des Trauerfalls zu gedenken. Alfred wußte wohl, daß den Baron nichts anderes zu diesen Begleitgängen veranlaßte, als die Sehnsucht, sich für kurze Minuten wieder im Dunstkreis der geliebten Verstorbenen zu fühlen. Für Alfred waren diese Minuten die einzigen, in denen er sich von der Vergangenheit angerührt fühlte; sonst hatte er sich völlig über seine Tat, und was sie den Menschen bedeuten mochte, emporgehoben. In lebendiger Gegenwart stand das Bild der Heißersehnten, in Schuld Errungenen vor ihm; und wenn er vom Bug des Schiffes aus hinab ins Wasser schaute, so war ihm, als sähe er sie friedevoll über begrabene Welten dahinrinnen, denen es in ihrer Schlummertiefe gleich war, ob sie gestern oder vor tausend Jahren versunken waren.

Erst als die deutsche Küste sichtbar wurde, gingen seine Pulse schneller. Seine Absicht war es, in Hamburg nicht länger zu verweilen, als nötig war, den Brief zu beheben, der ja hier seiner warten mußte, und mit dem nächsten Zuge heimwärts zu reisen. Die Langwierigkeit der Ausschiffung verursachte ihm quälende Ungeduld; und wie erlöst atmete er auf, als das Gepäck endlich auf den Wagen geschafft war und er durch die Straßen der Stadt, über denen mit kleinen rosa Wolken der späte Frühlingsnachmittag hing, zum Postgebäude fuhr. Er überreichte dem Beamten seine Karte, sah ihm mit heißen Augen zu, die Briefschaften durchblättern, hielt die Hand schon zum Empfang bereit und empfing die Antwort, daß nichts für ihn da wäre, kein Brief, keine Karte, kein Telegramm. Er versuchte ein ungläubiges Lächeln und bat den Beamten in fast demütigem Tone, dessen er sich gleich schämte, nochmals nachzusehen. Und nun versuchte Alfred, über die Ränder der Briefumschläge weg die Adressen zu entziffern, glaubte immer wieder seinen Namen in Adelens Schriftzügen zu erkennen, streckte ein paarmal schon hoffnungsvoll die Hände aus – und mußte immer wieder erfahren, daß er sich getäuscht hatte. Endlich legte der Beamte das Päckchen in das Fach zurück, schüttelte den Kopf und wandte sich ab. Alfred empfahl sich mit übertriebener Höflichkeit und fand sich in der nächsten Minute halb betäubt vor dem Tore stehen. Klar war ihm nur das eine, daß er vorläufig hier festgebannt war und keineswegs nach Wien fahren konnte, ohne irgend eine Nachricht von Adelen in Händen zu haben. Er fuhr in ein Hotel, nahm ein Zimmer und warf vor allem die folgenden Worte auf eines der bereitliegenden Blankette: »Keine Silbe von dir. Unbegreiflich. Fassungslos. Bin übermorgen daheim. Wann kann ich dich sehen? Antworte sofort.« Er setzte seine Adresse dazu und gab die Depesche mit bezahlter Rückantwort auf. Als er in die schon abendlich erleuchtete Halle trat, spürte er zwei Augen auf sich gerichtet; von einem Lehnstuhl her, eine Zeitung auf dem Knie, ernst, ohne sich zu erheben, grüßte ihn der Baron, von dem er auf dem Schiff nur flüchtigen Abschied genommen hatte. Alfred zeigte sich von der unverhofften Begegnung erfreut, glaubte sogar, es wirklich zu sein, und machte dem Baron von seiner Absicht Mitteilung, bis morgen hier zu bleiben. Der Baron, der trotz seiner bleichen Wangen und seines fortgesetzten Hüstelns behauptete, sich sehr wohl zu fühlen, schlug während des Abendessens vor, gemeinsam eine Singspielhalle aufzusuchen, und bemerkte auf Alfreds Zögern hin leise und mit gesenkten Wimpern, daß Trauer noch niemanden von den Toten auferweckt habe. Alfred lachte, erschrak über sein Lachen, glaubte seine Verlegenheit von dem Baron bemerkt und fühlte sofort, daß er nichts Klügeres tun konnte, als sich ihm anzuschließen. Bald darauf saß er mit ihm in einer Loge, trank Champagner, sah durch Rauch und Dunst bei den gemeinen Klängen eines schrillen Orchesters Gymnastiker und Clowns ihre Künste und Späße treiben, hörte halbnackte Weiber freche Lieder singen und lenkte des schweigsamen Genossen Aufmerksamkeit wie unter einem wütenden Zwang auf wohlgeformte Beine und üppige Brüste, die sich auf der Bühne zur Schau stellten. Dann scherzte er mit einer Blumenverkäuferin, warf einer Tänzerin, die verführerisch ihre schwarzen Locken schüttelte, eine gelbe Rose vor die Füße und lachte auf, als er die schmalen Lippen des Barons wie in Bitternis und Ekel zucken sah. Später war ihm, als blickten aus dem Saal unten Hunderte mit böser Neugier ihn an, und als gälte das Raunen und Summen ihm allein. Fröstelnde Angst kroch ihm über den Rücken, dann fiel ihm ein, daß er ein paar Gläser Champagner allzu geschwind hinuntergestürzt hatte, und war wieder beruhigt. Er merkte mit Befriedigung, daß, während er über die Brüstung gebeugt gewesen, zwei geschminkte Weiber den Baron in eine Unterhaltung gezogen hatten, atmete auf, als wäre er einer Gefahr entronnen, erhob sich, nickte dem Gefährten wie ermutigend und zu dem Abenteuer glückwünschend zu; und bald ging er, allein, durch Straßen, die er nie gesehen und niemals wieder sehen würde, irgend eine Melodie vor sich hinpfeifend und im Gefühl, eine Traumstadt zu durchirren, in der kühlen Nachtluft nach dem Hotel zurück.

Als er des Morgens nach dumpfem, tiefem Schlaf erwachte, mußte er sich erst besinnen, daß er nicht mehr auf dem Schiff dahinfuhr und daß der weiße Schimmer dort nicht Elisens Morgenkleid, sondern einen Fenstervorhang bedeutete. Mit einer ungeheuren Willensanstrengung wehrte er eine drohend aufsteigende Erinnerung ab und klingelte.

Zugleich mit dem Frühstück brachte man ihm ein Telegramm. Er ließ es auf dem Tablett liegen, so lange sich der Kellner noch im Zimmer aufhielt; und es war ihm, als verdiente diese Selbstüberwindung irgendwie ihren Lohn. Kaum hatte sich die Tür wieder geschlossen, so öffnete er das Telegramm mit zitternden Fingern, die Buchstaben schwammen zuerst vor seinen Augen, plötzlich aber standen sie starr und riesengroß: »Morgen Mittag 11 Uhr. Adele.« Er rannte hin und her, lachte durch die Zähne und ließ sich von dem knappen, kalten Ton der Aufforderung durchaus nicht anfrösteln. So war nun einmal ihre Art. Und wenn er auch daheim nicht alles fände, wie er noch vor kurzem gehofft hatte, ja selbst wenn ihm irgendwelche unangenehme Eröffnungen bevorstünden, was hatte es weiter zu bedeuten? Er würde ihr doch wieder gegenüberstehen, im Lichte ihrer Augen, im Duft ihres Atems, und so war das Ungeheure nicht vergebens getan.

Es hielt ihn nicht länger im Hotel, die kurze Zeit bis zum Abgang des Zuges lief er in der Stadt umher, mit überoffenen Lidern, aber ohne Menschen und Dinge zu sehen. Mittags fuhr er von Hamburg ab, starrte durch die Scheiben stunden- und stundenlang auf die fliehende Landschaft; alles, was von Gedanken, Hoffnungen und Befürchtungen in ihm sich regen wollte, mit der ganzen wohlgeübten Anspannung seines Willens niederzwingend; und wenn er, um den Mitreisenden nicht allzu auffällig zu werden, ein Buch oder eine Zeitung vornahm, so zählte er, ohne zu lesen, einmal übers andere bis hundert, fünfhundert, tausend. Als es Nacht wurde, durchbrach die zehrende Sehnsucht alle seine Bemühungen, sich gefaßt zu halten. Er schalt sich närrisch, das Ausbleiben der Nachrichten und den Ton der letzten Depesche mißdeutet zu haben, und wußte keinen anderen Vorwurf gegen Adele, als daß sie sich redlicher an die Abmachung gehalten, als er. Aber sollte sie etwa auf irgend eine Weise doch erfahren haben, daß er mit einer Frau gereist war, so fühlte er sich in seiner Liebe stark genug, gegen alle Eifersucht und Erbitterung die Beleidigte wieder zurückzugewinnen. Und so sehr hatte er sich zum Herrn über seine wachen Träume gesetzt, daß er in dieser endlosen Nacht die Melodie ihrer Stimme zu hören, die Umrisse ihrer Gestalt und ihre Züge zu sehen, ja, daß er ihren Kuß zu fühlen vermochte, so versengend süß, wie er ihm in Wirklichkeit von ihren Lippen niemals beschieden gewesen.

Er war daheim. Mit freundlichem Behagen empfing ihn seine Wohnung. Das sorglich bereitete Frühstück mundete ihm trefflich, und zum erstenmal wieder seit vielen Tagen, so wollte ihm scheinen, dachte er in völliger Ruhe jener andern, die, von irdischem Gram für alle Zeit erlöst, im schweigenden Meere schlummerte. In irgend einem Augenblicke war ihm, als könnte jene Stundenfolge von der Landung in Neapel an bis zu Elisens Tod wohl auch eine Einbildung seiner zerrütteten Nerven sein, und der schlimme Ausgang wäre, wie ja die Ärzte vorausgesehen, ja prophezeit hatten, nur im gesetzmäßigen Verlaufe der Krankheit geschehen. Ja, der Mann, der in einer sonnbeglänzten fremden Stadt tückisch von Arzt zu Arzt, von Apotheker zu Apotheker geeilt und mit grausamem Vorbedacht das tödliche Gift vorbereitet hatte, der Mann, der die Geliebte, die er ins Jenseits senden wollte, noch eine Stunde vorher zu frevler Wonne in die Arme geschlossen, schien ihm ein völlig anderer als der, der hier zwischen traulichen Wänden in einer unveränderten, bürgerlich behaglichen Umgebung seinen Tee trank; schien ihm einer, der viel mehr war als er, einer, zu dem er selbst mit schaudernder Bewunderung emporschauen müßte. Doch als ihm später, da er aus dem Bade stieg, der Spiegel sein schlankes, nacktes Bild zurückwarf und er sich plötzlich bewußt ward, daß er es doch selber war, der das Unbegreifliche getan, da sah er seine Augen in hartem Glanze leuchten, fühlte sich würdiger als je, die wartende Braut an sein Herz zu schließen und, höhnische Überlegenheit auf den Lippen, ihrer Liebe so sicher wie nie zuvor.

Zur bestimmten Stunde trat er in den gelben Salon, den er vor einem Jahre fast am gleichen Tage zum letztenmal verlassen hatte, und in der nächsten Minute stand Adele vor ihm, unbefangen, als hätte sie am Tag vorher Abschied von ihm genommen, reichte ihm die Hand und überließ sie ihm zu einem langen Kuß. Was hält mich ab, sie zu umarmen? fragte er sich. Da hörte er sie schon reden mit der dunklen Stimme, die er ja heute Nacht, erst im Traum vernommen, und es ward ihm bewußt, daß er selbst noch kein Wort gesprochen, daß er nur ihren Namen geflüstert hatte, als sie vor ihn hingetreten war. Er möge ihr nicht übel nehmen, begann sie, daß sie ihm auf seine schönen Briefe nicht geantwortet hätte; aber es sei nun einmal so, daß gewisse Angelegenheiten sich Aug' in Aug' besser und einfacher erledigen ließen als schriftlich. Ihr Schweigen müsse ihn ja jedenfalls vorbereitet haben, daß sich mancherlei geändert hätte, und der kühle Ton ihrer Depesche wäre, wie sie sofort gestehen wolle, durchaus beabsichtigt gewesen. Seit ungefähr einem halben Jahre sei sie nämlich mit einem andern verlobt. Und sie nannte einen Namen, den Alfred kannte. Es war der eines seiner vielen guten Freunde aus alter Zeit, dessen er im Laufe dieses Jahres so wenig gedacht hatte, wie beinah aller Menschen, denen er früher begegnet war. Er hörte Adele ruhig an, starrte gebannt auf ihre glatte Stirn, dann gleichsam durch sie ins Leere, und in seinen Ohren rauschte es wie von fernen Wellen, die über versunkene Welten rannen. Plötzlich sah er es aus Adelens Augen hervorbrechen wie einen Schimmer von Angst; er wußte, daß er totenblaß mit furchtbarem

Blick ihr gegenüberstand, und er sagte, sich selbst unvermutet, hart und klanglos: »Das geht nicht, Adele, du irrst dich, du darfst nicht.«

Daß er endlich Worte gefunden, beruhigte sie offenbar. Sie lächelte wieder in ihrer verbindlichen Art und erklärte ihm, daß nicht sie es sei, die sich irrte, sondern er. Sie dürfe nämlich, sie dürfe alles, was sie wolle. Sie sei ja gar nicht mit ihm verlobt gewesen, sondern als freie Menschen seien sie voneinander geschieden, ohne jede Verpflichtung, sie wie er. Und da sie ihn nicht mehr liebe, sondern jenen andern, so sei die Sache eben erledigt. Er müsse das einsehen und sich fügen; sonst bedauere sie wirklich, daß sie dem väterlichen Rat von heute Morgen nicht gefolgt und für Alfred einfach nicht mehr zu Hause gewesen sei. Und sie saß ihm gegenüber, die schlanken Hände über dem Knie verschlungen, mit hellen, fernen Augen.

Alfred fühlte, daß er seiner ganzen Beherrschung bedurfte, um nicht etwas Lächerliches oder Gräßliches zu vollbringen. Was er eigentlich wollte, war ihm nicht klar. Ihr an den Hals fahren und sie würgen, oder sich auf den Boden hinwerfen und jammern wie ein Kind? Aber was half es, darüber nachzudenken. Er hatte ja keine Wahl, er lag ja schon da wie gefällt und hatte eben noch die Geistesgegenwart, die Hände Adelens zu fassen, die davoneilen wollte, und heiser zu ihr emporzuflehen, daß sie bleibe. Eine Viertelstunde nur! Ihn anhören! Das könnte er doch von ihr verlangen nach all dem, was früher zwischen ihnen gewesen. Er müsse ihr ja so viel erzählen, mehr als sie ahnen könne, und sie sei verpflichtet, es anzuhören. Denn wenn sie alles wisse, dann würde sie auch wissen, daß er ihr zu eigen gehöre und sie ihm allein. Wissen, daß sie keinem andern gehören dürfe, daß er sie sich errungen in Schuld und Qualen, daß vor seinen ungeheuren Rechten alle andern in den

Staub sänken, tief in den Staub, daß sie an ihn geschmiedet sei, unauflöslich, für ewige Zeiten, so wie er an sie. Und auf den Knien vor ihr, ihre Hände in den seinen krampfend, seine Blicke in den ihren, ließ er seine Worte fliegen, breitete den ganzen Inhalt des vergangenen Jahres vor ihr aus, erzählte, wie er vor ihr eine andere geliebt, wie er mit jener andern, die krank gewesen und niemand auf Erden hatte als ihn, fortgereist war, wie er in Qualen der Sehnsucht sich verzehrt, wie aber die andere hilflos und klammernd an ihm gehangen; wie er am Ende seiner Pein, aus Liebe zu *ihr*, zu *ihr*, deren Hände er in den seinen halte, aus einer Liebe, wie die Erde sie noch nie gesehen – wie er jene andere, die ohne ihn nicht hätte leben wollen und können, aus der Welt geschafft, mitleidig-tückisch vergiftet habe; wie unter fernen Meereswogen nun das arme Geschöpf schlummerte – das Opfer für eine Seligkeit, die ja nun auch ohnegleichen sein werde, wie der Preis, um den sie errungen ward.

Adele hatte ihm ihre Hände gelassen, auch ihren Blick hatte sie aus dem seinen nicht emporgetaucht. Sie hörte an, was er erzählte, und er wußte nicht recht, wie: ob als ein Märchen von fernen fremden Wesen oder als einen Zeitungsbericht von Menschen, die sie nichts angingen. Vielleicht glaubte sie ihm nicht einmal, was er ihr erzählte. Aber jedenfalls war es ihr gleich, ob Wahrheit von seinen Lippen kam oder Lüge. Er fühlte seine Ohnmacht mehr und mehr. Er sah alle seine Worte leer und kühl an ihr herunterrinnen; und am Ende, da er sein Schicksal von ihren Lippen lesen wollte, das er doch schon kannte, schüttelte sie nur den Kopf. Er sah sie an angstvoll, wissend und doch ungläubig, mit einer irren Frage in den flackernden Augen.

»Nein«, sagte sie starr, »es ist aus.«

Und er wußte, daß es mit diesem Nein für immer zu Ende war. Völlig unbewegt blieben Adelens Mienen. Nicht die leiseste Erinnerung entschwundener Zärtlichkeit, nicht einmal Grauen war in ihnen, nur ein vernichtender Ausdruck von Gleichgültigkeit und Langeweile.

Alfred neigte das Haupt, leer lächelnd wie zum Einverständnis, ergriff ihre Hände nicht mehr, die sie entfremdet hängen ließ, wandte sich und ging. Die Tür hinter ihm blieb offen, und er fühlte einen kalten Hauch im Nacken. Als er die Treppe hinunterging, wußte er, daß ihm nichts zu tun übrig blieb, als ein Ende zu machen. So über alle Zweifel war das entschieden, daß er gemächlich schlendernd durch den schmeichelnden Frühlingstag nach Hause spazierte, wie zum ersehnten Schlummer nach einer wüsten Nacht.

In seinem Zimmer aber erwartete ihn jemand. Es war der Baron. Ohne Alfreds dargebotene Hand zu nehmen, erklärte er, nur eine kurze Aussprache mit ihm zu wünschen, und auf ein kurzes höfliches Nicken Alfreds fuhr er fort: »Es ist mir ein Bedürfnis, Ihnen mitzuteilen, daß ich Sie für einen Schurken halte.« Gut so, dachte Alfred, auch gegen diesen Abschluß ist nichts zu sagen; und er entgegnete ruhig: »Ich stehe Ihnen zur Verfügung. Morgen früh, wenn's gefällig ist.« Der Baron schüttelte kurz den Kopf. Es zeigte sich, daß er alles, offenbar schon von der Reise aus, wohl vorbereitet hatte. Zwei junge Herren von der deutschen Botschaft harrten nur seiner weiteren Aufträge; und er sprach die Erwartung aus, daß sein Gegner, der ja hier zu Hause sei, es leicht ermöglichen werde, die Sache noch vor Abend in Ordnung zu bringen. Alfred glaubte, es versprechen zu dürfen. Einen Augenblick kam ihm der Einfall, dem Baron die ganze Wahrheit zu gestehen; aber bei dem ungeheuren Haß, der ihn von dieser kalten Stirne anstrahlte, mußte er fürchten, daß jener, der die Wahrheit vielleicht ahnen mochte, ihn dann den Gerichten überliefern würde; und so zog er es vor, zu schweigen.

Alfred fand die Herren, deren er bedurfte, ohne Mühe. Der eine war Adelens Verlobter, der andere ein junger Offizier, mit dem er in früherer Zeit manchen lustigen Tag genossen. Vor Sonnenuntergang in den Auen nächst der Donau, an einem für solche Zusammenkünfte gern gewählten Platz, stand er dem Baron gegenüber. Eine Ruhe, die er nach den Wirren der abgelaufenen Tage wie ein Glück empfand, empfing ihn. Als er den Lauf der Pistole auf sich gerichtet sah, während dreier Sekunden, die, von einer fernen Stimme abgezählt, gleich drei kalten Tropfen vom Abendhimmel auf den klingenden Boden fielen, dachte er einer unsäglich Geliebten, über deren verwesenden Leib die Wogen des Meeres rannen. Und als er auf dem Boden lag und etwas Dunkles über ihn sich beugte, ihn umschloß, ihn nicht mehr lassen wollte, fühlte er selig, daß er, ein Entsühnter, für sie, zu ihr ins Nichts entschwand, nach dem er sich lange gesehnt hatte.

FRAU BEATE UND IHR SOHN

Erstes Kapitel

Es war ihr, als hätte sie ein Geräusch aus dem Nebenzimmer gehört. Sie sah von ihrem angefangenen Briefe auf, erhob sich, ging ein paar leise Schritte zur angelehnten Türe hin und blickte zuerst durch die Spalte in den benachbarten Raum, wo bei geschlossenen Läden ihr Sohn, anscheinend ruhig schlafend, auf dem Diwan lag. Dann erst trat sie näher heran und konnte nun beobachten, wie Hugos Brust in gleichmäßig starkem Knabenatem sich hob und senkte. Der weiche, etwas zerdrückte Hemdkragen stand über dem Halse offen, im übrigen aber war Hugo völlig angekleidet, sogar die Füße steckten in den genagelten Schuhen, die er auf dem Lande immer zu tragen pflegte. Offenbar hatte er sich in der Schwüle des Nachmittags nur für kurze Zeit hinlegen wollen, um bald, wovon die aufgeschlagenen Bücher und Hefte Zeugnis gaben, das Studium von neuem aufzunehmen. Jetzt warf er den Kopf nach der Seite, als wollte er erwachen; doch er reckte sich nur ein paarmal und schlief weiter. Aber die Augen der Mutter, die sich indes an den Dämmerton des Zimmers gewöhnt hatten, konnten nicht länger übersehen, daß der seltsam wie schmerzhaft gespannte Zug um die Lippen des Siebzehnjährigen, der ihr im Lauf der letzten Tage immer wieder aufgefallen war, auch im Antlitz des Schlafenden sich nicht lösen wollte. Beate schüttelte seufzend den Kopf, begab sich in ihr Zimmer zurück, schloß die Türe hinter sich leise ab und blickte auf den angefangenen Brief nieder, den fortzusetzen sie keine Neigung mehr fühlte. Doktor Teichmann, an den er gerichtet sein sollte, war ja doch nicht der Mann, dem gegenüber sie sich rückhaltlos aussprechen durfte; sie, die heute schon das allzu freundliche Lächeln bereute, mit dem sie ihn vor ihrer Abreise vom Kupeefenster aus zum Abschied gegrüßt hatte. Denn gerade in diesen Sommerwochen auf dem Lande, wo die Erinnerung an den vor fünf Jahren hingeschiedenen Gatten stets mit besonderer Lebendigkeit in ihr wach wurde, wies sie die noch nicht ausgesprochene, aber zweifellos zu erwartende Werbung des Advokaten gleich andern Zukunftsgedanken ähnlicher Art innerlich weit von sich; und sie sagte sich, daß sie von ihrer Sorge um Hugo zu dem Menschen am wenigsten reden konnte, der darin nicht so sehr einen Beweis des Vertrauens als ein bewußtes Zeichen der Ermutigung hätte sehen müssen. So zerriß sie den angefangenen Brief und trat unschlüssig ans Fenster.

Die Berglinien des jenseitigen Ufers verschwammen in zitternden Luftkreisen. Von unten, aus dem See, blitzte ihr, tausendfach zersplittert, das Sonnenbild entgegen, und sie rettete ihre geblendeten Augen mit einem fliehenden Blick über das schmale Wiesenufer, die staubatmende Landstraße, die blinkenden Villendächer und ein regungsloses Ährenfeld in das Grün ihres Gartens. Auf der weißen Bank unter dem Fenster ließ sie Blicke und Gedanken ruhen. Sie dachte daran, wie oft ihr Gatte hier gesessen war, über einer Rolle brütend, – oder auch eingeschlummert, insbesondere, wenn die Lüfte so sommerträg über der Landschaft ruhten wie heute wieder. Dann hatte Beate sich wohl über die Brüstung gebeugt und mit zärtlichen Fingern das grauschwarze Kraushaar angerührt und darin gewühlt, bis Ferdinand, bald erwacht, aber zuerst in verstelltem Weiterschlummer die Liebkosung duldend, langsam sich wandte und zu ihr aufschaute, mit seinen hellen Kinderaugen, die an fernen, doch nie zu vergessenden Märchenabenden so wundersam heldenhaft und todesschwer zu blicken vermochten. Doch daran wollte, ja sollte sie gar nicht denken; gewiß nicht mit Seufzern, wie sie nun unwillkürlich auf ihren Lippen vergingen. Denn Ferdinand selbst – in entschwundenen Tagen hatte er sich's von ihr zuschwören lassen – wünschte sein Andenken nicht anders geweiht als durch heiteres Erinnern, ja durch ein unbekümmertes Ergreifen neuen Glücks. Und Beate dachte: Ist es nicht zum Erschauern, wie man vom Furchtbarsten in blühender Zeit zu sprechen vermag, scherzend und leicht, als drohe dergleichen andern nur und könnte einem selber gar nicht widerfahren! Und dann kommt es wirklich, und man faßt es nicht, und nimmt es doch hin; und die Zeit geht weiter, und man lebt; man schläft im gleichen Bette, das man einst mit dem Geliebten teilte, trinkt aus demselben Glas, das er mit seinen Lippen berührte, pflückt unter dem gleichen Tannenschatten Erdbeeren, wo man sie mit einem auflas, der niemals wieder pflücken wird; und hat nicht Tod noch Leben je ganz begriffen.

Auf dieser Bank draußen hatte sie manchmal an Ferdinands Seite gesessen, indes der Bub, von der Eltern zärtlichem Blick umfangen und gefolgt, mit Ball oder Reifen durch den Garten getollt war. Und so sehr sie es mit ihrem Verstande wußte, daß der Hugo, der da drin im Nebenzimmer, mit jenem neuen schmerzlich gespannten Zug um die Lippen, auf dem Diwan schlief, dasselbe Menschenkind war, das vor wenig Jahren noch im Garten gespielt hatte; – mit ihrem Gefühl vermochte sie auch das nicht zu fassen, so wenig wie daß Ferdinand tot sein sollte, wahrhafter tot als Hamlet, als Cyrano, als der königliche Richard, in deren Masken sie ihn so oft hatte sterben sehen. Aber vielleicht blieb dies ihr nur deshalb für alle Zeit unbegreiflich, weil zwischen so blühendem Dasein und so dunklem Tod nicht etwa Wochen des Leidens und der Angst verstrichen waren; gesund und wohlgemut war Ferdinand eines Tages vom Hause zu irgendeinem Gastspiel weggefahren, und in der Stunde drauf, von dem Bahnhof, in dessen Halle ihn der Schlag gerührt, hatte man ihn als toten Mann wieder heimgebracht.

Während Beate diesen Erinnerungen nachhing, fühlte sie immerfort, wie irgend etwas anderes gespenstisch quälend und gleichsam auf Erlösung wartend, in ihrer Seele hin und her ging. Erst nach einigem Besinnen ward ihr bewußt, daß der letztbegonnene Satz ihres unvollendeten Briefes, in dem sie von Hugo erzählen wollte, ihr keine Ruhe ließ, und daß sie sich entschließen mußte, den zu Ende zu denken. Sie war sich klar darüber, daß sich in Hugo irgend etwas vorbereitete oder vollzog, was sie längst erwartet und was sie doch nie für möglich gehalten hatte. In früheren Jahren, als er noch ein Kind war, hatte sie gern den Gedanken gehegt, ihm später einmal nicht nur Mutter, sondern auch Freundin und Vertraute zu bedeuten; und noch bis in die letzte Zeit, da er ihr zugleich mit seinen kleinen Schulsünden auch die ersten knabenhaften Verliebtheiten zu beichten kam, durfte sie sich einbilden, daß ihr so seltenes Mutterglück beschieden sein könnte. Hatte er sie nicht die rührend-kindischen Verse lesen lassen, die er der kleinen Elise Weber, der Schwester eines Schulkollegen, gewidmet, und die diese selbst niemals zu Gesicht bekommen hatte? Und im vergangenen Winter erst, hatte er der Mutter nicht gestanden, daß ein kleines Fräulein, dessen Namen er ritterlich verschwieg, ihn in der Tanzstunde während eines Walzers auf die Wange geküßt hatte? Und im letzten Frühjahr, hatte er ihr nicht, verstört beinahe, von zwei Buben aus seiner Klasse berichtet, die in fragwürdiger Gesellschaft einen Abend im Prater verbracht und sich gerühmt hätten, erst des Morgens um drei wieder nach Hause gekommen zu sein? So hatte Beate zu hoffen gewagt, daß Hugo sie auch zur Vertrauten ernsterer Empfindungen und Erlebnisse erwählen, und sie imstande sein würde, ihn durch Zuspruch und Rat vor mancher Trübsal und Gefahr der Jünglingsjahre zu bewahren. Nun aber erwies sich, daß all dies nur Träume eines verwöhnten Mutterherzens gewesen waren; denn da die erste seelische Bedrängnis ihn anfiel, zeigte Hugo sich fremd und verschlossen, und die Mutter stand solchem ihr neuen Wesen scheu und ratlos gegenüber.

Sie zuckte zusammen. Denn im ersten Windhauch des späten Nachmittags, gleich einer höhnischen Bestätigung ihrer Seelenangst, sah sie in der Tiefe unten von dem Giebel der lichten Villa am See die verhaßte weiße Fahne wehen. Frech gezackt, der zudringlich lockende Gruß einer Verworfenen an den Knaben, den sie verderben wollte, flatterte sie zur Höhe auf. Unwillkürlich wie drohend erhob Beate die Hand; dann aber trat sie rasch ins Zimmer zurück, in einem unbezwinglichen Drang, ihren Sohn zu sehen und sich mit ihm auszusprechen. Sie legte ihr Ohr an die Verbindungstüre, um ihn nicht etwa aus gutem Schlummer aufzustören; und wirklich war ihr, als hörte sie wie früher seinen ruhigen starken Knabenatem gehen. Vorsichtig öffnete sie nun die Türe mit der Absicht, Hugos Erwachen abzuwarten und dann, neben ihm am Diwan sitzend, in mütterlicher Zärtlichkeit sein Geheimnis zu erfragen. Aber erschrocken gewahrte sie, daß das Zimmer leer war. Hugo war nicht mehr da. Er war fortgegangen, ohne wie sonst der Mutter Adieu zu sagen und sich den gewohnten Kuß auf die Stirne zu holen; – offenbar aus Scheu vor der Frage, die er seit Tagen auf ihren Lippen sich hatte vorbereiten gesehen und die sie, nun erst wußte sie's, heute, jetzt, in dieser Viertelstunde an ihn gerichtet hätte. So weit also war er, so entrückt ihr durch seine Unruhe, durch seine Wünsche allein. Das hatte aus ihm der erste Händedruck jener Frau gemacht, neulich auf der Landungsbrücke; das ihr Blick, der ihn gestern von der Galerie der Schwimmanstalt aus lächelnd gegrüßt hatte, da sein lichter Knabenleib aus den Wellen emporgetaucht kam. Freilich, – er war siebzehn vorüber; und niemals hatte die Mutter sich eingebildet, daß er sich aufbewahren würde für eine, die ihm bestimmt wäre, vom Anbeginn aller Tage, und die ihm begegnen würde, jung und rein wie er selbst. Nur dies eine ersehnte sie für ihn: daß er nicht mit Ekel aus seinem ersten Rausch erwachte, mit seiner duftenden Jugend nicht der Lust einer Frau zum Opfer fiele, die ihren halbvergangenen Bühnenruhm nur einer schillernden Dirnenhaftigkeit verdankte und deren Wandel und Ruf auch in ihrer späten Ehe keine Änderung erfahren hatten.

Beate saß auf Hugos Diwan im halbdunklen Zimmer, mit geschlossenen Augen, den Kopf in die Hände gestützt, und überlegte. Wo mochte Hugo sein? Bei der Baronin am Ende? Das war undenkbar. So rasch konnten diese Dinge sich nicht vollziehen. Aber, bestand überhaupt noch eine Möglichkeit, den geliebten Buben vor einem so kläglichen Abenteuer zu bewahren? Sie fürchtete, nein. Denn sie ahnte ja: wie Hugo die Züge seines Vaters trug, so rann auch dessen Blut in ihm, das dunkle Blut jener Menschen aus einer andern, gleichsam gesetzlosen Welt, die als Knaben schon von männlich-düsteren Leidenschaften durchglüht werden und denen noch in reifen Jahren Kinderträume aus den Augen schimmern. Das Blut des Vaters nur? Rann das ihre etwa träger? Durfte sie sich das heute einbilden, einfach darum, weil seit dem Tode des Gatten keine Versuchung an sie herangetreten war? Und weil sie niemals einem andern gehört hatte, war darum minder wahr, was sie dem Gatten einstmals gestanden: daß er nur darum ihr ganzes Leben als Einziger erfüllt hatte, weil in den tiefen Nächten, da ihr sein

Antlitz verdämmerte, er ihr immer wieder einen andern, einen neuen bedeutete, – weil sie in seinen Armen des königlichen Richard Geliebte war und Cyranos und Hamlets und all der andern, die er spielte: die Geliebte von Helden und Bösewichtern, Gesegneten und Gezeichneten, spiegelklaren und rätselvollen Menschen? Ja, hatte sie nicht, halb unbewußt, nur darum schon als junges Mädchen den großen Schauspieler sich zum Gatten gewünscht, weil eine Verbindung mit ihm ihr die einzige Möglichkeit bot, den ehrbaren Lebensweg zu gehen, der ihr nach ihrer bürgerlichen Erziehung vorgezeichnet schien, und doch zugleich das abenteuerlich-wilde Dasein zu führen, nach dem sie in verborgenen Träumen sich sehnte? Und sie erinnerte sich, wie sie sich Ferdinand, nicht nur gegen den Willen ihrer Eltern, deren frommer Bürgersinn den leisen Schauder vor dem Komödianten auch nach vollzogener Heirat nie ganz verwinden konnte, sondern auch gegen einen viel bedenklicheren Feind zu erobern verstanden hatte. Zur Zeit, als sie Ferdinand kennenlernte, stand er in stadtbekannten Beziehungen zu einer nicht mehr jungen, reichen Witwe, die den jungen Schauspieler in seinen Anfängen vielfach gefördert, ja öfters seine Schulden bezahlt haben sollte, und von der loszureißen es ihm, wie es hieß, nun an der nötigen Willenskraft fehlte. Damals hatte Beate den romantischen Entschluß gefaßt, den herrlichen Mann aus so unwürdigen Banden zu befreien: und in Worten, wie sie nur das Bewußtsein einer niemals wiederkehrenden Stunde einzugeben vermag, von der alternden Geliebten Ferdinands die Lösung eines Verhältnisses gefordert, das an seiner inneren Unwahrheit doch über kurz oder lang, und dann vielleicht zu spät für das Heil des großen Künstlers und der Kunst zusammenbrechen müßte. Wohl erfuhr sie damals eine spöttisch-verletzende Abweisung, an der sie lange trug, und es dauerte noch ein volles

Jahr bis zu Ferdinands endgültiger Befreiung; aber daß jene Unterredung den ersten Anlaß hierzu bedeutet, daran hätte Beate nicht zweifeln können, auch wenn ihr Gatte nicht selbst, immer wieder, auch vor Leuten, die es nicht im geringsten kümmerte, die Geschichte mit heiterem Stolz zum besten gegeben hätte.

Beate ließ die Hände von den Augen sinken und erhob sich in plötzlicher Erregung vom Diwan. Wohl lagen bald zwanzig Jahre zwischen jenem töricht-kühnen Schritt und heute; aber war sie seither eine andere geworden? War in ihr heute nicht die gleiche Zielbewußtheit und der gleiche Mut? Durfte sie sich heute nicht mehr zutrauen, das Schicksal eines Menschen, der ihr teuer war, nach ihrem Sinn zu lenken? War sie die Frau, die stumm warten mußte, bis ihres Sohnes junges Leben beschmutzt und für immer zerstört war, statt, wie einst vor jene andere, heute vor die Baronin hinzutreten, die am Ende doch auch eine Frau war und es irgendwo, wenn auch im verstecktesten Winkel ihrer Seele, verstehen mußte, was es bedeutete, Mutter zu sein? Und dieses Einfalles wie einer Erleuchtung froh, trat sie zum Fenster, öffnete die Läden, und in neuer Hoffnung nahm sie das Bild der lieben Landschaft wie einen Gruß der Verheißung in sich auf. Doch sie fühlte, daß es darauf ankam, den kühnen Entschluß noch mit dem Selbstvertrauen des ersten Augenblicks zur Tat zu machen; ohne weiteres Zögern begab sie sich daher in ihr Schlafzimmer und klingelte dem Mädchen, das ihr beim Ankleiden heute mit besonderer Sorgfalt behilflich sein mußte. Sobald dies zu ihrer Zufriedenheit besorgt war, setzte sie ihren breitkrempigen Panamahut mit dem schmalen schwarzen Band auf das dunkelblonde, dichtgewellte Haar, wählte aus dem Blumenglas, das auf dem Nachtkästchen stand, von den drei roten Rosen, die sie heut Morgen vom Stock geschnitten, die frischeste, steckte sie in den weißen Ledergürtel, nahm ihren schlanken Bergstock in die Hand und verließ das Haus. Sie fühlte sich froh, jung und ihrer Sache gewiß.

Als sie vor die Türe trat, stand das Ehepaar Arbesbacher vorn am Gartengitter, er in Lodenjoppe und Lederhose, eben im Begriff, den Taster zu drücken, sie in einem dunkelgeblümten Kattunkleid, das im Verhältnis zu den etwas verhärmten, aber noch jugendlichen Zügen einen allzu matronenhaften Zuschnitt zeigte.

»Küß die Hand, gnä' Frau«, rief der Baumeister, lüftete den grünen Hut mit dem Gamsbart und behielt ihn in der Hand, so daß der weiße Kopf eine Weile unbedeckt blieb. »Wir wollen Sie grad abholen« – und auf ihren fragenden Blick – »haben Sie denn vergessen, gnä' Frau? heut ist ja Donnerstag, Tarockpartie beim Direktor.«

»Ja richtig«, sagte Beate, sich erinnernd.

»Grad sind wir dem Herrn Sohn begegnet«, bemerkte die Baumeisterin, und über die verblühten Züge zog ein müdes Lächeln.

»Mit zwei dicken Büchern ist er da hinauf«, ergänzte der Baumeister und deutete gegen den Pfad, der über die sonnige Wiese zum Walde aufwärts führte ... »Ein fleißiger Jüngling.«

Beate lächelte mit einem Ausdruck unverhältnismäßiger Glückseligkeit. »Im nächsten Jahr hat er Matura«, sagte sie.

»Nein, wie schön die Frau heut wieder aussieht!« äußerte die Baumeisterin ganz unvermittelt in einem Ton, der vor Bewunderung beinahe demütig wurde.

»Na, wie wird uns denn zumut sein, Frau Beatelinde«, sagte der Baumeister, »wenn wir so plötzlich einen erwachsenen Sohn haben, der auf die Universität geht, sich duelliert und den Weibern die Köpf' verdreht?«

»Aber hast denn du dich duelliert?« warf seine Gattin ein.

»Na, so hab' ich mich halt herumgeschlagen. 's kommt aufs selbe heraus. Blutige Köpf' gibt's so und so!«

Sie spazierten den Weg hin, der oberhalb der Ortschaft, mit dem Blick über den See hin, zur Villa des Bankdirektors Welponer führte.

»Ja, ich geh' da mit Ihnen so weiter«, sagte Beate, »aber eigentlich müßte ich noch in den Ort hinunter ... nämlich auf die Post, wegen eines Paketes, das vor acht Tagen in Wien aufgegeben worden und noch immer nicht da ist. Noch dazu per Eilgut«, setzte sie so ungehalten hinzu, als glaubte sie selbst an die Geschichte, die sie plötzlich erfunden hatte, sie wußte selbst nicht warum.

»Vielleicht kommt's mit dem Zug, Ihr Packerl«, sagte die Baumeisterin und wies nach unten, wo die kleine Eisenbahn eben pfauchend und wichtigtuerisch hinter dem Felsen hervorkam und mitten durch das Wiesenland dem etwas erhöhten Bahnhof zufuhr. Zu allen Fenstern steckten Reisende die Köpfe heraus, und der Baumeister schwenkte seinen Hut.

»Was hast denn?« sagte seine Frau.

»Es werden ja jedenfalls Bekannte dabei sein, und man ist doch ein höflicher Mann.«

»Also, auf Wiedersehen«, sagte Beate plötzlich. »Ich komm dann natürlich auch hinauf. Ich lass' indessen schön grüßen.« Eilig nahm sie Abschied und ging den Weg wieder zurück, den sie gekommen. Sie fühlte, daß der Baumeister und seine Frau, die stehengeblieben waren, ihr mit den Blikken beinah bis vor die Villa folgten, die Arbesbacher vor nun zehn Jahren seinem Freund und Jagdgenossen Ferdinand Heinold gebaut hatte. Hier nahm Beate den schmalen Fahrweg, der, steil genug, an einfachen Landhäusern vorbei zur Ortschaft führte, mußte aber vor dem Überschreiten des

Bahngleises eine Weile warten, da der Zug eben die Station verließ. Jetzt erst fiel ihr ein, daß sie ja gar nichts auf der Post zu tun hatte, sondern vielmehr die Baronin sprechen wollte, was ihr nun, da sie ihren Buben im Wald oben mit seinen Büchern wußte, allerdings nicht mehr so dringend erschien, als noch in der Stunde vorher ... Sie überschritt das Geleise und fand am Bahnhof all die Unruhe vor, die dem Eintreffen eines Zuges zu folgen pflegt. Die zwei Stellwagen vom Seehotel und vom Posthof rumpelten eben mit ihren Passagieren davon; andere Ankömmlinge, von Gepäckträgern gefolgt, hochgestimmt und erregt; Ausflügler, unbeschwert und wohlgelaunt, kreuzten Beatens Weg. Sie sah belustigt zu, wie eine ganze Familie, – Vater, Mutter, drei Kinder, Bonne und Stubenmädchen mit Koffern, Schachteln, Taschen, Schirmen und Stöcken, sowie einem kleinen verängstigten Pinscher, in einem Landauer unterzukommen suchte. Aus einem andern Wagen winkte ihr ein Ehepaar, flüchtig vom vorigen Jahre her bekannt, mit der ganzen ungemessenen Freudigkeit der Sommerlandbegrüßungen zu. Ein junger Herr in lichtgrauem Sommeranzug, eine sehr neue gelbe Ledertasche in der Hand, lüftete vor Beate den Strohhut. Sie erkannte den jungen Mann nicht und grüßte kühl zurück.

»Küß' die Hand, gnädige Frau«, sagte der Fremde, ließ seine Tasche rasch von der einen in die andere Hand voltigieren und streckte Beate etwas ungeschickt die freigewordene Rechte entgegen.

»Fritzl!« rief nun Beate, ihn erkennend, aus.

»Jawohl, gnädige Frau, Fritzl in eigener Person.«

»Wissen Sie, daß ich Sie wirklich nicht erkannt hab'? Sie sind ja ein ganzes Gigerl geworden.«

»Na, es wird schon nicht so arg sein«, erwiderte Fritzl und ließ die Tasche wieder in die andere Hand gleiten. »Übrigens, hat denn der Hugo meine Karte nicht gekriegt?«

»Ihre Karte? Ich weiß nicht. Aber er hat mir neulich gesagt, daß er Ihren Besuch erwartet.«

»Natürlich, das ist ja schon in Wien besprochen worden, daß ich von Ischl aus auf ein paar Tage herüberkomm'. Aber gestern hab ich ihm noch extra geschrieben, daß ich heute nachmittag meine Ankunft zu feiern gedenke.«

»Er wird sich jedenfalls riesig freuen. Wo sind Sie denn abgestiegen, Herr Weber?«

»Aber nein, gnädige Frau, nicht Herr Weber sagen.«

»Also wo, Herr – Fritz?«

»In den Posthof hab ich mein Kofferl vorausgeschickt, und sobald ich meinen äußeren Menschen in Ordnung gebracht habe, werde ich so frei sein, in der Villa Beate meine Aufwartung zu machen.«

»Villa Beate? Gibt's gar keine weit und breit.«

»Ja, wie heißt sie denn, wenn schon jemand mit einem so schönen Namen drin wohnt?«

»Sie heißt gar nicht. Solche Sachen mag ich nicht. Eichwiesenweg Numero sieben steht sie; sehen Sie, die dort droben mit dem kleinen grünen Balkon.«

Fritz Weber blickte andächtig in die bezeichnete Richtung. »Muß eine schöne Aussicht sein! Jetzt will ich aber nicht länger aufhalten. In einer Stunde find' ich doch den Hugo hoffentlich zu Haus?«

»Ich denk' schon. Jetzt ist er noch oben im Wald und studiert.«

»Studieren tut er? Das muß man ihm aber schleunigst abgewöhnen.«

»Oho!«

»Ich will nämlich Touren mit ihm machen. Wissen gnädige Frau schon, daß ich neulich auf dem Dachstein war?«

»Leider nein, Herr Weber, es ist nämlich nicht in der Zeitung gestanden.«

»Aber ich bitt' schön, gnädige Frau, nicht *Herr Weber.*«

»Ich glaub' doch, daß wir dabei werden bleiben müssen, da ich weder die Ehre habe, Ihre Tante noch Ihre Gouvernante zu sein ...«

»So eine Tante möcht' man sich schon gefallen lassen.«

»Also, galant ist er auch schon – nein, so was!« Sie lachte laut auf: statt des eleganten jungen Herrn stand plötzlich der Bub vor ihr, den sie schon seit seinem zwölften Jahre kannte, und der kleine blonde Schnurrbart sah aus, als wenn er angeklebt wäre. »Also auf Wiedersehen, Fritzl«, sagte sie und streckte ihm zum Abschied die Hand entgegen. »Heut' abend beim Nachtmahl berichten Sie uns näheres von Ihrer Dachsteinpartie, nicht wahr?«

Fritz verbeugte sich etwas steif, dann küßte er Beatens Hand, was sie sich wie mit Ergebung in den raschen Lauf der Jahre gefallen ließ; endlich entfernte er sich mit gehobenem Selbstgefühl, das in seiner Haltung und seinem Gang zum Ausdruck kam. Und das, dachte Beate, ist nun ein Freund von meinem Hugo. Freilich, etwas älter als der, um eineinhalb oder zwei Jahre gewiß. Er war ja früher auch in einer höheren Klasse gewesen, Beate erinnerte sich, nur hatte er einmal repetieren müssen. Jedenfalls freute sie sich, daß er da war und mit Hugo Touren zu machen gedachte. Wenn sie die beiden Buben doch gleich auf eine acht- oder vierzehntägige Fußpartie schicken könnte! So zehn Stunden Marsch, sich den Bergwind um die Stirne blasen lassen, abends müd' aufs Stroh hinsinken und früh mit der Sonne wieder auf die Wanderschaft – wie schön und wie heilsam wäre das! Sie verspürte nicht übel Lust, selbst mitzuhalten. Aber das ging kaum an. Auf eine Tante oder Gouvernante verzichteten die Buben gewiß gern. Sie seufzte leise und strich sich mit der Hand über die Stirne.

Auf der Landstraße, dem See entlang, spazierte sie weiter.

Vom Landungssteg war eben das kleine Dampfschiff abgegangen und schwamm blank und putzig quer übers Wasser nach dem sogenannten Auwinkel hin mit den paar stillen, unter Kastanien und Obstbäumen versteckten Häusern, wo die Natur schon anfing, Abend zu machen. Auf dem Sprungbrett in der Badeanstalt wippte irgendeine Figur in weißem Bademantel. Im See waren noch einige Schwimmer zu sehen. Die haben's besser als ich, dachte Beate und blickte nicht ohne Neid auf das Wasser hin, von dem ein kühlender, friedenbringender Hauch zu ihr geweht kam. Aber rasch wehrte sie die Versuchung von sich ab und mit eigensinniger Bestimmtheit setzte sie ihren Weg fort, bis sie sich fast unversehens vor der Villa befand, die Baronin Fortunata in diesem Sommer bewohnte. Von der Veranda, die sich längs der ganzen Front hinzog, über den mäßigen, bunt in Malven und Levkojen blühenden Vorgarten schimmerten helle Kleider her. Ohne den Blick seitwärts zu wenden, spazierte Beate längs des weißen Zaunes weiter. Zu ihrer Beschämung fühlte sie ihr Herz lauter klopfen. Der Ton von zwei Frauenstimmen drang an ihr Ohr; Beate beschleunigte ihre Schritte, und plötzlich war sie an dem Haus vorüber. Sie beschloß, vorerst in den Ort hinauf zu gehen, zum Kaufmann, wo es öfters etwas zu besorgen gab, und heute gewiß, da man einen Gast zum Abendessen hatte. Nach ein paar Minuten stand sie schon in Anton Meißenbichlers Laden, kaufte kaltes Fleisch, Obst und Käse und gab der kleinen Loisl mit einem Trinkgeld den Auftrag, das Päckchen gleich nach dem Eichwiesenweg zu bringen. Aber was nun? fragte sie sich, als sie draußen auf dem Kirchenplatz stand, dem offenen Friedhofstor gegenüber, und die vergoldeten Kreuze in der Abendsonne rötlich schimmern sah. Sollte sie ihren Plan einfach fallen lassen, weil ihr das Herz etwas rascher geschlagen hatte? Nie hätte sie eine solche Schwäche sich verziehen.

Und die Strafe des Geschicks, sie fühlte es, wäre ihr sicher. Also es blieb nichts übrig, als: zurück – und ohne weiteren Aufschub zur Baronin.

In wenigen Minuten war Beate unten am Ufer. Nun vorbei am Seehotel, auf dessen weitläufiger erhöhter Terrasse Sommergäste bei Kaffee und Eis saßen, dann noch an den zwei neuen riesengroßen modernen Villen, die sie so gar nicht leiden mochte; und zwei Sekunden später begegneten ihre Augen denen der Baronin, die unter einem weißen, rotgetupften Riesenschirm in einem geflochtenen Streckstuhl auf der Veranda lag. An die Wand gelehnt stand eine zweite Dame, mit elfenbein-gelblichem Gesicht, statuenhaft, in wallendem weißen Gewand. Fortunata hatte eben lebhaft gesprochen, verstummte nun plötzlich und ihre Züge wurden starr; gleich aber lösten sie sich wieder, ihr ganzes Gesicht ward ein Lächeln, ein Grüßen, ihr Blick ein wahrer Glanz von Herzlichkeit und Willkommen. Du Luder! dachte Beate, ein wenig indigniert über diesen ihren eigenen Ausdruck und fühlte sich gerüstet. Und Fortunatas Stimme klang überheiter an ihr Ohr. »Guten Tag, Frau Heinold.«

»Guten Tag«, erwiderte Beate mit kaum erhobener Stimme, als läge ihr nicht viel daran, ob ihr Gruß auf der Veranda gehört würde oder nicht; und sie tat, als wollte sie weitergehen.

Fortunata aber rief zu ihr herüber: »Sie haben wohl die Absicht, heute ein Sonnen- und Staubbad zu nehmen, Frau Heinold.« Beate zweifelte nicht daran: dies hat Fortunata nur gesagt, um überhaupt ein Gespräch mit ihr anzuknüpfen. Denn die Bekanntschaft zwischen den beiden Frauen war so oberflächlicher Art, daß der scherzhafte Ton im Grunde nicht einmal sonderlich angebracht schien. Vor vielen Jahren, auf einem Bühnenfest, hatte Beate die junge Schauspielerin Fortunata Schön, eine Kollegin Ferdinand

Heinolds, kennengelernt, und in der Zwanglosigkeit des lustigen Abends hatte das Ehepaar am gleichen Tisch mit ihr und ihrem damaligen Liebhaber soupiert und Champagner getrunken. Später waren wohl flüchtige Begegnungen im Theater und auf der Straße erfolgt, hatten aber niemals zu wirklichen Gesprächen auch nur von Minutendauer geführt. Vor acht Jahren, nach ihrer Verheiratung mit dem Baron, war Fortunata von der Bühne abgegangen und völlig aus dem Gesichtskreis Beatens verschwunden, bis diese sie vor wenigen Wochen hier in der Badeanstalt zufällig wieder getroffen hatte, um von dieser Begegnung an, wie es sich kaum vermeiden ließ, auf der Straße, im Wald, im Bad gelegentlich ein paar Worte mit ihr zu wechseln. Heute aber paßte es Beate sehr, daß die Baronin selbst geneigt schien, eine Unterhaltung zu beginnen, und so erwiderte sie möglichst unbefangen: »Sonnenbad ...? die Sonne ist ja schon fort – und am See ist's abends nicht so schwül wie im Wald oben.«

Fortunata hatte sich erhoben; mit ihrem schmalen, aber sehr wohlgebildeten Figürchen lehnte sie sich an die Brüstung und erwiderte etwas hastig, daß sie für ihren Teil die Waldspaziergänge vorziehe, insbesondere den zur Einsiedelei finde sie geradezu ergreifend. Was für ein dummes Wort, dachte Beate, und fragte höflich, warum die Baronin bei dieser Vorliebe nicht lieber gleich eine der Villen am Waldesrand bezogen hätte. Die Baronin erklärte, daß sie oder vielmehr ihr Gemahl diese Villa hier auf eine Annonce hin gemietet hätte; übrigens sei sie in jeder Hinsicht zufrieden. »Aber wollen Sie nicht weiter spazieren, gnädige Frau«, setzte sie eilig hinzu, »und mit meiner Freundin und mir eine Tasse Tee trinken?« Und ohne eine Antwort abzuwarten, ging sie Beaten entgegen, reichte ihr eine schlanke, weiße, etwas unruhige Hand und geleitete sie mit übertriebener

Freundlichkeit auf die Veranda, wo indes die andere Dame nach wie vor regungslos in ihrem wallenden weißen Musselingewand an der Mauer lehnte, mit einer Art von düsterem Ernst, der Beate halb unheimlich, halb komisch berührte. Fortunata stellte vor: »Fräulein Wilhelmine Fallehn – Frau Beate Heinold. Der Name dürfte dir nicht unbekannt sein, liebe Willy.«

»Ich habe Ihren Gatten unendlich verehrt«, sagte Fräulein Fallehn kühl und mit dunkler Stimme.

Fortunata bot Beaten einen gepolsterten Korbsessel an und entschuldigte sich, daß sie selbst sich sofort wieder so bequem wie früher hinstreckte. Nirgends noch hätte sie sich nämlich so müde, geradezu zerflossen gefühlt, als hier, besonders in den Nachmittagsstunden. Möglicherweise läge es daran, daß sie der Versuchung nicht widerstehen könne, zweimal täglich zu baden und jedesmal eine volle Stunde im Wasser zu bleiben. Aber wenn man so viele Wässer kenne, wie sie, Binnenseen und Flüsse und Meere, da komme man erst drauf, daß jedes Wasser gewissermaßen seinen eigenen Charakter habe. So sprach sie weiter, fein und allzu gewählt, wie es Beate vorkam; und strich sich zuweilen wie ermüdet mit der einen Hand über das rötlich gefärbte Haar. Ihr langes weißes, mit Klöppelspitzen besetztes Hauskleid hing zu beiden Seiten des niedern Streckstuhls auf den Boden nieder. Um den freien Hals trug sie eine bescheidene Schnur von kleinen Perlen. Ihr blasses schmales Gesicht war stark gepudert; nur die Nasenspitze schimmerte rötlich, und dunkelrot die offenbar geschminkten Lippen. Beate mußte sich an ein Bild aus einer illustrierten Zeitung erinnern, das einen an einem Laternenpfahl hängenden Pierrot vorstellte, ein Eindruck, der sich für sie dadurch verstärkte, daß Fortunata, während sie sprach, die Augen halb geschlossen zu halten pflegte.

Tee und Gebäck war gebracht worden, das Gespräch kam in Gang, auch Wilhelmine Fallehn, die, zwangloser als vorher, die Tasse in der Hand, an der Brüstung lehnte, beteiligte sich daran; es glitt vom Sommer zum Winter über, man sprach von der Stadt, den Theaterzuständen, den unbedeutenden Nachfolgern Ferdinand Heinolds und von des Unvergessenen allzu frühem Tod. Wilhelmine äußerte in gemessenem Ton ihr Staunen, daß eine Frau den Verlust eines solchen Mannes zu überleben imstande sei, worauf die Baronin, Beatens Befremden gewahrend, schlicht bemerkte: »Du mußt wissen, Willy, Frau Heinold hat einen Sohn.«

In diesem Augenblick sah ihr Beate mit unbeherrschter Feindseligkeit in die Augen, die diesen Blick spöttisch-nixenhaft erwiderten; ja, es schien Beate geradezu, als wenn von Fortunata ein feuchter Duft ausginge wie von Schilf und Wasserrosen. Zugleich bemerkte sie, daß Fortunatens Füße nackt in den Sandalen staken, und daß sie unter dem weißen Leinenkleid nichts weiter anhatte. Indes aber redete die Baronin unbefangen weiter, sehr glatt und gebildet; sie behauptete, daß das Leben stärker sei als der Tod, daß es daher am Ende immer recht behalten müsse; aber Beate fühlte, daß hier ein Geschöpf zu ihr sprach, dem nie ein geliebtes Wesen gestorben war, ja, das niemals einen Menschen, Mann oder Frau, wirklich geliebt hatte.

Wilhelmine Fallehn stellte plötzlich die Tasse hin. »Ich muß noch fertig packen«, erklärte sie, verabschiedete sich kurz und verschwand durch den Gartensalon.

»Meine Freundin reist nämlich heute nach Wien zurück«, sagte Fortunata. »Sie ist verlobt – gewissermaßen.«

»Ah«, machte Beate höflich.

»Wofür würden Sie sie wohl halten?« fragte Fortunata mit halbgeschlossenen Augen.

»Das Fräulein ist wahrscheinlich Künstlerin?«

Fortunata schüttelte den Kopf. »Eine Weile war sie allerdings beim Theater. Sie ist die Tochter eines hohen Offiziers. Besser gesagt, die Waise. Ihr Vater hat sich eine Kugel durch den Kopf gejagt aus Gram über ihren Lebenswandel. Schon vor zehn Jahren. Dabei ist sie heute siebenundzwanzig. Sie kann es weit bringen. – Nehmen Sie noch eine Tasse Tee?«

»Danke, Frau Baronin.« Sie atmete tief auf. Nun war der Augenblick gekommen. Ihre Züge spannten sich mit einem Male so entschlossen an, daß Fortunata sich unwillkürlich halb aufrichtete. Und Beate begann mit Entschiedenheit: »Es ist nämlich kein Zufall, daß ich an Ihrem Hause vorbeigegangen bin. Ich habe mit Ihnen zu reden, Frau Baronin.«

»Oh«, sagte Fortunata, und unter dem gepuderten Pierrotgesicht zeigte sich eine leichte Röte. Sie stützte den einen Arm auf die Lehne ihres Streckstuhls und verschlang die unruhigen Finger ineinander.

»Erlauben Sie mir, kurz zu sein«, begann Beate.

»Ganz nach Ihrem Belieben. So kurz oder so lang Sie wollen, meine liebe Frau Heinold.«

Beate fühlte sich durch diese etwas herablassende Anrede gereizt und entgegnete ziemlich scharf: »Ganz kurz und einfach, Frau Baronin. Ich will nicht, daß mein Sohn Ihr Geliebter wird.«

Sie war vollkommen ruhig; ja, genau so war ihr zumute gewesen, als sie vor neunzehn Jahren einer alternden Witwe den künftigen Gatten abgefordert hatte.

Die Baronin erwiderte Beatens kühlen Blick nicht minder ruhig. »So«, sagte sie halb vor sich hin. »Sie wollen nicht? – Schade. Allerdings, die Wahrheit zu sagen, ich habe selbst noch gar nicht daran gedacht.«

»So wird es Ihnen um so leichter fallen«, erwiderte Beate etwas heiser, »meinen Wunsch zu erfüllen.«

»Ja, wenn es von mir allein abhinge –«

»Frau Baronin, *nur* von Ihnen hängt es ab. Das wissen Sie sehr gut. Mein Sohn ist fast noch ein Kind.«

Um Fortunatens geschminkte Lippen erschien ein schmerzlicher Zug. »Was muß ich doch für eine gefährliche Frau sein«, begann sie gedankenvoll. »Soll ich Ihnen sagen, warum meine Freundin abreist? Sie hätte nämlich den ganzen Sommer bei mir verbringen sollen, – und ihr Verlobter sollte sie hier besuchen. Und denken Sie, da bekam sie plötzlich Angst, Angst vor mir. Nun ja, vielleicht hat sie recht. Ich bin wohl so. Ich kann ja wirklich nicht für mich einstehen.«

Beate saß starr da. Eine solche Aufrichtigkeit, die fast schon Schamlosigkeit war, hatte sie nicht erwartet. Und sie erwiderte herb: »Nun, Frau Baronin, bei dieser Denkungsart wird Ihnen wohl wenig daran liegen, daß gerade mein Sohn –« Sie hielt inne.

Fortunata ließ einen Kinderblick auf Beate ruhen: »Was Sie da tun, Frau Heinold«, sagte sie in einem gleichsam neugefundenen Ton, »ist eigentlich rührend. Aber klug, meiner Seele, klug ist es nicht. Übrigens wiederhole ich, daß ich nicht im entferntesten daran gedacht habe ... Wahrhaftig, Frau Heinold, ich glaube, Frauen wie Sie haben da eine falsche Auffassung von Frauen – meiner Art. Sehen Sie, vor zwei Jahren zum Beispiel, da habe ich drei volle Monate in einem holländischen Fischerdorf verbracht; mutterseelenallein. Und ich glaube, in meinem ganzen Leben bin ich nicht so glücklich gewesen. Und ebenso hätte es passieren können, daß ich auch in diesem Sommer – Oh, ich möchte es noch immer nicht ausschließen. Ich hatte niemals Vorsätze, nie in meinem Leben. Auch meine Heirat, ich versichere Sie, war der reine Zufall.« Und sie blickte auf, als fiele ihr plötzlich etwas ein. »Oh, haben Sie am Ende Angst vor dem

Baron? Fürchten Sie, daß für Ihren – Ihren Herrn Sohn von dieser Seite irgendwelche Unannehmlichkeiten – Was das anbelangt –« Und sie schloß lächelnd die Augen.

Beate schüttelte den Kopf. »An Gefahren von dieser Seite habe ich wirklich nicht gedacht.«

»Nun, man könnte immerhin auch daran denken. Ehemänner sind ja unberechenbar. Aber sehen Sie, Frau Heinold«, und sie schlug die Augen wieder auf, »wenn diese Erwägung wirklich nicht mitgespielt hat, dann wird es mir noch unbegreiflicher – ganz im Ernst. Wenn ich zum Beispiel einen Sohn hätte, im Alter Ihres Hugo –«

»Sie kennen seinen Namen?« fragte Beate streng.

Fortunata lächelte. »Sie haben ihn mir doch selbst genannt. Neulich, auf der Landungsbrücke.«

»Ganz recht. Verzeihen Sie, Frau Baronin.«

»Also, liebe Frau Heinold, ich wollte sagen: Wenn *ich* einen Sohn hätte, und er würde sich – zum Beispiel in eine Frau wie Sie verlieben, ich weiß nicht – ich glaube, ich könnte mir für einen jungen Menschen ein besseres Debüt gar nicht vorstellen.«

Beate rückte den Sessel, als wollte sie aufstehn.

»Wir sind doch hier Frauen unter uns«, meinte Fortunata beschwichtigend.

»Sie haben keinen Sohn, Frau Baronin ... und dann –« Sie hielt inne.

»Ach ja, Sie meinen, es wäre dann auch noch ein gewisser Unterschied. Mag sein. Aber dieser Unterschied würde die Angelegenheit – für meinen Sohn – nur bedenklicher machen. Denn Sie, Frau Heinold, würden so eine Sache ja wahrscheinlich ernst nehmen. Hingegen ich – ich! Ja wirklich, je mehr ich es mir überlege, Frau Heinold, es wäre klüger gewesen, wenn Sie mit der entgegengesetzten Bitte zu mir gekommen wären. Wenn Sie mir Ihren Sohn« – und sie lächelte mit halbgeschlossenen Augen – »sozusagen ans Herz gelegt hätten.«

»Frau Baronin!« Beate war fassungslos. Sie hätte schreien mögen.

Fortunata lehnte sich zurück, kreuzte die Arme unter dem Kopf und schloß die Augen völlig. »Solche Dinge kommen nämlich vor« ... Und sie begann zu erzählen. »Vor – leider recht vielen Jahren, irgendwo in der Provinz, da hatte ich eine Kollegin, die damals ungefähr so alt war, wie ich jetzt. Sie spielte das heroisch-sentimentale Fach. Zu der kam eines Tages die Gräfin ... nun, der Name tut nichts zur Sache ... Also ihr Sohn, der junge Graf, hatte sich in ein Bürgermädel verliebt, aus guter, aber ziemlich armer Familie. Beamte oder so was. Und der junge Graf wollte das Mädel durchaus heiraten. Dabei war er noch nicht zwanzig. Und die Gräfin Mutter – wissen Sie, was die kluge Dame tat? Eines schönen Tages erscheint sie bei meiner Kollegin und redet mit ihr ... und bittet sie ... Na – kurz und gut, sie arrangiert das so, daß ihr Sohn in den Armen meiner Kollegin das Bürgermädel vergißt und –«

»Ich bitte, doch von solchen Anekdoten lieber abzusehen, Frau Baronin.«

»Es ist keine Anekdote. Es ist eine wahre Geschichte, und eine sehr moralische obendrein. Eine Mesalliance wurde verhindert, eine unglückliche Ehe, vielleicht gar ein Selbstmord oder ein Doppelselbstmord.«

»Mag sein«, sagte Beate. »Aber all das gehört doch gar nicht her. Ich bin jedenfalls anders als diese Gräfin. Und für mich ist der Gedanke ganz einfach unerträglich ... unerträglich –«

Fortunata lächelte und schwieg eine Weile, als wollte sie eine Beendigung des Satzes erzwingen. Dann sagte sie: »Ihr Sohn ist sechzehn ... oder siebzehn?«

»Siebzehn«, erwiderte Beate und ärgerte sich sofort, daß sie so gehorsam Auskunft erteilt hatte.

Fortunata schloß die Augen halb und schien sich irgendeiner Vision hinzugeben. Und sie sagte wie aus einem Traum: »Da werden Sie sich wohl an den Gedanken gewöhnen müssen. Bin ich's nicht, so ist es eine andere. – Und wer sagt Ihnen –« aus den plötzlich geöffneten Augen kam ein grünes Schillern – »daß es eine Bessere sein wird?«

»Wollen Sie, Frau Baronin«, erwiderte Beate mit mühseliger Überlegenheit, »diese Sorge getrost mir überlassen.«

Fortunata seufzte leise. Plötzlich schien sie ermüdet und sagte: »Nun, wozu länger darüber reden. Ich will Ihnen gern gefällig sein. Also, Ihr Herr Sohn hat nichts von mir zu fürchten – oder, wie man es vielleicht auch auffassen könnte, zu hoffen ... Wenn Sie nicht« – und nun waren ihre Augen groß, grau und klar, »überhaupt auf einer falschen Fährte sind, Frau Heinold. Denn ich, ganz aufrichtig, nun, mir ist es bisher nicht aufgefallen, daß ich auf Hugo« – sie ließ den Namen langsam auf der Zunge zergehen – »einen sonderlichen Eindruck gemacht hätte.« Und sie sah Beate unschuldsvoll ins Gesicht. Diese, dunkelrot geworden, hatte die Lippen wortlos aneinander gepreßt. »Also, was soll ich tun?« fragte Fortunata schmerzlich. »Abreisen? Ich könnte ja meinem Gatten schreiben, daß mir die Luft hier nicht zusagt. Was glauben Sie, Frau Heinold?«

Beate zuckte die Achseln. »Wenn Sie nur wirklich wollen, ich meine, wenn Sie die Güte haben wollten ... sich um meinen Sohn nicht zu kümmern, ... es wird ja nicht so schwer sein, Frau Baronin, Ihr Wort würde mir genügen.«

»Mein Wort? Bedenken Sie nicht, Frau Heinold, daß in solchen Dingen Worte und Schwüre, oh, auch von andern Frauen, als ich eine bin, sehr wenig zu bedeuten haben?«

»Sie lieben ihn ja nicht«, rief Beate plötzlich ohne alle Zurückhaltung aus. »Es wäre eine Laune, weiter nichts. Und ich bin seine Mutter. Frau Baronin, Sie werden mich einen solchen Schritt nicht vergebens haben tun lassen.«

Fortunata stand auf, sah Beate lange an und streckte ihr die Hand entgegen. Sie schien sich mit einem Male überwunden zu geben. »Ihr Herr Sohn ist von dieser Stunde an für mich nicht mehr auf der Welt«, sagte sie ernst. »Verzeihen Sie, daß ich Sie so lange auf diese – selbstverständliche Antwort habe warten lassen.«

Beate nahm ihre Hand und empfand in diesem Augenblick Sympathie, ja, eine Art von Mitleid für die Baronin. Fast fühlte sie sich versucht, mit einem Wort der Entschuldigung Abschied von ihr zu nehmen. Aber sie unterdrückte diese Regung, vermied es sogar, etwas auszusprechen, das wie ein Dank hätte klingen können und sagte nur ziemlich hilflos: »Nun, dann ist ja die Sache in Ordnung, Frau Baronin.« Und stand auf.

»Sie wollen schon gehen?« fragte Fortunata in ganz gesellschaftlichem Ton.

»Ich habe Sie lange genug aufgehalten«, erwiderte Beate ebenso.

Fortunata lächelte, und Beate kam sich etwas dumm vor. Sie ließ es zu, daß die Baronin sie bis zur Gartentür begleitete, und reichte ihr hier nochmals die Hand. »Ich danke Ihnen für Ihren Besuch«, sagte Fortunata sehr liebenswürdig und fügte hinzu: »Wenn ich in der allernächsten Zeit nicht dazu kommen sollte, ihn zu erwidern, so werden Sie es mir hoffentlich nicht übelnehmen.«

»Oh«, sagte Beate und erwiderte noch von der Straße her das freundliche Kopfnicken der Baronin, die an der Gartentüre stehengeblieben war. Unwillkürlich ging Beate rascher als sonst und hielt sich auf der ebenen Landstraße; sie konnte ja später auf den schmalen Waldpfad abbiegen, der steil und geraden Wegs zur Villa des Direktors führte. Wie steht's nun eigentlich, fragte sie sich erregt. Bin ich die Siegerin geblieben? Sie hat mir wohl ihr Wort gegeben. Ja. Aber sagte sie nicht selbst, daß Frauenschwüre nicht viel bedeuten? Nein, sie wird es nicht wagen. Sie hat ja nun gesehen, wozu ich fähig bin. Die Worte Fortunatens klangen in ihr weiter. Wie sonderbar sie nur von jenem Sommer in Holland gesprochen hatte! Wie von einem Ausruhen und Aufatmen nach einer wilden, süßen, aber wohl auch schweren Zeit. Und sie mußte sich Fortunata plötzlich vorstellen im weißen Leinenkleid über dem nackten Leib an einem Meeresstrand dahinlaufend, wie von bösen Geistern gehetzt. Es mochte nicht immer schön sein, solch ein Dasein, wie es Fortunata beschieden war. In gewissem Sinn war sie wohl, wie manche Frauen ihrer Art, innerlich zerstört, verrückt und kaum verantwortlich für das Unheil, das sie anrichtete. Nun, sie konnte ja tun, was sie wollte, nur Hugo sollte sie gefälligst in Frieden lassen. Mußte es denn gerade der sein? Und Beate lächelte, als ihr einfiel, daß man ja der Frau Baronin, als Ersatz gewissermaßen, einen eben angelangten hübschen jungen Herrn namens Fritz Weber hätte anbieten können, mit dem diese wohl auch ganz zufrieden gewesen wäre. Ja, den Antrag hätte sie ihr stellen sollen. Wahrlich, das hätte diesem kostbaren Gespräch die letzte Würze gegeben! Was es doch für Frauen gab! Was für ein Leben die führten! So daß sie von Zeit zu Zeit in holländischen Fischerdörfern sich erholen mußten. Für andere wieder war das ganze Leben solch ein holländisches Fischerdorf. Und Beate lächelte ohne rechte Heiterkeit.

Sie stand vor dem Parktor der Welponerschen Villa und trat ein. Vom Tennisplatz her, der sich ziemlich nah dem Eingang befand, durch das dünne Gesträuch, sah Beate weiße Gewänder schimmern, hörte die wohlbekannten Rufe und trat näher. Zwei Geschwisterpaare standen einander gegenüber: der Sohn und die Tochter des Hauses, neunzehn und achtzehn alt, beide dem Vater ähnlich, mit dunkeln Augen und starken Brauen, in Zügen und Gebärden die italienisch-jüdische Abstammung verratend; auf der andern Seite der Doktor Bertram und seine überschlanke Schwester Leonie, die Kinder eines berühmten Arztes, der hier im Ort seine Villa bewohnte. Beate blieb zuerst in einiger Entfernung stehen, freute sich an der kräftig-freien Bewegung der jungen Gestalten, dem scharfen Flug der Bälle und fühlte sich wohlig angeweht von dem frischen Hauch eines zwecklos holden Kampfspieles. Nach wenigen Minuten endete der Gang. Die beiden Paare, die Rakette in der Hand, begegneten einander am Netz, plaudernd blieben sie da stehen; die Mienen, früher gespannt in der Erregung des Spiels, verschwammen in einer Art von leerem Lächeln, die Blicke, die eben noch spähend dem Schwung der Bälle gefolgt waren, tauchten weich ineinander; seltsam, fast schmerzlich berührt empfand Beate, wie es nun in der früher so reinen Atmosphäre gleichsam zu dunsten und zu wetterleuchten begann, und sie mußte denken: wie wohl dieser Abend endete, wenn mit einem Male durch irgendein Wunder alle Gebote der Sitte aus der Welt geschafft wären und diese jungen Leute ohne jedes Hindernis ihren geheimen, jetzt vielleicht von ihnen selbst nicht geahnten Trieben folgen dürften? Und plötzlich fiel ihr ein, daß es ja solche gesetzlose Welten gab; daß sie selbst eben aus einer solchen emporgestiegen kam und den Duft von ihr noch in den Haaren trug. Darum nur sah sie ja heute, was ihren harmlosen Augen sonst immer entgangen war. Darum nur –? Waren jene Welten ihr einstmals nicht geheimnisvoll vertraut gewesen? War sie nicht selbst einst die Geliebte von Gesegneten und Gezeichneten ... Spiegelklaren und Rätselvollen ... von Verbrechern und Helden ...?

Sie war bemerkt worden. Man grüßte sie händewinkend; sie trat näher an das Drahtgitter heran, die andern zu ihr, und ein flüchtiges Plaudern ging hin und her. Aber es war ihr, als sähen die beiden jungen Männer sie an, wie sie noch niemals sie angesehen. Insbesondere der junge Doktor Bertram hatte eine Art von überlegenem Spott um die Lippen, ließ seine Blicke an ihr auf und ab gleiten, wie er es noch nie getan oder wie sie es noch nie bemerkt hatte. Und als sie sich verabschiedete, um doch endlich nach der Villa hinaufzugehen, nahm er scherzend durch das Drahtgitter einen ihrer Finger und drückte einen Kuß darauf, der gar nicht enden wollte. Und er lächelte frech, als dunkle Falten des Unmuts auf ihrer Stirn erschienen.

Oben auf der gedeckten, etwas zu prächtigen Terrasse fand Beate die beiden Ehepaare Welponer und Arbesbacher beim Tarockspiel. Sie gab durchaus nicht zu, daß man sich stören ließe, drückte den Direktor, der sich anschickte, die Karten hinzulegen, auf seinen Stuhl nieder, dann nahm sie Platz zwischen ihm und seiner Frau. Sie wollte dem Spiele zusehen, wie sie sagte, aber sie tat es kaum und blickte bald über die steinerne Balustrade weg zu den Bergrändern hinüber, auf denen die Sonne verglänzte. Ein Gefühl von Sicherheit und Dazugehören kam hier über sie, wie sie es bei den jungen Leuten draußen nicht empfunden hatte; – das sie beruhigte und zu gleicher Zeit traurig machte. Die Frau des Direktors bot ihr Tee an in jener etwas herablassenden Art, an die man sich immer erst gewöhnen mußte. Beate dankte; sie hätte eben erst getrunken. Eben erst? Wie viele Meilen weit lag doch das Haus mit der frechgezackten Fahne! Wie viele Stunden oder Tage lang war sie von dort bis hierher gegangen! Schatten sanken auf den Park, die Sonne von den Bergen schwand plötzlich, von der Straße unten, die hier nicht sichtbar war, drangen unbestimmte Geräusche. Beate war es mit einemmal so einsam zumute, wie es ihr in solchen Dämmerstunden auf dem Land nur sehr bald nach Ferdinands Tod und nachher nie wieder gewesen war. Auch Hugo war ihr mit einem Male ins Wesenlose entschwunden und wie unerreichbar fern. Eine wahrhaft quälende Sehnsucht nach ihm erfaßte sie, und hastig empfahl sie sich von der Gesellschaft. Der Direktor ließ es sich nicht nehmen, sie zu begleiten. Er ging mit ihr die breite Freitreppe hinab, dann wieder den Teich entlang, in dessen Mitte der Springbrunnen schlief, dann am Tennisplatz vorüber, wo die Geschwisterpaare trotz des sinkenden Abends so eifrig weiterspielten, daß sie die Vorbeispazierenden nicht bemerkten. Der Direktor warf einen trüben Blick nach jener Seite, den Beate nicht zum erstenmal an ihm gewahrte. Aber ihr war, als verstünde sie auch den heute zum erstenmal. Sie wußte, daß der Direktor mitten in seiner angestrengten und erfolgreichen Tätigkeit eines kühnen Finanzmannes von der Melancholie des Alterns angerührt war. Und während er an ihrer Seite schritt, die hohe Gestalt nur wie aus Affektation ein wenig vorgebeugt, und ein leichtes Gespräch mit ihr führte, über das wunderbare Sommerwetter und über allerlei Ausflüge, die man eigentlich unternehmen sollte und zu denen man sich doch nie entschloß, spürte Beate immer wieder, daß es sich zwischen ihm und ihr, gleich unsichtbaren Herbstfäden, hin und her spann; und in den Handkuß beim Abschied am Parktor legte er eine ritterliche Schwermut, deren Nachempfindung sie auf dem ganzen Heimweg begleitete.

Schon an der Türe teilte ihr das Dienstmädchen mit, daß Hugo und ein anderer junger Herr sich im Garten befänden, und ferner, daß die Post ein Paket gebracht hätte. Beate fand es in ihrem Zimmer liegen und lächelte befriedigt. Meinte das Schicksal es nicht gut mit ihr, daß es aus ihrer überflüssigen kleinen Lüge unversehens eine Wahrheit gemacht hatte? Oder sollte das vielleicht nur warnend bedeuten: Diesmal geht's dir noch hin? Das Paket kam von Doktor Teichmann. Es enthielt Bücher, deren Zusendung er ihr versprochen hatte: Memoiren und Briefe großer Staatsmänner und Feldherren, von Persönlichkeiten also, denen der kleine Advokat, wie Beate bekannt war, die höchste Bewunderung entgegenbrachte. Beate ließ sich vorläufig an der Betrachtung der Titelblätter genügen, legte in ihrem Schlafzimmer den Hut ab, nahm einen Schal um die Schultern und begab sich in den Garten. Unten am Zaun erblickte sie die Buben, die, ohne sie zu bemerken, ununterbrochen wie toll in die Höhe sprangen. Als Beate nähertrat, sah sie, daß beide die Röcke abgelegt hatten. Nun lief Hugo ihr entgegen und küßte sie, nach Wochen zum erstenmal, kindlich stürmisch auf beide Wangen. Fritz schlüpfte eilig in seinen Rock, verbeugte sich und küßte Beate die Hand. Sie lächelte. Es war ihr, wie wenn er jenen andern melancholischen Kuß durch die Berührung seiner jungen Lippen weghauchen wollte.

»Ja, was treibt ihr denn da?« fragte Beate.

»Kampf um die Weltmeisterschaft im Hochsprung«, erklärte Fritz.

Die hohen Ähren jenseits des Zauns bewegten sich im Abendwind. Unten lag der See mattgrau und erloschen. »Du könntest dir auch den Rock anziehen, Hugo«, sagte Beate und strich ihm zärtlich das feuchte Blondhaar aus der Stirn. Hugo gehorchte. Beate fiel es auf, daß ihr Bub gegenüber seinem Freunde etwas unelegant und knabenhaft aussah, aber es berührte sie zugleich angenehm.

»Also denk' dir, Mutter«, sagte Hugo, »der Fritz will mit dem Halb-neun-Uhr-Zug wieder nach Ischl zurück.«

»Warum denn?«

»Kein Zimmer zu kriegen, gnädige Frau. Erst in zwei, drei Tagen wird vielleicht eins frei.«

»Deswegen werden Sie doch nicht zurückfahren, Herr Fritz? Wir haben ja Platz für Sie.«

»Ich hab' ihm schon gesagt, Mutter, daß du gewiß nichts dagegen haben wirst.«

»Aber was sollte ich denn dagegen haben. Selbstverständlich übernachten Sie oben im Fremdenzimmer. Wozu haben wir's denn?«

»Gnädige Frau, ich möchte um keinen Preis Ungelegenheiten machen. Ich weiß, wie meine Mama immer außer sich ist, wenn wir in Ischl Logierbesuch kriegen.«

»Also bei uns ist das anders, Herr Fritz.«

Und man einigte sich, daß das Gepäck des jungen Herrn Weber aus dem Posthof, wo es vorläufig in Verwahrung lag, heraufgeschafft und daß er bis auf weiteres in der Mansarde wohnen sollte, wogegen Beate sich feierlich verpflichtete, ihn einfach »Fritz« ohne »Herr« zu nennen.

Beate gab im Hause die nötigen Anordnungen, hielt es für passend, die jungen Leute für einige Zeit sich selbst zu überlassen und erschien erst wieder beim Abendessen in der Glasveranda. Zum erstenmal seit vielen Tagen zeigte sich Hugo von unbefangener Lustigkeit; und auch Fritz hatte es aufgegeben, den erwachsenen jungen Herrn zu spielen. Zwei Schulbuben saßen am Tisch, die gewohntermaßen damit anfingen, ihre Professoren durchzuhecheln, um sich dann sachlich über die Aussichten des nächsten letzten Gymnasialjahres und endlich über fernere Zukunftspläne zu unterhalten. Fritz Weber, der Mediziner werden wollte, hatte, wie er erzählte, schon im verflossenen Winter einmal den Seziersaal besucht und ließ durchblicken, daß andere Gymnasiasten so gewaltigen Eindrücken kaum gewachsen sein dürften. Hugo seinerseits war seit lange entschlossen, sich der Altertumsforschung zu widmen. Er besaß eine kleine Sammlung von Antiquitäten: eine pompejanische

Lampe, ein Stückchen Mosaik aus den Thermen des Caracalla, ein Pistolenschloß aus der Franzosenzeit und dergleichen mehr. Demnächst gedachte er übrigens hier am See Grabungen anzustellen, und zwar drüben im Auwinkel, wo Reste von Pfahlbauten entdeckt worden wären. Fritz verhehlte nicht seine Zweifel hinsichtlich der Echtheit von Hugos Museumsstücken. Insbesondere jenes Pistolenschloß, das Hugo persönlich auf der Türkenschanze gefunden hatte, war ihm immer verdächtig gewesen. Beate meinte, für solchen Skeptizismus sei Fritz doch noch zu jung, worauf dieser erwiderte, das habe nichts mit dem Alter zu tun, das sei Anlage. Mein Hugo, dachte Beate, ist mir lieber als dieser frühreife Bengel. Freilich, er wird es schwerer haben. Sie sah ihn an. Seine Augen blickten in irgendeine Ferne, wohin Fritz ihm gewiß nicht folgen konnte. Beate dachte weiter: Er hat natürlich keine Ahnung, was diese Fortunata für eine Person ist. Wer weiß, was er sich einbildet. Sie ist für ihn vielleicht eine Art Märchenprinzessin, die ein böser Zauberer gefangen hält. Wie er nur dasitzt mit seinem zerstrubelten blonden Haar und der unordentlichen Krawatte. Und es ist auch noch immer sein Kindermund, der volle rote, süße Kindermund! Freilich, den hatte sein Vater auch. Immer diesen Kindermund und diese Kinderaugen. Und sie sah ins Dunkel hinaus, das über der Wiese hing, so schwer und schwarz, als sei der Wald selbst bis vors Fenster gerückt.

»Ist es erlaubt, zu rauchen?« fragte Fritz. Beate nickte, worauf Fritz eine silberne Zigarettentasche mit goldenem Monogramm zum Vorschein brachte und sie anmutig der Hausfrau darbot. Beate nahm eine Zigarette, ließ sich Feuer geben und erfuhr, daß Fritz seinen Tabak direkt aus Alexandrien beziehe. Auch Hugo rauchte heute. Es war, so gestand er, genau die siebente Zigarette seines Lebens. Fritz vermochte die seinen längst nicht mehr zu zählen. Übrigens hatte er die Dose von seinem Vater geschenkt erhalten, der glücklicherweise vorgeschrittene Ansichten hegte, und er berichtete gleich das Neueste: seine Schwester würde Matura ablegen in drei Jahren und wahrscheinlich Medizin studieren, geradeso wie er selber. Beate warf einen raschen Blick auf Hugo, der leicht errötete. War es am Ende noch die Liebe zur kleinen Elise, die er im Herzen trug –, und die an dem schmerzlich gespannten Zug um seine Lippen schuld hatte? »Könnte man nicht noch ein bißchen rudern?« fragte Fritz. »Es ist eine so schöne Nacht, und so warm.«

»Warten Sie lieber auf Mondschein«, meinte Beate. »Es ist gar zu unheimlich, in solchen schwarzen Nächten da draußen herumzufahren.

»Das find' ich auch«, sagte Hugo. Fritz zuckte verächtlich die Nasenflügel. Dann aber einigten sich die Buben dahin, daß sie zur Feier des Tags auf der Terrasse des Seehotels Eis essen wollten.

»Ihr Lumpen«, sagte Beate mit einem matten Abschiedsscherz, als sie gingen.

Dann sah sie oben in der Mansarde nach, ob alles in Ordnung wäre, und wirtschaftete ihrer Gewohnheit nach noch ein wenig im Hause herum. Endlich begab sie sich in ihr Schlafzimmer, kleidete sich aus und legte sich zu Bett. Bald hörte sie draußen Gepolter und eine Männerstimme; offenbar hatte der Lohndiener Fritzens Koffer gebracht, der nun über die Holztreppe hinaufgeschafft wurde. Dann folgte noch ein Getuschel zwischen dem Stubenmädchen und dem Lohndiener, das länger dauerte, als dringend notwendig war; endlich wurde es still. Beate nahm sich eines der heroischen Bücher aus der Teichmannschen Sendung und begann die Denkwürdigkeiten eines französischen Reitergenerals zu lesen. Aber sie war nicht recht bei der Sache, unruhig und müde zugleich. Es schien ihr, als wenn gerade die tiefe Stille ringsum sie nicht schlafen ließe. Nach geraumer Zeit hörte sie die Haustür gehen, gleich darauf leise Schritte, Flüstern, Lachen. Das waren die Buben! Über die Treppe versuchten sie möglichst geräuschlos hinaufzugelangen. Dann kam von oben ein Rücken, ein Knarren, ein Raunen; – dann wieder gedämpfte Schritte die Treppe hinab. Das war Hugo, der sich in sein Zimmer zur Ruhe begab. Und nun war alles im Hause verstummt. Beate legte das Buch zur Seite, drehte das Licht aus und schlief beruhigt, ja in einer fast beglückten Stimmung ein.

Zweites Kapitel

Nun war man endlich am Ziel. Es hatte, wie allgemein festgestellt wurde, länger gedauert, als der Baumeister berechnet hatte. Dieser widersprach. »Was hab' ich denn g'sagt? Drei Stunden vom Eichwiesenweg aus. Daß wir um neun fortgegangen sind statt um acht, dafür kann ich doch nichts.« »Aber jetzt ist's halb zwei«, bemerkte Fritz. »Ja, seine Zeitberechnungen«, sagte traurig die Baumeisterin, »die stehen einzig da.« »Wenn Damen dabei sind«, erklärte ihr Gatte, »muß man immer fünfzig Perzent draufschlagen. Auch wenn man mit ihnen einkaufen geht, das ist eine alte G'schicht'.« Und er lachte dröhnend.

Der junge Doktor Bertram, der sich seit Beginn des Ausflugs stets in der Nähe Beatens gehalten hatte, breitete seinen grünen Mantel auf die Wiese hin. »Bitte, gnädige Frau«, sagte er und wies mit einem feinen Lächeln hinab. Seine Worte und Blicke waren sehr anspielungsreich, seit er vor vierzehn Tagen durch das Gitter des Tennisplatzes Beatens Finger geküßt hatte. »Danke«, erwiderte ablehnend Beate, »ich bin versorgt.« Und, auf einen Blick von ihr, rollte Fritz den schottischen Plaid, den er auf dem Arm trug, mit kühnem Schwunge auf. Aber der Wind strich so stark über die Alm, daß der Plaid flatterte gleich einem Riesenschleier; bis ihn Beate am andern Ende erfaßte und ihn mit Fritzens Beihilfe niederbreitete.

»Da heroben weht immer so ein Lüfterl«, sagte der Baumeister. »Aber schön ist es, was?« Und mit einer großen Handbewegung wies er in die Runde.

Sie befanden sich auf einer weithin gedehnten kurzgemähten Wiese, die, gleichmäßig abfallend, die Aussicht nach allen Seiten freiließ, blickten rings um sich und schwiegen eine Weile in beifälliger Betrachtung. Die Herren hatten ihre Lodenhüte abgenommen; Hugos Haar war noch zerwühlter als sonst, die gesträubten weißen Haarspitzen des Baumeisters rührten sich, auch Fritzens wohlgepflegte Frisur litt einigen Schaden, nur Bertrams niedergekämmtem hellblonden Scheitel vermochte der Wind, der unablässig über die Höhe strich, nichts anzuhaben. Arbesbacher nannte die einzelnen Bergkuppen mit Namen, gab die verschiedenen Höhenmaße an und bezeichnete einen Felsen jenseits des Sees, der von Norden aus bisher nicht erstiegen worden sei. Doktor Bertram bemerkte, dies sei ein Irrtum; er selbst habe jene Nordwand voriges Jahr erklettert.

»Da müssen Sie aber der erste gewesen sein«, meinte der Baumeister.

»Das ist möglich«, erwiderte Bertram beiläufig und lenkte die Aufmerksamkeit sofort auf eine andere Bergspitze, die viel harmloser aussähe und an die er sich doch noch niemals herangewagt habe. Er wisse eben ganz genau, wieviel er sich zutrauen dürfe; sei durchaus nicht tollkühn und habe gegen den Tod Erhebliches einzuwenden. Das Wort Tod sprach er ganz leichthin aus, wie ein Fachmann, der es verschmäht, vor einem Laienkreis groß zu tun.

Beate hatte sich auf den schottischen Plaid hingestreckt und sah zum mattblauen Himmel auf, an dem dünne weiße Sommerwolken hinzogen. Sie wußte, daß Doktor Bertram nur für sie sprach und daß er ihr all seine interessanten Eigenschaften, Stolz und Bescheidenheit, Todesverachtung und Lebensdrang gewissermaßen zur gefälligen Auswahl vorlegte. Aber es wirkte nicht im geringsten auf sie.

Die jüngsten Teilnehmer der Partie, Fritz und Hugo, hatten in ihren Rucksäcken den Proviant mitgebracht. Leonie war ihnen beim Auspacken behilflich, auch strich sie dann die Butterbrote, damenhaft und mütterlich, nicht ohne vorher die gelben Handschuhe abgestreift und in ihren braunen Ledergürtel gesteckt zu haben. Der Baumeister entkorkte die Flaschen, Doktor Bertram schenkte ein, reichte den Damen die gefüllten Gläser und sah an Beate vorbei mit absichtlicher Zerstreutheit nach dem unbezwingbaren Gipfel jenseits des Sees. Und alle fanden es köstlich, wie sie da oben, vom Bergwind umweht, sich an belegten Butterbroten und herbem Terlaner erlaben durften. Den Schluß des Mahles bildete eine Torte, die Frau Direktor Welponer heute früh zu Beate gesandt hatte, zugleich mit der Entschuldigung, daß sie und die Ihrigen nun leider an dem Ausflug doch nicht teilnehmen könnten, auf den sie sich schon so sehr gefreut hatten. Die Absage war nicht unerwartet gekommen. Die Familie Welponer aus ihrem Park hervorzulocken, das wurde allmählich zum Problem, wie Leonie behauptete. Der Baumeister brachte in Erinnerung, daß die verehrten Anwesenden sich auf ihre Unternehmungslust am Ende auch nicht viel einbilden müßten. Wie verbrachte man denn die schöne Sommerszeit? Man lahndelte, wie er sich ausdrückte, auf den Waldwegen herum, badete im See, spielte Tennis und Tarock; aber wievieler Vorbesprechungen und Vorbereitungen hatte es bedurft, bis man sich nur endlich entschlossen hatte, wieder einmal nach langer Zeit die Almwiese zu erklimmen, was doch wirklich nur als Spaziergang gelten konnte!

Beate dachte bei sich, daß sie selbst nur ein einziges Mal hier oben gewesen war, – mit Ferdinand, vor zehn Jahren schon, in demselben Sommer also, als sie die neugebaute Villa bezogen hatten. Doch sie vermochte es gar nicht zu fassen, daß es dieselbe Wiese sein sollte, auf der sie heute ruhte: so völlig anders, weiterhingestreckt und leuchtender, hatte sie sie in der Erinnerung bewahrt. Eine sanfte Traurigkeit schlich sich in ihr Herz. Wie allein sie doch war unter all den Leuten. Was sollte ihr die Lustigkeit und das Geplauder ringsherum? Da lagen sie nun alle auf der Wiese und ließen die Gläser aneinanderklingen. Fritz rührte mit dem seinen an das Beatens; aber dann, während sie das ihre schon längst geleert hatte, hielt er das seine noch immer regungslos in der Hand und starrte sie an. Welch ein Blick! dachte Beate. Noch verzückter und durstiger als die, mit denen er mich in den letzten Tagen daheim anzustrahlen pflegt. Oder scheint es mir so, weil ich so rasch hintereinander drei Glas Wein getrunken habe? Sie streckte sich wieder der Länge nach auf ihren Plaid hin, an die Seite der Baumeisterin, die fest eingeschlafen war, blinzelte in die Luft und sah ein schmales Rauchwölkchen elegant in die Höhe steigen, – von der Zigarette Bertrams jedenfalls, den sie im übrigen nicht sehen konnte. Aber sie spürte, wie sein Blick sich ihr entlang schmeichelte bis an ihren Nacken, wo sie ihn eine Weile körperlich zu empfinden glaubte, bis sie endlich merkte, daß es ein Grashalm war, der sie kitzelte. Wie von fern klang die Stimme des Baumeisters an ihr Ohr, der den Buben von der Zeit berichtete, da dort unten die kleine Bahn noch nicht verkehrt hatte; und obwohl seither noch keine fünfzehn Jahre verstrichen waren, wußte er um diese Epoche eine Atmosphäre von grauem Altertum zu verbreiten. Unter anderem erzählte er von einem betrunkenen Kutscher, der ihn damals in den See hineingefahren und den er daraufhin beinahe totgeprügelt hatte. Dann gab Fritz eine Heldentat zum besten; im Wiener Wald hatte er jüngst einen höchst bedenklichen Kerl einfach dadurch in die Flucht gejagt, daß er in die Tasche griff, als wenn er dort seinen Revolver verwahrt hätte. Denn auf Geistesgegenwart kam es an, wie er erläuternd bemerkte, nicht auf den Revolver. »Nur schad'«, sagte der Baumeister, »daß man nicht immer eine sechsläufig geladene Geistesgegenwart bei sich hat.« Die Buben lachten. Wie kannte es Beate, dieses herzliche, doppelstimmige Lachen, an dem sie nun so oft daheim während der Mahlzeiten und in ihrem Garten sich freuen durfte: und wie recht war es ihr, daß die Buben sich so trefflich vertrugen. Neulich waren sie sogar zwei Tage lang zusammen fortgewesen, wohlausgerüstet, auf einer Tour nach den Gosauseen, als Vorbereitung für die geplante Septemberwanderung. Allerdings waren sie schon von Wien her enger befreundet, als Beate gewußt hatte. So hatte sie als eine Neuigkeit, die ihr Hugo törichterweise verschwiegen, unter anderen erfahren, daß die beiden zuweilen abends nach der Turnstunde in einem Vorstadtkaffeehaus Billard zu spielen pflegten. Aber in jedem Fall fühlte sie sich Fritz für sein Hierherkommen im Innersten dankbar. Hugo war nun wieder so frisch und unbefangen wie je, der schmerzlich gespannte Zug war von seinem Antlitz gewichen, und er dachte gewiß nicht mehr an die gefährliche Dame mit dem Pierrotgesicht und dem rotgefärbten Haar. Übrigens konnte Beate auch der Baronin das Zugeständnis nicht versagen, daß sie sich tadellos benahm. Vor ein paar Tagen erst hatte es der Zufall gefügt, daß sie auf der Galerie der Badeanstalt neben Beate stand, gerade als Hugo und Fritz, um die Wette wie gewöhnlich, aus dem offenen See herangeschwommen kamen; zugleich erwischten sie die glitschige Stiege, jeder mit einem Arm sich festhaltend, spritzten einander Wasser ins Gesicht, lachten, ließen sich sinken und tauchten erst ganz weit draußen wieder in die Höhe. Fortunata, in ihren weißen Bademantel gehüllt, hatte flüchtig zugeschaut, mit abwesendem Lächeln, wie dem Spiel von Kindern, und dann wieder über den See hingeblickt, mit verlorenen traurigen Augen, so daß Beate mit leiser Unzufriedenheit, ja, fast schuldbewußt, sich jenes merkwürdigen und immerhin etwas verletzenden Gespräches in der weißbeflaggten Villa erinnern mußte, das die Baronin selbst offenbar schon vergessen und verziehen hatte. Einmal abends, auf einer Bank am Waldesrand, hatte Beate auch den Baron gesehen, der wohl nur auf ein paar Tage zu Besuch gekommen war. Er hatte hellblondes Haar, ein bartloses durchfurchtes und doch junges Gesicht mit stahlgrauen Augen, trug einen hellblauen Flanellanzug, rauchte eine kurze Pfeife, und neben ihm auf der Bank lag seine Marinekappe. Für Beate sah er aus wie ein Kapitän, der aus fernen Landen kam und gleich wieder auf See mußte. Fortunata saß neben ihm, klein, wohlerzogen, die rötliche Nase vorgestreckt, mit müden Armen: wie eine Puppe, die der ferne Kapitän ganz nach Belieben aus dem Schrank holen und wieder hineinhängen konnte.

Dies alles ging Beate durch den Kopf, während sie auf der Almwiese lag, der Wind durch ihre Haare strich und Grashalme ihren Nacken kitzelten. Ringsum war es jetzt ganz still, alle schienen zu schlafen; nur in einiger Entfernung pfiff jemand ganz leise. Unwillkürlich mit blinzelnden Augen suchte Beate wieder nach der eleganten kleinen Rauchwolke und entdeckte sie bald, wie sie silbergrau und dünn in die Höhe stieg. Beate hob ein klein wenig den Kopf, da gewahrte sie den Doktor Bertram, der das Haupt auf beide Arme gestützt und seinen Blick angelegentlich in Beatens Halsausschnitt versenkt hatte. Er sprach übrigens auch, und es war nicht unmöglich, daß er schon eine geraume Zeit gesprochen, ja sogar, daß sein Reden Beate erst aus dem Halbschlummer erweckt hatte. Eben fragte er sie, ob sie wohl Lust verspüre zu einer wirklichen Bergpartie, zu einer ordentlichen Felsenkletterei, oder ob sie den Schwindel fürchte; es müßte übrigens nicht durchaus ein Felsen sein, auch irgendein Plateau genüge ihm vollkommen; nur höher als das hier sollte es sein, viel höher, so daß die anderen gar nicht mitkönnten. Mit ihr allein von einer Spitze ins Tal hinabzuschauen, das stellte er sich herrlich vor. Da er keine Antwort erhielt, fragte er: »Nun, Frau Beate?« – »Ich schlafe«, erwiderte Beate. – »So erlauben Sie mir, Ihr Traum zu sein, gnädige Frau«, begann er und sprach leise weiter: daß es keinen schönern Tod gäbe als durch Absturz in die Tiefe; das ganze Leben ziehe noch einmal vorbei in einer ungeheuren Klarheit, und das sei natürlich um so vergnüglicher, je mehr Schönes man vorher erlebt habe; auch fühle man nicht die geringste Angst, nur eine unerhörte Spannung, eine Art von … ja, von metaphysischer Neugier. Und er grub das ausgeglühte Zigarettenstümpfchen mit hastigen Fingern ins Erdreich ein. Im übrigen, fuhr er fort, käme es ihm nicht gerade aufs Abstürzen an, im Gegenteil. Denn er, der in seinem Berufe so viel Dunkles und Grauenhaftes schauen müsse, wisse alles Lichte und Holde des Daseins um so mehr zu schätzen. Und ob sich Beate nicht einmal den Krankenhausgarten ansehen wolle? Über dem schwebe eine ganz seltsame Stimmung; besonders an Herbstabenden. Er wohne jetzt nämlich im Krankenhaus. Und wenn Beate bei dieser Gelegenheit etwa den Tee bei ihm nehmen wollte –

»Sie sind wohl verrückt geworden«, sagte Beate, richtete sich auf und sah mit klaren Augen in die blaugoldene Helle ringsum, die die matten Berglinien aufzuzehren schien. Sonnendurchtränkt, überwach, erhob sie sich, schüttelte ihr Kleid und merkte dabei, daß sie zu Doktor Bertram ganz gegen ihren Willen wie ermutigend niederschaute. Eilig blickte sie fort, zu Leonie hin, die in einiger Ferne ganz allein stand, bildhaft, einen wehenden Schleier um ihren Kopf geschlungen. Der Baumeister und die Buben, mit untergeschlagenen Beinen auf der Wiese sitzend, spielten Karten. »Sie werden dem Hugo bald kein Taschengeld zu geben brauchen, gnä' Frau«, rief der Baumeister, »der könnt' schon heut' vom Tarock sein bescheidenes Auskommen haben.« – »Da wär' es ja ratsam«, erwiderte Beate näherkommend, »wir machten uns auf den Heimweg, ehe Sie ganz ruiniert sind.« Fritz sah zu Beate auf mit glühenden Wangen, sie lächelte ihm entgegen. Bertram, sich erhebend, ließ einen Blick zum Himmel aufsteigen und dann in kleinen Fünkchen über sie niedergehen. Was habt ihr nur alle? dachte sie. Und was hab' ich? Denn plötzlich merkte sie, daß sie die Linien ihres Körpers wie lockend spielen ließ. Hilfesuchend heftete sie den Blick auf ihres Sohnes Stirn, der eben mit leuchtendem Kindergesicht und unsäglich zerrauft sein letztes Blatt ausspielte. Er gewann die Partie und nahm vom Baumeister stolz eine Krone und zwanzig Heller in Empfang. Man rüstete zum Abmarsch, nur Frau Arbesbacher schlummerte ruhig weiter. »Laß mir's liegen«, scherzte der Baumeister. Aber in diesem Augenblick reckte sie sich auch schon, rieb sich die Augen und war schneller zum Abstieg fertig als die andern.

Zuerst ging es eine kurze Weile scharf bergab, dann beinahe eben zwischen Jungwald weiter, an der nächsten Biegung war der See zu erblicken und verbarg sich gleich wieder. Beate, die anfangs, in Hugo und Fritz eingehängt, mit ihnen vorausgelaufen war, blieb bald zurück; Leonie gesellte sich zu ihr und sprach von einer Segelregatta, die demnächst stattfinden sollte. Noch deutlich erinnerte sie sich der Wettfahrt vor sieben Jahren, bei der Ferdinand Heinold mit der »Roxane« den zweiten Preis gewonnen hatte. Die »Roxane«! Wo war denn die eigentlich? Nach so vielen Triumphen führte sie ein recht einsames und träges Leben in der Schiffshütte unten. Der Baumeister stellte bei dieser Gelegenheit fest, daß das Schifferlfahren heuer gerade so lässig betrieben werde wie jeder andere Sport. Leonie sprach die Vermutung aus, daß vom Hause Welponer irgend etwas Lähmendes rätselhaft seinen Ausgang nehme, dessen Einfluß niemand sich entziehen könne. Auch der Baumeister fand, daß die Welponers keineswegs zu einem gemütlichen Verkehr geschaffen seien, und seine Frau war der Ansicht, daß daran vor allem der Hochmut der Frau Direktor schuld sei, die es übrigens aus allerlei Gründen wahrhaftig nicht nötig habe. Das Gespräch verstummte, als an einer Wegbiegung auf einer wurmstichigen, lehnenlosen Bank plötzlich der Herr Direktor sichtbar wurde. Er erhob sich, und über seiner Piquéweste am schmalen Seidenband pendelte das Monokel. Er sei so frei gewesen, sagte er, den Herrschaften entgegenzugehen, und gestatte sich im Namen seiner Gattin, die Einladung zu einer kleinen Jause zu überbringen, die der müden Wanderer auf der schattigen Terrasse harre. Zugleich ließ er seine trüben Blicke von einem zum andern gleiten, Beate merkte, wie sie über Bertrams Antlitz sich auffallend verdunkelten, und sie wußte plötzlich, daß der Direktor auf den jungen Mann eifersüchtig war. Sie verbat sich das innerlich, als Anmaßung und Torheit zugleich. Ruhig, ohne Anfechtung wandelte sie durchs Dasein, in unbeirrter Treue jenes Einzigen denkend, dessen Stimme ihr heute noch, in der Erinnerung, hallender über die Höhe klang, als alle Stimmen Lebendiger zu klingen, dessen Blick ihr heute noch heller leuchtete, als alle Augen Lebendiger zu leuchten vermochten.

Der Direktor blieb mit Beate zurück. Er redete zuerst von den kleinen Angelegenheiten des Tages: von neu angekommenen flüchtigen Bekannten, vom Tode des Mühlbauern, der fünfundneunzig Jahre alt geworden war, von dem häßlichen Landhaus, das sich ein Salzburger Architekt drüben im Auwinkel baute, und kam wie zufällig auf jene Zeit zu sprechen, da weder seine eigne, noch die Heinoldsche Villa existiert und die beiden Familien sommerlang unten im Seehotel gewohnt hatten. Er gedachte gemeinsamer Ausflüge auf damals noch wenig begangenen Wegen, einer Segelpartie mit der »Roxane«, die gar gefährlich in Sturm und Wetter geendet, sprach von dem Einweihungsfest der Heinoldschen Villa, bei dem Ferdinand zwei seiner Kollegen unter den Tisch getrunken hatte, und endlich von der letzten Rolle Ferdinands in einem modernen, im ganzen ziemlich peinlichen Stück, worin dieser einen Zwanzigjährigen so vollendet dargestellt hatte. Was für ein unvergleichlicher Künstler war er doch gewesen, was für ein herrliches Menschenexemplar! Ein Jugendmensch durfte man wohl sagen. Ein wundervoller Gegensatz zu jener Art von Leuten, unter die er selbst sich leider rechnen müßte und die nicht geschaffen waren, sich oder andern Glück zu bringen. Und als Beate ihn fragend von der Seite ansah: »Ich, liebe Frau Beate, ich bin nämlich ein Altgeborener. Sie wissen nicht, was das heißt? Ich will versuchen, es Ihnen zu erklären. Sehen Sie, wir Altgeborenen, wir lassen im Lauf unseres Daseins gleichsam eine Maske nach der andern fallen, bis wir, als Achtzigjährige etwa, manche wohl etwas früher, der Mitwelt unser wahres Gesicht zeigen. Die andern, die Jugendmenschen, und so einer war Ferdinand«, ganz gegen seine Gewohnheit nannte er ihn beim Vornamen, »bleiben immer jung, ja Kinder, und sind daher genötigt, eine Maske nach der andern vors Gesicht zu nehmen, wenn sie unter den andern Menschen nicht allzusehr auffallen wollen. Oder sie gleitet von irgendwoher über ihre Züge und sie wissen selber gar nicht, daß sie Masken tragen, und haben nur ein wunderliches dunkles Gefühl, daß irgend etwas in der Rechnung ihres Lebens nicht stimmen kann ... weil sie sich immer jung fühlen. So einer war Ferdinand.« Beate hörte dem Direktor gespannt, aber mit innerem Widerstand zu. Es drängte sich ihr auf, daß er Ferdinands Schatten mit Absicht heraufbeschwor, als wäre er bestellt, über ihre Treue zu wachen und sie vor einer nahenden Gefahr zu warnen und zu behüten. Wahrhaftig, die Mühe konnte er sich sparen. Was gab ihm das Recht, was den Anlaß, sich in solcher Weise zum Anwalt und Schützer von Ferdinands Andenken aufzuwerfen? Was in ihrem Wesen forderte zu so verletzender Mißdeutung heraus? Wenn sie heute mit den Heitern mitzuscherzen und mitzulachen vermochte und lichte Farben trug wie früher einmal, so konnte doch darin kein Unbefangener anderes erblicken als den bescheidenen Zoll, den sie dem allgemeinen Gesetz des Weiter- und Mitlebens darzubringen schuldig war. Aber jemals Glück oder Lust zu empfinden, jemals wieder einem Manne anzugehören, an eine solche Möglichkeit konnte sie auch heute nicht ohne Widerwillen, ja ohne Grauen denken; und dieses Grauen, sie wußte es von mancher schlaflos einsamen Nacht her, durchwühlte sie nur tiefer, wenn unbestimmte Regungen der Sehnsucht durch ihr Blut rauschten und ziellos vergingen. Und wieder sah sie den Direktor, der nun schweigend an ihrer Seite einherging, flüchtig an, aber erschreckt beinahe spürte sie um ihre Lippen ein Lächeln, das aus dem Grunde ihrer Seele gekommen war, ohne daß sie es gerufen, und das untrüglich, beinahe schamlos, deutlicher als alle Worte, sprach: Ich weiß, daß du mich begehrst, und ich freue mich daran. Sie sah in seinen Augen ein Aufblitzen, wie eine heiße Frage, gleich darauf aber ein Sichbescheiden und Trübewerden. Und er richtete ein gleichgültig höfliches Wort an Frau Arbesbacher, die nur zwei Schritte vor ihnen ging, da die kleine Wandergruppe nun, da man dem Ziele sich näherte, allmählich wieder ineinandergeflossen war. Plötzlich war der junge Doktor Bertram an Beatens Seite und legte etwas in Haltung, Blick und Rede, als hätten sich auf diesem Ausflug die Beziehungen zwischen ihm und Beate enger geknüpft, und dies Ergebnis zu seinen Gunsten müßte auch von ihr empfunden und festgestellt werden. Sie aber blieb kühl und fremd, wurde fremder von Schritt zu Schritt. Und als man vor dem Gartentor der Welponerschen Villa angelangt war, erklärte sie zur allgemeinen und ein wenig auch zu ihrer eigenen Überraschung, daß sie müde sei und es vorziehe, sich nach Hause zu begeben. Man versuchte sie umzustimmen. Da aber der Direktor selbst nur ein trockenes Bedauern äußerte, drang man in sie nicht weiter. Sie ließ es dahingestellt, ob sie sich zu dem gemeinsamen Abendessen im Seehotel einfinden werde, das auf dem Wege verabredet worden war, hatte aber nichts dagegen, daß Hugo in jedem Falle daran teilnehme. »Ich werd' schon Obacht geben«, sagte der Baumeister, »daß er sich keinen Rausch antrinkt.« Beate empfahl sich. Ein Gefühl großer Erleichterung kam über sie, als sie nun den Weg nach Hause einschlug, und sie freute sich auf die paar ungestörten Stunden, die ihr gewiß waren.

Daheim fand sie einen Brief von Doktor Teichmann und verspürte ein leichtes Staunen, weniger darüber, daß der wieder ein Lebenszeichen von sich gab, als vielmehr, daß sie ihn im Laufe der letzten Zeit fast bis auf die Tatsache seiner Existenz vergessen hatte. Erst nachdem sie sich vom Staub des Tages befreit und im bequemen Hauskleid vor dem Toilettetischchen in ihrem Schlafzimmer saß, öffnete sie den Brief, auf dessen Inhalt sie durchaus nicht neugierig war. Am Beginn standen wie meistens Mitteilungen geschäftlicher Natur, denn Teichmann legte Beate gegenüber Wert darauf, vor allem als ihr Rechtsanwalt zu gelten, und mit etwas gewundenem Humor erstattete er Bericht über den Verlauf eines kleinen Prozesses, in dem es ihm gelungen war, für Beate eine unbedeutende Geldsumme zu retten. Am Schluß erwähnte er in absichtlich beiläufigem Tone, daß ihn seine Ferienwanderung auch an der Villa am Eichwiesenweg vorbeiführen werde, und wollte der Hoffnung sich nicht gänzlich verschließen, wie er schrieb, daß ihm durchs Gesträuch ein helles Kleid oder gar ein freundliches Auge entgegenleuchten und ihn zum Verweilen einladen könnte, wäre es auch nur zu einer Plauderstunde zwischen Tür und Angel. Er vergaß auch nicht Grüße beizufügen »an den biedern Baumeister und den gebieterischen Schloßherrn samt wertem Anhang«, wie er sich ausdrückte, und an die übrigen Bekannten, denen er anläßlich seines vorjährigen dreitägigen Aufenthaltes im Seehotel vorgestellt worden war. Beate empfand es als seltsam, daß ihr jenes vorige Jahr fern und wie unter einem andern Himmelsstrich ihres Lebens gelegen erschien, trotzdem sich ihr Dasein äußerlich kaum anders abgespielt hatte als in diesem Sommer. Auch an Galanterien von seiten des Direktors und des jungen Doktor Bertram hatte es nicht gefehlt. Nur daß sie selbst zwischen all den Blicken und Worten wie unberührt dahingewandelt war, ja, daß sie sie damals kaum bemerkt hatte und nun erst in der Erinnerung ihrer bewußt wurde. Dies mochte freilich auch darin seinen Grund haben, daß sie in der Stadt mit all diesen Sommerbekannten kaum einen wirklichen Verkehr pflegte; dort führte sie seit dem Tode ihres Gatten, nachdem sich der frühere Kreis der Künstler und Theaterfreunde allmählich aufgelöst hatte, ein zurückgezogenes und einförmiges Leben. Nur ihre Mutter, die in einem Vorort das alte Stammhaus nahe der einst vom Vater geleiteten Fabrik bewohnte, und einige entferntere Verwandte fanden den Weg zu ihrem stillen und wieder sehr bürgerlich gewordenen Heim; und wenn Doktor Teichmann einmal zu einer Tee- und Plauderstunde erschien, so bedeutete das für sie schon eine Zerstreuung, der sie sich, wie sie jetzt mit einiger Verwunderung inneward, geradezu entgegenfreute.

Kopfschüttelnd legte sie den Brief hin und blickte in den Garten, über den die frühe Dämmerung des Augustabends sich breitete. Das Wohlgefühl des Alleingebliebenseins war allmählich in ihr abgeflaut; und sie überlegte, ob es nicht das klügste wäre, zu Welponers oder doch später ins Seehotel zu gehen. Aber gleich drängte sie diese Regung wieder zurück, etwas beschämt, daß sie den Reizen der Geselligkeit schon so völlig verfallen und der wehmutsvolle Zauber für immer verflogen sein sollte, der sie in vergangenen Sommern zu solchen einsamen Abendstunden oft umfangen hatte. Sie nahm ein dünnes Tuch um die Schultern und begab sich in den Garten. Hier kam allmählich die ersehnte linde Trauer über sie und sie wußte im tiefsten ihrer Seele, daß sie auf diesen Wegen, wo sie so oft mit Ferdinand auf und ab spaziert war, niemals am Arme eines andern Mannes wandeln könnte. Eines aber war ihr in diesem Augenblick über alle Zweifel klar: wenn Ferdinand sie in jenen fernen Tagen beschworen hatte, ein neues Glück nicht zu verschmähen, so hatte ihm gewiß keine eheliche Verbindung mit einem Menschen von der Art des Doktor Teichmann vorgeschwebt; irgendein leidenschaftliches, wenn auch flüchtiges Liebesabenteuer hätte von jenen seligen Gefilden aus viel eher seine Zustimmung gefunden. Und mit leisem Schreck merkte sie, daß es aus ihrer Seele mit einemmal emporstieg wie ein Bild: sie sah sich selbst oben auf der Almwiese im Dämmerschein des Abends in den Armen des Doktor Bertram. Aber sie sah es nur, kein Wunsch gesellte sich bei; kühl und fern, gleich einer Gespenstererscheinung hing es in den Lüften und verging.

Sie stand am untern Ende des Gartens, die Arme über den Zaunstäben verschränkt, und blickte nach abwärts, wo die Lichter der Ortschaft blinkten. Vom See her tönte der Gesang abendlicher Kahnfahrer mit wundersamer Deutlichkeit durch die stille Luft zu ihr herauf. Neun Schläge kamen vom Kirchturm. Beate seufzte leicht, dann wandte sie sich und ging langsam quer durch die Wiese dem Hause zu. Auf der Veranda fand sie die üblichen drei Gedecke vorbereitet. Sie ließ sich vom Mädchen ihr Abendessen bringen und nahm es ohne rechte Lust zu sich im Gefühl einer nutzlos zerronnenen Traurigkeit. Noch während des Essens griff sie nach einem Buch; es waren die Denkwürdigkeiten des französischen Generals, von denen sie sich heute noch weniger gefesselt fühlte als sonst. Es schlug halb zehn; und da die Langeweile ihr immer quälender ans Herz schlich, entschloß sie sich doch noch, das Haus zu verlassen und die Gesellschaft im Seehotel aufzusuchen. Sie erhob sich, nahm über ihr Hauskleid den langen Rohseidenmantel und machte sich auf den Weg. Als sie unten am See an dem Hause der Baronin vorbeiging, fiel ihr auf, daß es völlig im Dunkel lag; und es kam ihr in den Sinn, daß sie Fortunata schon einige Tage lang nicht gesehen hatte. Ob sie mit dem fernen Kapitän abgereist war? Doch als Beate sich nachher nochmals umwandte, glaubte sie hinter den verschlossenen Läden einen Lichtschimmer zu bemerken. Was kümmerte sie das weiter? Sie achtete nicht darauf.

Auf der erhöhten Terrasse des Seehotels, dessen elektrische Bogenlampen schon verlöscht waren, im matten Schein von zwei Wandlichtern um einen Tisch gereiht, erblickte

Beate die von ihr gesuchte Gesellschaft. Aber ehe sie an den Tisch herankam, in der plötzlichen Empfindung, daß ihr Antlitz in allzu ernsten Falten lag, ordnete sie es zu einem leeren Lächeln. Sie wurde herzlich begrüßt, reichte allen der Reihe nach die Hand, dem Direktor, dem Baumeister, den beiden Frauen und dem jungen Herrn Fritz Weber. Sonst war, wie sie jetzt erst merkte, niemand anwesend. »Wo ist denn der Hugo?« fragte sie etwas beunruhigt. »Aber in dem Augenblick ist er weggegangen«, erwiderte der Baumeister. »Daß Sie ihm nicht begegnet sind«, fügte seine Frau hinzu. Unwillkürlich warf Beate einen Blick auf Fritz, der mit einem verzerrten Dummen-Jungen-Lächeln sein Bierglas hin und her drehte und offenbar absichtlich an ihr vorbeisah. Dann nahm sie Platz zwischen ihm und der Frau Direktor und, um die drohend in ihr aufsteigenden Gedanken zu übertäuben, begann sie mit übertriebener Lebhaftigkeit zu reden. Sie bedauerte sehr, daß die Frau Direktor den schönen Ausflug nicht mitgemacht hatte, fragte nach dem Geschwisterpaar Bertram und Leonie und erzählte endlich, daß sie daheim während des Abendessens in einem französischen Memoirenwerk gelesen habe, das sie fabelhaft interessiere. Sie lese überhaupt nur mehr Lebenserinnerungen und Briefe großer Männer; an Romanen und dergleichen fände sie keinen Gefallen mehr. Es stellte sich heraus, daß es den übrigen Anwesenden nicht anders erginge. »Liebesg'schichten, das ist für junge Leut'«, sagte der Baumeister, »ich mein' für Kinder, denn junge Leut' sind wir ja gewissermaßen noch alle.« Aber auch Fritz erklärte, daß er nur mehr wissenschaftliche Werke, am liebsten Reisebeschreibungen lese. Während er sprach, rückte er ganz nahe an Beate, drängte wie zufällig sein Knie an das ihre, seine Serviette fiel herab, er bückte sich, sie aufzuheben und streifte dabei zitternd Beatens Knöchel. Ja, war er denn toll, der Bub? Und er sprach weiter, erhitzt, mit glänzenden Augen: Wenn er erst Doktor sei, werde er sich bestimmt irgendeiner großen Expedition anschließen, nach Tibet vielleicht oder ins innere Afrika. Das nachsichtige Lächeln der übrigen begleitete seine Worte; nur der Direktor, Beate merkte es wohl, betrachtete ihn mit düsterm Neid. Als die Gesellschaft sich zum Heimgehen erhob, erklärte Fritz, er für seinen Teil werde noch einen einsamen Spaziergang am See unternehmen. »Einsam?« sagte der Baumeister. »Das kann man glauben oder auch nicht.« Fritz aber erwiderte, solche nächtlichen Sommerspaziergänge seien seine besondere Passion; erst neulich einmal sei er gegen ein Uhr morgens nach Hause gekommen, und zwar mit Hugo, der gleichfalls ein Freund von solchen Nachtpartien sei. Und als er einen unruhig fragenden Blick Beatens auf sich gerichtet sah, fügte er hinzu: »Es ist ganz gut möglich, daß ich dem Hugo irgendwo am Ufer begegne, wenn er nicht gar auf den See hinausgerudert ist, was auch vorzukommen pflegt.« »Das sind ja lauter Neuigkeiten«, sagte Beate mit mattem Kopfschütteln. »Ja, diese Sommernächte«, seufzte der Baumeister. »Du hast was zu reden«, bemerkte seine Gattin rätselhaft. Frau Direktor Welponer, die den andern voraus über die Stufen der Terrasse hinabging, blieb einen Augenblick stehen, blickte wie suchend zum Himmel auf und senkte dann wieder in einer seltsam hoffnungslosen Weise den Kopf. Der Direktor schwieg. Doch in seinem Schweigen bebte Haß gegen Sommernächte, Jugend und Glück.

Kaum daß sie alle unten am Ufer angelangt waren, huschte Fritz davon wie zum Spaß und verschwand im Dunkel. Beate wurde von den beiden Ehepaaren heimbegleitet. Langsam und mühselig gingen sie alle den steilen Weg bergauf. Warum ist Fritz so plötzlich davongelaufen? dachte Beate. Wird er Hugo am Ufer finden? Ist er jemals mit ihm nachts auf den See hinausgerudert? Sind sie im Einverständnis? Weiß Fritz, wo Hugo sich in diesem Augenblick befindet? Weiß er? Und sie mußte stehenbleiben, denn es war ihr, als hörte ihr Herz plötzlich zu schlagen auf. Als wüßte ich nicht selber, wo Hugo ist. Als wenn ich es nicht schon seit Tagen wüßte! »Wär' halt gut«, sagte der Baumeister, »wenns' da herauf eine Drahtseilbahn anlegen möchten.« Er hatte seiner Frau den Arm gereicht, was er, soweit sich Beate erinnerte, sonst nie zu tun pflegte. Der Direktor und seine Gattin gingen nebeneinander, in gleichem Schritt, gebeugt und stumm. Als Beate vor ihrer Tür stand, wußte sie mit einemmal den Grund, warum Fritz sich unten davongestohlen. Er hatte es vermeiden wollen, zur Nachtzeit im Angesicht all der andern mit ihr allein in der Villa zu verschwinden. Und sie empfand Dankbarkeit gegenüber der ritterlichen Klugheit des jungen Mannes. Der Direktor küßte Beate die Hand. Was immer dir begegnen mag, so zitterte es jetzt in seinem Schweigen, ich werde es verstehen und du wirst einen Freund an mir haben. – Laß mich in Frieden, erwiderte Beate wortlos wie er. Die beiden Ehepaare trennten sich voneinander. Der Direktor und seine Frau verloren sich mit sonderbarer Hast in das Dunkel, darin Wald, Berg und Himmel verrannen. Arbesbachers nahmen den Weg nach der andern Seite, wo die Gegend freier lag und über gelinden Höhen die sternblaue Nacht sich spannte.

Als die Türe sich hinter ihr geschlossen hatte, dachte Beate: Soll ich in Hugos Zimmer nachsehen? Wozu? Ich weiß ja doch, daß er nicht zu Hause ist. Ich weiß, er ist dort, wo früher das Licht hinter den geschlossenen Läden hervorschimmerte. Und es fiel ihr ein, daß sie jetzt eben im Heimgehen wieder an jenem Hause vorbeigekommen und daß es ihr ein Haus im Dunkel gewesen war, wie andere auch. Aber sie zweifelte nicht mehr, daß ihr Sohn zu dieser Stunde in der

Villa weilte, an der sie gedankenlos und doch ahnungsvoll vorbeigegangen war. Und sie wußte auch, daß sie selbst daran die Schuld trug. Sie, ja sie allein: denn sie hatte es geschehen lassen. Mit jenem Besuch bei Fortunata hatte sie sich eingebildet, aller mütterlichen Pflichten auf einmal ledig zu werden, von da an hatte sie's gehen lassen, wie es ging; – aus Bequemlichkeit, aus Müdigkeit, aus Feigheit nichts sehen, nichts wissen, nichts denken wollen. Hugo war bei Fortunata in dieser Stunde, und nicht zum erstenmal. Ein Bild erstand in ihr, das sie erschauern machte, und sie verbarg ihr Gesicht in den Händen, als könnte sie's auf diese Weise verscheuchen. Langsam öffnete sie die Tür zu ihrem Schlafzimmer. Eine Trauer umfing sie, als hätte sie eben von etwas Abschied genommen, das niemals wiederkommen konnte. Vorbei war die Zeit, da ihr Hugo ein Kind, ihr Kind gewesen war. Nun war er ein junger Mann, einer, der sein eigenes Leben lebte, von dem er der Mutter nichts mehr erzählen durfte. Nie mehr wird sie ihm die Wangen, die Haare streicheln, nie mehr die süßen Kinderlippen küssen können wie einst. Nun erst, da sie auch ihn verloren hatte, war sie allein.

Sie saß auf dem Bett und begann langsam sich zu entkleiden. Wie lange wird er ausbleiben? Wohl die ganze Nacht. Und im Morgengrauen, sehr leise, um die Mutter nicht aufzuwecken, wird er sich durch den Gang in sein Zimmer schleichen. Wie oft schon mag es geschehen sein? Wie viele Nächte ist er schon bei ihr gewesen? Viele schon? Nein – viele nicht. Ein paar Tage ist er doch sogar über Land gewandert. Ja, wenn er die Wahrheit gesprochen hat! Aber er spricht ja die Wahrheit nicht mehr. Schon lange nicht. Im Winter spielt er Billard in Vorstadtkaffeehäusern, und wo er sich sonst noch herumtreiben mag, wer kann das wissen? Und mit einemmal trieb ein Gedanke ihr das Blut rascher in die Adern: Ist er am Ende schon damals Fortunatens Geliebter gewesen? An dem Tag, da sie unten in der Villa am See ihren lächerlichen Besuch gemacht hat? Und die Baronin hat ihr nur eine erbärmliche Komödie vorgespielt und hat dann mit Hugo, Herz an Herzen mit ihm, über sie gespottet und gelacht? Ja ... auch das war möglich. Denn was wußte sie heute noch von ihrem Buben, der in den Armen einer Dirne zum Mann geworden war. Nichts ... nichts.

Sie lehnte sich an die Brüstung des offenen Fensters, blickte in den Garten und über ihn weg zu den finsteren Berggipfeln am jenseitigen Ufer. Scharf umrissen ragte der eine dort, den nicht einmal der Doktor Bertram sich zu ersteigen traute. Wie kam es nur, daß der nicht unten im Seehotel gewesen war? Hätte er geahnt, daß sie doch noch hinkommen würde, so hätte er gewiß nicht gefehlt. War es nicht seltsam, daß man sie noch begehrte, sie, die schon die Mutter eines Sohnes war, der seine Nächte bei einer Geliebten verbrachte? Warum seltsam? Sie war so jung, jünger vielleicht, als jene Fortunata war. Und mit einem Male, quälend deutlich und doch mit einer schmerzlichen Lust, vermochte sie unter ihrer leichten Hülle die Umrisse ihres Körpers zu fühlen. Ein Geräusch draußen auf dem Gang machte sie zusammenfahren. Sie wußte, das war Fritz, der jetzt nach Hause kam. Wo mochte der bis jetzt herumgelaufen sein? Hatte der am Ende auch sein kleines Abenteuer hier am Ort? Sie lächelte trüb. Der wohl nicht. Er war ja sogar ein bißchen verliebt in sie. Kein Wunder am Ende. Sie war ja gerade in den Jahren, um so einem grünen Jungen zu gefallen. Er hatte wohl seine Sehnsucht draußen in der Nachtluft kühlen wollen; und es tat ihr ein wenig leid für ihn, daß der Himmel heute gar so schwer und dunstend über dem See hing. Und plötzlich erinnerte sie sich einer solchen dumpfen Sommernacht aus längst vergangener Zeit, einer, in der ihr Gatte sie, die Widerstrebende, aus dem sanften Geheimnis des Ehegemachs mit in den Garten gezogen hatte, um dort, im nachtschwarzen Schatten der Bäume, Brust an Brust gedrängt, wilde Zärtlichkeiten mit ihr zu tauschen. Sie dachte auch des kühlen Morgens wieder, da tausend Vogelstimmen sie zu einer süßen schweren Traurigkeit erweckt hatten, und sie erschauerte. Wo war dies alles hin? War es nicht, als hätte der Garten, in den sie da hinausblickte, die Erinnerung jener Nächte besser bewahrt als sie selbst und vermöchte in irgendeiner wundersamen Art sie an Menschen zu verraten, die ins Stumme hineinzulauschen verstanden? Und ihr war, als stünde die Nacht selbst draußen im Garten, gespenstisch und rätselvoll, ja als hätte jedes Haus, jeder Garten seine eigene Nacht, die eine ganz andere, tiefere und vertrautere war als das besinnungslose blaue Dunkel, das sich im Unfaßbaren weit oben über die schlafende Welt spannte. Und die Nacht, die ihr gehörte, die stand heute voll von Geheimnissen und Träumen da draußen vor dem Fenster und starrte ihr mit blinden Augen ins Gesicht. Unwillkürlich, die Hände wie abwehrend vorgestreckt, trat sie ins Zimmer zurück, dann wandte sie sich ab, ließ die Schultern sinken, trat vor den Spiegel und begann ihre Haare zu lösen. Mitternacht mußte vorüber sein. Sie war müde und überwach zugleich. Was half alles Überlegen, alles Erinnern, alles Träumen, was alles Fürchten und Hoffen? Hoffen? Wo gab es noch eine Hoffnung für sie? Wieder trat sie zum Fenster hin und verschloß sorgfältig die Läden. Auch von hier aus schimmert's in die Nacht hinaus, in meine Nacht, dachte sie flüchtig. Sie versperrte die Türe, die auf den Gang führte, dann, nach alter vorsichtiger Gewohnheit, öffnete sie die Türe zu dem kleinen Salon, um einen Blick hineinzuwerfen. Erschrocken fuhr sie zurück. Im Halbdunkel, aufrecht in der Mitte des Zimmers stehend, gewahrte sie eine männliche Gestalt. »Wer ist da?« rief sie. Die Gestalt bewegte sich heran, Beate erkannte Fritz. »Was fällt Ihnen ein?« sagte sie. Er aber stürzte auf sie zu und ergriff ihre beiden Hände. Beate entzog sie ihm: »Sie sind ja nicht bei sich.« »Verzeihen Sie, gnädige Frau«, flüsterte er, »aber ich ... ich weiß nicht mehr, was ich tun soll.« »Das ist sehr einfach«, erwiderte Beate, »schlafen gehen.« Er schüttelte den Kopf. »Gehen Sie, gehen Sie doch«, sagte sie, ging in ihr Zimmer zurück und wollte die Tür hinter sich schließen. Da fühlte sie sich leise und etwas ungeschickt am Halse berührt. Sie zuckte zusammen, wandte sich unwillkürlich wieder um, streckte den Arm aus, wie um Fritz zurückzustoßen, er aber faßte ihre Hand und drückte sie an die Lippen. »Aber Fritz«, sagte sie milder, als es ihre Absicht gewesen war. – »Ich werde ja verrückt«, flüsterte er. Sie lächelte. »Ich glaube, Sie sind es schon.« – »Ich hätte hier die ganze Nacht gewacht«, flüsterte er weiter, »ich habe ja nicht geahnt, daß Sie diese Tür noch öffnen werden. Ich wollte nur hier sein, gnädige Frau, hier in Ihrer Nähe.« – »Jetzt gehen Sie aber sofort in Ihr Zimmer. Ja, wollen Sie? Oder Sie machen mich wirklich böse.« – Er hatte ihre beiden Hände an seine Lippen geführt. »Ich bitte Sie, gnädige Frau.« – »Machen Sie keine Dummheiten Fritz! Es ist genug! Lassen Sie meine Hände los. So. Und nun gehen Sie.« Er hatte ihre Hände sinken lassen und sie fühlte den warmen Hauch seines Mundes um ihre Wangen. »Ich werde verrückt. Ich bin ja schon neulich in dem Zimmer hier gewesen.« – »Wie?« – »Ja, die halbe Nacht, bis es beinahe licht geworden ist. Ich kann nichts dafür. Ich möchte immer in Ihrer Nähe sein.« – »Reden Sie nicht so dummes Zeug.« Er stammelte wieder: »Ich bitte Sie, gnädige Frau Beate – Beate – Beate.« – »Nun ist's aber genug. Sie sind ja wirklich – was fällt Ihnen denn ein? Soll ich rufen? Aber um Gottes willen! Denken Sie doch – Hugo!« – »Hugo ist nicht zu Haus. Es hört uns niemand.« Ganz flüchtig zuckte wieder ein brennender Schmerz in ihr auf. Dann ward sie plötzlich mit Beschämung und Schreck inne, daß sie über Hugos Fernsein froh war. Sie fühlte Fritzens warme Lippen an den ihren, und eine Sehnsucht stieg in ihr auf, wie sie sie noch niemals, auch in längst vergangenen Zeiten nicht, empfunden zu haben glaubte. Wer kann es mir übelnehmen? dachte sie. Wem bin ich Rechenschaft schuldig? Und mit verlangenden Armen zog sie den glühenden Buben an sich.

Drittes Kapitel

Als Beate aus dem Dunkel des Waldesschattens unter den freien Himmel trat, dehnte sich der Kiesweg sonnenweiß und brennend vor ihr hin, und fast bedauerte sie, daß sie die Villa Welponer so früh am Nachmittag verlassen hatte. Aber da die Hausfrau gleich nach aufgehobener Tafel zum gewohnten Schlummer, und Sohn und Tochter ohne weitere Erklärung verschwunden waren, hätte Beate mit dem Direktor allein zurückbleiben müssen, was sie nach den Erfahrungen der letzten Tage auf alle Fälle vermeiden wollte. Seine Bemühungen um ihre Gunst waren allzu offenbar geworden, ja, gewisse Andeutungen von seiner Seite ließen Beate vermuten, daß er bereit wäre, sich ihr zuliebe von Frau und Kindern zu trennen; – wenn nicht gar eine Verbindung mit Beaten ihm vor allem andern die ersehnte Flucht aus unleidlich gewordenen häuslichen Verhältnissen bedeuten sollte. Denn mit ihrem in der letzten Zeit fast schmerzlich geschärften Blick für menschliche Beziehungen hatte Beate wohl erkannt, daß jene Ehe im tiefsten unterwühlt war und daß irgendeinmal unerwartet, ja ohne äußeren Anlaß, ein

Zusammenbruch erfolgen könnte. Öfters schon war ihr die übergroße Vorsicht aufgefallen, mit der die Gatten das Wort aneinander zu richten pflegten, als könnte der bebende Groll, der um die harten Mundfalten der beiden alternden Menschen zu lauern schien, jeden Augenblick in bösen, nie wieder gut zu machenden Worten sich entladen; aber erst das Unglaubliche und noch immer nicht Geglaubte, das Fritz ihr in der verflossenen Nacht erzählt hatte, das Gerücht von einer Liebesbeziehung, die einst zwischen der Frau des Direktors und Beatens verstorbenem Gatten bestanden haben sollte, ließ sie den Ursachen einer so schweren Zerrüttung mit wirklicher Anteilnahme nachsinnen. Und war ihr auch jenes Gerücht noch heute während des Mittagmahls, da gleichgültig-harmlose Gespräche über den Tisch hin und her gingen, völlig unsinnig erschienen, so begannen jetzt, da sie allein auf dem Wiesenweg heimwärts schritt, durch die flimmernde Sommerluft, aus deren Gluthauch sich alles Lebendige in den Schatten verschlossener Stuben geflüchtet zu haben schien, Fritzens unzarte Andeutungen lebhaft und peinigend in ihr nachzuwirken. Warum, fragte sie sich, hat er davon gesprochen, und warum erst in dieser Nacht? War es Rache gewesen, weil sie ihn, da er am Morgen zu seinen Eltern nach Ischl fahren sollte, halb scherzhaft gebeten hatte, lieber gleich dort zu bleiben, als heute abend, wie seine Absicht war, wieder zurückzukehren? War die eifersüchtige Ahnung in ihm erwacht, daß er bei all seinem Jugendreiz nicht *mehr* für sie bedeutete als einen hübschen frischen Knaben, den man ohne weiteres nach Hause schicken konnte, wenn das Spiel zu Ende war? Oder hatte er nur seiner Neigung zu indiskretem Geschwätz nachgegeben, die sie ihm manchmal schon verweisen mußte, so neulich erst, als er Lust zeigte, von Hugos Stelldichein mit Fortunaten des näheren zu berichten? Oder war das Gespräch zwischen

Fritzens Eltern, das er kürzlich erlauscht haben wollte, gar nur eine Erfindung seines phantasievollen Kopfes, wie sich ja auch sein Besuch im Seziersaal, den er am Tage seiner Ankunft geschildert, neuerdings als eitel Prahlerei herausgestellt hatte? Aber, selbst angenommen, er hätte von dem Gespräch seiner Eltern im guten Glauben erzählt, konnte er es nicht falsch gehört oder falsch gedeutet haben? Diese letzte Vermutung hatte um so größere Wahrscheinlichkeit für sich, als zu Beaten bisher von jenem Gerücht auch nicht der leiseste Hauch gedrungen war.

In solchen Gedanken war Beate vor ihrer Villa angelangt. Da Hugo angeblich einen Ausflug unternommen und das Mädchen ihren freien Sonntag hatte, fand sich Beate allein zu Hause. In ihrem Schlafzimmer entkleidete sie sich, und einer dumpfen Müdigkeit nachgebend, die nun in diesen Nachmittagsstunden oft über sie kam, streckte sie sich auf ihr Bett hin. Des Alleinseins, der Stille, des sehr gedämpften Lichts mit Bewußtsein genießend, lag sie eine Zeitlang mit offenen Augen da. In dem schiefgestellten Ankleidespiegel ihr gegenüber, in verschwommenen Umrissen, erschien das lebensgroße Brustbild ihres verstorbenen Gatten, so wie es über ihrem Lager hing. Doch deutlich sah sie nur einen mattroten Fleck hervortreten, von dem sie wußte, daß er die Nelke im Knopfloch vorstellte. In der ersten Zeit nach Ferdinands Tod hatte dieses Bild für Beate ein seltsam eigenes Leben weitergeführt. Sie hatte es lächeln oder trübe blicken, heiter oder schwermütig gesehen; ja manchmal war ihr gewesen, als spräche aus den gemalten Zügen in geheimnisvoller Weise Gleichgültigkeit oder Verzweiflung über den eigenen Tod. Im Lauf der Jahre war es freilich stumm und verschlossen worden; blieb eine gemalte Leinwand und nicht mehr. Heute aber, in dieser Stunde, schien es wieder leben zu wollen. Und ohne daß es Beate im Spiegel scharf zu sehen vermochte, war ihr doch, als sendete es einen spöttischen Blick über sie hin, und Erinnerungen wachten in ihr auf, die, harmlos oder gar heiter bisher, sich mit neuen, höhnischen Gebärden vor ihre Seele drängten. Und statt der Einen, auf die ihr Verdacht gelenkt worden war, zog eine ganze Reihe von Frauen an ihr vorüber, die, zum Teil bis auf die Gesichtszüge vergessen, vielleicht alle, wie sie mit einem Male denken mußte, Ferdinands Geliebte gewesen waren, – Verehrerinnen, die sich Autogramme und Photographien geholt, junge Künstlerinnen, die Unterricht bei ihm genommen, Damen der Gesellschaft, in deren Salon er und Beate verkehrt hatten, Kolleginnen, die auf der Bühne als Gattinnen, Bräute, Verführte ihm in die Arme gesunken waren. Und sie fragte sich, ob es nicht sein Schuldbewußtsein gewesen war, das, ohne ihn weiter sonderlich zu bedrücken, ihn doch mit so weise scheinender Milde gegen Treulosigkeiten Beatens erfüllte, die sie später etwa an seinem Andenken verüben mochte. Und mit einem Male, als hätte er die nutzlos unbequeme Maske abgeworfen, die er als Lebendiger und Toter lange genug getragen, stand er mit seiner roten Knopflochnelke vor ihrer Seele als ein geckischer Komödiant, dem sie nichts gewesen war als die tüchtige Hausfrau, die Mutter seines Sohnes und ein Weib, das man eben manchmal wieder umarmte, wenn es in lauer Sommernacht der matte Zauber des Nebeneinanderseins so fügen wollte. Und so wie sein Bild war ihr mit einem Male auch seine Stimme unbegreiflich verändert. Sie schwang nicht mehr in dem edeln Hall, der ihr noch in der Erinnerung herrlicher tönte als die Stimme aller Lebendigen; sie klang leer, affektiert und falsch. Doch plötzlich, erschreckt und aufatmend zugleich, ward ihr bewußt, daß es wirklich nicht seine Stimme war, die eben in ihrer Seele klang, sondern die eines andern, eines, der neulich sich unterfangen, hier in ihrem

Hause sich unterfangen hatte, Organ, Tonfall und Gebärden ihres verstorbenen Gatten nachzuäffen.

Sie richtete sich im Bette auf, stützte den Arm auf die Polster und starrte entsetzt in das Dämmer des Gemachs. Jetzt erst in der völligen Ungestörtheit dieser Stunde trat ihr jenes Geschehnis in seiner ganzen Ungeheuerlichkeit vor die Seele. Vor acht Tagen war es gewesen, an einem Sonntag wie heut, sie war im Garten gesessen in Gesellschaft ihres Sohnes und – mit verzerrten Lippen dachte sie das Wort – ihres Geliebten; da war mit einemmal ein junger Mensch erschienen, groß, brünett, mit blitzenden Augen, im Touristenanzug, mit grüngelbroter Krawatte, – den sie nicht erkannte, ehe die freudige Begrüßung durch die beiden anderen jungen Leute ihr zu Bewußtsein brachte, daß Rudi Beratoner vor ihr stand, derselbe, der im vergangenen Winter Hugo ein paarmal besucht hatte, um Bücher von ihm zu leihen, und von dem sie wußte, daß er einer von den zweien war, die nach Hugos Bericht eine Frühjahrsnacht im Prater mit leichtsinnigen Frauenzimmern durchschwärmt hatten. Er kam heute geradeswegs aus Ischl, wo er Fritz im Hause von dessen Eltern vergeblich gesucht hatte, und man behielt ihn natürlich zum Mittagessen da. Er gab sich lustig, überlaut, zeigte sich besonders unermüdlich im Erzählen von Jagdgeschichten und Anekdoten aller Art, und die beiden jüngeren Kameraden, die seiner Frühreife gegenüber einen fast knabenhaften Eindruck machten, sahen in Bewunderung zu ihm auf. Auch zeigte er eine Trinkfestigkeit, die über seine Jahre ging. Da die Freunde ihm nicht nachstehen wollten, und sogar Beate sich verlocken ließ, mehr zu trinken als gewöhnlich, wurde die Stimmung bald ungezwungener, als sonst in diesem Hause üblich war. Beaten, die sich durch das bei aller Lustigkeit ihr gegenüber durchaus respektvolle Benehmen des Gastes angenehm berührt, ja dafür dankbar fühlte, erging es übrigens, wie manchmal in diesen Tagen, daß alles, was in der letzten Zeit geschehen war und an dessen Wirklichkeit sie nicht zweifeln konnte, ihr irgendwie als Traum oder doch als etwas wieder Gutzumachendes erschien. Es kam ein Augenblick, da sie, wie oft in früherer Zeit, den Arm um Hugos Schultern geschlungen hielt und mit den Fingern in seinen Haaren spielte, zu gleicher Zeit aber Fritz zärtlich lockend in die Augen sah und dabei über sich und die Welt sonderbar gerührt war. Später merkte sie, daß Fritz mit Rudi Beratoner angelegentlich flüsterte und ihm zu irgend etwas dringend zuzureden schien. Sie fragte wie scherzend, was denn die jungen Herren miteinander für gefährliches Zeug zu tuscheln hätten; Beratoner wollte mit der Sprache nicht heraus, Fritz aber erklärte, es sei nicht einzusehen, warum man nicht davon reden sollte; die Tatsache sei ja allgemein bekannt, daß Rudi Schauspieler vortrefflich zu kopieren verstehe, nicht nur die lebendigen, sondern auch die – Nun aber stockte er. Doch Beate, im tiefsten erregt und schon in leichtem Rausch, wandte sich hastig an Rudi Beratoner, und etwas heiser fragte sie: »Da können Sie also auch Ferdinand Heinold kopieren?« Sie nannte den berühmten Namen, als gehöre er einem Fremden zu. Beratoner wollte es nicht Wort haben. Er begreife den Fritz überhaupt nicht, früher einmal habe er solche Späße getrieben, aber jetzt schon lange nicht mehr; auch habe er Stimmen, die er seit Jahren nicht gehört, selbstverständlich nicht mehr im Ohr, und wenn es schon sein müßte, so wollte er doch lieber irgendein Couplet in der Art eines beliebigen Komikers singen. Aber Beate ließ die Ausflüchte nicht gelten. Sie fühlte nichts anderes mehr als den Wunsch, die Gelegenheit nicht ungenützt vorübergehen zu lassen. Sie zitterte vor Verlangen, die geliebte Stimme, wenigstens im Abglanz, wieder zu hören. Daß dies Verlangen etwas Lästerliches bedeuten könnte, kam ihr im Nebel dieser Stunde kaum zu Bewußtsein. Endlich ließ Beratoner sich erbitten. Und klopfenden Herzens hörte Beate zuerst Hamlets Monolog »Sein oder Nichtsein« in Ferdinands heroischem Tonfall durch die freie Sommerluft klingen, dann Verse aus dem Tasso, dann irgendwelche längst vergessene Worte aus einem längst vergessenen Stück; hörte das Aufdröhnen und Hinschmelzen jener heißgeliebten Stimme und trank sie geschlossenen Auges wie ein Wunder in sich ein, bis es plötzlich, noch immer wie mit Ferdinands Organ, aber jetzt in seinem wohlbekannten Alltagston hart an ihrem Ohr erklang: »Grüß Gott, Beate!« Da riß sie, tief erschrocken, die Augen auf, sah hart vor sich ein frech verlegenes Gesicht, um dessen Lippen noch einen vergehenden Zug, der gespenstisch an Ferdinands Lächeln mahnte, begegnete einem irren Blick Hugos, einem dumm-traurigen Grinsen um Fritzens Mund und hörte sich selbst wie aus weiter Ferne ein höfliches Wort der Anerkennung an den vortrefflichen Stimmkopisten richten. Das Schweigen, das nun folgte, war dunkel und lastend; sie ertrugen es alle nicht lang, und gleich wieder schwirrten gleichgültig lustige Worte von Sommerwetter und Ausflugsfreuden hin und her. Beate aber erhob sich bald, zog sich in ihr Zimmer zurück, wo sie verstört in ihren Fauteuil sank und dann in einen Schlaf fiel, aus dem sie nach kaum einer Stunde, doch wie aus abgrundtiefer Nacht, emportauchte. Als sie später in den abendkühlen Garten trat, waren die jungen Leute fortgegangen, kehrten sehr bald ohne Rudi Beratoner wieder, von dem sie mit deutlicher Absicht kein Wort mehr sprachen; und es war für Beate ein leiser Trost, wie der Sohn und der Geliebte durch besonders rücksichtsvolles und zartes Benehmen den quälenden Eindruck von heute nachmittag zu verwischen trachteten.

Und jetzt, da Beate in der Dämmerstille einer einsamen

Stunde sich der wahren Stimme ihres Gatten erinnern wollte, gelang es ihr nicht. Immer wieder war es die Stimme jenes unwillkommenen Gastes, die in ihr erklang; und tiefer noch als bisher ward ihr bewußt, eine wie schwere Versündigung sie an dem Toten begangen, schlimmer als irgendeine, die er selbst bei Lebzeiten ihr zugefügt haben konnte; feiger und unsühnbarer als Untreue und Verrat. Er verweste in dunkler Erdentiefe, und seine Witwe ließ es geschehen, daß dumme Buben seiner spotteten, des wundervollen Mannes, der sie geliebt hatte, sie ganz allein, trotz allem, was sich ereignet haben mochte, sowie sie keinen andern geliebt hatte als ihn und keinen andern lieben würde. Jetzt wußte sie's erst, seit sie einen Geliebten hatte. Einen Geliebten! ... Oh, wenn er doch niemals wiederkehrte, der ihr Geliebter war! – Wenn er doch für immer fort wäre aus ihren Augen und aus ihrem Blut, und sie wohnte wieder allein mit ihrem Hugo in dem holden Sommerfrieden ihrer Villa wie früher. Wie früher? Und wenn Fritz nicht mehr da ist, wird sie denn darum ihren Sohn wieder haben? Hat sie überhaupt noch ein Recht, es zu erwarten? Hat sie sich denn in der letzten Zeit um ihn gekümmert? War sie nicht vielmehr froh gewesen, daß er seine eigenen Wege ging? Und es fiel ihr ein, wie sie neulich auf einem Spaziergange mit dem Ehepaar Arbesbacher ihren Sohn kaum hundert Schritte weit am Waldesrand in Gesellschaft von Fortunata, Wilhelmine Fallehn und einem fremden Herrn erblickt hatte; und sie – sie hatte sich kaum geschämt, nur angelegentlich mit ihren Begleitern weiter gesprochen, damit diese Hugo nicht bemerkten. Und am Abend desselben Tags, gestern – ja gewiß war es erst gestern gewesen, wie unbegreiflich dehnte sich doch die Zeit! – hatte sie am Seeufer Fräulein Fallehn und jenen fremden Herrn getroffen, der mit seinem schwarzen glänzenden Haar, den blitzend weißen Zähnen, dem englisch gestutzten Schnurrbart, seinem Rohseidenanzug und seinem knallroten Seidenhemd für sie wie ein Kunstreiter, ein Hochstapler oder ein mexikanischer Millionär aussah. Da Wilhelmine zum Gruß mit ihrem unerschütterlich tiefen Ernst den Kopf neigte, hatte auch er seinen Strohhut abgenommen, die Zähne blitzen lassen und Beate mit einem frechen lachenden Blick gemustert, der sie noch in der Erinnerung erröten machte. Welch ein Paar, diese beiden! Sie traute ihnen alle Laster und alle Verbrechen zu. Und das waren die Freunde der Fortunata, das die Leute, mit denen ihr Sohn jetzt spazieren ging und Verkehr pflegte. Beate schlug die Hände vors Gesicht, stöhnte leise und flüsterte vor sich hin: Fort, fort, fort! Sie sprach das Wort aus, ohne noch recht zu wissen, wohin es deutete. Erst allmählich fühlte sie seinen ganzen Sinn und ahnte, daß es vielleicht die Rettung für sie und Hugo in sich schloß. Ja, sie mußten fort, sie beide, Mutter und Sohn, und so rasch als möglich. Sie mußte ihn mit sich nehmen – oder er sie. Beide mußten sie den Ort verlassen, ehe sich irgend etwas ereignet, das nicht wieder gut zu machen war, ehe der Mutter Ruf vernichtet, ehe des Sohnes Jugend völlig verderbt, ehe das Schicksal über sie beide zusammengeschlagen war. Noch war es ja Zeit. Von ihrem eigenen Erlebnis wußte noch niemand; sie hätte es sonst irgendwie, zumindest am Benehmen des Baumeisters, merken müssen. Und auch das Abenteuer ihres Sohnes war gewiß noch nicht bekannt geworden. Und wenn, so würde man's dem unerfahrenen Knaben nachsehen; und auch der bisher so sorglosen Mutter durfte man keinen Vorwurf machen, falls sie nur, als hätte sie's eben erst entdeckt, mit dem Sohne die Flucht ergriffe. Also zu spät war es nicht. Die Schwierigkeit lag anderswo: darin, den Sohn zu einer so plötzlichen Abreise zu überreden. Beate ahnte ja nicht, wie weit die Macht der Baronin über Hugos

Herz und Sinne reichen mochte. Sie wußte nichts, nichts von ihm, seit sie sich um ihre eigenen Liebschaften zu kümmern hatte. Aber daß sein Abenteuer mit Fortunata nicht zu ewiger Dauer bestimmt war, darüber konnte er sich doch nicht täuschen, klug wie er war, und so würde er wohl einsehen, daß es auf ein paar Tage mehr oder weniger nicht ankäme. Und sie richtete in Gedanken ihre Worte an ihn: Wir wollen ja nicht gleich nach Wien fahren! Oh, davon ist keine Rede, mein Bub. Wir reisen nach dem Süden, ja? Das haben wir ja schon lange vorgehabt. Nach Venedig, nach Florenz, nach Rom. Denk dir nur, die alten Kaiserpaläste wirst du sehen! Und die Peterskirche! ... Hugo! Gleich morgen fahren wir fort. Du und ich ganz allein. Wieder so eine Reise, wie vor zwei Jahren im Frühling. Erinnerst du dich? Mit dem Wagen über Mürzsteg nach Mariazell. War das nicht schön? Und diesmal wird es noch viel schöner sein. Und wenn's dir zuerst auch ein bißchen schwer wird, o Gott, ich weiß ja, ich frag dich ja nicht, und du mußt mir gar nichts erzählen. Aber wenn du so vieles Schöne und Neue siehst, so wirst du vergessen. Sehr schnell wirst du vergessen. Viel schneller, als du ahnst. – Und du, Mutter, du? – Es kam ganz tief aus ihr mit Hugos Stimme. Sie fuhr zusammen. Und sie nahm rasch die Hände von den Augen, wie um sich zu vergewissern, daß sie allein war. Ja, sie war es. Ganz allein im Haus, in dem dämmerigen Zimmer; draußen atmete schwer und schwül der Sommertag, niemand konnte sie stören. Sie hatte Ruhe und Zeit zu überlegen, was sie ihrem Sohne sagen sollte. Und das war gewiß: eine Erwiderung, wie ihre erregten Sinne sie ihr vorgetäuscht hatten, brauchte sie nicht zu fürchten. »Und du, Mutter?« Das konnte er sie nicht fragen. Denn er wußte nichts, er konnte ja nichts wissen. Und er wird auch niemals etwas wissen. Selbst wenn irgendeinmal ein dunkles Gerücht an sein Ohr dringt, er wird es nicht glauben. Nie wird er so etwas von seiner Mutter glauben. Darüber kann sie ganz beruhigt sein. Und sie sieht sich mit ihm wandeln in irgendeiner phantastischen Landschaft, wie sie sich ihrer wohl von einem Bild her erinnert, auf einer graugelben Straße – und in der Ferne ganz im Blau schwimmt eine Stadt mit vielen Türmen. Und dann wieder gehen sie auf einem großen Platz herum unter Bogengängen, unbekannte Menschen begegnen ihr und sehen sie an, sie und ihren Sohn. So merkwürdig sehen sie sie an, mit frechem, zähneblitzendem Lachen und denken sich: Ah, die hat sich da einen hübschen Burschen auf die Reise mitgenommen. Seine Mutter könnte sie sein. Wie? Die Leute halten sie für ein Liebespaar? Nun, warum nicht. Die können ja nicht wissen, daß der Bursch da ihr Sohn ist; – und ihr merken sie wohl an, daß sie eine von den überreifen Frauen ist, denen die Laune nach so jungem Blute steht. Und da gehen sie nun beide in einer fremden Stadt herum, unter unbekannten Leuten, und er denkt an seine Liebste mit dem Pierrotgesicht, und sie an ihren blonden süßen Buben. Sie stöhnt auf. Sie ringt die Hände. Wohin noch? Wohin? Nun war ihr gar das Kosewort verräterisch über die Lippen geglitten, mit dem sie ihn heute nacht erst zärtlich am Busen hielt. Ihn, von dem sie nun für immer Abschied nehmen und den sie niemals, niemals wiedersehen wird. Doch, einmal noch, heute, wenn er zurückkommt. Oder morgen früh. Aber ihre Türe heute nacht wird versperrt bleiben. Es ist aus für immer. Und sie will ihm zum Abschied sagen, daß sie ihn sehr geliebt hat, so sehr, wie es ihm sicher nie wieder begegnen wird. Und in diesem stolzen Gefühl wird er seiner ritterlichen Pflicht zu ewiger Verschwiegenheit um so tiefer sich bewußt werden. Und er wird es verstehen, daß geschieden sein muß, und er wird ihr die Hand noch einmal küssen und wird gehen. Wird gehen. Und was dann? Was dann? Und sie fühlt sich daliegen mit halbgeöffneten Lippen, ausgebreiteten Armen, bebendem Leib, und sie weiß es: träte er in diesem Augenblick durch die Türe, sehnsüchtig und jung, sie vermöchte ihm nicht zu widerstehen und würde ihm wieder gehören mit all der Inbrunst, die nun in ihr erwacht ist wie etwas jahrelang Vergessenes, ja, wie etwas, das sie vorher gar nicht gekannt hat. Und nun weiß sie auch, gequält und beseligt zugleich, daß der Jüngling, dem sie sich gegeben, nicht ihr letzter Geliebter sein wird. Aber schon regt es sich in ihr mit heißer Neugier: wer wird der nächste sein? Doktor Bertram? Ein Abend kommt ihr ins Gedächtnis – war es vor drei, vor acht Tagen? – sie weiß es nicht, die Zeit dehnt sich, verkürzt sich, die Stunden schwimmen ineinander und bedeuten nichts mehr – im Park bei Welponers war es gewesen, wo Bertram in einer dunklen Allee sie mit einemmal an sich gerissen, umschlungen und geküßt hatte. Und wenn sie ihn auch heftig von sich gestoßen, was konnte ihm das bedeuten, da er doch den gewährenden Druck ihrer kußgewohnten Lippen hatte fühlen müssen? Darum war er auch gleich so ruhig geworden und bescheiden, als wüßte er doch ganz genau, woran er wäre, und in seinem Blick stand zu lesen: Der Winter gehört mir, schöne Frau. Wir sind ja auch längst einverstanden. Wir wissen es beide, daß der Tod ein bittres Ding ist und Tugend nur ein leeres Wort, und daß man nichts versäumen soll. Aber es war ja gar nicht Bertram, der zu ihr sprach. Mit einemmal, während sie mit geschlossenen Augen dalag, hatte dem Antlitz Bertrams sich ein anderes untergeschoben, das jenes Kunstreiters oder Hochstaplers oder Mexikaners, der sie neulich so frech angestarrt hatte, ganz in der Art, wie es Doktor Bertram und alle möglichen anderen Leute taten. Sie hatten ja alle den gleichen Blick, alle, und immer dasselbe sagte und verlangte und wußte dieser Blick; und wenn man sich mit einem von ihnen einließ, so war man verloren. Sie nahmen die, die ihnen gerade gefiel und warfen sie wieder weg ... Ja – wenn eine sich nehmen und wegwerfen ließ. Aber zu denen gehörte sie nicht. Nein, so weit war es mit ihr noch nicht gekommen. Flüchtige Abenteuer waren ihre Sache nicht. Wäre sie zu dergleichen geboren, wie könnte sie denn diese Geschichte mit Fritz so schwer nehmen? Und wenn sie nun leidet, bereut, sich abquält, so ist es nur, weil das, was sie getan hat, so völlig gegen ihre Art ist. Sie versteht es ja gar nicht recht, daß all das geschehen konnte. Es ist auch nicht anders zu erklären, als daß es in diesen unerträglich schwülen Sommertagen wie eine Krankheit über sie gefallen, sie wehrlos und wirr gemacht hat. Und wie die Krankheit gekommen ist, so wird sie auch wieder gehen. Bald, bald. Sie fühlt es ja in all ihren Pulsen, ihren Sinnen, in ihrem ganzen Leib, daß sie nicht dieselbe ist, die sie war. Kaum vermag sie ihre Gedanken zu sammeln. Wie fieberisch rasen sie durch ihr Hirn. Sie weiß nicht, was sie will, was sie wünscht, was sie bereut, kaum, ob sie glücklich oder unglücklich ist. Es kann nur eine Krankheit sein. Es gibt Frauen, bei denen solch ein Zustand lange dauert und gar nicht weichen will; so eine mag Fortunata sein, und jenes marmorblasse Fräulein Fallehn. Andere gibt es wieder, die überfällt es oder schleicht sich ein, und weicht bald von dannen. Und das ist ihr Fall. Ganz gewiß. Wie hat sie nur all die Jahre gelebt, seit Ferdinand dahingegangen ist! Keusch wie ein junges Mädchen, ja ohne Wunsch. Erst in diesem Sommer ist es über sie gekommen. Ob es nicht in der Luft liegen mag in diesem Jahr? Die Frauen alle sehen anders aus als sonst; die Mädchen auch, sie haben hellere, frechere Augen, und ihre Gebärden sind unbedenklich, lockend und voll Verführung. Man hört ja auch allerlei! Was war das nur für eine Geschichte von der jungen Arztesfrau, die nachts mit einem Ruderknecht auf den See hinausgefahren und erst am nächsten Morgen wieder heimgekommen sein sollte? Und die zwei jungen Mädchen, die drüben auf der Wiese, gerade als das kleine Dampfschiff vorbeifuhr, nackt gelegen, und plötzlich, ehe man sie zu erkennen vermochte, im Wald verschwunden waren? Gewiß, es liegt in der Luft in diesem Jahr. Die Sonne hat besondere Kraft, und die Wellen des Sees schmeicheln sich süßer um die Glieder als je. Und wenn der geheimnisvolle Bann sich löst, wird auch sie wieder werden wie sie war und durch das heiße Abenteuer dieser Tage und Nächte wie durch einen bald vergessenen Traum geglitten sein. Und wenn sie es wieder einmal nahen fühlt, wie sie es ja auch diesmal lang vorher nahen gefühlt, wenn die Sehnsucht ihres Blutes gefahrdrohend sich zu regen beginnt, so kann sie ja eine Rettung besserer und reinerer Art wählen als diesmal und, wie andere Frauen im gleichen Fall, eine zweite Ehe eingehen. Doch ein spöttisches wie von sich selbst überraschtes Lächeln stieg ihr nun auf die Lippen. Es fiel ihr jemand ein, der kürzlich dagewesen war und dem sie die redlichsten Absichten zutrauen durfte: der Advokat Doktor Teichmann. Sie sah ihn vor sich im funkelnagelneuen grünen, gelbgesprenkelten Touristenanzug, mit schottischer Krawatte, den grünen Hut mit dem Gamsbart verwegen auf dem Haupt, kurz in einem Aufzug, mit dem er ihr offenbar beweisen wollte, daß er sehr unternehmend auszusehen wußte, wenn er auch als ernster Mann unter gewöhnlichen Umständen auf derlei Äußerlichkeiten keinen Wert legte. Sie sah ihn dann, wie er beim Mittagessen auf der Veranda saß zwischen ihrem Sohn und ihrem Geliebten, bald an den einen, bald an den andern mit oberlehrerhafter Wichtigkeit das Wort richtend – und sah ihn in seiner ganzen lächerlichen Ahnungslosigkeit, die sie dazu gereizt hatte, in frecher Laune unterm Tisch mit ihrem Fritz zärtliche Händedrücke zu tauschen. Noch am selben Abend war er wieder abgereist, da er mit Freunden in Bozen zusammentreffen sollte; und obwohl Beate ihn zum Verweilen nicht aufgefordert hatte, schien er beim Abschied sehr aufgeräumt und hoffnungsvoll, denn in der übermütigen Stimmung jenes Sommertages hatte sie's auch ihm gegenüber an aufmunternden und verheißenden Blicken nicht fehlen lassen. Nun tat ihr auch dies leid, wie so vieles andere, und sie sah der nächsten Unterredung mit ihm um so unsicherer entgegen, als ihr das allmähliche Schwinden ihrer Willenskraft in der tiefen Abspannung dieser Stunde besonders schmerzlich bewußt ward. Mit gleicher Beschämung erinnerte sie sich jenes Gefühls von Hilflosigkeit, das sie während ihrer letzten Gespräche mit Direktor Welponer manchmal überkommen hatte; und doch schien es ihr, daß sie, vor eine Wahl gestellt, sich eher als die Gattin des Direktors denken könnte, ja sie mußte sich gestehen, daß diese Vorstellung eines gewissen Reizes für sie nicht entbehrte. Heute war ihr sogar, als hätte dieser Mann sie seit jeher interessiert; und was der Baumeister in der letzten Zeit von großartigen Spekulationen und Kämpfen des Bankdirektors erzählt, in denen er gegen Minister und Mitglieder des Hofes den Sieg davongetragen hatte, war durchaus geeignet gewesen, Beatens Neugier und Bewunderung zu erregen. Übrigens hatte auch Doktor Teichmann ihn gesprächsweise ein Genie genannt und ihn in der Kühnheit seiner Unternehmungen, was für Teichmann jederzeit das Höchste bedeutete, mit einem todesmutigen Reitergeneral verglichen. So durfte es Beaten wohl ein wenig schmeicheln, wenn gerade dieser Mann sie zu begehren schien, ganz abgesehen von der Genugtuung, die es ihr bereiten würde, der Frau den Mann zu nehmen, die ihr einmal den ihren geraubt hatte. Mir den meinen? fragte sie sich mit verwirrtem Staunen. Was ist mir nur? Wo gerate ich hin? Glaube ich es denn? Es kann ja nicht wahr sein. Alles andere, aber nicht das. Davon hätte ich doch etwas merken müssen. Merken müssen? Warum? War Ferdinand nicht ein Schauspieler und ein großer dazu? Warum sollte es nicht geschehen sein, ohne daß ich es gemerkt habe? Ich war ja so vertrauensvoll, da ist's wohl nicht schwer gewesen, mich zu betrügen. Nicht schwer ... Aber darum muß es noch nicht geschehen sein. Fritz ist ein Schwätzer, ein Lügner, und auch die Gerüchte sind lügnerisch und dumm. Und wenn es doch geschehen ist, nun, so ist es lang vorbei. Und Ferdinand ist tot. Und die damals seine Geliebte war, ist eine alte Frau. Was geht mich all dies Vergangene an? Was jetzt zwischen dem Direktor und mir sich abspielt, ist eine ganz neue Geschichte, die mit jener vergangenen nichts mehr zu tun hat. Wahrhaftig, dachte sie weiter, es wäre so übel nicht, eines Tages dort oben einzuziehen in die fürstliche Villa mit dem großen Park. Welcher Reichtum, welcher Glanz! Und welche wunderbaren Aussichten für Hugos Zukunft! ... Freilich, jung war er nicht mehr. Und das kam immerhin einigermaßen in Betracht, besonders wenn man so verwöhnt war wie sie in der letzten Zeit. Ja, gerade im Laufe dieses Sommers, im Laufe dieser letzten Wochen schien er sonderbar rasch zu altern. Ob daran nicht die Liebe zu ihr mit schuld war? Nun, was tut's? Es gibt ja Jüngere auch, man wird ihn eben betrügen; es ist offenbar sein Los. Sie lachte kurz, es klang häßlich und bös, und sie fuhr auf wie aus einem wüsten Traum. Wo bin ich? Wo bin ich? flüsterte sie vor sich hin. Sie rang die Hände himmelwärts. Wie tief noch läßt du mich sinken! Gibt es denn keinen Halt mehr? Was ist's denn, was mich so elend macht und so erbärmlich? Was macht, daß ich überallhin ins Leere greife und nicht besser bin als Fortunata und alle Weiber dieser Art? Und plötzlich mit versagendem Herzschlag wußte sie's, was sie elend machte: der Boden, auf dem sie jahrelang in Sicherheit dahingewandelt, schwankte, und der Himmel dunkelte über ihr: der einzige Mann, den sie je geliebt, ihr Ferdinand, war ein Lügner gewesen. Ja ... sie wußte es nun. Sein ganzes Leben mit ihr war Trug und Heuchelei gewesen; mit Frau Welponer hatte er sie betrogen und mit anderen Frauen, mit Komödiantinnen und Gräfinnen und Dirnen. Und wenn in schwülen Nächten der matte Zauber des Nebeneinanderseins ihn in Beatens Arme gedrängt hatte, so war es von allen Lügen die schlimmste und niedrigste gewesen, denn an ihrer Brust, sie wußte es, hatte er der andern, all der andern in lüsterner Tücke gedacht. Warum aber wußte sie es mit einemmal? Warum? Weil sie nicht anders, nicht besser gewesen war als er! War es denn Ferdinand gewesen, den sie in ihren Armen hielt, der Komödiant mit der roten Nelke, der oft genug erst um drei Uhr morgens, nach Weine riechend, aus der Kneipe nach Hause kam? Der großrednerisch mit trüben Augen leere und unsaubere Dinge schwatzte? Der als junger Mensch von Gnaden einer alternden Witwe seine vornehmen Passionen bestritten und in lustiger Gesellschaft zärtliche Briefchen vorgelesen hatte, die ihm verliebte Närrinnen in die Garderobe sandten? Nein, den hatte sie niemals geliebt. Dem wäre sie ja davongelaufen im ersten Monat ihrer Ehe. Der, den *sie* liebte, war nicht Ferdinand Heinold gewesen; Hamlet war es, und Cyrano und der königliche Richard und der und jener, Helden und Verbrecher, Sieger und Todgeweihte, Gesegnete und Gezeichnete. Und auch der unheimlich Glühende, der einst in verhangener Sommernacht aus dem verschwiegenen Dämmer des Ehgemachs sie mit sich in den Garten gelockt zu unsäglichen Wonnen, das war nicht er gewesen, sondern irgendein geheimnisvoll-gewaltiger Geist aus den Bergen, den er spielte, ohne es zu wissen – spielen mußte, weil er ohne Maske nicht zu leben vermochte, weil ihn davor geschauert hätte, im Spiegel ihres Auges je sein wahres Gesicht zu erblicken. So hatte sie ihn immer betrogen, wie er sie, – hatte stets, eine Verlorene von Anbeginn, ein Dasein phantastisch-wilder Lust geführt; nur daß es niemand hatte ahnen können, nicht einmal sie selbst. – Jetzt aber war es offenbar geworden. Immer tiefer zu gleiten war sie bestimmt, und eines Tages, wer weiß wie bald, wird es der ganzen Welt klar sein, daß ihre ganze bürgerliche Wohlanständigkeit eine Lüge war, daß sie um nichts besser ist als Fortunata, Wilhelmine Fallehn und all die andern, die sie bis heute verachtet hat. Und auch ihr Sohn wird es wissen; und wenn er die Sache mit Fritz nicht glaubt, so wird er eine nächste glauben und glauben müssen; – und plötzlich sieht sie ihn leibhaftig vor sich mit schmerzlichen, weit aufgerissenen Augen, die Arme abwehrend vor sich hingestreckt; und wie sie sich ihm nähern will, wendet er in Grauen sich ab und eilt davon mit traumhaft fliegenden Schritten. Und sie stöhnt auf, mit einem Male wieder völlig wach. Hugo verlieren?! Alles, – nur das nicht. Lieber sterben, als keinen Sohn mehr haben. Sterben, ja. Denn dann hat sie ihn wieder. Dann kommt er an das Grab der Mutter und kniet nieder und schmückt es mit Blumen und faltet die Hände und betet für sie. Rührung schleicht bei diesem Gedanken, süß und widerlich, trügerisch-friedvoll in ihre Seele. Doch tief in ihr raunt es: darf ich denn ruhen? Habe ich denn nicht noch über vieles nachzudenken? Gewiß ... Morgen geht es ja auf die Reise. Morgen ... Was ist da noch alles zu tun ... So viel ... so viel ...

Und in der sie umgebenden Dämmerstille fühlte sie, daß draußen Welt, Menschen und Landschaft aus dem Sommernachmittagsschlummer erwacht sein mußten. Allerlei fernes Geräusch, unbestimmbar und verwirrt, drang durch die geschlossenen Spalettläden zu ihr. Und sie wußte, daß die Leute nun schon auf Spazierwegen wandelten, in Kähnen fuhren, Tennis spielten und auf der Hotelterrasse Kaffee tranken; ja, in ihrem noch halb träumenden Zustand sah sie ein heiteres Gewimmel von Sommerleuten, in spielzeughafter Kleinheit, aber farbig-deutlich vor sich auf und nieder schweben. Das Ticken der Taschenuhr auf ihrem Nachtkästchen tönte überlaut und wie mahnend in ihr Ohr. In Beate meldete sich die Neugier zu wissen, wie spät es sei, aber noch hatte sie die Kraft nicht, ihren Kopf zu wenden oder gar Licht zu machen. Irgendein neues, näheres Geräusch, aus dem Garten offenbar, war allmählich vernehmbar geworden. Was mochte das sein? Menschenstimmen, zweifellos. So nah? Stimmen im Garten? Hugo und Fritz? Wie ist es denn möglich, daß die beiden schon zurück sind? Nun, der Abend ist nah, und Fritz war wohl von seiner Sehnsucht so bald zurückgetrieben worden. Aber Hugo? Sie hatte nicht zu hoffen gewagt, daß er vor Mitternacht von seinem sogenannten Ausflug daheim sein würde. Doch wer hat ihnen aufgetan? Hatte sie denn nicht die Türe versperrt? Und das Mädchen kann ja noch nicht zurück sein. Gewiß haben sie zuerst geklingelt, und sie hat es im Schlaf überhört. Dann sind sie wohl wieder einmal über den Zaun geklettert, und daß die Frau des Hauses daheim ist, können sie natürlich nicht ahnen. Nun lacht einer von den beiden draußen. Was ist denn das für ein Lachen? Hugos Lachen ist es nicht. Aber auch Fritz lacht nicht so. Jetzt lacht der andere. Das ist Fritz. Nun wieder der erste. Das ist nicht Hugo. Er spricht. Auch Hugos Stimme ist es nicht. So ist Fritz mit einem anderen im Garten? Nun sind sie ja ganz nahe. Es scheint, daß sie sich draußen auf die Bank gesetzt haben, auf die weiße unter dem Fenster. Und nun hört sie, wie Fritz jenen andern beim Namen nennt. Rudi ... Also, mit dem sitzt er unter ihrem Fenster. Nun, gar so erstaunlich ist das eben nicht. Es war ja neulich in ihrer Gegenwart abgemacht worden, daß Rudi

Beratoner bald wieder herüberkommen sollte. Vielleicht war er schon früher dagewesen, hatte niemanden angetroffen und war dann am Bahnhof oder sonstwo Fritz begegnet, den die Liebe so früh aus Ischl wieder zurückgetrieben hatte. Jedenfalls lag kein Grund vor, sich darüber den Kopf zu zerbrechen. Sie waren nun einmal da, die beiden jungen Herren und saßen im Garten auf der weißen Bank unter dem Fenster des Nebenzimmers. Nun hieß es aber aufstehen, sich ankleiden, und hinaus in den Garten. Warum? Mußte sie wirklich in den Garten? Hatte sie so besondere Sehnsucht, Fritz wiederzusehen oder hatte sie gar Lust, den unverschämten Jungen zu begrüßen, der neulich ihres verstorbenen Gatten Stimme und Gebärdenspiel mit so höhnischer Vortrefflichkeit nachgeäfft hatte? Aber es blieb ihr am Ende nichts anderes übrig, als den jungen Leuten guten Abend zu sagen. Sie konnte sich ja nicht auf die Dauer hier so stille halten und indessen die beiden draußen schwätzen lassen, was ihnen beliebte. Daß es keine sonderlich saubere Unterhaltung sein dürfte, das ließ sich wohl vermuten. Nun, das ging sie ja weiter nichts an. Sie sollten reden, was sie wollten.

Beate hatte sich erhoben und saß auf dem Bettrand. Da hörte sie zum erstenmal ein Wort mit völliger Deutlichkeit an ihr Ohr dringen, den Namen ihres Sohnes. Natürlich redeten sie über Hugo; und was, das war nicht schwer zu erraten. Nun lachten sie wieder. Aber die Worte waren nicht zu verstehen. Ganz nah am Fenster hätte sie dem Gespräche wohl folgen können, aber es war vielleicht besser darauf zu verzichten. Man konnte unangenehme Überraschungen erleben. Jedenfalls war es das klügste, sich so rasch als möglich fertig zu machen und in den Garten zu begeben. Aber es drängte Beate doch, vorerst ganz leise zu den verschlossenen Läden hinzuschleichen. Durch einen schmalen Spalt guckte sie hinaus und vermochte nichts zu sehen als einen Streifen

Grün; dann durch einen andern einen blauen Himmelsstreif. Aber um so besser würde sie jetzt hören, was da draußen auf der Bank gesprochen wurde. Wieder war es nur der Name ihres Hugo, den sie vernehmen konnte. Alles andere klang so geflüstert und getuschelt, als hätten die beiden immerhin die Möglichkeit des Belauschtwerdens in Betracht gezogen. Beate legte das Ohr an die Spalte, und aufatmend lächelte sie. Sie redeten ja von der Schule. Ganz deutlich verstand sie: »Da hätt' ihn der ekelhafte Kerl am liebsten durchfallen lassen.« Und dann: »Ein böser Hund.« Sie schlich wieder zurück, hüllte sich geschwind in ein bequemes Hauskleid: dann, von unbezwinglicher Neugier gepackt, glitt sie wieder zum Fenster hin. Und nun merkte sie, daß nicht mehr von der Schule gesprochen wurde. »Eine Baronin ist sie?« Das war Rudi Beratoners Stimme. Und jetzt ... pfui, was war das für ein häßliches Wort. »Den ganzen Tag ist er mit ihr zusammen und heut –« Oh, das war Fritzens Stimme. Unwillkürlich hielt sie sich die Ohren zu, entfernte sich vom Fenster und war entschlossen, sofort in den Garten zu eilen. Aber eh' sie noch die Tür erreicht hatte, trieb es sie wieder zum Fenster hin, sie kniete nieder, drängte ihr Ohr an den Spalt und lauschte, mit weitaufgerissenen Augen und brennenden Wangen. Rudi Beratoner erzählte eben eine Geschichte, zuweilen dämpfte er die Stimme bis zum Flüsterton, aber aus den einzelnen Worten, die Beate vernahm, wurde ihr allmählich klar, um was es sich handelte. Es war ein Liebesabenteuer, von dem Rudi berichtete; Beate vermochte Koseworte in französischer Sprache zu unterscheiden, die er mit süßlich dünner Stimme vortrug. Ah, offenbar kopierte er die Redeweise jener Person. Das verstand er ja so vortrefflich. Wer schläft im Zimmer daneben? Seine Schwester. Ah, die Gouvernante ist es ... Weiter ... weiter ... Wie verhält sich das? Wenn die Schwester schläft, so kommt die

Gouvernante zu ihm. Und dann, und dann ...? Beate will es nicht hören, und doch lauscht sie weiter und weiter mit wachsender Begier. Welche Worte! Welcher Ton! So sprachen diese Burschen von ihren Geliebten! Nein, nein, nicht alle und nicht von allen. Was mußte das für ein Frauenzimmer sein! Sie verdiente es wohl, daß man so von ihr sprach und nicht anders. Warum denn verdiente sie's? Was hatte sie denn am Ende verbrochen? Es wurde ja auch nur abscheulich, wenn man davon sprach. Wenn Rudi Beratoner sie in den Armen hielt, war er gewiß zärtlich und hatte holde Liebesworte für sie, – wie sie alle haben in diesen Augenblikken. Wenn sie nur Fritzens Gesicht hätte sehen können. Oh, sie konnte sich's vorstellen. Seine Wangen brannten, und seine Augen glühten ... Nun wurde es für eine Weile ganz still. Die Geschichte war offenbar aus. Und plötzlich hörte sie Fritzens Stimme. Er fragt. Wie, so genau mußt du alles wissen? Ein dumpfes Gefühl von Eifersucht regt sich in Beate. Wie – auch darauf willst du antworten? Ja, Rudi Beratoner spricht. So rede doch wenigstens lauter. Ich will hören, was du sagst, du Schuft, der du meinen Gatten im Grab beleidigt hast und nun deine Geliebte erniedrigst und beschimpfst. Lauter! O Gott, es war laut genug. Er erzählte nicht mehr. Er fragte. Er wollte wissen, ob Fritz hier im Ort – ja, du Schuft, schwelge nur in deinen gemeinen Worten. Es wird dir nichts helfen. Du wirst nichts erfahren. Fritz ist fast noch ein Knabe, aber er ist ritterlicher als du. Er weiß, was er einer anständigen Frau schuldet, die ihm ihre Gunst geschenkt hat. Nicht wahr, Fritz, mein süßer Fritz, du wirst nichts reden? Was zwang sie nur auf den Boden fest, so daß sie nicht aufstehen konnte, hinauseilen, und der schändlichen Unterhaltung ein Ende machen? Aber was hätte es auch geholfen? Rudi Beratoner war der Mann nicht, sich so leicht zufrieden zu geben. Wenn ihm heute seine Antwort nicht wird, nicht in dieser Stunde, so wird er in einer nächsten die Frage wiederholen. Es ist schon das beste, hier zu bleiben und weiter zu lauschen, da weiß man wenigstens, woran man ist. Warum so leise, Fritz? Sprich nur. Warum sollst du dich deines Glücks nicht rühmen? Eine anständige Frau wie ich ... das ist doch etwas anderes als eine Gouvernante. Beratoner spricht lauter. Ganz deutlich hört Beate ihn nun sagen: »Da mußt du ein rechter Tepp sein.« Ah, laß dich nur für einen Teppen halten, Fritz. Nimm es auf dich. Wie, du glaubst es ihm nicht, du Schuft? Du willst ihm durchaus sein Geheimnis entlocken? Ahnst du am Ende? Hat dir schon wer anderer was gesagt? Und wieder hört sie Fritz flüstern, doch es ist ihr ganz unmöglich, die Worte zu verstehen. Nun wieder Beratoners Stimme, tief und roh: »Was, eine verheiratete Frau? Aber geh. Wird wahrscheinlich grad so sein –« Willst du nicht schweigen, Schuft! Sie fühlt, daß sie in ihrem Leben noch keinen Menschen so gehaßt hat wie diesen jungen Burschen, der sie beschimpft ohne zu wissen, daß *sie* es ist, die er beschimpft. Wie, Fritz? Um Himmelswillen lauter! »Schon abgereist.« Wie? Ich bin schon abgereist? Ah, vortrefflich, Fritz, du willst mich vor schmählichem Verdacht bewahren. Sie lauscht. Sie saugt seine Worte ein. »Eine Villa am See ... Der Mann ist Advokat.« Nein, was für ein Schwindler! Wie köstlich er lügt. Sie hätte sich geradezu unterhalten können, wenn nicht die Angst in ihr gewühlt hätte. Wie? der Mann ist furchtbar eifersüchtig? Er hat ihr gedroht sie umzubringen, wenn er ihr je auf etwas käme? Wie? Heute bis vier Uhr früh ... Jede Nacht ... Jede ... Nacht ... Genug, genug, genug! Willst du nicht endlich schweigen? Schämst du dich nicht? Warum beschmutzt du mich so? Wenn dein sauberer Freund es auch nicht weiß, daß ich es bin, von der du sprichst, *du* weißt es doch. Warum lügst du nicht lieber! Genug! genug! Und sie möchte sich die Ohren zuhalten; aber statt es zu tun, lauscht sie nur um so angestrengter. Keine Silbe mehr entgeht ihr, und verzweifelt hört sie von ihres süßen Buben Lippen die ausführliche Schilderung der seligen Nächte, die er in ihren Armen verbracht hat, hört sie in Worten, die auf sie niedersausen wie Peitschenhiebe, in Ausdrücken, die sie zum erstenmal vernimmt und die ihr doch, rasch verstanden, blutige Scham in die Stirne treiben. Sie weiß, daß alles, was Fritz da draußen im Garten erzählt, nichts anderes ist als die Wahrheit, und fühlt zugleich, daß diese Wahrheit schon wieder aufhört es zu sein – daß dies erbärmliche Geschwätz, was ihre und seine Seligkeit gewesen, in Schmutz und Lüge wandelt. Und diesem da hatte sie gehört. Diesem als ersten, seit sie frei war, sich gegeben. Ihre Zähne schlugen zusammen, ihre Wangen, ihre Stirne brannten, ihre Knie wetzten sich am Boden wund. Plötzlich fuhr sie zurück. Das Haus wollte Rudi Beratoner sehen? Und wie das käme, daß die Leute schon abgereist seien mitten im schönsten Sommer? »Aber kein Wort glaub' ich dir von der ganzen Geschichte. Advokatengattin? Lächerlich. Soll ich dir sagen, wer's ist?« Sie lauscht mit den Ohren, mit dem Herzen, mit allen Sinnen. Aber es kommt kein Wort. Doch ohne zu sehen weiß sie, daß Beratoner mit den Augen nach dem Hause deutet; ja, gerade nach dem Fenster, hinter dem sie kniet. Und nun Fritzens Antwort. »Was fällt denn dir ein? Du bist ja verrückt.« Darauf der andere: »Aber red' nichts. Ich hab's ja schon neulich gemerkt. Gratuliere. Ja, so bequem hat's nicht ein jeder. Ja, die – Aber wenn ich wollt –« Beate wollte nichts mehr hören. Sie wußte selbst nicht, wie ihr das gelang. Vielleicht war es das Sausen des Blutes in ihrem Hirn, das Beratoners letzte Worte übertönt hatte. Eine ganze Weile ging das Sprechen draußen in diesem Sausen unter, bis sie wieder Fritzens Worte zu verstehen vermochte: »Aber so schweig doch. Wenn sie am End zu Haus ist.« Spät fällt dir das ein, mein süßer Bub. »Na, und wenn schon«, sagte Beratoner laut und frech. Dann flüsterte wieder Fritz rasch und aufgeregt, und plötzlich hörte Beate, wie beide draußen sich von der Bank erhoben. Um Himmelswillen, was nun? Sie warf sich der Länge nach auf den Boden, so daß es unmöglich gewesen wäre, sie von draußen durch eine Spalte zu erspähen. Schatten schienen an den Läden vorbeizustreifen, Tritte knirschten über den Kies, ein paar gedämpfte Worte tönten, dann ein leises Lachen, schon ferner, und dann nichts mehr. Sie wartete. Nichts regte sich. Dann hörte sie wieder die Stimmen weiter draußen im Garten, verhallend, dann nichts, lange nichts, bis sie überzeugt sein durfte, daß die beiden fort waren. Sie mochten wohl über den Zaun geklettert sein, so wie sie hereingekommen waren, und erzählten einander ihre Geschichten draußen weiter. Blieb denn noch etwas zu erzählen übrig? Hatte Fritz irgend etwas vergessen? Nun, das holte er jetzt wohl nach. Und nach seiner kostbaren Art wird er wohl noch etliches dazu erfinden, um Rudi Beratoner recht zu imponieren. Warum nicht? Ja, das ist das lustige Jugendleben. Der eine hat die Gouvernante von seiner Schwester, der andere die Mutter von seinem Schulkameraden und der dritte eine Baronin, die früher beim Theater war. Ja, sie durften schon mitreden, die jungen Herren; sie kannten die Weiber und durften kühn behaupten, daß eine war wie die andere.

Und Beate wimmerte lautlos in sich hinein. Noch immer lag sie der Länge nach ausgestreckt auf dem Boden. Wozu aufstehen? Wozu gleich aufstehen? Wenn sie sich dazu entschloß, konnte es ja doch nur sein, um ein Ende zu machen. Fritz noch einmal begegnen und dem andern –?! Sie hätte ihnen ja ins Gesicht spucken müssen, mit den Fäusten ihnen ins Gesicht schlagen. Aber wäre das nicht Erlösung, Wollust, – ihnen nachstürzen, ihnen ins Antlitz schreien: Ihr

Buben, ihr Schufte, schämt ihr euch nicht, schämt ihr euch nicht? ... Aber zugleich weiß sie, daß sie es nicht tun wird. Sie fühlt, daß es nicht einmal der Mühe wert wäre, da sie doch entschlossen ist und entschlossen sein muß, einen Weg zu gehen, auf dem kein Schimpf und kein Hohn ihr zu folgen vermag. Nie wieder, nie kann sie, die Geschändete, irgendeinem Menschen vor Augen treten. Eines nunmehr hat sie auf Erden zu tun: von dem Einzigen Abschied zu nehmen, der ihr teuer ist – von ihrem Sohn! Von ihm allein. Aber natürlich ohne daß er es merkt. Nur sie wird es wissen, daß sie ihn für alle Ewigkeit verläßt, daß sie zum letztenmal die geliebte Kinderstirne küßt. Wie seltsam war es doch, solche Dinge zu denken, auf den Boden hingestreckt, regungslos. Träte jetzt irgendwer plötzlich ins Zimmer, er müßte mich unfehlbar für tot halten. Wo wird man mich finden? dachte sie weiter. Wie werd ich's vollbringen? Wie werd ich dahingelangen, daß ich fühllos daliege, um niemals wieder zu erwachen?

Ein Geräusch im Vorzimmer machte sie erzittern. Hugo war nach Hause gekommen. Sie hörte ihn draußen auf dem Gang an ihrer Tür vorübergehen, die seine aufschließen; – und nun war es wieder still. Er war zurück. Sie war nicht mehr allein. Langsam, mit schmerzenden Gliedern erhob sie sich. Im Zimmer war es fast völlig dunkel; und die Luft schien ihr plötzlich unerträglich dumpf. Sie begriff nicht, warum sie eigentlich so lange auf dem Fußboden gelegen war und warum sie die Läden nicht schon früher geöffnet hatte. Hastig tat sie es nun, und vor ihr breitete sich der Garten, ragten die Berge, dämmerte der Himmel, und es war ihr, als hätte sie all das viele Tage und Nächte lang nicht gesehen. So wundersam friedvoll breitete sich die kleine Welt im Abend hin, daß auch Beate ruhiger wurde; zugleich aber fühlte sie eine Angst leise in sich aufsteigen, sie könnte durch diese Ruhe sich täuschen und verwirren lassen. Und sie sagte sich selbst: Was ich gehört habe, habe ich gehört, was geschehen ist, ist geschehen; die Ruhe dieses Abends, der Frieden dieser Welt ist nicht für mich; es kommt ein Morgen; der Lärm des Tages hebt wieder an, die Menschen bleiben böse und gemein und die Liebe ein schmutziger Spaß. Und ich bin eine, die es niemals mehr vergessen kann, nicht bei Tag und nicht bei Nacht, nicht in der Einsamkeit und nicht in neuer Lust, in der Heimat nicht und nicht in der Fremde. Und ich habe nichts mehr auf dieser Welt zu tun als meinem Buben einen Abschiedskuß auf die geliebte Stirne zu drücken und zu gehen. Was mochte er wohl jetzt allein in seinem Zimmer machen? Von seinem offenen Fenster aus floß ein matter Lichtschein über Kies und Rasen. Lag er am Ende schon zu Bett, – ermattet von den Freuden und Mühen seines Ausflugs? Ein Schauer lief ihr durch den Leib, seltsam gemischt aus Regungen der Angst, des Ekels, der Sehnsucht. Ja, sie sehnte sich nach ihm, aber nach einem andern, als der war, der da drin in seinem Zimmer lag und den Duft von Fortunatens Körper an dem seinen trug. Sie sehnte sich nach dem Hugo von einst, nach dem frischen reinen Knaben, der ihr einmal von dem Kuß des kleinen Mädels in der Tanzstunde erzählt hatte, nach dem Hugo, mit dem sie an einem holden Sommertag durch grüne Täler gefahren war, – und sie wünschte die Zeit zurück, da sie selbst eine andere war, eine Mutter, wert jenes Sohnes, und nicht ein Frauenzimmer, über das verdorbene Buben unflätig schwatzen durften, wie über die erstbeste Dirne. Ah, wenn es Wunder gäbe! Aber es gibt keine. Nie wird jene Stunde ungewesen sein, in der sie mit brennenden Wangen, auf schmerzenden Knien, mit durstigem Ohr der Geschichte ihrer Schmach – und ihres Glücks gelauscht hat; – noch in zehn, in zwanzig, in fünfzig Jahren, als uralter Mann wird sich Rudi Beratoner der Stunde erinnern, da er als junger Bursch auf einer weißen Bank im Garten der Frau Beate Heinold gesessen ist, und ein Schulkamerad ihm erzählt hat, wie er Nacht für Nacht bis zum grauenden Morgen bei ihr im Bett lag. Sie schüttelte sich, sie rang die Hände, sie sah zum Himmel auf, der mit totenstillen Wolken ihrem einsamen Weh entgegenschwieg und keine Wunder barg. Trüb verworren drang allerlei Geräusch von See und Straße zu ihr herauf, dunkel stiegen die Berge zur winkenden Nacht empor, das gelbe Feld stand matt leuchtend im rings einherschleichenden Dämmer. Wie lange noch wollte sie selbst so regungslos hier verweilen? Worauf wartete sie denn? Hatte sie denn vergessen, daß Hugo, geradeso wie er gekommen, aus dem Haus wieder verschwinden konnte zu einer, die ihm heute mehr bedeutete als sie –? Es war nicht viel Zeit zu versäumen. Rasch riegelte sie ihre Türe auf, trat in den kleinen Salon und stand vor Hugos Tür. Einen Augenblick zögerte sie, horchte, hörte nichts und öffnete hastig.

Hugo saß auf seinem Diwan und starrte der Mutter entgegen, wie aus wüstem Schlafe aufgeschreckt, mit weiten Augen. Über seine Stirne huschten sonderbare Schatten von dem unsichern Licht der elektrischen Lampe, die, grün beschirmt, auf dem Tisch mitten im Zimmer stand. Beate blieb eine Weile an der Türe stehen, Hugo warf den Kopf zurück, es schien, als wollte er sich erheben; doch er blieb sitzen, die Arme von sich gestreckt, die Hände flach auf den Diwan gestützt. Beate fühlte die Starrheit dieses Augenblickes mit herzrührender Pein. Ein Schreck ohnegleichen griff an ihre Seele; und sie sagte sich: er weiß alles. Was wird geschehen? dachte sie noch im selben Atemzug. Sie trat auf ihn zu, zwang sich zu einer heitern Miene und fragte: »Du hast geschlafen, Hugo?« »Nein, Mutter«, erwiderte er, »ich bin nur so gelegen.« Sie blickte in ein blasses, zerquältes Kindergesicht; ein unsägliches Mitleid, in dem ihr eigner Jammer untergehen wollte, stieg in ihr auf, sie legte, schüchtern noch, die Finger auf seine wirren Haare, umfaßte seinen Kopf, setzte sich neben ihn, und zärtlich begann sie: »Na, mein Bub«, – doch wußte sie nichts weiter zu sagen. Seine Mienen verzerrten sich gewaltsam; sie nahm seine Hände, er drückte sie wie zerstreut, streichelte ihre Finger, blickte nach der Seite, sein Lächeln wurde maskenhaft, seine Augen röteten sich, seine Brust begann sich zu heben und zu senken, mit einemmal glitt er vom Diwan, lag der Mutter zu Füßen, den Kopf in ihrem Schoß und weinte bitterlich. Beate, zutiefst erschüttert und doch irgendwie befreit, da sie fühlte, daß er ihr nicht entfremdet war, sprach vorerst kein Wort, ließ ihn weinen, wühlte sanft in seinen Haaren und fragte sich in Herzensangst: Was mag geschehen sein? Und tröstete sich gleich wieder: vielleicht nichts Besonderes. Nichts anderes vielleicht, als daß ihm die Nerven versagen. Und sie erinnerte sich ganz ähnlicher krampfhafter Anfälle, denen ihr verstorbener Gatte unterworfen gewesen war, aus scheinbar nichtigen Gründen; nach der Erregung durch irgendeine große Rolle, nach irgendeinem Erlebnis, das seine Komödianteneitelkeit verletzt hatte, oder scheinbar ganz ohne Grund, wenigstens ohne einen, den sie zu entdecken vermochte. Und mit einemmal stieg es in ihr auf, ob sich Ferdinand nicht am Ende manchmal in ihrem Schoß von Enttäuschungen und Qualen ausgeweint, die er bei einer andern Frau erduldet hatte? Aber was kümmerte sie das! Was immer er begangen, er hatte gesühnt, und alles das war weit, so weit. Ihr Sohn war es ja, der heute in ihrem Schoße weinte, und sie wußte nun, daß er's um Fortunatens willen tat. Mit welchem Weh griff dieser Anblick an ihr Herz. In welche Tiefen versank ihr eigenes Erlebnis nun, da sie sich der Seelenpein ihres Sohnes gegenüberfand. Wohin schwand ihre

Schmach und Qual und Todessehnsucht vor dem brennenden Wunsch, das geliebte Menschenkind aufzurichten, das in ihrem Schoße weinte. Und im überquellenden Drang ihm wohlzutun, flüsterte sie: »Wein nicht, mein Bub. Es wird schon alles wieder gut werden.« Und wie er den Kopf in ihrem Schoß zu einem »Nein« bewegte, wiederholte sie in festerem Ton: »Alles wird wieder gut, glaube mir.« Und sie erkannte, daß sie dies Wort des Trostes nicht nur an Hugo, daß sie es auch an sich selber gerichtet hatte. Wenn es in ihrer Macht stand, ihrem Sohne wieder aus der Verzweiflung emporzuhelfen, ihn mit neuem Daseinsmut zu erfüllen, so mußte aus diesem Bewußtsein allein, mehr noch aus seinem Dank, aus seinem Wieder-ihr-gehören ihr selbst Möglichkeit, Pflicht und Kraft des Weiterlebens neu erstehen. Und mit einemmal tauchte das Bild jener phantastischen Landschaft in ihr empor, in der mit Hugo wandelnd sie sich früher geträumt hatte; und verheißungsvoll mit herauf schwebte der Gedanke: wenn ich mit Hugo die Reise unternähme, die ich ja schon geplant, ehe die furchtbare Stunde an mir vorbeigezogen? Und wenn wir von dieser Reise nicht in die Heimat wiederkehrten? Und draußen in der Fremde, fern von allen Menschen, die wir gekannt haben, in einer reinen Luft, ein neues, ein schöneres Leben anfingen?

Da hob er plötzlich das Haupt aus ihrem Schoß, mit irren Augen, verzerrten Lippen, und heiser schrie er: »Nein, nein, es wird nicht wieder gut.« Und erhob sich, sah die Mutter wie abwesend an, tat ein paar Schritte zum Tisch hin, als suchte er dort etwas, ging dann einige Male im Zimmer hin und her mit gesenktem Kopf und blieb endlich regungslos am Fenster stehen, den Blick in die Nacht gewandt. »Hugo«, rief die Mutter, die ihm mit den Augen gefolgt war, aber sich nicht fähig fühlte, vom Diwan aufzustehen. Und noch einmal flehend: »Hugo, mein Bub!« Dann wandte er sich nach ihr um, wieder mit jenem starren Lächeln, das ihr nun schon weher tat als sein Aufschrei. Und bebend fragte sie wieder: »Was ist geschehen?«

»Nichts, Mutter«, erwiderte er mit einer Art von entrückter Heiterkeit.

Nun stand sie entschlossen auf und trat zu ihm. »Weißt du denn, warum ich zu dir hereingekommen bin?« Er sah sie nur an. »Nun, rat einmal.« Er schüttelte den Kopf. »Ich hab dich fragen wollen, ob du nicht mit mir eine kleine Reise machen möchtest.« »Eine Reise«, wiederholte er scheinbar verständnislos. »Ja, Hugo, eine Reise – nach Italien. Wir haben ja Zeit, die Schule beginnt erst in drei Wochen. Bis dahin können wir lange zurück sein. Nun, wie denkst du darüber?« »Ich weiß nicht«, antwortete er. Sie legte den Arm um seinen Hals. Wie ähnlich er Ferdinand sieht, dachte sie plötzlich. Einmal hat er einen ganz jungen Burschen gespielt, da hat er geradeso ausgesehen. Und sie scherzte: »Also, wenn du's nicht weißt, Hugo, *ich* weiß es ganz bestimmt, daß wir reisen werden. Ja, mein Bub, darüber ist gar nichts mehr zu reden. Und jetzt, trockne dir deine Augen, kühl' dir deine Stirn, und wir wollen zusammen fortgehen.« »Fortgehen?« »Ja, natürlich! Es ist Sonntag, und es gibt zu Hause kein Nachtmahl. Auch haben wir ja Rendezvous mit den andern, unten im Hotel. Und die Mondscheinpartie über den See! weißt du denn nicht, die soll doch auch heute stattfinden.« »Willst du nicht lieber allein gehen, Mutter? Ich könnte dir ja später nachkommen.« Eine wahnwitzige Angst ergriff sie plötzlich. Wollte er sie forthaben? Und warum? Um Himmels willen! Sie drängte den entsetzlichen Gedanken zurück. Und beherrscht sagte sie: »Du hast wohl noch keinen Appetit?« »Nein«, erwiderte er. »Ich eigentlich auch nicht. Wie wär's, wenn wir zuerst ein bißchen spazieren gingen?« »Spazieren?« »Ja, und dann auf einem kleinen

Umweg ins Seehotel.« Er zögerte eine Weile. Sie stand da in angespannter Erwartung. Endlich nickte er. »Gut, Mutter. Mach dich nur fertig.« »Oh, ich bin's, ich muß nur den Mantel umnehmen.« Sie rührte sich nicht fort. Er schien darauf nicht achtzuhaben, trat an sein Waschbecken, goß sich aus dem Krug Wasser in die Hand und kühlte sich Stirn, Augen und Wangen. Dann strich er mit dem Kamm flüchtig ein paarmal durch die Haare. »Ja, mach' dich nur schön«, sagte Beate. Und beklemmend fiel ihr ein, wie oft sie diese gleichen Worte in längstvergangenen Zeiten zu Ferdinand gesagt hatte, wenn er sich bereitete fortzugehen ... weiß Gott wohin ... Hugo nahm seinen Hut und sagte lächelnd: »Ich bin fertig, Mutter.« Sie eilte nun rasch in ihr Zimmer, holte ihren Mantel und knöpfte ihn erst zu, als sie wieder bei Hugo im Zimmer war, der sie ruhig erwartet hatte. »Also komm«, sagte sie dann.

Als sie beide aus dem Hause traten, kam eben das Mädchen von seinem Sonntagsausgang zurück. So untertänig es grüßte, Beate erkannte mit einemmal an einem fast unmerklichen Augensenken dieser Person, daß sie alles wußte, was im Laufe der letzten Wochen hier im Hause vorgegangen war. – Doch lag ihr wenig daran. Alles war ihr nun gleichgültig gegenüber dem Glücksgefühl, dem langentbehrten, daß sie Hugo an ihrer Seite hatte.

Sie spazierten zwischen den Wiesen weiter, unter dem stummen Nachtblau des Himmels, nahe nebeneinander, und so rasch, als hätten sie ein Ziel. Anfangs sprachen sie kein Wort. Doch ehe sie in das Dunkel des Waldes traten, wandte sich Beate an ihren Sohn: »Willst du dich nicht einhängen, Hugo?« Er nahm ihren Arm, und ihr ward wohler zumut. Sie gingen weiter im schweren Schatten der Bäume, durch deren dichtes Geäst von Stelle zu Stelle ein Lichtschein aus einer der in der Tiefe liegenden Villen durchbrach. Beate ließ ihre Hand auf die Hugos gleiten, streichelte sie, hob sie dann zu ihren Lippen und küßte sie. Er ließ es geschehen. Nein, er wußte nichts von ihr. Oder nahm er es nur hin? Verstand er es, obwohl sie seine Mutter war? Bald kamen sie durch einen breiten grünlich-blauen Lichtstreifen, der vor das Parktor der Welponerschen Villa fiel. Nun hätten sie einander von Angesicht zu Angesicht sehen können, aber sie blickten weiter vor sich ins Dunkle, das sie gleich wieder aufnahm. In diesem Teil des Waldes war die Finsternis so dicht, daß sie ihre Schritte verlangsamen mußten, um nicht zu stolpern. »Gib acht«, sagte Beate von Zeit zu Zeit. Hugo schüttelte nur den Kopf, und sie hielten sich fester aneinander. Nach einer Weile führte ein Pfad ab, der, ihnen von lichteren Stunden wohlbekannt, zum See hinunterführte. Auf diesen Weg bogen sie ab und traten nun bald wieder in eine matte Helligkeit, da die Bäume, weiter abgerückt, einen Wiesenplatz freiließen, über dem, noch immer sternenlos, der Himmel stand. Von hier führten verwitterte Holzstufen, an deren einer Seite ein schwankendes Geländer den Händen Stütze bot, auf die Landstraße hinab, die zur Rechten sich in die Nacht verlor, links aber dem Orte wieder zuführte, von dem ihnen zahlreiche Lichter entgegenschimmerten. Nach dieser Richtung, in unausgesprochenem Einverständnis, wandten Beate und Hugo ihre Schritte. Und als hätte der gemeinsame Spaziergang durchs Dunkel sie ohne weitere Aussprache doch wieder mit ihm vertrauter gemacht, sagte Beate in harmlosem, beinahe scherzhaftem Tone: »Das hab' ich gar nicht gern, Hugo, wenn du weinst.« Er erwiderte nichts, ja blickte absichtlich von ihr fort über den stahlgrauen See, der nun als ein schmaler Streifen sich längs der Berge drüben dehnte. »Früher einmal«, begann Beate von neuem, und es war ein Seufzen in ihrer Stimme, »früher hast du mir alles erzählt.« Und während sie das sagte, war ihr mit einem Male wieder, als richtete sie diese Worte eigentlich an Ferdinand und als wollte sie von ihrem toten Gatten alle die Geheimnisse erkunden, die er ihr schnöde verschwiegen, als er noch auf Erden wandelte. Werd' ich wahnsinnig? dachte sie, bin ich's schon? Und wie um sich in die Wirklichkeit zurückzurufen, faßte sie so heftig den Arm Hugos, daß dieser fast erschreckt zusammenfuhr. Sie aber sprach weiter: »Ob dir nicht leichter würde, Hugo, wenn du mir erzähltest?« Und sie hing sich wieder in ihn ein. Aber während ihre eigene Frage in ihr weiterklang, spürte sie leise, daß nicht nur der Wunsch, Hugos Seele zu entlasten, ihr diese Frage in den Mund gelegt hatte, sondern daß auch eine sonderbare Art von Neugier in ihr zu wühlen begann, deren sie sich im Tiefsten ihrer Seele schämen müßte. Und Hugo, als ahnte er die geheimnisvolle Unlauterkeit ihrer Frage, antwortete nichts, ja, er ließ seinen Arm wie unabsichtlich aus dem ihrigen gleiten. Enttäuscht und allein gelassen ging Beate neben ihm einher, die traurige Straße weiter. Was bin ich in der Welt, fragte sie sich angstvoll, wenn ich nicht seine Mutter bin? Ist heut der Tag, um alles zu verlieren? Bin ich nichts weiter mehr als ein Lottername im Mund verdorbener Buben? Und jenes Gefühl des Zusammengehörens mit Hugo, des gemeinsamen Geborgenseins dort oben im holden Dunkel des Waldes, war das alles nur Täuschung? Dann ist das Leben nicht mehr zu tragen, dann ist wirklich alles vorbei. Doch warum schreckt mich der Gedanke so sehr? War es nicht längst entschieden? War ich nicht schon vorher entschlossen, ein Ende zu machen? Und hab' ich nicht gewußt, daß mir nichts anderes übrigbleibt? Und hinter ihr, im Dunkel der Straße nachschleifend, wie höhnische Gespenster zischelten die fürchterlichen Worte, die sie heute durch den Fensterspalt zum erstenmal vernommen, die ihre Liebe und ihre Schmach, ihr Glück und ihren

Tod bedeuteten. Und wie einer Schwester dachte sie für einen Augenblick jener andern, die einst längs eines Meeresstrandes hingelaufen war, von bösen Geistern gehetzt, müd von Lust und Qual...

Sie näherten sich der Ortschaft. Das Licht, das nun in einer Entfernung von wenigen hundert Schritten breit übers Wasser hinfiel, kam von der Terrasse, wo die befreundete Gesellschaft zu Nacht aß und ihrer wartete. Noch einmal in solch einen Lebensschein zu treten, schien Beate unsinnig, ja völlig außer dem Bereich aller Möglichkeit. Warum ging sie diesen Weg? Warum blieb sie noch an Hugos Seite? Welche Feigheit war es gewesen, von ihm noch Abschied nehmen zu wollen, dem sie nichts mehr war als ein lästiges Weib, das sich in seine Geheimnisse drängen wollte. Da plötzlich sah sie seine Augen wieder auf sich gerichtet mit einem Blick des Hilfesuchens, der neue Angst und Hoffnung in ihr erweckte. »Hugo«, sagte sie. Und er, in verspäteter Antwort auf eine Frage, die sie selbst schon vergessen: »Es kann nicht wieder gut werden. Da hilft auch kein Erzählen. Es kann nicht.« »Aber Hugo«, rief sie aus wie erlöst, da er das Schweigen gebrochen hatte, »es wird sicher gut, wir fahren ja fort, Hugo, weit fort.« »Was hilft es uns, Mutter?« Uns –? Das geht auch auf mich! Aber ist es nicht besser so? Sind wir einander so nicht näher? Er ging rascher, sie hielt sich an seiner Seite, plötzlich blieb er stehen, sah auf den See hinaus und atmete tief, als käme aus der Einsamkeit über dem Wasser Trost und Frieden zu ihm. Draußen glitten ein paar beleuchtete Kähne hin. Könnte das schon unsere Gesellschaft sein? dachte Beate flüchtig. Mondschein werden sie freilich heute nicht haben. Und plötzlich kam ihr ein Einfall: »Wie wär's, Hugo«, sagte sie, »wenn wir zwei ... allein hinausführen?« Er sah zum Himmel auf, als suchte er oben nach dem Monde. Beate verstand den Blick und sagte: »Den brauchen wir ja nicht.« »Was tun wir denn da draußen auf dem dunklen Wasser?« fragte er schwach. Sie nahm ihn beim Kopf, blickte ihm in die Augen und sagte: »Du sollst mir erzählen. Du sollst mir sagen, was dir geschehen ist, wie du's früher immer getan hast.« Sie ahnte, daß draußen in der Nachteinsamkeit des vertrauten Sees die Scheu von ihm weichen müßte, die ihn jetzt noch davon abhielt, der Mutter zu gestehen, was ihm widerfahren war. Da sie nun in seinem Schweigen keinen weiteren Widerstand spürte, wandte sie sich entschlossen der Bootshütte zu, wo ihr Kahn seinen Platz hatte. Die Holztüre war nur angelehnt. Sie trat mit Hugo in den dunklen Raum, kettete das Schiff los, eilfertig, als gälte es die Stunde nicht zu versäumen, dann schwang sie sich hinein, Hugo ihr nach. Er nahm eines der Ruder, stieß ab, und in der Sekunde darauf war der freie Himmel über ihnen. Hugo nahm nun auch das zweite Ruder und führte den Kahn längs des Ufers am Seehotel vorbei, so nahe, daß sie die Stimmen von der Terrasse zu hören vermochten. Es schien Beaten, als könnte sie die des Baumeisters aus den übrigen heraushören. Die einzelnen Gestalten und Gesichter waren nicht zu unterscheiden. Wie leicht es doch war, den Menschen zu entfliehen! Was liegt mir in diesem Augenblick daran, dachte Beate, was sie über mich reden, von mir glauben oder wissen –? Man stößt einfach mit einem Kahn vom Ufer ab, fährt so nahe an den Leuten vorbei, daß man noch ihre Stimmen vernehmen kann, und doch ist alles schon völlig gleichgültig! Wenn man nicht wieder zurückkommt ... klang es noch tiefer in ihr, und sie bebte leise. – Sie saß am Steuer und lenkte das Schiff gegen die Mitte des Sees zu. Noch immer war der Mond nicht aufgegangen, aber das Wasser ringsum, als hätte es die Tagessonne in sich aufbewahrt, umfloß den Kahn mit einem matten Lichtkreis. Manchmal kam auch noch vom Ufer her ein Strahl, in dem

Beate zu sehen glaubte, wie Hugos Antlitz immer frischer und unbesorgter wurde. Als sie ziemlich weit draußen waren, ließ Hugo die Ruder sinken, entledigte sich seines Rokkes und öffnete den Hemdkragen. Wie ähnlich er seinem Vater sieht, dachte Beate mit wehem Staunen. Nur hab' ich den nicht so jung gekannt. Und wie schön er ist. Es sind edlere Züge als die Ferdinands. Doch die hab' ich ja nie gekannt, auch seine Stimme nie, es waren ja immer die Stimmen und Gesichter von andern. Seh ich ihn heut zum erstenmal? ... Und es schauerte sie tief. Aber nun begannen Hugos Züge, da der Kahn ganz in den Nachtschatten der Berge gelangt war, allmählich zu verschwimmen. Er begann wieder zu rudern, doch ganz langsam, und sie kamen kaum von der Stelle. Nun wäre es wohl an der Zeit, dachte Beate, wußte aber einen Augenblick gar nicht recht, wozu es Zeit sein sollte, bis ihr plötzlich wieder, als erwachte sie aus einem Traum, der Wunsch, Hugos Erlebnis zu kennen, brennend durch die Sinne fuhr. Und sie fragte: »Also, Hugo, was ist geschehen?« Er schüttelte nur den Kopf. Sie aber mit wachsender Spannung fühlte, daß es ihm mit seiner Weigerung nicht mehr Ernst war. »Sprich nur, Hugo«, sagte sie. »Du kannst mir alles sagen. Ich weiß ja schon so viel. Du kannst es dir wohl denken.« Und als vermöchte sie damit einen letzten Zauber zu bannen, flüsterte sie den Namen in die Nacht: »Fortunata«.

Durch Hugos Körper ging ein Zittern, so heftig, daß es sich dem Kahne mitzuteilen schien. Beate fragte weiter: »Du warst heute bei ihr – und so kommst du zurück? Was hat sie dir getan, Hugo?« Hugo schwieg, ruderte gleichmäßig weiter, sah in die Luft. Plötzlich kam es Beate wie eine Erleuchtung. Sie griff sich an die Stirn, als verstünde sie gar nicht, daß sie es nicht früher erraten, und sich nahe zu Hugo beugend, flüsterte sie rasch: »Der ferne Kapitän war da, nicht wahr? Und der hat dich bei ihr gefunden?« Hugo blickte auf: »Der Kapitän?«

Jetzt erst fiel ihr ein, daß der, den sie meinte, gar kein Kapitän war. »Den Baron mein ich«, sagte sie. »Er war da? Er hat euch gefunden? Er hat dich beleidigt? Er hat dich geschlagen, Hugo?«

»Nein, Mutter, der, von dem du sprichst, der ist nicht da. Ich kenn ihn gar nicht. Ich schwöre es dir, Mutter.«

»Was also denn?« fragte Beate. »Sie hat dich nicht mehr lieb? Sie ist deiner überdrüssig? Sie hat dich verhöhnt? Hat dir die Türe gewiesen? Ja, Hugo?«

»Nein, Mutter.« Und er schwieg.

»Also, Hugo, was denn? So sprich doch.«

»Frag nicht mehr, Mutter, frag nicht. Es ist zu furchtbar.«

Nun flammte ihre Neugier züngelnd auf. Es war ihr, als müßte aus der Wirrheit dieses Tages, der voll von Rätseln war, voll alter und neuer, endlich irgendwoher eine Antwort kommen. Sie griff mit beiden Händen in die Luft, als wollte sie dort irgend etwas Zerflatterndes fassen. Sie ließ sich von der Steuerbank heruntergleiten und saß nun zu Hugos Füßen. »So rede doch«, begann sie, »du kannst mir alles sagen, brauchst keine Scheu zu haben, ich versteh ja alles! Alles. Ich bin deine Mutter, Hugo, und ich bin eine Frau. Bedenke das, auch eine Frau bin ich. Du mußt nicht fürchten, daß du mich verletzen, mein Zartgefühl beleidigen könntest. Ich habe viel mitgemacht in dieser letzten Zeit. Ich bin ja noch keine ... alte Frau. Ich verstehe alles. Zu viel, mein Sohn ... Du mußt nicht denken, daß wir gar so weit voneinander sind, Hugo, und daß es Dinge gibt, die man mir nicht sagen darf.« Sie fühlte mir verwirrtem Staunen, wie sie sich preisgab, wie sie lockte. »Oh, wenn du wüßtest, Hugo, wenn du wüßtest.« Und die Antwort kam: »Ich weiß, Mutter.«

Beate erbebte. Doch sie empfand keine Scham mehr, nur ein erlösendes Bewußtsein von Ihm-näher-sein und Zu-ihm-gehören. Sie saß ihm zu Füßen auf dem Grund des Bootes und nahm seine Hände in die ihren. »Erzähle«, flüsterte sie.

Und er sprach, aber er erzählte nichts. Mit dumpfen abgerissenen Worten erklärte er nur, daß er niemals wieder unter Menschen sich zeigen könne. Was heute mit ihm geschehen war, das jagte ihn für immer aus dem Bereich alles Lebens.

»Was, was ist geschehen?«

»Ich bin nicht bei Sinnen gewesen. – Ich weiß nicht, was geschehen ist. Sie haben mich betrunken gemacht.«

»Sie haben dich betrunken gemacht? Wer, wer? – Du warst – nicht allein mit Fortunata?« Es fiel ihr ein, daß sie ihn neulich in Gesellschaft von Wilhelmine Fallehn und dem Kunstreiter gesehen hatte. Die also waren dort gewesen? Und mit erstickender Stimme fragte sie noch einmal: »Was ist geschehen?« Doch ohne daß Hugo antwortete, wußte sie's schon. Ein Bild malte sich vor ihren Augen in die Nacht, von dem sie entsetzt die Blicke fortwenden wollte, das ihr aber schamlos frech hinter die geschlossenen Lider folgte. Und in neuer schreckensvoller Ahnung, die Augen wieder öffnend und starr auf Hugos stumm gepreßte Lippen richtend, die sie doch nicht zu sehen vermochte, fragte sie: »Seit heute weißt du? Dort haben sie dir's gesagt?«

Er erwiderte nichts, doch ein Zucken lief durch seinen ganzen Körper, so wild, daß es ihn willenlos auf den Grund des Bootes warf, an Beatens Seite hin. Sie stöhnte einmal nur auf, verzweifelnd, und in einem Schauer unsäglicher Verlassenheit faßte sie von neuem nach Hugos fiebrig zitternden Händen, die ihr entglitten waren. Nun überließ er sie ihr, und das tat ihr wohl. Sie zog ihn näher zu sich heran, drängte sich an ihn; eine schmerzliche Sehnsucht stieg aus der Tiefe ihrer Seele auf und flutete dunkel in die seine über. Und beiden war es, als triebe ihr Kahn, der doch fast stille stand, weiter und weiter, in wachsender Schnelle. Wohin trieb er sie? Durch welchen Traum ohne Ziel? Nach welcher Welt ohne Gebot? Mußte er jemals wieder ans Land? Durfte er je? Zu gleicher Fahrt waren sie verbunden, der Himmel barg für sie in seinen Wolken keinen Morgen mehr; und im verführerischen Vorgefühl der ewigen Nacht gaben sie die vergehenden Lippen einander hin. Ruderlos glitt der Kahn fort, nach fernsten Ufern, und Beate war es, als küßte sie in dieser Stunde einen, den sie nie gekannt hatte und der ihr Gatte gewesen war, zum erstenmal.

Als sie ihre Besinnung wiederkehren fühlte, war ihr noch so viel Seelenkraft geschenkt, um sich vor völligem Wachwerden zu bewahren. Hugos beide Hände gefaßt haltend, schwang sie sich auf den Rand des Kahnes. Als sich das Schiff zur Seite neigte, öffneten sich Hugos Augen zu einem Blick, in dem ein Schimmer von Angst ihn zum letztenmal mit dem gemeinen Los der Menschen verbinden wollte. Beate zog den Geliebten, den Sohn, den Todgeweihten, an ihre Brust. Verstehend, verzeihend, erlöst schloß er die Augen; die ihren aber faßten noch einmal die in drohendem Dämmer aufsteigenden grauen Ufer, und ehe die lauen Wellen sich zwischen ihre Lider drängten, trank ihr sterbender Blick die letzten Schatten der verlöschenden Welt.

DIE FRAU DES RICHTERS

I

Nach zweiunddreißigjähriger Regierung, im siebenundfünfzigsten Jahre seines Lebens, wurde Karl Eberhard XVI., Herzog von Sigmaringen, im Hause der Gartenmägdlein, und zwar dem Gerüchte nach in den Armen des allerjüngsten, von einem plötzlichen Tode ereilt. Haus der Gartenmägdlein, so nämlich wurde im Volke das Jagdschloß Karolslust genannt, das, drei Wagenstunden von der Residenz und kaum eine halbe von dem Landstädtchen Karolsmarkt entfernt, innerhalb weitgedehnter Waldungen gelegen war, und in dem die herzoglicher Gunst sich erfreuenden Mädchen oder Frauen – stets zehn bis fünfzehn an der Zahl – ein zwar sorgenfreies, aber im übrigen höchst eingeschränktes Leben führten.

Für den Fall seines plötzlichen Hinscheidens hatte der Herzog schon vor längerer Zeit die Verfügung getroffen, daß sämtliche Gartenmägdlein, mit Geldmitteln ausreichend versehen, unverzüglich aus dem Schlosse zu entfernen und über die nahe Grenze zu bringen wären. Daher stand nach getreuer Ausführung des Befehls durch die des Gehorchens gewöhnten Verwalter und Hofbediensteten nicht nur das Residenzschloß Sigmaringen, sondern auch Karolslust schon wenige Tage nach dem Tode des Herzogs zum Empfange des neuen Herrn bereit, der, wie allgemein bekannt war, Art und Wandel seines Vaters stets mißbilligt und, seit Eintritt seiner Mündigkeit immer auf Reisen, das Herzogtum, das er später regieren sollte, schon drei Jahre lang nicht mehr betreten hatte. So war er von der Trauernachricht in Paris ereilt worden, wo er nicht nur in höfischen und adligen Kreisen wohl aufgenommen war, sondern auch, mehr den

Hohn als die Erbitterung seines Vaters herausfordernd, mit Gelehrten und Schriftstellern, darunter mit den berühmten Enzyklopädisten Diderot und Baron von Grimm, persönlichen Verkehr gepflogen hatte.

Der verstorbene Herzog, in jungen Jahren beim Volk ziemlich verhaßt gewesen, hatte seinen Untertanen längst keinen Anlaß zu ernstlicher Klage mehr gegeben. Im Genusse großer Einkünfte aus dem Erbe seiner früh dahingeschiedenen, mit dem unermeßlich reichen polnischen Fürstengeschlecht der Poniatowski verschwägerten Gattin, durfte er darauf verzichten, das Volk mit Steuern und Abgaben über Gebühr zu belasten, und hatte sich's, insbesondere in den letzten Jahren, an den Vergnügungen der Jagd und an der Gesellschaft seiner Gartenmägdlein so völlig genügen lassen, daß ihm für politische und soldatische Spielereien keine Zeit übriggeblieben war. Obwohl sich's daher in dem kleinen Lande, das ein rüstiger Fußgänger in sieben Tagen umwandern mochte, behaglicher und ungefährdeter leben ließ als in manchem anderen deutschen Fürstentum, fehlte es auch hier nicht an Unzufriedenen und Aufmuckern, deren manche sich zuweilen kecker äußerten als ihre Gleichgesinnten in anderen Ländern, wo eine allzu freie oder gar aufrührerische Rede nicht nur dem Sprecher, sondern wohl auch dem Zuhörer hätte übel geraten können.

Als der verwegenste Schwätzer im Fürstentum, ja überhaupt als ein bedenklicher Geselle, galt ein gewisser Tobias Klenk, der immer wieder, auch wenn man ihn schon für alle Zeit losgeworden zu sein glaubte, in seinem Geburtsstädtchen Karolsmarkt auftauchte, wo seine Mutter, eine Schlosserswitwe, zurückgezogen und in dürftigen Umständen lebte. Ihre beiden Zwillingstöchter, Brigitte und Maria, hatten schon als Sechzehnjährige, keineswegs ohne Zustimmung der Mutter, im Hause der Gartenmägdlein Aufnahme gefunden, wo es ihnen gar nicht übel erging, um so weniger, als sie beide, durch die nachbarlichen Umstände begünstigt, öfters Gelegenheit hatten, auf halbe oder ganze Tage zu entweichen und das ärmliche Haus der Mutter mit Backwerk und Wein zu versehen; daran mitzunaschen und mitzutrinken der Bruder Tobias, wenn auch unter allerlei höhnischen Reden, keineswegs verschmähte. Doch schon zehn Jahre vor dem plötzlichen Hinscheiden des Herzogs waren sie aus dem Lustschlößchen und zugleich aus dem Lande geflohen, ohne von ihrer Mutter oder sonst irgendeinem Menschen Abschied zu nehmen.

Geraume Zeit nach ihrem Verschwinden überbrachte ein unbekannter Reisender der alternden Frau Grüße ihrer Töchter aus Rom, wo diese in zweideutigen, aber gesicherten Verhältnissen zu leben schienen; sowie ein ansehnliches Geldgeschenk. Solches wiederholte sich einige Male im Lauf der Jahre, nur daß die Grüße und Gaben stets von einem anderen Reisenden überbracht wurden, – bis endlich auch dies ein Ende nahm und die Zwillingsschwestern für alle Zukunft verschollen blieben.

Ihr Bruder Tobias aber erschien in gemessenen Abständen immer wieder in seinem Heimatsort, ohne daß man je gewußt hätte, woher und warum; wie auch er selbst sich über seine Weltfahrten und sonstigen Umstände nur obenhin und in unklaren Andeutungen auszulassen liebte. Jedenfalls war er weit herumgekommen, hatte trotz mangelnder Vorbildung an verschiedenen deutschen Universitäten studiert und randaliert, später – niemand wußte, unter welchem Feldherrn und auf welchen Kriegsschauplätzen – als Soldat gefochten, war mit einem jungen Baron in Spanien, Portugal und England als Reisebegleiter oder Hofmeister umhergezogen und in allerlei mehr oder minder ehrenvolle Händel verwickelt gewesen, wobei er öfters mit der Polizei und den Gerichten, wohl auch mit den Gefängnissen nähere Bekanntschaft gemacht haben sollte. Noch etliche Jahre vor dem Tod des alten Herzogs war er sehr vornehm, fast kavaliermäßig angetan, in Karolsmarkt aufgetaucht, hatte seiner Mutter Leinenzeug und Tuch aus Holland, sowie ein Halbdutzend silberne Teller mitgebracht, an der Tafel beim Goldenen Ochsen eine Woche lang alle Bekannten freigehalten, und war eines Abends mittels einer alten Kutsche, in der eine nicht mehr ganz junge, reichgekleidete Dame saß, aus dem Wirtshaus abgeholt worden; seither aber war er von einem Mal zum anderen in immer verschlissenerem Gewand, in immer verdrossener Laune und mit trotzdem immer loserem Maul – stets nur zu kurzem Aufenthalt – in Karolsmarkt aufgetaucht; – und so hatte es sich gefügt, daß er gerade an dem Tage, da man den alten Herzog in der Gruft seiner Ahnen beisetzte, in schlimmerem Zustand als je, beinahe zerlumpt, in Karolsmarkt eingetroffen war, und sich nun als dreiunddreißigjähriger Mensch anschickte, seiner alten Mutter, die sich längst auch von dem letzten silbernen Teller hatte trennen müssen, und sich ihren Unterhalt mühselig durch Näh- und Flickarbeiten in fremden Häusern verdiente, in der Tasche zu liegen.

Aber trotz seines üblen Aus- und Ansehens nahm er allabendlich seinen Platz wie ihm gebührend am Wirtshaustische ein, und obwohl es manchem friedlichen Bürger bei seinen frechen und lästerlichen Reden unbehaglich zumute ward, hörten sie ihn nicht nur mit leidlicher Geduld und Nachsicht an, sondern es zahlte sogar, wie nach einer stillen Verabredung, jeden Abend ein anderer für ihn die Zeche, in geheimer Angst vor dem abenteuerlichen Menschen, den sie, ohne es einer dem anderen zu gestehen, nach seinen wilden Reden jedes bösen Tuns, ja – vielleicht zu Unrecht – selbst einer hinterhältigen Rache für fähig hielten.

Es kam wohl vor, daß der eine oder der andere Tischgenosse ihn mit ängstlichen, wenn auch scherzhaft klingenden Worten zu beschwichtigen suchte; dafür aber gab es Einen, der niemals anstand, seine Partei zu ergreifen, ihm wohl auch in seinen aufrührerischen Reden mit Gründen anscheinend philosophischer und historischer Natur beizustehen und sich bei solcher Gelegenheit zuweilen zu noch schlimmeren und gefährlicheren Äußerungen, ja bis zu Prophezeiungen und Drohungen zu versteigen pflegte, wie man sie nicht einmal von Tobias Klenk zu hören gewohnt war. Und dieser eine war wunderlicherweise kein anderer als der Richter in Karolsmarkt, Adalbert Wogelein, ein Altersgenosse und einstiger Schulkamerad des Tobias.

Beider Eltern hatten in den gleichen, zwar bescheidenen, doch auskömmlichen Verhältnissen gelebt, bis durch den frühen Tod des Schlossermeisters, der die Seinen vermögenslos zurückgelassen, sich zwischen den beiden Familien eine Kluft aufzutun begonnen hatte, die sich von Jahr zu Jahr weiter spannte. Dies konnte aber dem Freundschaftsband zwischen den beiden Knaben nichts anhaben, schien es vielmehr in eigentümlicher Weise nur noch fester zu knüpfen. Adalbert, ein musterhaft sanfter und fleißiger Schüler, geriet nämlich zu dem ungebärdigen und leichtfertigen Tobias in ein Verhältnis von unbegreiflicher Botmäßigkeit, so daß er sich von ihm nicht nur allerlei kindlich harmlosen Spaß, sondern auch gelegentliche Bosheit und Tyrannei mit Langmut, ja beinahe mit Lust, gefallen ließ.

Geschah es einmal, daß Adalbert versuchte sich aufzulehnen, indem er etwa sich weigerte, dem anderen bei der Lösung einer Rechenaufgabe behilflich zu sein oder sich an irgendeinem Bubenstreich zu beteiligen, so verstand es Tobias, ihn schon dadurch zu bestrafen, daß er so lange kein Wort an ihn richtete, ja nicht einmal seine Anrede zu hören schien, bis Adalbert nicht umhin konnte, nachzugeben oder gar den Kameraden unterwürfig um Verzeihung zu bitten.

Einmal, kurz nach dem Tode des Schlossermeisters, in der Pause zwischen zwei Schulstunden, ließ sich Adalbert einfallen, dem Freund, der gewissermaßen von einem Tag zum anderen ein armer Schlucker geworden war, zum Ankauf von Brot und Wurst ein paar Silbergroschen anzubieten, worauf ihm als Erwiderung und Dank eine kräftige Ohrfeige zuteil wurde. Doch eine Viertelstunde darauf, unwirsch befehlenden Tons, forderte Tobias von Adalbert alles Eßbare, das dieser bei sich trug, wie eine ihm rechtens zustehende Abgabe ein; und während er sich's vortrefflich schmecken ließ, verhöhnte er den anderen, der mit hungrigem Magen dabeistehen und zusehen mußte.

Ein andermal wieder hatte Adalbert auf einem Spaziergang nahe der Stadt die Schwestern des Tobias zufällig getroffen, als – ob ebenso zufällig, war schwer zu entscheiden – Tobias ihnen in den Weg lief und ohne jeden Anlaß behauptete, daß Adalbert sich gegen die beiden Mädchen, die damals fünfzehn Jahre zählten, ungebührlich benommen habe, ihn unter Drohungen aufforderte, sich mit größter Beschleunigung davonzumachen und ihm verbot, jemals wieder ein Wort an die Mädchen zu richten. Wenige Tage später lief Adalbert den Geschwistern abends an einer Straßenecke unversehens in die Arme, machte sofort Anstalt, in weitem Bogen auszuweichen, worauf Tobias ihn gebieterisch heranwinkte, das Ansinnen an ihn stellte, Brigitte und Maria nacheinander auf den Mund zu küssen, und den Unschlüssigen so lange in die Rippen puffte, bis der nicht anders konnte, als sich der unbegreiflichen Laune des Freundes zu fügen. Noch aber spürte er die brennenden Lippen der Mädchen auf den seinen, als ihn Tobias auch schon mit harten Worten anfuhr und ihn warnte, sich im Laufe der nächsten Tage bei Gefahr schwerer Prügelstrafe vor ihm und den Schwestern blicken zu lassen, – worauf sich Adalbert, vom Gelächter der Geschwister verfolgt, im zwiespältigen Nachgefühl eines bittersüßen Erlebnisses um die nächste Ecke davonschlich.

Als wenige Tage nach diesem Vorkommnis die beiden Mädchen, wie die Nachbarschaft übrigens seit geraumer Zeit prophezeit hatte, aus der elterlichen Wohnung in das Haus der Gartenmägdlein übersiedelt waren, äußerte sich Tobias vorerst zu Adalbert wie zu einem vertrauten Freunde in finster drohenden Worten über die Unbill, die seinen tugendhaften Schwestern widerfahren sei, schien sich aber bald um so williger in sein und ihr Schicksal zu fügen, als die Zustände im Mutterhaus von diesem Zeitpunkt an sich zusehends behaglicher gestalteten. In der Schule freilich, soweit es Tobias überhaupt beliebte, sie zu besuchen, wollte er immer weniger gut tun; und für den braven Adalbert wurde es geradezu bedenklich, ein Freundschaftsverhältnis aufrechtzuerhalten, das ihm in den Augen der Lehrer, der Mitschüler, ja des ganzen Städtchens, als eine unfaßbare, jedenfalls höchst beklagenswerte Verirrung ausgelegt wurde. Ließ er dies auch wie ein selbstgewähltes Schicksal in Ergebung, ja gewissermaßen freudig über sich ergehen, so atmete er doch, wenn auch zu seiner eigenen Verwunderung, wie befreit auf, als eines Tages, kurze Zeit vor der Flucht der Schwestern aus Karolslust, auch Tobias aus der Stadt verschwunden war, um sich vorerst, wie man von seiner Mutter hören konnte, aufs Land zu Verwandten von väterlicher Seite her zu begeben, die sich angeblich aus Gutmütigkeit des ungeratenen Jungen annehmen wollten.

Während nun von seinem weiteren Lebenslauf nur das Wenige und Unzuverlässige in Karolsmarkt bekannt wurde, was die Gerüchte herbeitrugen und was er selbst bei Gelegenheit seiner flüchtigen Besuche in der Heimat zu erzählen für gut fand, lag des Adalbert Wogelein Werdegang und Wirken klar für jedermann zutage. Nachdem er in Göttingen Jura studiert, innerhalb welcher Epoche seine Eltern kurz hintereinander verstorben waren, und er sich in der Residenzstadt als Gerichtsadjunkt betätigt hatte, trat er im Alter von siebenundzwanzig Jahren in seinem Geburtsort das Richteramt an, das er mit genügendem Anstand und getreu nach dem Buchstaben des Gesetzes verwaltete.

Im Alter von dreißig Jahren nahm er die Tochter des Stadtapothekers und Bürgermeisters zum Weib, ein stilles, heiteres, wohlgebildetes Geschöpf, das dem gelehrten Gatten in Treue und Achtung anhing, ihm sein von den Eltern ererbtes, am Ende des Städtchens gelegenes kleines Haus sowie die Wirtschaft in bestem Stand erhielt und unbeirrt in Herz und Sinnen dahinlebte, wie tausend andere Bürgerstöchter, die in engem Kreise ohne Ahnung einer weiteren und größeren Welt und ohne Sehnsucht nach ihr aufgewachsen sind. Noch war die Ehe mit Nachkommenschaft nicht gesegnet; außer dem Vater, etlichen Verwandten und einigen verheirateten und unverheirateten Jugendgespielinnen kam niemand ins Haus; und von den Männern, besonders den unvermählten, hielt sie sich möglichst fern, da Adalbert es nicht gerne sah, wenn irgend jemand dem zarten, hübschen Wesen, das nun einmal ihm gehörte, allzu freundliche Augen machte oder allzu angenehme Dinge sagte, wie das junge Männer, auch ohne jede unehrbare Absicht, nun einmal nicht lassen können.

Zwei- bis dreimal in der Woche begab sich der Herr Richter nach dem Abendessen in das Wirtshaus »Zum Goldenen Ochsen«, was ihm Agnes um so weniger verübeln konnte, als auch ihr Vater, der Bürgermeister, und andere geachtete Bürger sich dort regelmäßig als Gäste einzufinden pflegten und Adalbert, der aus angeborener Sparsamkeit sich im Trinken größter Mäßigkeit befliß, niemals nach Mitternacht heimkehrte.

Hierin war nun allerdings in den letzten Tagen, seit Tobias Klenks Wiederkunft an des Herzogs Begräbnistag, ein Wandel eingetreten, der Agnes mit einiger Besorgnis erfüllte. Nicht nur, daß kein Abend mehr verging, an dem es den Adalbert zu Hause gehalten hätte, er kehrte zu immer späterer Stunde heim, und überdies in einem seltsam erregten Gemütszustand, den Agnes anfangs nur dem reichlicher genossenen Weine zuzuschreiben geneigt war, bis sie sich erinnerte, daß auch vor zwei Jahren, als Tobias Klenk zum letzten Male hier geweilt, sich ihr Gatte, dessen Jugendfreundschaft mit Tobias wie eine halb verschollene Legende im Städtchen weiterlebte, für kurze Zeit in gleich unerfreulicher Weise verändert hatte. Damals war Agnes dem Tobias zuweilen in den Straßen des Städtchens begegnet; doch in einer ganz ehrlichen, selbst von unlauterer Neugier freien Scheu hatte sie sich kaum um ihn gekümmert, geschweige denn, daß sie zu einem Gespräch Gelegenheit gefunden oder eine solche gar gesucht hätte.

Diesmal aber hatte sie, da er sich in den Straßen kaum jemals blicken ließ, von seiner Anwesenheit überhaupt erst durch den Vater vernommen, der eines Morgens, als der Schwiegersohn bereits das Haus verlassen, es geraten fand, die Tochter von gewissen bedenklichen Äußerungen zu unterrichten, die ihr Gatte am vorhergegangenen Abend, offenbar unter dem gefährlichen Einfluß des kürzlich heimgekehrten Freundes, und diesen noch überbietend, im Wirtshaus getan, und die, aus dem Munde eines richterlichen Beamten, geradezu unbegreiflich geklungen hätten, und allerlei Unannehmlichkeiten, wenn nicht schlimmere Folgen, nach sich ziehen könnten. Hatte der Herzog selbst auch das Zeitliche gesegnet, – der herzogliche Konseil stand weiter in Amt und Würden, hielt nach wie vor seine Sitzungen, erließ Verordnungen, verhängte Strafen; der Oberjägermeister von Karolslust führte ein wohlbekanntes, strenges Regiment, das insbesondere die Wilderer und Holzklauber oft genug zu fühlen bekamen; und überdies wurde die Ankunft des jungen Herzogs mit jedem Tag erwartet. Und hatte man bisher auch nichts Nachteiliges von ihm vernommen, so konnte doch niemand vorhersagen, wie er sich als Regent betragen würde.

Und als Adalbert am Abend dieses Tages heimkehrte und, wie es in der letzten Zeit seine Art war, sich schon während des Auskleidens über das Unrecht zu ereifern anfing, das rings in deutschen Landen Bürger und Bauer zu erleiden hätten, über die Zehnten und Steuern loszog, die die Fürsten aus der Arbeit und dem Schweiß ihrer Untertanen zur Befriedigung eigener Gelüste preßten, von ihren Jagden sprach, die Acker und Feld zerstampften, von dem Schacher, den sie mit ihren eigenen Landeskindern trieben, indem sie sie als Soldaten nach Amerika verkauften, von der schändlichen Mätressenwirtschaft, deren Duldung für die Frauen und Jungfrauen des Landes eine stete Gefahr und Schande bedeutete, – da nickte Agnes zwar zustimmend, wie sie es gewohnt war, schüttelte auch wie bedauernd ihr blondes Haupt; aber gerade als Adalbert, auf dem Bettrand sitzend, die Stiefel auszog und einen Augenblick im Reden innehielt, wagte sie einen ersten leisen Einwand.

Sie selbst, so bemerkte sie schüchtern, das Ehepaar Wogelein nämlich, auch ihre näheren und entfernteren Verwandten und das ganze Städtchen Karolsmarkt, ja, wenn man es recht bedenke, das gesamte Herzogtum – soweit sie sich zurückerinnern könne –, hätten von all dem Übeln, deren Adalbert Erwähnung getan, eigentlich niemals etwas zu spüren bekommen; und so vermöchte sie nicht recht zu verstehen, warum er sich denn mit einemmal über Dinge so sehr erbittere, die ihn im Grunde nichts angingen.

Adalbert, von ihrem ungewohnten Widerspruch überrascht, entgegnete scharf, daß er, wie ihr wohl bekannt sein sollte, mit der Fähigkeit begabt sei, über das eigene Schicksal und das von Verwandten, Freunden und Landsleuten weit hinauszuschauen; daß es aber, wenn man schon davon reden wolle, auch in ihrer nächsten Umgebung keineswegs so vortrefflich bestellt sei, wie Agnes sich einzubilden vorgebe. Und er finde es wahrlich sonderbar, daß Agnes sich anstellte, als wisse sie nicht einmal etwas von der Schmach, die sich in ihrer nächsten Nachbarschaft seit Jahren und Jahrzehnten in frecher und höhnischer Weise breitgemacht habe –, und unvermittelt erklärte er den Tag als nicht mehr fern, an dem das Schloß Karolslust, das so viele Jungfrauen und ehrbare Frauen wie in einem Höllenrachen verschlungen habe, so zum Exempel die Schwestern seines alten Freundes Tobias Klenk, – daß Karolslust und manches andere Schloß von ähnlicher Bestimmung spurlos vom Erdboden verschwunden sein werde – und nicht diese Schlösser allein.

Erschrocken setzte sich Agnes im Bette auf, die reichen blonden Haare fielen ihr gelöst über die Schultern, und in wachsender Bangnis lauschte sie den Worten ihres Gatten, der in losem Schlafrock, mit schiefer Perücke, die Stiefel in der Hand schwingend seiner ersten Prophezeiung noch andere und wildere folgen ließ, so daß das friedliche Schlafgemach sich gleichsam mit einem Geruch von Blut und Brand zu füllen schien. Endlich warf er die Stiefel hin, entledigte sich des Schlafrocks und der Perücke, und während er über seine dunkelrote Stirn und die kurzen, gesträubten Haare eine weiße Nachtmütze stülpte, nahm Agnes die Gelegenheit zu der ängstlichen Frage wahr, ob er so furchtbare

Voraussagungen, verführt von seinem Mitgefühl mit der gequälten Menschheit, am Ende auch vor Leuten vernehmen ließe, die vielleicht nicht klug genug seien, ihn recht zu verstehen oder sie ihm übel auslegen und bei irgendeiner Gelegenheit aus Bosheit und Neid gegen ihn ausnützen könnten.

Adalbert rollte die Augen, drehte das Polster ohne jede Ursache zweimal in der Luft umher, ehe er sein Haupt darauf bettete, und wandte sich an Agnes mit der höhnischen Gegenfrage, ob sie ihn für einen Mann oder eine Memme halte, worauf er, den einen Arm wie zur Abwehr jeder Erwiderung vor sich hinstreckend – ohne Agnes eines weiteren Blickes zu würdigen, die Decke über sein Kinn zog und abgewandten Angesichts rascher einschlief, als Agnes nach einem so gewaltigen Leidenschaftsausbruch erwartet oder nur für möglich gehalten hätte.

II

Am nächsten Morgen war ihm von der gestrigen Erregung nicht das geringste mehr anzumerken; und als er sich nach eilig genossenem Frühstück von seiner noch im Bette ruhenden Gattin mit einem flüchtigen Kuß auf die Stirn verabschiedete und in würdiger Amtstracht, erhobenen Hauptes, Hut und Stock in der Hand, das Haus verließ, schien er ein ganz anderer zu sein als der grimmige Empörer, dessen Rede und Gehaben sie in der verflossenen Nacht in Erregung und Schrecken versetzt hatte.

Im Laufe des Tages beruhigte sie sich weiter – und als Adalbert auch nach der Rückkehr vom Amt, ganz nach seiner früheren Art, mit der ihm eigenen Wichtigkeit von allerlei gleichgültigen Vorkommnissen in Markt und Land sowie von seinen im Lauf des Tages gefällten, durchaus scharfsichtigen richterlichen Entscheidungen erzählte; – und sich nach beendeter Mahlzeit, behaglich die Hände über dem Magen gekreuzt, in den Sessel zurücklehnte, Agnes an sich heranzog und ehelichen Zärtlichkeiten nicht abgeneigt schien, gab sie sich schon der Hoffnung hin, den Gatten ohne besondere Schwierigkeit heute gänzlich zu Hause halten zu können.

Doch plötzlich, in einem Augenblick, da sie es am wenigsten erwartete, erhob er sich mit einem verschlagenen Lächeln, als habe er die arglose Gattin absichtlich in Sicherheit gewiegt; ohne weitere Erklärung, sich an ihrer Enttäuschung weidend, fast ohne Gruß ergriff er Hut und Stock und war mit einem Male aus der Tür.

Agnes aber vermochte keine Ruhe zu finden, bis Adalbert, wieder lange nach Mitternacht, zurückkehrte und, wie leicht zu merken war, in der gleichen oder einer noch schlimmeren Verfassung als an den vorhergegangenen Tagen. Hatte gestern seine Rede bei aller inneren Verwegenheit immer noch eine gewisse Wohlgesetztheit zu bewahren gewußt, so brachte er heute nur abgerissene, wirre Sätze hervor, aus denen zeitweise allzu verständlich ein unheilvolles Wort in die Stube gellte; und als er plötzlich einen fast gotteslästerlichen Fluch ausstieß, wie Agnes ihn noch niemals von ihm gehört, richtete sie sich jählings aus ihren Polstern auf und rief wie erleuchtet: »Nun ist mir alles klar, Adalbert, sie wollen dich verderben!«

Er stand mit offenem Munde da und lallte etwas; sie, seine Betroffenheit nützend, hastig und flehend, als hätte alles, was ihr nun zu eigener Überraschung mühelos von den Lippen floß, ihr seit langem auf dem Herzen gelastet, sagte ihm auf den Kopf zu, daß er offenbar in eine geheime Konspiration verwickelt sei; und daß die Verschwörer, als deren Abgesandter der entsetzliche Tobias Klenk wieder im Lande erschienen sei, gewiß nichts anderes im Sinne hätten, als sich zur Erreichung ihrer dunklen Ziele seines Muts, seiner Schlauheit und insbesondere seiner amtlichen Stellung zu bedienen. Aber sie bringe es nicht länger über sich, diesem Treiben ruhig zuzusehen, denn nicht er, ein richterlicher Beamter, ein Ehemann und vielleicht später einmal Familienvater, sei eingesetzt, um die Übel auszurotten, an denen Deutschland kranken möge, von denen aber gerade in ihrem Herzogtum weniger zu verspüren sei als anderwärts; – dazu seien Junggesellen oder Landstreicher da, überhaupt Leute, die nichts zu verlieren hätten und nicht für das Schicksal von Frauen und Kindern mitverantwortlich seien.

»Hast du den Verstand verloren?« schrie Adalbert.

»Ich wollte«, erwiderte sie, »ich hätte so wenig Anlaß, an deinem Verstand zu zweifeln, wie du an dem meinen. Weiß ich doch wahrhaftig nicht, was für ein böser Geist in den letzten Tagen in dich gefahren ist. Solange der Herzog lebte, dem man freilich allerlei Übles nachsagen konnte, auch wenn wir für unseren Teil nie was Schlimmes zu erleiden hatten, ist es dir nie eingefallen, so schauerliche Reden zu führen, daß einem das Blut erstarren konnte. Und nun, da wohl eine bessere Zeit anbrechen mag und wir einen jungen Fürsten über uns haben, von dem man niemals was Böses gehört hat, und der vielleicht unser Land zum glücklichsten im Reiche machen wird, predigst du Empörung, Brand und Mord.«

Adalbert stand vor ihr mit immer weiter aufgerissenen Augen, erstaunter noch über den ungehemmten Fluß als über die Verwegenheit ihrer Rede. »Woher weißt du, daß der Fürst schon im Lande ist?« fragte er sie drohend.

Ihre Blicke leuchteten hell auf. »Er ist da?« rief sie aus.

»Was schert es dich?« schrie er, »ob er da ist oder nicht.«

»Er ist da!« wiederholte sie, und es klang nicht wie eine Frage, eher wie ein Freudenruf.

»Wer hat dir verraten, daß er im Lande ist?«

Sie lachte. »Niemand als du selbst. Sollte es denn ein Geheimnis sein – oder gerade nur eines für mich?«

»Mittags erst fuhr er in die Residenz ein«, schrie Adalbert, »eben erst brachte man uns die Kunde ins Wirtshaus – und du weißt es schon?« Er hatte sich zu ihr aufs Bett gesetzt, faßte ihre beiden Hände und sah ihr fürchterlich ins Auge.

»Warum bist du so zornig, Adalbert?« fragte sie und wunderte sich, daß sie immer weniger Angst vor ihm verspürte. »Soll ich mich nicht freuen? Sollen wir uns nicht alle freuen, daß unser junger Landesherr endlich da ist?«

»Was geht's dich an, ob er jung ist oder alt«, fauchte er ihr ins Antlitz.

»Sechsundzwanzig«, sagte sie unbefangen. »Als er sich das letztemal im Lande aufhielt, war er einundzwanzig, und das sind eben fünf Jahre her.«

Er starrte sie an. »Du kennst ihn, Agnes?«

Sie lachte lustig auf. »Gerade so gut wie du, wie wir alle. Sollt' ich den Erbprinzen nicht kennen?«

»Du hast ihn gesehen?«

»Was ist dir denn, Adalbert? Sollt' ich mir die Augen verbinden, wenn er durch unser Städtchen zur Jagd fuhr? Ach, es geschah selten genug. Wie edel war seine Haltung, wie milde sein Blick, wie strahlend seine Stirn. Von einem, der so aussieht, Adalbert, kann uns nichts Böses kommen.«

Und wieder schrie er sie an, ob sie denn völlig toll geworden sei; warum sie sich einbilde, daß der junge Fürst aus anderem Holz geschnitzt sei als die anderen hohen Herren. Wenn sich auch mancher in jungen Tagen besser anzulassen scheine, – käme er erst zur Macht – hundertmal hätte man's erfahren, – so treibe er's genau so, wie seine Väter und Großväter es getan. Und was den neuen Herzog betreffe, so sei er zwar in Paris der Freund von Gelehrten und Schriftstellern gewesen, zugleich aber habe er sich mit Frauenzimmern der übelsten Art herumgetrieben, und daß er bei diesem Lebenswandel von der abscheulichen Krankheit verschont geblieben, die man mit gutem Grund die »Franzosen« nenne, sei wohl nicht anzunehmen. Und sein erstes hier im Lande werde jedenfalls sein, das Haus der Gartenmägdlein wieder in Betrieb zu setzen, das ja schon, wie man höre, zum Empfang des neuen Herrn sich rüste, woraus man wieder schließen könne, daß der ganze Hof, vom Minister bis zum Leibjäger, wohl wüßte, was er von dem jungen Fürsten zu gewärtigen habe.

»Und hast du nicht gehört, daß es wieder streng verboten ist, sich auf hundert Schritt Entfernung dem Schlößchen zu nähern, und daß keiner im Umkreis des Jagdgebietes sich mit einer Waffe zeigen darf? Man treibt wohl auch schon das Wild zusammen für ihn und seine saubere Gesellschaft, – und unsern armen Bauersleuten gnade Gott für die Dauer der Jagdzeit.«

Agnes lag da mit kindlichen, offenen Augen und hörte ruhig zu, fast wie eine wißbegierige Schülerin dem Lehrer, ohne einen Zweifel zu verraten oder gar einen Widerspruch zu wagen. Und mochte Adalbert allmählich glauben, daß es ihm gelungen sei, sie von der Wahrheit der Tatsachen, die er berichtete, wie auch von der Unfehlbarkeit seiner Ansichten zu überzeugen. An diesem Glauben beruhigte er sich selbst; der Druck seiner Hände wurde merklich milder, und was ihn durchglühte, war nicht mehr Zorn, sondern ein sanfteres Feuer, das an dem Blick ihrer Augen, die er niemals so hell hatte leuchten gesehen, sich immer heftiger entzündete.

Doch als er sich endlich an ihrer Seite hinstreckte, schien

Agnes zu seiner Enttäuschung schon in tiefen Schlaf versunken; und als er sie durch einen sanften Kuß auf die Stirn zu wecken suchte, fuhr sie mit der Hand über ihre Stirn und rollte sich unter der Decke zusammen wie ein kleines Kind, das von einer Fliege im Schlummer gestört worden ist. Und so schlief sie noch weiter, als am nächsten Morgen Adalbert erwachte, sich erhob, vernehmlich räusperte, hin und wieder wandelte, frühstückte, sich in seine Amtstracht warf; – und schlief immer noch, als er endlich das Haus verließ und die Türe nicht ohne Geräusch hinter ihm zufiel.

Bald nach seinem Weggehen verließ auch Agnes das Haus und begab sich in den Markt. Die Gassen lagen still wie sonst; die Unterhaltungen der jungen Frau mit Bekannten, denen sie zufällig begegnete, und mit Kaufleuten, bei denen sie Einkäufe zu besorgen hatte, waren gleichgültig wie je, und wenn auch immer wieder auf die Rückkehr des jungen Fürsten die Rede kam, niemand schien sonderlich erregt über ein Ereignis, das ja im Lauf der Dinge ganz natürlich hatte eintreten müssen.

Auch in der Apotheke des Vaters hielt sich Agnes eine kurze Weile auf und teilte ihm mit, daß sie ihrem Gatten das Wort abgenommen, sich von nun an im Wirtshaus gefährlicher Reden zu enthalten, worauf sie zu ihrer Verwunderung vernahm, daß er schon am gestrigen Abend zwar nicht wenig getrunken, doch in des Tobias Klenk Geschwätz, das man nun als ganz widersinnig zu verlachen beginne, nicht wie sonst eingestimmt habe.

Auch zu einer ihrer Freundinnen trat Agnes ins Haus, die vor etlichen Jahren als ganz junges Mädchen ihr anvertraut, daß sie sich kein schöneres Los denken könne als das eines Gartenmägdleins, sich bald darauf, etwa zur selben Zeit wie Agnes, vermählt, seither zwei Kinder geboren hatte und nun ihren Frauen- und Mutterpflichten völlig hingegeben war. Agnes fühlte sich heute versucht, ohne recht zu wissen warum, der Freundin jene harmlos lüsternen Mädchenträume ins Gedächtnis zurückzurufen, indem sie Adalberts Vermutung von gestern abend, daß der junge Fürst das Schloß Karolslust unverzüglich seinen früheren Zwecken wieder zurückgeben werde, als eine ganz bestimmte Tatsache mitteilte. Die Freundin aber schien kaum zu begreifen, was Agnes eigentlich meinte, diese wurde verlegen, fühlte sich auf Wangen, Hals und Nacken blutrot werden und begann jetzt erst selbst zu verstehen, was sie und warum sie es ausgesprochen hatte. »Gartenmägdlein«, das war plötzlich nicht mehr ein Wort, wie es bisher eines gewesen. Es war ein Bild, das vor ihr emportauchte und dessen Anblick sie süß erschauern machte. Bis zu dieser Stunde hatte sie es noch nicht beklagt, daß ihr kein Kind geschenkt war. Plötzlich empfand sie es wie einen Schmerz, und im nächsten Augenblick wurde ein Vorwurf gegen Adalbert daraus. Als sie nach kurzem Abschied von der Freundin wieder auf der Straße stand, bebte die Luft in erwartungsvoller Unruhe, – und es war doch nur ein Frühsommertag, wie sie schon viele ohne sonderliche Erregung erlebt hatte. Was kümmert's mich denn, fragte sie sich, daß der junge Fürst wieder im Lande ist! Hätte Adalbert nicht so törichtes Zeug über ihn geschwätzt, ich dächte gar nicht an ihn. Und auch daraus wurde ein Vorwurf gegen Adalbert.

Der aber schien sich wohl bewußt zu sein, welch eine Trübung im Verlauf der letzten Tage sein Bild in der Seele der Gattin erfahren hatte. Während des Mittagessens trug er heute ein minder lautes, ja befangenes Wesen zur Schau, als wollte er den Eindruck seines Gebarens von gestern und vorgestern in Vergessenheit bringen; und als er recht unvermittelt zwischen Suppe und Fleisch eines Gerüchtes Erwähnung tat, daß der junge Herzog sich demnächst mit einer Prinzessin von Württemberg verloben würde, verriet der Ton seiner Stimme nichts davon, daß er von dem gleichen Manne sprach, von dem gestern erst in einer ganz anderen Weise zwischen ihm und Agnes die Rede gewesen war. Und Agnes ließ darauf nur ein gleichgültiges »Ach, wirklich!« vernehmen, ohne die Miene zu verziehen.

Nach dem Essen machte er sich mit Akten zu tun, die er aus dem Amt nach Hause genommen, und Agnes merkte, daß der Gedanke, Adalbert könne heute vielleicht auf den gewohnten Wirtshausbesuch Verzicht leisten, nichts Erfreuliches für sie barg. Ja, sie atmete beinahe auf, als Adalbert bei Eintritt der Dämmerung doch das Haus verließ, und sie war entschlossen, wann immer und wie lärmend er auch nach Hause zurückkehren sollte, sich fest schlafend zu stellen.

Doch sie hatte wirklich geschlafen, und so wachte sie auch wirklich auf, als Adalbert um Mitternacht an ihrem Bette stand, und es konnte ihm nicht entgehen, daß sie die Lider öffnete und blinzelte. Er schien diesen Augenblick nur erwartet zu haben; und sofort, in gelassenem, aber wichtigem Ton, berichtete er von dem Begebnis, das heute an der Tafelrunde im »Goldenen Ochsen« das einzige Tischgespräch gewesen war.

Tobias Klenk war im Walde nächst Schloß Karolslust mit einer Flinte betroffen und auf Anordnung des Oberjägermeisters wegen Verdachts der Wilddieberei und tätlicher Widersetzlichkeit gegen die Jagdgehilfen festgenommen und gefesselt in das Gefängnis von Karolsmarkt geschafft worden, wo er morgen dem Richter, also ihm, Adalbert Wogelein, vorgeführt werden sollte.

»Und was wirst du tun?« fragte Agnes ängstlich.

»Dies kann ich nicht sagen, ehe ich den Angeklagten vernommen habe.«

»Du erzähltest doch eben selbst, Adalbert, daß Tobias Klenk Wilddieberei getrieben und sich gewalttätig betragen habe. Sonst hätte man ihn wohl nicht in Ketten ins Gefängnis gebracht. So wirst du ihn in jedem Fall zu einer strengen Strafe verurteilen müssen.«

»Die Wilddieberei ist nicht erwiesen«, erwiderte Adalbert stirnrunzelnd. »Und was es mit dem gewalttätigen Betragen gegenüber einer dreifachen Übermacht auf sich hatte, ob es sich nicht vielmehr um *Notwehr* gehandelt, auch das wird sich erst erweisen müssen. Ich werde meinen Spruch keinesfalls dem Oberjägermeister oder dem Fürsten zu Gefallen, auch nicht nach dem Buchstaben eines hinfälligen Gesetzes, sondern nach dem wahren Rechte fällen. Und selbst, wenn Tobias Klenk für seine arme Mutter einen Rehbock hätte schießen wollen, ja, wenn er einen von den fürstlichen Knechten, der sich an ihm vergriffen, niedergeschlagen hätte, – ich werde vor allem die Frage untersuchen, ob nicht auch diejenigen Personen zur Verantwortung zu ziehen wären, die ihm sein Eigentum, die Flinte, konfisziert, ihn körperlich angegriffen und ihm Hand- und Fußschellen angelegt haben.«

»Adalbert«, rief sie und sah ihn mit angstvollen Augen an.

Doch glaubte er in ihren Blicken etwas wie Bewunderung zu lesen, und so fuhr er unbeirrt fort: »Ich überlegte eben, ob ich dem Tobias Klenk nicht ohne weiteres die Fesseln abnehmen oder ihn gar in Freiheit setzen lassen sollte. Aber bei genauerer Erwägung erscheint es mir richtig, daß die Sache in völliger Öffentlichkeit verhandelt werde.«

»Was hast du vor, Adalbert?«

»Hast du Furcht, Agnes, so steht es dir frei, dich heute noch in das Haus deines Vaters, des Bürgermeisters, zu begeben, um die etwaigen Folgen meines Tuns nicht mit mir tragen zu müssen.« Und er fühlte sich immer höher wachsen.

»Nie und nimmer würde ich dich verlassen, Adalbert, aber«, sie hob beschwörend die Hände, »noch einmal bitte ich dich, zu bedenken –«

»Es ist alles bedacht, Agnes. Und wenn ich eines bedauere, so ist es, daß der Prozeß in unserem kleinen Städtchen und nicht in der Residenz oder besser noch vor dem Reichsgericht in Wetzlar verhandelt wird. Aber es könnte wohl sein, daß mein Wort auch von hier aus ins Weite dränge und sich an meinem Spruch eine Fackel entzündete, die über ganz Deutschland leuchtete.«

»Adalbert«, rief Agnes, »du opferst dich deiner Freundschaft für Tobias Klenk auf.«

Adalbert reckte sich. »Ob Tobias oder ein anderer, ob Freund oder Feind, das kümmert mich nicht.«

»Du stürzest dich ins Verderben, Adalbert, und – mich dazu.«

Doch während sie so sprach, war es ihm wieder, als sähe er in der Tiefe ihres Blickes einen Strahl scheuer Bewunderung erglänzen, und es fuhr ihm durch den Sinn, daß er sich nun den Lohn für seine Kühnheit von ihren Lippen holen wollte. Er neigte sich zu ihr; ihr aber wehte Weindunst entgegen, sie zuckte zusammen; – und als er ihr näherrückte, brach sie plötzlich in Tränen aus. Adalbert war außerstande, sie zu beschwichtigen, – und so bitter es ihm ums Herz war, er mußte endlich von ihr lassen.

III

Als Adalbert Wogelein am nächsten Morgen die Gerichtsstube betrat, die zu ebener Erde in einem geräumigen, alten Gebäude auf dem Marktplatz untergebracht war, legte ihm der Schreiber, wie es Brauch war, eine Liste der zur Verhandlung bestimmten Fälle vor. Zuerst wurden zwei Bürger vorgerufen, zwischen denen eine Schuldforderung schwebte, die Adalbert nach Anhörung der Parteien und dreier Zeugen nach bestem Wissen und Gewissen zuungunsten des Klägers entschied, dessen Forderung als verjährt abgewiesen wurde. Dann wurden zwei Burschen vorgeführt, die einander bei einem Raufhandel erheblich verletzt, sich im Arrest unterdessen versöhnt hatten und nun nicht begreifen wollten, warum sie trotzdem jeder nach dem Spruch des Richters ein paar Wochen bei Wasser und Brot brummen sollten.

Während sie abgeführt wurden, drang in die Gerichtsstube die Kunde, daß soeben der junge Herzog in Karolsmarkt ohne jede Begleitung eingetroffen und vor dem Schulhause abgestiegen sei, wo er nun einer Unterrichtsstunde beiwohne. Der Schreiber, ein Mann in mittleren Jahren, nicht eben gelehrt, aber pfiffig genug, mit dem sich Adalbert Wogelein in eigener Person über verzwickte Rechtsfälle öfters in Diskurse einzulassen liebte, ließ nun den Richter wissen, daß der Herzog schon gestern, also kurz nach seiner Ankunft, in der Residenzstadt gewisse staatliche Ämter und öffentliche Anstalten überraschend visitiert hätte, was einigen Räten und Angestellten nicht sehr wohl bekommen sei.

Dem Adalbert Wogelein rieselte es leicht über den Rükken; aber ohne sich zu der Mitteilung des Schreibers irgendwie zu äußern, trat er in die Verhandlung des nächsten Falles ein. Ein Landstreicher stand vor Gericht, ein jämmerlich aussehender, magerer, ältlicher Mensch, der verdächtig war, aus dem Hause einer Witwe, wo er genächtigt, allerlei von ihrem verstorbenen Gatten hinterlassenes Handwerkzeug und auch Lebensmittel entwendet zu haben. Während er sich elend und weinerlich verschwor, daß er in seinem ganzen Leben nicht so viel gestohlen, als unter den Nägeln eines Fingers Platz habe, flog die Türe auf, ein junger Bursche stand da und rief atemlos: »Seine Gnaden, der Herzog!«

Adalbert wußte seine Ruhe völlig zu bewahren, verwies den Schreiber, der aufgesprungen war, auf seinen Platz und schickte sich eben an, dem Landstreicher eine neue Frage vorzulegen, als der Herzog eintrat, vornehm, aber ohne jede Prachtentfaltung in Schwarz gekleidet, schlank und stattlich, zwar jung, aber doch älter aussehend, als seinen Jahren gemäß war.

Adalbert Wogelein erhob sich und wollte dem Herzog ein paar Schritte entgegentun, um ihn mit schuldiger Ehrfurcht zu begrüßen; dieser aber, mit ziemlich leiser, aber wohlklingender Stimme sagte: »Ich trag' Euch auf, Herr Richter, Eures Amtes weiter zu walten und die Verhandlung weiter zu führen, gerade so, als wenn ich nicht anwesend wäre.« Ebenso bedeutete er dem Gerichtsdiener, der das nachdrängende Volk zurückhalten wollte, er möge so viele hereinlassen, als immer nur Platz finden könnten, ließ es sich gerade noch gefallen, daß der Schreiber ihm einen Stuhl hinschob, und rückte ihn selber so, daß er seitlich neben dem Richter, doch ein wenig hinter ihm zu sitzen kam.

Ohne mit der Stimme zu beben, fuhr Adalbert Wogelein in seinen Fragen fort, und als der Landstreicher noch weiterhin leugnete, während die Witwe schwor, es könne kein anderer als er der Übeltäter gewesen sein, tat Adalbert den Spruch, daß der Angeklagte, bei dem sich nichts von den gestohlenen Sachen vorgefunden, aus der Haft zu entlassen, daß er aber unverzüglich den Ort und innerhalb vierundzwanzig Stunden das Land zu verlassen habe. Dann sagte er einfach: »Weiter«, wie das eben seine Art war, wenn ein neuer Fall zur Verhandlung kommen sollte; und er bewies so seine Unbekümmertheit um die Anwesenheit des Herzogs, empfand es aber zugleich mit Genugtuung, daß er damit nach des Herzogs ausdrücklich kundgetanem Willen vorgegangen war.

Ohne den Aufruf des Gerichtsdieners abzuwarten, der sich noch mit dem Landstreicher zu befassen hatte, trat Tobias Klenk ein, in einem kavaliersmäßig zugeschnittenen, doch abgetragenen Gewand, zu dem die hohen, gelben Stiefel nicht recht passen wollten. Das dunkle Haar hing ihm wirr in die blasse, gerunzelte Stirn, sein Blick war hochmütig und nicht ohne Tücke, und er sah abenteuerlich und beinahe bedrohlich aus. Er trat, als sei ihm von der Anwesenheit des Herzogs nichts bekannt, gerade vor den Richter hin und sagte in scharfem, aber nicht gerade grobem Ton: »Vor allem, Freund Adalbert, wünsche ich der Handschellen entledigt zu werden.«

Ein Raunen und Murmeln ging durch die enge, menschenerfüllte Stube, die Leute sahen zum Herzog hin, der unbeweglich mit gekreuzten Armen dasaß; – und dann erst zum Richter.

Dieser aber sprach: »Die Handschellen wären Euch schon vor Eurem Eintritt abgenommen worden, wenn Ihr so lange Geduld gehabt hättet, bis man Euch vorrief. Euer Freund aber, Tobias Klenk, wo immer ich es sein mag, hier in der Amtsstube bin ich es nicht.«

Auf seinen Wink wurden dem Tobias die Fesseln abgenommen und zugleich wies der Richter den Schreiber an, die Anklage gegen Tobias Klenk zur Verlesung zu bringen. Doch kaum hatte sich der Schreiber erhoben, als Tobias nach dem Papier griff, das jener in den Händen hielt, es zusammenknitterte und auf den Tisch warf. Er soll es mir nur nicht zu schwer machen, dachte Adalbert.

»Was kümmert mich das Papier!« rief Tobias. »Wo sind die Kerle, die mir meine Flinte weggenommen, mich geprügelt und mir Hand- und Fußschellen angelegt haben? Wo sind die Jagdgehilfen? Wo der Herr Oberjägermeister? Mit ihnen habe ich zu schaffen, nichts mit dem Papier.«

»Tobias Klenk«, sagte Adalbert Wogelein, und er hoffte, daß niemand das leise Zittern in seiner Stimme merken würde, »ich ermahne Euch, der Würde dieses Ortes eingedenk zu sein, der heute überdies durch die Anwesenheit Seiner Gnaden, unseres durchlauchtigsten Herzogs ausgezeichnet ist.«

Das hätte ich nicht sagen sollen, dachte er gleich und vernahm auch schon die milde, aber feste Stimme des Herzogs: »Meine Anwesenheit tut nichts zur Sache, Herr Richter.« Und mit einer leichten Handbewegung wehrte er zugleich die allzu tiefe, geradezu höhnische Verbeugung ab, zu der sich Tobias Klenk nun bequemte, als wäre er des Herzogs eben erst gewahr worden.

Adalbert Wogelein aber wies den Schreiber durch einen Blick an, zu lesen, worauf dieser das zerknitterte Papier, das er schon vorher an sich genommen, völlig entfaltete und begann: »Am heutigen Nachmittag, bei einem Rundgange durch das herzogliche Revier, kaum hundert Schritte weit vom eingefriedeten Park, betraf ich, der unterzeichnete herzogliche Oberjägermeister Franz Sever von Wolfenstein den hier gebürtigen, aber meist von hier abwesenden, übel beleumundeten Einwohner von Karolsmarkt Tobias Klenk« (hier lachte Tobias auf, und Adalbert schüttelte mißfällig den Kopf, man wußte nicht, ob über des Tobias Lachen oder über die Bemerkung des Oberjägermeisters zu des Tobias

Leumund) – »mit einer Jagdflinte im Arm. Obzwar ich nach bestehendem Gesetz berechtigt, ja vielleicht sogar verpflichtet gewesen wäre, bemeldetem Tobias Klenk die Waffe ohne weiteres abzunehmen und ihn in Arrest führen zu lassen, verwarnte ich ihn vorerst und forderte ihn auf, sich unverzüglich aus dem Revier zu entfernen, das er offenbar nur zum Zwecke der Wilddieberei betreten hatte. Erst als er meine Aufforderung mit unverschämten, ja drohenden Worten erwiderte, pfiff ich um Sukkurs, worauf die in der Nähe befindlichen Jäger Kuno Waldhaber und Franz Rebler herbeieilten, bemeldetem Tobias Klenk die Flinte wegnahmen und, da er mit Händen und Füßen um sich schlug, sich überhaupt gebärdete wie ein Wütender, ihm Fesseln anlegten, worauf ich ihn in den Arrest nach Karolsmarkt abführen ließ, damit er vor dem ordentlichen Gericht in aller Form Rechtens verhört und abgeurteilt würde, wegen folgender drei Vergehen, als da sind: Erstens: unbefugtes Tragen einer Waffe im herzoglichen Revier, zweitens: geplante Wilddieberei und drittens: gewalttätiges Vorgehen gegenüber herzoglichen Angestellten im Dienst.«

Sofort, nachdem der Schreiber geendet, richtete Adalbert Wogelein das Wort an den Angeklagten. »Euer Name ist Tobias Klenk?«

»So wahr der deine Adalbert Wogelein ist.«

»Alter – dreiunddreißig Jahre, unvermählt –«

»Und hoffe es zu bleiben.«

»Euer Beruf?«

»Bist du der überflüssigen Fragen nicht endlich müde, Adalbert?«

»Meine Pflicht ist zu fragen, wie die Eure zu antworten.«

»So setze in die Rubrik: was er war, kümmert keinen; was er einmal sein wird, vermag er selbst heute noch nicht vorherzusagen; was er *ist*, sieht jeder auf den ersten Blick – und wer es nicht sieht, dem ist durch Worte nicht zu helfen.«

»Euer Witz ist etwas zeitraubend«, bemerkte Adalbert Wogelein. Und da er, zum Herzog schielend, zu bemerken glaubte, daß dieser lächelte, fügte er leichten Tones hinzu: »Somit werde ich auf eigene Verantwortung einschreiben: Dermalen beschäftigunglos.«

»Wieso, Freund Wogelein? *Deine* Beschäftigung ist zu fragen, *meine* zu antworten. Ich kann mir so wenig helfen als du; wir stehen beide unter demselben Gesetz, doch glaube ich fast, daß mir wohler zumute ist als dir.«

Ein leises Murmeln ging durch den Raum. Adalbert Wogelein saß unbeweglich. Und trotzdem werde ich ihn freisprechen, dachte er, mag daraus werden, was will. »Bekennt Ihr Euch schuldig, Tobias Klenk?« fragte er.

»Nein«, erwiderte Tobias Klenk.

»So leugnet Ihr die Richtigkeit des Protokolls von des Herrn Oberjägermeisters Hand, das Euch eben vorgelesen wurde?«

»In den Tatsachen keineswegs, doch stelle ich in Abrede, daß diese Tatsachen eine Schuld zu bedeuten haben.«

»Ihr seid erstlich angeklagt, im herzoglichen Jagdrevier eine Waffe, und zwar eine Jagdflinte getragen zu haben, womit Ihr wissentlich ein strenges Gebot überschritten habt.«

»Ich weiß, daß dies ein Verbot ist, doch bestreite ich, daß man sich jedem, auch einem unsinnigen Verbot bedingungslos unterwerfen muß. So könnte es irgendeinem Fürsten einmal einfallen, ein Gebot zu erlassen, daß niemand mit gelben Stiefeln sein Revier betrete, – oder daß kein Untertan mehr als drei Knöpfe an der Weste tragen dürfe. Wie denkst du, Adalbert Wogelein, wäre ich – oder wärst du gehalten, auch ein solches Gebot zu erfüllen, weil ein Fürst oder ein Oberjägermeister es erlassen?«

»Solche Verbote wären allerdings ohne Sinn«, erwiderte Adalbert, »und schon die Annahme, daß ein Fürst solche Gebote erlassen könnte, bedeutet gewissermaßen eine Beleidigung der fürstlichen Autorität ... Aber es handelt sich hier um das Verbot des Waffentragens, das keineswegs unsinnig ist, sondern, wie jedermann weiß, den offenbaren Zweck hat, die Wilddieberei zu verhindern.«

»Ich erkläre jedes Verbot als unsinnig«, sagte Tobias, »durch das zugunsten eines Mächtigen die Freiheit von tausend Geknechteten willkürlich beschränkt wird. Und ich erkenne eine Welt nicht an, in der dem einen unbeschränkte Gewalt verliehen ist zu befehlen, und hunderttausend andere verdammt sind, ihm zu gehorchen; eine Welt, wo der eine, der den Rehbraten verspeist, wann es ihm beliebt und ohne dafür zu bezahlen, überdies noch den andern darf einsperren lassen, der auch nur im Verdacht steht, Lust auf den Rehbraten verspürt zu haben.«

Das Raunen und Murmeln ringsum wuchs an. Adalbert Wogelein fühlte es heiß in seine Stirn steigen, denn der Satz, den Tobias Klenk eben vorgebracht, sah einem zum Verwechseln ähnlich, den Adalbert selbst vor wenigen Tagen am Wirtshaustisch »Zum Goldenen Ochsen« ausgesprochen hatte. Doch er behielt die Fassung und bemerkte mit überlegenem Lächeln: »Dies ist eine Philosophie, Tobias Klenk, über die Ihr Euch mit Gelehrten und Staatsmännern oder mit wem immer am Wirtshaustisch unterhalten mögt. Für uns hier bei Gericht steht nur der Kasus als solcher in Frage. Und was diesen anbelangt, kann ich Euere bisherigen Antworten nur einem Geständnis gleichsetzen, – daß Ihr deshalb mit der Flinte ins herzogliche Revier gekommen seid, um Euch ... auf wohlfeile Weise einen Rehbraten zu verschaffen.«

»Leg' mir nichts in den Mund, was ich nicht gesagt habe,

Adalbert. Man trägt Waffen zu mancherlei Anlaß, manchmal sogar zum eigenen Schutz. Daß ich die Waffe zum Zwecke der sogenannten Wilddieberei getragen, ist nicht bewiesen.«

»Hierüber wird das Gericht entscheiden«, bemerkte Adalbert rasch. Und fügte hinzu: »Wir kommen nun zu dem dritten Punkt der Anklage: daß Ihr Euch der Entwaffnung widersetzt und gegen die herzoglichen Jäger tätlich vergangen habt.«

»Auch dies gestehe ich zu, – doch keineswegs als Schuld. Die Flinte ist mein Eigentum und gewiß so redlich von mir erworben, wie manches Jagdrevier und weiteres Gebiet von manchem deutschen Fürsten erworben ward. Kein Mensch hatte das Recht, mir mein Eigentum abzuverlangen oder gar zu entreißen. Ich aber war wohl berechtigt, mich meiner Haut zu wehren, als zwei bewaffnete Kerle über mich herfielen, die keinerlei Strafe zu erwarten gehabt hätten, auch wenn ich bei dieser Gelegenheit umgebracht worden wäre.«

»Es ist mit Gewißheit anzunehmen«, sagte Adalbert mild, »daß Euch nichts zuleide geschehen wäre, wenn Ihr Euch gutwillig gefügt hättet, Tobias Klenk.«

»Ich bin der Mann nicht, mich zu fügen, auch wo mein Recht nicht über allem Zweifel steht. Und ich sollte es tun, wo mir Unrecht und Gewalt angetan wird?«

»Somit gesteht Ihr also zu«, sagte Adalbert Wogelein, und es ward ihm schwül zumut, denn er fühlte, daß die Verhandlung ihrem Ende nahte und die Entscheidung, nicht über des Tobias Klenk Schicksal allein, in seine Hand gelegt war – »somit gesteht Ihr auch zu, daß Ihr Euch der Verhaftung tätlich widersetzt habt. Habt Ihr in diesem Punkte etwas zu Eurer Rechtfertigung vorzubringen?«

»Ich habe mich nicht zu rechtfertigen, da ich mir keiner

Schuld bewußt bin, sondern ich erhebe Anklage, und zwar vorerst –«

Eilends unterbrach ihn Adalbert. »Habt Ihr eine Anklage vorzubringen, so mögt Ihr es zu gelegener Zeit und in ordnungsgemäßer Weise tun. Noch vier Fälle harren heute meines Spruchs. Wir müssen zu Ende kommen.«

»Ich klage an«, begann Tobias Klenk von neuem –

»Stille«, rief Adalbert Wogelein und dachte bei sich: Es ist ihm nicht zu helfen – und mir auch nicht.

»Ich klage an«, rief Tobias Klenk, »erstens die beiden Jagdgehilfen Kuno Waldhaber und Franz Rebler, ferner den Oberjägermeister Franz Sever von Wolfenstein und drittens« –

Nur weiter, dachte Adalbert Wogelein, er gräbt sich selber sein Grab ... und das könnte mich retten ...

»Und zum dritten«, schrie Tobias, »erhebe ich die Anklage gegen den Fürsten dieses Landes, den Herzog –«

»Es ist genug«, rief Adalbert Wogelein mit erhobener Stimme, während aller Augen sich neugierig auf den Herzog richteten, dessen Miene nicht die geringste Bewegung verriet. »Die Anklage gegen den Landesherrn ist bei den Gerichten dieses Landes unzulässig. Doch steht es jedem Untertanen frei, der sich in seiner Ehre oder seinem Wohlergehen, durch wen immer es sei, auch durch den Fürsten seines Landes, gekränkt fühlt, die Klage beim Reichsgericht in Wetzlar einzubringen.« Er atmete tief auf, denn nun war er dem verwegenen und unverschämten Menschen so weit entgegengekommen, als es überhaupt möglich war. »Was aber nun den heute zur Verhandlung stehenden Fall anbelangt«, – er erhob sich, – »so spreche ich, Adalbert Wogelein, Richter in Karolsmarkt, Euch, Tobias Klenk, im Namen Seiner Gnaden des durchlauchtigsten Herzogs in drei Punkten – nach Euerm eigenen Geständnis – schuldig.

Erstlich wegen Tragens einer verbotenen Waffe, zweitens wegen versuchter Wilddieberei und drittens wegen tätlicher Widersetzlichkeit gegen Beamte in Diensten Seiner Gnaden des Herzogs. Daß Ihr mit der Jagdflinte im herzoglichen Revier betroffen seid, könnt Ihr selbst nicht leugnen. Daß Ihr sie zu einem andern Zweck als zu dem der Wilddieberei getragen habt, ist durchaus unglaubwürdig. Daß Ihr Euch gegen Eure Festnahme mit unerlaubten Mitteln zur Wehr gesetzt, worauf Gefahr für Gesundheit und Leben der in Ausübung ihrer Pflicht handelnden Personen erfolgte, ist gleichfalls erwiesen. Somit verurteile ich Euch« – er zögerte, denn nun fühlte er, daß er im Begriff war, den Schicksalsspruch über sich selbst zu fällen – »zu Gefängnis in der Dauer von einem Jahr und nachheriger Landesverweisung.«

In diesem Augenblick war Adalbert auf mancherlei gefaßt. Er hielt es ebenso für denkbar, daß Tobias Klenk ihn sofort als Verschwörer und Spießgesellen angeben, als auch, daß er sich auf ihn stürzen und ihn tätlich angreifen würde. Scharf sah er ihm ins Auge, als wollte er ihn durch seinen Blick in Schach halten, doch vermochte er in dem des Tobias nichts anderes zu lesen als den Ausdruck einer grenzenlosen Verachtung. Noch unheimlicher aber war ihm, daß der Herzog nach wie vor schweigend, unbeweglich, mit über der Brust gekreuzten Armen auf seinem Platz sitzen geblieben war.

Adalbert gab dem Gerichtsdiener einen Wink, den Verurteilten abzuführen. Dieser, ohne den Richter, den Fürsten oder sonst einen der Anwesenden auch nur eines Blicks zu würdigen, wandte sich zur Türe und ging. Die übrigen blieben in der Gerichtsstube und, wie durch das Schweigen und die Unbeweglichkeit des Fürsten in Bann gehalten, sahen einander wohl unsicher an, verhielten sich aber völlig regungslos.

Adalbert, einsam wie in einem luftlosen Raum, ließ wieder, fast ohne es selbst zu wissen, sein »Weiter« vernehmen. Er nahm einen Akt zur Hand, der vor ihm lag, wandte sich an den Schreiber, als hätte er ihm irgend etwas darauf Bezügliches zu sagen, und nahm die Gelegenheit wahr, ihm zuzuflüstern: »Sorgt dafür, daß der Tobias in eines der unteren völlig sicheren Kellergelasse eingeschlossen werde.« Der Schreiber nickte, erhob sich, – zugleich trat ein Bauer mit seinem Weibe ein, als Klägerin gegen ihren Mann, der sie mißhandelt hatte.

Noch als Adalbert Wogelein die ersten Fragen an die beiden stellte, erhob sich der Herzog; als Adalbert das gleiche tat, wehrte der Herzog ab, sagte mild: »Ihr dürft Euch nicht stören lassen, Herr Richter!«, grüßte nach allen Seiten und ging, wie er gekommen, ohne auch nur durch ein Wort seiner Zufriedenheit oder seiner Mißbilligung Ausdruck zu verleihen. Von der Türe aus winkte er, ohne zu lächeln, dem Richter huldvoll zu, der trotzdem nicht vermochte, sich beglückt zu fühlen.

Die Leute, die nun dem Herzog nachströmten, verwies er unwirsch zur Ruhe und fuhr in der Vernehmung des Ehepaares fort. Der Schreiber kam zurück und bedeutete dem Richter durch einen Blick, daß dessen Auftrag bestellt und ausgeführt sei. Adalbert Wogelein brachte die Angelegenheit mit dem uneinigen Ehepaar eilig und etwas verdrossen zu Ende, noch eiliger die nächsten Streitfälle, schloß vorzeitig die Gerichtsstunde, vergewisserte sich beim Gefängnisaufseher, daß Tobias sich in sicherem Gewahrsam befinde, und mahnte nochmals, daß man ja keinerlei Vorsichtsmaßregeln gegenüber Tobias Klenk außer acht, daß man es ihm aber an reichlichem Essen und Trinken nicht fehlen lassen dürfe.

Auf der Straße erfuhr er, daß der Herzog indes einige

Handwerker aufgesucht hatte; so einen Goldschmied, dem er ein paar Schmuckstücke abgekauft, einen Drechsler, von dem er ein Schachspiel erworben; – und daß er sich jetzt eben in der Kirche aufhalte, nicht etwa, um seine Andacht zu verrichten, sondern, um sich von dem Schullehrer, der als geschickter Organist bekannt war, auf der Orgel vorspielen zu lassen. Die mächtigen Töne drangen an Adalberts Ohr, als er an der Kirche vorbeiging, vor der der Wagen des Herzogs wartete. Im übrigen war die Straße fast leer, da die Menge dem Herzog in das Gotteshaus gefolgt war.

IV

Der Tag war schwüler, als es zu dieser frühen Jahreszeit der Fall zu sein pflegte, kein Lüftchen rührte sich, und Adalbert war es an Leib und Seele nicht behaglich zumute. Obzwar er sich selbst das Zeugnis erteilen mußte, daß er sich in seiner unsäglich schwierigen Lage so würdig und klug betragen, als nur immer möglich war; er fühlte sich nicht nur seltsam unsicher, sondern auch unzufrieden mit sich selbst, wie nie zuvor. Er fragte sich aufs Gewissen, ob sein Spruch anders ausgefallen wäre, wenn der Fürst der Verhandlung nicht beigewohnt hätte. Doch hier erhob sich gleich die zweite Frage, ob nicht vor allem Tobias Klenk in diesem Falle sich anders benommen, – ob sanfter oder frecher war freilich schwer zu sagen. Nun, wie immer, nach dem offenbaren Tatbestand war es nicht möglich gewesen, den Tobias Klenk jeder Strafe zu entheben; und ob man ihn nun auf ein halbes oder für ein ganzes Jahr hinter Schloß und Riegel sperrte, das machte keinen großen Unterschied.

Was den Richter Wogelein am schlimmsten peinigte, das war, daß er sich seinem Weibe gegenüber gerühmt hatte, er würde den Tobias in jedem Falle völlig frei ausgehen lassen. Aber war sie von dieser seiner Absicht nicht selbst aufs heftigste erschreckt gewesen und mußte nun erleichtert aufatmen, wenn sie hörte, daß Tobias Klenk seine Schuld gar nicht geleugnet und sich vor Gericht so über alle Maßen frech und herausfordernd betragen hatte, als legte er es geradezu darauf an, das strengste Urteil über sich heraufzubeschwören? Was mochte nur hinter diesem Betragen für eine geheime Absicht gesteckt haben? War es nur leidige Prahlsucht gewesen? Oder ehrliche innere Empörung? Oder am Ende nur der boshafte Drang, den alten Freund und Schulkameraden, den Richter Adalbert Wogelein, in die Tinte zu bringen?

Bei diesem Gedanken überlief es ihn kalt. Was wußte er am Ende von des Herzogs wahrer Gemütsart und eigentlichem Wesen? Hatte der Schreiber heute morgen nicht allerlei verlauten lassen von unangenehmen Dingen, die gewissen Räten in der Residenz zugestoßen waren? Ob man es mit einem milden oder gar edlen Fürsten zu tun hatte, oder mit einem verschlagenen grausamen Herrn, das mußte sich erst erweisen. Und keineswegs war es außer dem Bereich aller Möglichkeit, daß vor dem Hause des Richters Wogelein schon die Häscher warteten, um ihn wegen geheimen Einverständnisses mit einem frechen und staatsgefährlichen Gesellen festzunehmen und in den Kerker zu schleppen. Durch die undurchdringliche, aber herablassende Art des Herzogs in trügerische Sicherheit gewiegt, hatte Adalbert die furchtbare Gefahr, in der er schwebte, bisher kaum erwogen. War es nicht geraten vorzubauen, soweit das noch möglich war? Sollte er nicht unverzüglich Audienz nehmen beim Herzog und ihn aufklären, daß es mit ihm, dem Richter Wogelein, keineswegs so bestellt sei, wie man nach des Tobias Klenk Geschwätz und Gebaren wohl hätte vermuten dürfen? Daß er ein redlicher und treuer, wenn auch eigenwillig und mutig denkender Beamter des Herzogtums war, der sich in seinem Leben nichts Böses hatte zuschulden kommen lassen?

Und nun erst kam die rechte Erbitterung über ihn. Welch ein heilloser Narr dieser Tobias in jedem Falle! Was war ihm nur ins Gehirn gefahren, daß er sich vor dem Herzog als Empörer gebärdet, ja bekannt hatte, ehe die Zeit für solche Vermessenheit gekommen war? Hatte er nicht Verdacht geweckt gerade an der Stelle, wo Mittel zu Gebote standen, Verschwörungen nachzuspüren, sie im Keim zu ersticken und ihre Anstifter aufs grausamste zu bestrafen? Und was hatte es überhaupt für eine Bewandtnis mit der Verschwörung, von der Tobias immer in dunklen Worten redete? Und wo steckten sie denn, die Kameraden, die nur auf die Zeichen warteten? Und was waren das für Zeichen, die kommen sollten –? Ha, ob dem Tobias Klenk nicht am Ende selbst bange geworden war vor gewissen Verpflichtungen, die er auf sich genommen, vor Schwüren, die er geleistet – und ob er sich nicht einfach ins Gefängnis hatte sperren lassen, um vor den Mahnungen und Befehlen seiner Spießgesellen in Sicherheit zu sein? – Und nun stand er, Adalbert Wogelein, als der allein Verantwortliche, als eingeweiht gewissermaßen, stand selbst als ein Verschworener da, gerade er, der im Grunde von der ganzen Sache so gut wie gar nichts wußte und nicht das geringste verstand –?

Und wie, wenn nun die Verschwörer, die jetzt, wenn man dem Tobias glauben durfte, verstreut, an verschiedenen Orten des Deutschen Reichs in der Verborgenheit warteten, hier in Karolsmarkt erschienen und ihn zur Rechenschaft forderten dafür, daß er den Tobias Klenk ins Gefängnis gesperrt hatte –?

Schweißtropfen perlten ihm auf der Stirn. Gefahren überall – es war, um toll zu werden. Er war so rasch gegangen, daß er sein Haus schon zu sehen vermochte, das, als das letzte im Ort, in freundlicher Spätnachmittagsstille mit blühendem Flieder im Vorgarten, friedlich und unbeirrt heiter dalag, obzwar indes graue Wölkchen am Himmel heraufgezogen waren. Nun, hier sah es keineswegs danach aus, als wenn Häscher irgendwo im Hinterhalt lauerten.

Doch nun war es ein anderer Gedanke, der ihn ganz plötzlich beunruhigte und schlimmer beinahe, als es die früheren getan: er mußte sich gestehen, daß er dem Wiedersehen mit Agnes geradezu mit Angst entgegensah. Am Morgen, da er das Haus verlassen, war sie noch zu Bette gelegen, und eine unbegreifliche Befangenheit hatte ihn erfüllt, als sie ihm mit fremdem Blick, in dem keine Erinnerung des vergangenen Abends mehr zu schimmern schien, die Stirne zum Morgenkuß geboten und sich gleich wieder, als wollte sie den Beginn eines neuen Tages überhaupt noch nicht wahrhaben, abgewandt und die Augen geschlossen hatte. Wie würde sie ihn nun empfangen? Wie aufnehmen, was er ihr zu erzählen hatte?

Er fand Agnes im Erker sitzen, den Blick dem Wäldchen zugewandt, das, ein paar Schritte von hier beginnend, sich bis zum Schlosse Karolslust und darüber hinaus erstreckte, und eine Häkelarbeit ruhte ihr im Schoß. Sonst, wenn sie Adalberts Schritt nur hörte, pflegte sie ihre Arbeit zu unterbrechen und ihm entgegenzugehen. Heute aber schien sie seinen Eintritt zuerst nicht zu bemerken; dann, ganz plötzlich, erhob sie sich, lief ihm entgegen und umhalste ihn so stürmisch, wie es sonst ihre Art nicht war. Zuerst stutzte er, dann dachte er aufatmend: Sie weiß schon! Man hat ihr berichtet, wie würdig ich mich gehalten habe, und sie ist stolz auf ihren Gatten. Er überließ der Magd Mantel und Hut, und heiter bemerkte er: »Das Essen ist hoffentlich fertig. Ich darf sagen, daß ich mich bei recht gutem Appetit befinde.«

Als die Magd das Zimmer verlassen, wollte Agnes, wie sie es manchmal halb scherzend zu tun pflegte, selbst die Perücke vom Haupte ihres Gatten entfernen. Er ließ es sich nicht gefallen und behielt sie, als gälte es, Würde zu bewahren, auf dem Kopf.

»Nun, wie hat man sich heute den ganzen Tag befunden?« fragte er vergnügt. »Viel geschafft in Haus und Garten? Besuch empfangen?«

Sie verneinte. Er wunderte sich. Wenn niemand dagewesen war, woher wußte sie? Und wenn sie nicht wußte, was war es, das sie so fröhlich machte? Und vorsichtig fragte er: »Was hast du denn, meine liebe Frau? So guter Dinge und dabei so schweigsam kenn' ich dich gar nicht.«

»Denk' nur, Adalbert«, sagte sie, und ihre Augen leuchteten. »Gleich nachdem du fortgingst heute morgen, ich war eben aufgestanden, fuhr der Herzog vorbei und winkte mir einen Gruß zu.«

Dem Adalbert Wogelein wollte das Herz vor Grimm erstarren. Er ließ sich's nicht merken, und mit abgewandtem Gesicht sagte er: »Das ist weiter nicht wunderbar. Er kann wohl nicht anders als an unserem Haus vorbeifahren, wenn er von der Residenz über Karolslust in den Markt will.«

»Und ich, denk' nur Adalbert, erkannte ihn nicht gleich. Ich dachte, es sei ein Hofkavalier oder sonstwas von der Art. Erst als er lächelte und grüßte, wußte ich, daß *er* es war und kein anderer. Und da verneigte ich mich tief.« Und in der Erinnerung neigte sie sich wieder und blieb eine Weile in dieser Haltung stehen.

»Da hast du recht daran getan«, sagte Adalbert mit noch verhaltenem Grimm, »daß du dich so höflich verneigt hast. Es muß freilich etwas komisch ausgesehen haben, wenn du dabei geradeso rot geworden bist, wie jetzt, – da du mir's berichtest.«

Mühselig beherrscht, nahm er sie um die Hüfte, sie sah ihn befremdet von der Seite an, und er geleitete sie zum Tisch, wo eben die Suppe aufgetragen war.

Agnes teilte vor und sagte: »Es mag wohl sein, daß ich ihm etwas komisch erschienen bin, denn er wandte sich lächelnd nach mir um und winkte mir nochmals einen Gruß zu.« Sie hob die Hand und winkte in der gleichen Art, wie es der Herzog getan haben mochte.

»Ist es möglich?« rief Adalbert, mit dem Löffel heftig in seinem Teller rührend, »winkte dir einen Gruß zu? Was für ein herablassender, gnädiger Herr. Nun, wenn die Tante Katharina am Fenster gestanden wäre, dann hätte sich der Herzog wohl nicht umgewandt, vielleicht kaum gegrüßt, – die würdige Frau am Ende gar nicht bemerkt.« Und er lachte überlaut.

»Was sprichst du denn da, Adalbert! Meinst du wirklich, sein Gruß galt meiner Jugend, meinem Blondhaar und glatten Gesicht? Er grüßt gewiß alle Menschen, Frauen und Männer, Junge und Alte auf die gleiche Weise. Hättest du ihn nur gesehen! Welche Güte, welcher Adel, welche Heiterkeit in seinem Blick! Es hat mich froh gemacht für den ganzen Tag. Nicht nur um meinetwillen, Adalbert, für uns alle!«

»Wahrhaftig, Agnes, was du aus seinem Antlitz alles herauszulesen vermochtest! Es muß wohl an mir liegen, daß mir nicht das gleiche gelang. Was freilich daher kommen mag, daß ich ihn leider nicht lächeln, sondern nur eine ganz verdammte Tyrannenfratze schneiden sah.«

Ihr blieb der Löffel zwischen Mund und Teller stehen. »Was sagst du da? Du hast den Herzog gesehen, Adalbert?«

»Nun, was ist daran wieder Wunderbares? Denkst du, im Markte habe er sich unsichtbar gemacht? Oder er habe nur Schule, Bürgermeisteramt und Kirche besucht, ein Schachspiel, Kettlein und Ringe gekauft und sich Orgel vorspielen lassen? Bei Gericht war er gleichfalls, wie sich's gehört, – und hatte die besondere Gnade, wohl eine Stunde lang oder mehr meiner Amtierung beizuwohnen.«

Sie erblaßte. »Und das sagtest du mir nicht gleich, Adalbert? Was ist geschehen? Was sprachst du da früher von Tyrannenfratze und verdammt? Rede, Adalbert, rede! Mir ist, als hätte ich zu heiterer Laune keinen Anlaß mehr! Er war dabei, als du über Tobias Klenk zu Gericht saßest? Rede, Adalbert? – Du hast den Tobias – am Ende gar freigesprochen?«

Adalbert runzelte die Stirn. »Wenn ich's nicht getan, so war es nur, um ihn vor Schlimmerem zu bewahren.« Und den Teller von sich wegschiebend: »Daß du's nur gleich weißt, Agnes, um des Tobias Klenk willen war der Herzog nach Karolsmarkt gefahren.«

»Wie?!«

»Alles andere geschah nur zum Schein. Es war ihm nämlich unverzüglich hinterbracht worden, daß der Oberjägermeister von Tobias Klenk so übel behandelt worden sei, und man ließ mich wissen – daß du's nicht verrätst, Unglückselige – es werde gewünscht, daß den Tobias die strengste Strafe ereile, kurz und gut, daß er gehängt werden sollte. Denn es ist kein Zweifel, daß das Gerücht von der Verschwörung, die sich vorbereitet, auch schon zum Herzog gedrungen ist.«

»Um Himmels willen«, rief Agnes und rührte keinen Bissen von dem Braten an, der eben aufgetragen worden war. »So geht's am Ende auch dir an den Kragen?«

Adalbert stürzte ein Glas Wein hinunter. »Nicht von mir

ist die Rede – bis auf weiteres – aber daß du's nur weißt: so verhält es sich in Wahrheit, Agnes, so sieht dein edler, gütiger Herzog in der Nähe aus. Hängen lassen einen armen Teufel, der seiner Mutter was zum Essen heimbringen will! – Und wenn du den Kerl gesehen hättest, Agnes, der sich heute in aller Frühe, ehe ich ins Amt trat, an mich heranschlich und mir zu verstehen gab, man werde meine Dienste zu belohnen wissen! Aus welchem Stoff, frage ich mich, schafft unser Herrgott solche Visagen? Und wie sind einem Fürsten dergleichen Kreaturen immer sofort zur Hand? Und wie machen sie's, daß sie in den Erdboden verschwinden, wenn sie ihr Sprüchlein aufgesagt haben?«

»Erzähl' doch, erzähl' doch«, sagte Agnes mit erstickter Stimme.

»Als wüßtest du nicht schon genug«, entgegnete Adalbert. »Plötzlich saß der Herzog da, niemand wußte, wie er hereingekommen war. Daß er selbst in höchsteigener Person erscheinen würde, das hatte jener Kerl verschwiegen. Aber nun, als ich ihn da sitzen sah, den Herzog, wußte ich, daß er nur wegen des Tobias Klenk aus der Residenz hierhergefahren war, den man ihm als Anführer denunziert hatte. Ich aber ließ mich's nicht anfechten, waltete meines Amtes weiter wie jeden Tag und gab nicht eher Weisung, den Tobias vorzuführen, als bis die Reihe an ihn kam. Der aber schien es geradezu darauf angelegt zu haben, sich um den Hals zu reden. Nicht nur, daß er ohne weiteres gestand, wessen er beschuldigt war, zum Überfluß hielt er noch eine Rede gegen Fürstentum und Tyrannei, behandelte mich dabei als seinen Duzkameraden, so, als hätte er es verwettet, daß ich neben ihm am Galgen hängen sollte – wahrhaftig, er hat es nicht um mich verdient, daß ich ihn so gelind behandelte, wie ich's tat, und ihn nur zu ein paar Monaten verurteilte, noch weniger aber verdient er's, daß ich ihn, wie es meine feste Absicht ist, sobald es irgend angeht, vielleicht noch in dieser Nacht, aus dem Gefängnis befreien und in sicherer Hut über die Grenze schaffen lasse, um ihn vor der Rache des Herzogs zu erretten.«

»Ist dies dein Ernst?« rief Agnes aus.

»So wahr ich hier an diesem Tische sitze.«

»Nun«, rief Agnes, »da mir Gott solch einen unverbesserlichen Narren zum Mann gegeben hat, so will ich selbst um Audienz beim Herzog ansuchen und ihn anflehen, daß er dich dein Betragen nicht soll büßen lassen, weil ja nur der Tobias Klenk an allem schuld ist, der dich verrückt gemacht hat.«

»Was fällt dir ein, Unglückselige«, schrie Adalbert auf. »Willst du mich dem Herzog in die Hände liefern, dem in diesem Augenblick doch wohl noch keinerlei triftige Beweise gegen mich vorliegen?« Er packte sie bei den Schultern und hielt sie fest, als hätte er Angst, daß sie ihr Wort gleich wahrmachen könnte. »Oder wünschest du etwa – daß ich ohnmächtig hinter Kerkermauern schmachte, damit der elende Wüstling ungehindert –«

In diesem Augenblick ließ sich von der Straße her ein dumpfer Krach vernehmen. Da der Himmel sich indes völlig umwölkt hatte, dachte Adalbert zuerst, es könnte ein Donnerschlag sein, aber es hatte doch anders geklungen; etwa so, wie wenn irgendein schwerer Gegenstand niedergestürzt wäre. Agnes lief ans Fenster, beugte den Kopf hinaus, wandte sich zurück an Adalbert, der in ahnungsvollem Schreck dastand, wie an den Boden gewurzelt.

»Ein Wagen ist – umgefallen«, sagte Agnes tonlos. Adalbert trat zu ihr. Am Fenster vorbei lief eben die Magd der Unfallstelle zu.

Etwa fünfzig Schritte vom Hause entfernt, auf offener Straße, lag die Hofkarosse. Der Kutscher richtete sich eben aus dem Felde auf, auf das der Sturz ihn hingeschleudert; ein Lakai, etwas gekrümmt, reichte seine Hand einer männlichen Gestalt entgegen, die unter allerlei Körperverrenkungen unter dem Wagen emportauchte, plötzlich aufrecht dastand und die Arme reckte. Es war der Herzog. Sie hörten seine Stimme, ohne die Worte verstehen zu können. Er wandte sich anscheinend mit beruhigenden Worten an einige Leute, die herbeigeeilt waren, und schien dem Lakai einen Befehl zu erteilen. Der Kutscher war schon mit den Pferden beschäftigt, der Herzog sah rings um sich, und sein Blick fiel sofort auf das alleinstehende Haus des Richters, ohne daß er von seinem Standort aus die beiden Köpfe am Fenster hätte wahrnehmen können.

Nach kurzer Überlegung schritt er dem Hause zu, die Magd lief ihm voraus, Gartenpforte und Haustür waren offen geblieben. Die Magd stürzte ins Zimmer, vermochte aber kein Wort herauszubringen, wies hilflos mit beiden Armen hinter sich und verschwand wieder. Adalbert und Agnes sahen einander mit leeren Blicken an. Sie hörten Schritte draußen. Adalbert, zuerst seine Fassung gewinnend, ging dem Herzog in den Vorraum entgegen und empfing den Eintretenden mit einem tiefen Bückling.

Der Herzog erkannte ihn sofort. »So, ist das Euer Haus, mein werter Herr Richter? Das trifft sich gut. Wollt Ihr mir Obdach gewähren, bis der kleine Schaden an meinem Wagen repariert ist?«

Die ersten schweren Regentropfen fielen eben auf die Schwelle.

»Herzogliche Gnaden«, begann Adalbert, ohne vorerst ein weiteres Wort herauszubringen, und mit devoter Gebärde wies er auf die offene Tür ins Wohngemach. Der Herzog trat ein, Adalbert folgte.

Agnes, immer noch am Fenster, hatte dem Eintretenden

den Kopf zugewandt. Sie neigte sich kaum; die Blässe ihres Angesichts, das Leuchten ihres Blicks, das schlaffe Niedersinken ihrer Arme war Gruß genug.

Der Herzog wandte sich flüchtig zu Adalbert, der in gebückter Haltung hinter ihm stand. »Eure Hausfrau, Herr Richter?« Und, ohne eine Antwort abzuwarten, vor Agnes hintretend: »Heute morgen, als ich vorüberfuhr, hielt ich Euch für ein junges Mädchen. Willkommene Fügung, daß mir das Rad gerade vor diesem Hause aus der Achse lief. Schlimmeres nämlich ist nicht geschehen. Ich werde Euch nicht lange zur Last fallen. Aber ich habe Euer Mahl unterbrochen, das war nicht die Absicht; mit Eurer Erlaubnis werde ich an Eurem Tische Platz nehmen.«

»Durchlauchtigster Herzog«, sagte Adalbert und rückte einen Sessel zurecht, »die Ehre, die unserem geringen Hause widerfährt, ist so groß, daß auch der untertänigste Dank weit hinter dem Gefühl unseres Glückes zurückbleiben mußte.« Er warf einen raschen zwinkernden Blick zu Agnes hin, mit dem er sie glauben machen wollte, daß nur versteckter Hohn seiner Rede eine so demütige Fassung verliehen.

Agnes aber, völlig in den Anblick des Herzogs verloren, hatte kaum gehört, was Adalbert gesprochen. Der Herzog lud sie durch eine Gebärde ein, Platz zu nehmen. Sie stand regungslos. Adalbert gab ihr einen Wink, der Aufforderung des Herzogs Folge zu leisten. Sie merkte nichts davon. Nun trat der Herzog selbst auf sie zu, ergriff ihre Hand, führte sie nach höfischer Sitte an den Tisch hin; und erst, als sie sich niedergelassen, setzte er selbst sich ihr gegenüber, während Adalbert unschlüssig stehenblieb.

»Nun, Herr Richter«, meinte der Herzog lächelnd, »wollt Ihr uns nicht Gesellschaft leisten?«

»Durchlauchtigster Herzog«, erwiderte Adalbert, »unser

Mahl war bereits zu Ende. Aber ich bitte um gnädige Erlaubnis, Durchlaucht einen Imbiß und einen Trunk anzubieten.«

Der Herzog entgegnete, daß er gern von den verzuckerten Früchten und dem Backwerk ein paar Bissen verzehren und dazu einen Schluck Wein trinken wolle. Adalbert brachte Teller und Glas, teilte vor und schenkte ein. Nun aber bestand der Herzog darauf, daß Adalbert sich niedersetze; trank seinen Gastgebern zu und forderte sie auf, ihm Bescheid zu tun.

Adalbert tat so, Agnes aber hielt ihr Glas fest umklammert, und erst ein neuer ermutigender Blick des Herzogs vermochte sie dazu, ihr Glas an die Lippen zu führen und daran zu nippen. Adalbert schenkte dem Herzog von neuem ein, dieser trank, aß eine verzuckerte Aprikosenschnitte, sah sich beifällig im Zimmer um, lobte die blitzblanke Wohlgehaltenheit des Raums, die hübsche Lage des Hauses, das anmutige Gärtchen; seine Worte flossen freundlich-harmlos dahin, er legte es sichtlich darauf an, der schönen Hausfrau jede Befangenheit zu nehmen. Adalbert aber, so sehr er es bedauerte, daß der Herzog bei dem Sturz mit dem Wagen sich nicht den Hals gebrochen, fühlte sich widerstandslos von dem Glanz geblendet, den die Anwesenheit des Fürsten in seinem Haus verbreitete.

Der Herzog äußerte sich mit Anerkennung über das treffliche Spiel des Organisten, woran er sich eben in der Kirche erfreut, und pries die Geschicklichkeit der Handwerker, bei denen er Waren eingehandelt hatte; der Besuch der Schule war gleichfalls zu seiner Zufriedenheit abgelaufen, für das reinliche Aussehen sowie die Betriebsamkeit des Städtchens fand er die freundlichsten Worte und kargte nicht mit Lob für die Person des Bürgermeisters, den er schon in früher Morgenstunde, völlig unerwartet aus der Residenz vor dem

Stadthaus eintreffend, fleißig über den Stadtakten angetroffen habe.

»Der Bürgermeister, Herzogliche Gnaden«, erlaubte sich der Richter einzuwerfen, »ist der Vater meiner Frau.«

Der Herzog nickte und lächelte zu Agnes hin, die noch immer keine Silbe gesprochen und mit großem Blick an den Lippen des Herzogs hing. »So habt Ihr denn, schöne Frau«, sagte der Herzog, »nicht nur einen guten Ehemann, sondern einen vorzüglichen Vater; und ich freue mich, so treffliche Männer in meinen Diensten zu wissen.« Und sich an Adalbert wendend, dem das Herz nun wieder heftig zu klopfen anfing. – »Die Stunde bei Gericht, warum soll ich's verschweigen, war mir die merkwürdigste von allen. Und besonders die Erscheinung dieses abenteuerlichen Gesellen in gelben Stiefeln, wie hieß er doch nur?«

»Tobias Klenk, Herzogliche Gnaden.«

– »war mir unterhaltend und lehrreich zugleich. Ich hätte kaum gedacht, daß es in meinem kleinen Lande so originale Köpfe gibt.«

Adalbert Wogelein hielt den Atem vor angstvoller Spannung an, und der Herzog sprach weiter: »Ich finde es sehr lobenswürdig von Euch, Herr Richter, daß Ihr es nicht verschmäht, Euch mit solchen Subjekten, wenn sich's so fügt, an einen Tisch zu setzen. Nur auf solche Weise gewinnen Menschen, deren Beruf Einblick in andere menschliche Seelen erfordert, Kenntnisse und Erfahrungen, die ihnen sonst leicht versagt bleiben.«

»Dies habe ich früh eingesehen, Herzogliche Gnaden«, bemerkte der Richter mit einem unsicheren Blick zu Agnes hin, die sich in ihrem Schweigen immer weiter von ihm zu entfernen schien, und er fügte hinzu: »Es gibt allerhand gefährliche Gesellen in unserem Land.« Dies hatte er eigentlich nicht sagen wollen, aber nun war es einmal geschehen.

»Da mögt Ihr Recht haben, Herr Richter«, sagte der Herzog. »Aber zu diesen gefährlichen Menschen scheint mir der Tobias Klenk nicht zu gehören. Dergleichen Subjekte sind nicht ernst zu nehmen. Zum mindesten bedeuten sie nichts für sich allein. Vereint mit vielen ihresgleichen und innerhalb einer aufgeregten Masse können sie wohl Unheil stiften, aber hierzulande besteht wenig Gefahr, daß die Ansichten, die der närrische Mensch vor Gericht großtuerisch zum besten gab, bei meinen wohlgesinnten Untertanen irgendwelchen Widerhall fänden. Wie denkt Ihr darüber, Herr Richter Adalbert Wogelein?«

»Hierfür, Herzogliche Gnaden, glaube ich gleichfalls mich verbürgen zu können. Freilich, wenn mir eine Bemerkung verstattet ist –«

»Sprecht nur frei, Adalbert Wogelein«, sagte der Herzog.

»Auch als einzelne Personage, Durchlauchtigste Gnaden, wäre gerade Tobias Klenk nicht als ungefährlich anzusehen, wie Durchlauchtigste Gnaden es in fürstlicher Milde anzunehmen geruhen. Solches hat er nicht nur durch sein Verhalten gegenüber dem Herrn Oberjägermeister und dessen Gehilfen, durch sein ungebührliches Betragen vor Gericht, überdies in Anwesenheit seines Durchlauchtigsten Fürsten in höchst bedauerlicher Art kundgegeben – auch seine Vergangenheit, sein Leumund, die Gerüchte –«

»Nun«, unterbrach ihn der Herzog mit leichter Ungeduld, »es wird solchen Gesellen niemals gelingen, in meinem Land irgend was Übles anzurichten, so lange ich so tüchtige Leute, seien es nun Jäger oder Richter, in meinen Diensten habe, als mir – durch Gottes Fügung – vergönnt ist.«

Während er so sprach, sah er wie in wachsendem Unbehagen an dem Richter vorbei. Doch den Blick seiner Frau fühlte Adalbert von Sekunde zu Sekunde immer starrer auf sich gerichtet, und er begann zu wünschen, daß all die freundlich herablassenden Worte des Herzogs, dessen gütigmildes Betragen nichts anderes zu bedeuten hätte als Verstellung und Tücke – wünschte beinahe, daß draußen vor dem Haus wirklich die Häscher schon bereitstünden und nur eines herzoglichen Winkes harrten, um ihn, Adalbert, ins Gefängnis zu schleppen, so daß sich am Ende doch alles, was er lügnerisch und feig seiner Frau über den Fürsten erzählt hatte, als traurige Wahrheit erwiese. Doch während er so dachte, fühlte er zugleich, wie er das Haupt zum Dank für das Lob des Herzogs wider Willen gleichsam bis zum Teller hinabneigte; und was er sich zu eigenem Staunen fast wie einen, der gar nicht er selber war, sagen hörte, waren die demütigen Worte: »Meines Durchlauchtigsten Herrn Zufriedenheit zu erringen, wird mir jederzeit das höchste Glück bedeuten.«

Der Lakai trat ein und meldete, daß der Wagen instand gesetzt sei. Der Herzog erhob sich, trank Agnes noch einmal zu und sprach: »Nehmt meinen Dank für die freundliche Bewirtung. Ich möchte mich Euch gerne erkenntlich zeigen, und so bitt' ich Euch, einen Wunsch auszusprechen, dessen Erfüllung Euch am Herzen liegt – noch ehe ich von diesem gastlichen Hause Abschied nehme.«

Doch Adalbert, als wollte er verhüten, daß Agnes vor dem Herzog ihre Stimme vernehmen lasse, erwiderte an ihrer Statt: »Daß Eure Herzogliche Gnaden geruhten, in unsere arme Hütte einzutreten, an unserem bescheidenen Tisch zu sitzen und von unserem schlechten Wein zu trinken, ist uns überreicher Dank ...«

»Euch vielleicht, Herr Richter«, entgegnete der Herzog kühl. »Und da ich eine Erwiderung dieser Art von Euch beinahe erwarten konnte, zog ich es vor, meine Frage an Eure anmutige Gattin zu richten; – auch darum, daß ich endlich den Ton ihrer Stimme zu vernehmen so glücklich sei, was mir bis zu diesem Augenblick leider noch nicht vergönnt war. Also nochmals, schöne Frau, sprecht einen Wunsch aus; – wenn es irgend in meiner Macht steht, will ich ihn erfüllen.«

»Durchlaucht«, begann Agnes mit leiser, aber klarer Stimme – und Adalbert ging ein Zittern durch den ganzen Leib, »Durchlauchtigster Herzog, ich habe nur diese eine Bitte, daß Ihr huldreichst geruhen mögt, dem Tobias Klenk seine Strafe nachzusehen und ihn aus seiner Haft zu entlassen.«

Des Herzogs Züge wurden mit einem Male ernst. Adalbert schöpfte eine Hoffnung, eine unklare, törichte Hoffnung, der Herzog würde Agnes' Bitte abschlagen mit hartem Wort: Wie, dies eine Jahr, das ohnehin viel zu wenig ist, soll ich ihm nachsehen? Welche Verwegenheit! Nun seh' ich, daß Ihr alle im Bunde mit ihm seid. Ins Gefängnis mit Euch beiden, und der Tobias soll hängen!

Aber der Herzog sprach anders: »Wie sehr beklag' ich«, sagte er, »beste Frau, daß Ihr von hundert oder tausend Wünschen, die Ihr wohl hättet äußern dürfen, gerade den einen aussprecht, den zu erfüllen ich völlig außer Stande bin.« Und nach einem kleinen Zögern: »Ich kann dem Tobias Klenk die Freiheit nicht schenken – weil er sich schon seit einer Stunde wieder ihrer erfreuen darf.« Und zu Adalbert gewandt, der, wie auf die Stirn geschlagen, dastand: »Mit Eurer Erlaubnis, Herr Richter, habe ich den lächerlichen Patron aus dem Gefängnis entlassen und denke daran, wie ich Euch verraten will, ihn im Schlosse Karolslust als Jagdgehilfen anzustellen, wo er dann seinen Gelüsten in bequemerer Weise als bisher und ohne Fährlichkeiten für sich selbst und meine anderen Jäger wird frönen können.«

Adalbert war totenblaß, und ein dünnes, leeres Lächeln verzerrte seinen Mund. Zu Agnes wagte er nicht einmal hinzusehen. Nach einer Entgegnung zu suchen, war ohne Sinn, und so tat er nichts weiter, als daß er sich, wie er schon so oft in dieser Stunde getan, tief neigte, als fühlte er sich gedrängt, in des Tobias Klenk Namen dem Herzog für dessen Gnade zu danken.

Dies aber ermutigte Agnes, irgendeinen andern, leichter zu erfüllenden Wunsch auszusprechen, damit er nicht am Ende genötigt sei, wie er sagte, dies gastliche Haus als Schuldner zu verlassen.

Und mit einer Stimme, die so fern und fremd für Adalbert klang, daß es ihm kalt über den Rücken lief, erwiderte Agnes: »So wünsche ich mir denn, von meinem Durchlauchtigsten Herrn und Herzog als Gartenmägdlein erwählt zu werden – und wenn es meinem Herrn nicht gefällt, mich sofort mit sich nach Karolslust zu nehmen, so erbitte ich mir, unter seinem Schutz unverzüglich an irgendeinen andern sichern Ort gebracht zu werden, um auch nicht eine Stunde länger in diesem Hause, an der Seite dieses Mannes, der mein Gatte war, weiter leben zu müssen.«

Adalbert glaubte vor Scham, Wut und Verzweiflung zu Boden sinken zu müssen; doch er wurde nur noch blässer, seine Züge noch verzerrter; und seine Lippen bebten.

Der Herzog warf einen mitleidigen, aber kaum verwunderten Blick auf ihn, sah gleich wieder, wie um ihn zu schonen, von ihm fort, dann wandte er sich zu Agnes, die regungslos vor ihm stand, keineswegs einem Weibe gleichend, das gewillt wäre, in plötzlich erwachter Leidenschaft sich einem Geliebten an den Hals zu werfen, sondern wie eines, das zu irgendeiner unwiderruflichen, düsteren Tat fest entschlossen war, und langsam den Kopf schüttelnd, wie in höflichem Bedauern, erwiderte der Herzog: »Seltsam, auch dieser Euer zweiter Wunsch ist einer, den zu erfüllen ich außerstande bin, denn die Institution der Gartenmägdlein, schöne Frau, denke ich abzuschaffen, wie es noch mit manchem anderem in diesem Lande geschehen wird – und das Schloß Karolslust soll mir und meiner künftigen Gattin, der Prinzessin von Württemberg, während der Sommermonate als Aufenthalt dienen.«

Agnes stand regungslos, doch alles Blut war aus ihren Wangen gewichen.

Der Herzog betrachtete sie lange, und mit sanfter, fast gütiger Stimme sprach er weiter: »Vielleicht aber, schöne Frau, geht Euer Wunsch gar nicht so weit, als Ihr es Euch in diesem Augenblicke einbildet; und es lockt Euch nur, das Schloß, über das so viele Sagen hier im Lande umgehen, einmal in der Nähe zu besehen. Und so lade ich Euch denn zu einer kleinen Spazierfahrt nach Karolslust ein; wir wollen dort, wenn's Euch genehm ist, eine Weile im Park auf und ab wandeln; – Ihr vertraut mir Eure Bedenken und Kümmernisse an, die wohl nicht so schwer zu beschwichtigen sein werden, als es Euch in dieser Stunde erscheinen mag; – und Ihr werdet selbst entscheiden, ob Ihr in Karolslust unter dem Schutz der Frau Oberjägermeisterin Aufenthalt nehmen wollt, oder ob Ihr nicht vorzieht, noch vor Abend in dieses Haus zurückzukehren – um nicht zu tun, was Euch später doch einmal gereuen könnte.«

»Mich«, erwiderte Agnes, und Adalbert war es, als hätte er ihre Stimme noch nie gehört, »wird von heute ab nichts mehr gereuen, was immer ich tun werde, mag's eine Spazierfahrt ins Wäldchen sein, mein Durchlauchtigster Fürst, oder eine Reise in die weite Welt.« Sie griff nach einem Mäntelchen, das über einer Stuhllehne hing. »Hier bin ich«, sagte sie, – und als wäre sie solche Sitte von jeher gewöhnt, reichte sie dem Herzog erhobenen Arms die Hand, der diese ergriff und Agnes, wie irgendeine Dame adeligen Geblüts, in höfischer Haltung bis zur Türe geleitete.

An Adalbert sah sie vorbei – vielmehr sie schien ihn überhaupt nicht zu sehen, als wäre er für sie aus der Zahl der Lebendigen weggelöscht.

Der Herzog, wie in plötzlichem Mitleid, wandte sich an der Türe noch einmal nach ihm um. »Herr Richter Wogelein«, sagte er, »wir wollen trotz allem hoffen, daß sich die Sache in befriedigender Weise und nicht durchaus zu Eurem Nachteile aufklären werde. Ihr mögt in jedem Fall bis auf weiteres meiner Huld versichert sein.«

So verließ er mit Agnes das Haus. Adalbert, an der Stelle festgewurzelt wo er stand, hörte ihre Schritte über den Gartenkies, gleich darauf klang ein Murmeln von draußen an sein Ohr, und er wußte, ohne es zu sehen, daß Leute den Wagen umstanden und mit ansahen, wie sein Weib mit dem Herzog davonfuhr.

Er hörte, wie das Murmeln sich verstärkte, er glaubte, das eine und andere zusammenhanglose Wort zu verstehen; dann entfernten sich die Stimmen allmählich. Ihm blieb nur ein dumpfes Brausen im Ohr, das Zimmer drehte sich um ihn, die Beine waren ihm bleischwer, es wirbelten ihm die Sinne. Er lauschte in die Küche hinaus. Es war ganz still, auch die Magd war davon. Gewiß war sie in den Markt geeilt, zu seinem Schwiegervater, dem Bürgermeister, ihm schnellstens die kostbare Neuigkeit zu bringen. Er schlich zur Tür, die noch offen stand, und versperrte sie, ohne recht zu wissen warum, dann ließ er sich auf den Stuhl niedersinken, auf dem früher der Herzog gesessen hatte, krampfte das Tischtuch zwischen den Händen, daß die Teller und Gläser klirrten, und stöhnte vor sich hin mit verglasten Augen. Er griff nach einem der Tafelmesser, ließ es in den Fingern hin und her spielen, dachte, daß er am klügsten daran täte, sich den Hals abzuschneiden, und wußte doch, daß er zu solcher Kühnheit nie und nimmer geschaffen war.

Er fragte sich, was er nun eigentlich beginnen sollte. Hier sitzen und warten, bis der Herr Schwiegervater erschiene – und andere Leute aus dem Markt und ihm ihre höhnische Teilnahme bezeigten? Oder so lange etwa, bis Agnes von ihrer Spazierfahrt wieder heimkehrte? – Ha, ha, heimkehrte! Nie kam sie zurück, das war gewiß. Solch ein Narr war der Herzog nicht, daß er nicht nehmen sollte, was man so bereitwillig ihm entgegenbot. Heute nacht, in dieser Stunde noch, wurde Agnes, was sie werden wollte, Gartenmägdlein, des neuen Herzogs erstes Gartenmägdlein im Schlosse Karolslust. Schon im Augenblick, da der Herzog zum erstenmal durch diese Tür geschritten, ja heute morgen schon, als er vorbeigefahren war, hatte sie sich ihm mit Herz und Sinnen hingegeben. Er, Adalbert, hatte es ja gespürt, und darum nur, aus Wut und Ekel, hatte er über den Herzog all den Unsinn geschwatzt, der doch tiefen Sinnes voll, all diese Lügen, die wahrer als alle Wahrheit waren. Wie hatten seine Herzoglichen Gnaden doch gesagt, ehe sie mit dem infamen Weibsbild durch die Türe hinausspaziert waren? »Wir wollen trotzdem hoffen, daß sich die Sache nicht durchaus zu Eurem Nachteil aufkläre.« Das war schlau vorgebaut. Denn daß Agnes nichts sonderlich Gutes über ihn reden werde, das konnte der Herzog wohl voraussehen.

Die Elende! Schmach und Schande hatte sie über ihn gebracht, über den Richter Adalbert Wogelein, der vor wenigen Stunden noch in Amt und Würden auf seinem Stuhl gethront hatte, als gerecht und weise, hochgeehrt in Stadt und Land, und der sich nun niemals wieder auf die Gasse wagen durfte, ein Gespött jedem Buben, jeder Magd, dem ganzen Volk von Karolsmarkt. Und auch in die Gerichtsstube nicht mehr, ins Wirtshaus nicht und nirgendshin, wo die Leute ihn kannten! Vorbei war es mit Amt und Würden, vorbei mit dem Aufenthalt an diesem Ort; nicht eine Nacht mehr durfte er hier verweilen; – wie immer er sein Schicksal nahm, dies eine stand über allem fest, er mußte fort, fort, fort, noch ehe Leute kamen.

Er stürzte ins Nebenzimmer, wo er im Kleiderschrank an verborgener Stelle ein Sümmchen verwahrt hatte, das wohl für ein paar Monate reichen mochte. Fort – fort – aber wohin? Mußte er denn nicht vor allem fort, um der Rache des Tobias Klenk zu entfliehen, der, von diesem Unglücksherzog in Freiheit gesetzt, vielleicht jetzt schon auf dem Weg hierher war und weiß Gott, wie Schlimmes gegen ihn im Schilde führte? Sie hatten sich ja alle gegen ihn verschworen, Agnes, der Herzog und Tobias Klenk; und auf irgendeine teuflische Art schienen sie ihm nun alle miteinander gegen ihn im Bunde zu stehen; – ihnen allen mußte er entfliehen.

Und was sollte mit diesem Hause geschehen, das sein Eigentum war? Wem ließ er es zurück? Dem schamlosen Weibsbild, das ihm mit dem Herzog durchgegangen war? Er sah sie vor sich an des Herzogs Seite in stolzer Hofkarosse die Straße nach dem Schlosse zu fahren. Er sah sie aussteigen, sah den Herzog ihr die Hand reichen, sah, wie das Parktor sich vor ihr auftat, wie Lakaien sich tief vor ihr neigten, wie der Herzog sie in der Allee spazierenführte, wie sie mit ihm die breite Treppe des Schlosses hinaufstieg; er sah das Gemach, das für sie bereitet war, das schwellende Bett mit blauem Baldachin darüber, er sah, wie sie dem Herzog in die Arme sank, und hörte, wie sie aufschrie und jauchzte in endlich gestillten Lüsten.

Er ballte die Fäuste, schlug seine Stirn gegen die Kanten der offenen Schranktür, es war ihm nun, als müßte er unverzüglich sich aufmachen nach Schloß Karolslust, das Weib zurückfordern, das ihm gehörte und das er mit dem Herzog hatte davonfahren lassen, ohne eine Hand zu rühren, ohne das Maul aufzutun, demütig an der Türe stehend, durch die sie geschritten war wie eine Hofdame – ja – wie eine Prinzessin, – an des Fürsten Hand.

Der Raum, in dem er sich befand, war fast dunkel, und im Dämmer draußen, hinter dem Hause, lag das freie Feld. In diesem Augenblick klopfte es an die Fensterscheibe. Er schrak zusammen; dort draußen, riesengroß, stand Einer. Wie ein ungeheurer Schatten stand er da, Tobias Klenk. Eben hob er die Faust, als wollte er das Fenster zerschmettern, aber es wurde nur ein Klopfen daraus, und nicht einmal ein sonderlich heftiges.

Adalbert tat die paar Schritte bis zum Fenster hin, er hörte den Tobias sprechen, leise, beinahe sanft: »Mach' auf, Adalbert! In Küche und Garten ist niemand, nicht deine Frau, nicht die Magd, mach' auf! Mach' auf!«

Adalbert zögerte. Mit den Augen suchte er nach einer Waffe oder nach einem Ding, das dafür gelten konnte. Er griff nach einem Bügeleisen, das in der Nähe lag, ließ es aber wieder fallen, ohne daß Tobias etwas davon hätte wahrnehmen können.

»Mach' auf, Adalbert!« rief Tobias noch einmal, und wieder hob er die Faust, diesmal so drohend, als wollte er das Fenster wirklich in Trümmer schlagen.

Und Adalbert öffnete. Da stand nun Tobias Klenk, wie er heute morgen vor Gericht gestanden, in verschlissenem Reiteranzug mit hohen, gelben Stiefeln und hatte einen braunen Radmantel über die Schultern geworfen. Hinter ihm breiteten sich die dämmernden Felder aus, der Kirchturm von Karolsmarkt ragte dünn und spitzig in den Abend auf.

»Was willst du von mir?« fragte Adalbert und erschauderte vor seiner eigenen Stimme.

»Was fragst du«, erwiderte Tobias. »Wenn du Courage genug gehabt hast, mich aus dem Loch herauszulassen, so wirst du wohl auch Courage haben, mich ein Viertelstündchen bei dir zu beherbergen; komm' ich doch mehr um deinet- als um meinetwillen.«

Adalbert riß die Augen weit auf, Tobias aber stieß ihn beiseite, schwang sich ohne weiteres über die Brüstung ins Zimmer und schloß das Fenster hinter sich zu.

Wie hatte Tobias gesagt? Courage genug, mich aus dem Loch zu lassen? Hatte er ihn recht verstanden? Adalbert wich zurück und starrte ihm ins Gesicht.

»Ha, ich sehe, es ist dir doch nicht ganz geheuer«, lachte Tobias. »Packst ja schon deine Sachen zusammen!« und er wies auf das Wäschezeug, das herumlag.

»Was pack' ich zusammen«, stammelte Adalbert. Wollte Tobias ihn höhnen, mit ihm spielen wie die Katze mit der Maus? Genug Courage, um ihn aus dem Loch zu lassen? Was sollte das bedeuten? Hier hatte sich etwas ereignet, was noch nicht zu fassen war, worüber man erst durch des Tobias weitere Reden völlige Klarheit gewinnen konnte; und er selbst, Adalbert, er hatte vorerst nichts anderes zu tun als zu schweigen.

»Und hast dein Weib schon vorausgeschickt? Recht so, Adalbert, recht so. Vorsicht schadet nie!«

»Komm«, sprach Adalbert aus verstörtem Sinnen und ging ihm voran ins Wohngemach. Die Teller und die Gläser, halb noch gefüllt, blinkten durch den halbdunklen Raum. »Hier ist noch Backwerk und Wein«, sagte Adalbert, »wirst heute nicht viel zu Mittag genossen haben.«

Er schenkte ihm das Glas voll, aus dem vor kaum einer Stunde der Herzog getrunken hatte, und es wurde ihm wohler dabei, so, als leite er damit irgendwie ein Werk der Rache ein.

Tobias trank; dann ergriff er selbst den Weinkrug, schenkte sich noch ein Glas voll und stürzte es hinab. »Ich danke dir, Adalbert«, sagte Tobias. »Und nun machen wir's rasch. Ich muß gleich über die Grenze. Noch in dieser Nacht. Drüben hab' ich Freunde. Gar nicht weit. Aber was geschieht mit dir? Dem Herzog bleibt's nicht lange verborgen, daß du mich herausgelassen. Trau' dem Kerkermeister nicht, sag' ich dir, und auch sonst keinem.«

Nun war es dem Adalbert über allem Zweifel klar, daß der Herzog selbst den Befehl gegeben, den Tobias, als geschähe es in Adalberts Namen, aus dem Gefängnis zu entlassen. Aber warum? Aus Edelmut oder aus Tücke? Wer fand sich zurecht in dem Mann? Was war ihm nicht alles zuzutrauen? Gutes und Böses! Doch war es nicht derselbe Mensch, der nun eben mit Agnes davongefahren war? Das Blut stieg ihm von neuem zu Kopf. Und wenn der Herzog sie nun doch zurückbrächte, und sie sähe ihn mit Tobias an einem Tische sitzen und trinken, und sie wüßte sicher vom Herzog schon, wie die Sache in Wahrheit sich zugetragen? – Der Tobias mußte fort von hier, dies vor allem. Denn wenn der die Wahrheit erfuhr, dann war alles verloren. Über die Grenze mußte er und durfte niemals wieder zurück.

»Du mußt fort«, sagte er zu Tobias. »Du mußt fort! Was stierst du mich an? Noch ein Glas meinethalben, aber dann mach' dich davon – oder juckt es dich sehr, noch einmal ins Loch zu spazieren, in ein tieferes und finstereres als das, in das ich dich für ein paar Stunden habe sperren lassen – zu deiner vorläufigen Sicherheit?«

»Zu meiner Sicherheit?«

»Zu deiner Sicherheit, ja, zu deiner Rettung. Denn wenn du ahntest, was dir in Wirklichkeit drohte, so wüßtest du, wie einem zumut ist, der den Raben als Mahlzeit zugedacht war.«

»Bist du bei Sinnen?« rief Tobias, und das Glas in seinen Händen klirrte.

»Von Sinnen bist du, Tobias, und warst es von dem Augenblick an, da du in die Gerichtsstube geführt wurdest, den Herzog da sitzen sahst und trotz all meines Blinzelns und Zwinkerns nicht begreifen wolltest, daß jedes Wort, das ich sprach, darauf angelegt war, deinen Kopf zu retten, vielmehr alles dazu tatest, um ihn nur ganz sicher zu verlieren, als wäre er nicht mehr wert denn ein Kürbis. Jede Sekunde war ich gewärtig, daß der Herzog sich erheben würde, um selbst das Urteil über dich zu sprechen, das er von mir erwartete – den Tod.«

Tobias lachte auf. »Willst du mich zum Narren machen? Oder hat dich einer dazu gemacht, soweit das noch vonnöten war?«

Adalbert aber beugte sich über den Tisch zu ihm hin, daß ihre Stirnen sich fast berührten, und sagte: »Denkst du wirklich, der Herzog wäre nach Karolsmarkt gefahren, um sich einen Wilddieb in der Nähe zu betrachten? Den Aufrührer, den Verschwörer wollte er von Angesicht zu Angesicht sehen, über den ihm schon ausführlicher Bericht war erstattet worden.«

»Bericht über mich?«

»Und ein kleiner, hagerer Mensch in dunkler Hoftracht, mit einer goldenen Kette um den Hals, der dann spurlos verschwand, als hätte ihn der Erdboden verschlungen, der hatte mir schon heute auf dem Weg zum Gericht aufgepaßt und mich wissen lassen, wenn ich einen bösen Verdacht von mir selbst abschütteln wolle, so gäbe es heute die einzige und letzte Gelegenheit dazu: indem ich den Tobias Klenk in seiner ganzen Gefährlichkeit enthüllen und zu der Strafe verdammen würde, die Hochverrätern gebühre.«

»Wahnwitziges Zeug redest du«, schrie Tobias, »wer in

aller Welt kann mir was nachweisen! Mag ich jemals Übles verbrochen haben, so liegt es weit hinter mir und ist nicht hier im Lande geschehen.«

»Ich weiß von deinen Übeltaten nichts, die du in fremden Landen verbrochen hast. Du hast sie mir bis heute wohlweislich verschwiegen, wenn auch mancherlei darüber gemunkelt wurde. Andere aber, du kannst nicht daran zweifeln, wissen mehr als ich, und insbesondere spinnen sich Fäden von Hof zu Hof, von Fürsten zu Fürsten, von Gericht zu Gericht, geheimnisvolle Fäden aller Art, und Seine Gnaden, der Herzog, jawohl, Freund Tobias, derselbe, der vor kaum einer Stunde hier an dieser Stelle saß, auf dem gleichen Stuhle wie du in diesem Augenblick, und aus demselben Glase trank, aus dem du jetzt trinkst, dem ist wohlbekannt, was man von dir und deinesgleichen zu gewärtigen habe. Und also –«

Nun erhob sich Tobias, die Lehne des Stuhls in der einen Hand. »An dem Tisch hier der Herzog – und getrunken aus dem Glas? Nun denk' ich aber wirklich, du bist toll geworden. Zu welchem Zweck wäre der Herzog hier gewesen? War von mir die Rede?«

»Ha, von dir!« rief Adalbert und sah stier vor sich hin.

»Wann war er da, warum war er da? Willst du reden oder nicht?«

»Vor zwei Stunden, just als der Regen niederging, fuhr er hier an meinem Hause vor und eine Viertelstunde darauf mit Agnes davon – nach Karolslust.«

»Davon mit Agnes, der Herzog?«

»Davon mit meinem Weib nach Karolslust, und wenn nicht indes ein Wunder geschehen ist, so passiert ihr wohl in dieser Stunde das gleiche, was deinen beiden Schwestern zu ihrer Zeit mit dem alten Herzog passiert ist.«

Tobias Klenk saß mit aufgerissenen Augen, und es klang

mehr nach Freude als nach Spott oder Zorn, da er ausrief: »Dein Weib – davon mit dem Herzog? Faselst du, oder hältst du mich zum Narren, so ergeht's dir übel, Adalbert.«

»Du drohst mir noch, Mensch, dem ich all das Unheil verdanke, das über uns gekommen ist? Zum Teufel mein Weib, mein Amt, meine Ehre – und all das, weil ich dich vor dem Galgen gerettet – und du drohst mir?«

»Wenn du die Wahrheit sprichst, Adalbert, so hab' ich nicht gedroht. Aber ich kann mir all das nicht zusammenreimen. Wenn es so gefährlich für dich stand, und du hast's gewußt, warum ließest du mich frei noch am selben Tag? Bist du der Mann dazu? Und ferner, wie gelang es dem Herzog so rasch, dein Weib nach Karolslust zu zwingen, wenn sie nicht schon vorher eines Sinnes mit ihm war? Und wenn du sie ziehen ließest mit ihm, warum packst du deine Sachen zusammen, als hättest du noch irgendwas zu fürchten und wolltest selber davon?«

»Was sollen die Fragen, Tobias? Deine Gefährten will ich kennenlernen, die gleichen Sinnes sind mit mir und mit dir, daß wir uns gemeinsam beraten alle, was zu tun, um das Unrecht und die Schmach aus der Welt zu schaffen und die Tyrannen zu stürzen.«

Tobias Klenk legte die Hand schwer auf Adalberts Schultern. »Hast du auch wohl überlegt, was du sprichst? Gehst du mit mir davon, so wisse, daß es keinen Weg zurück für dich gibt. Reut es dich einmal, sei es morgen schon oder erst in Tagen und Wochen, dann ist es zu spät! Der uns verrät, ja, der auch nur abfällt von uns, ist unerbittlich der Rache ausgeliefert, so gewiß, als hätte die heilige Feme das Urteil über ihn gesprochen. Bleib' lieber daheim, Adalbert. Denn hier, dafür leg' ich die Hand ins Feuer, droht dir nun keinerlei Gefahr mehr. Ja, meinen Hals verwett' ich, daß du nun bald so hoch hinauf gelangen wirst, wie schon mancher andere es in deiner Lage erfahren hat, und mag auch mancher anfangs die Nase über dich rümpfen, nicht lange dauert's, so finden sich alle drein, erweisen dir Reverenz und Respekt, und bald gibt es keinen, der dir dein Glück nicht neiden würde.«

»Hältst du mich für einen Schuft«, schrie Adalbert, »so bist du's nicht wert, daß ich für dich –«

Ein Wagen stand vor dem Hause still. Adalbert blickte durchs Fenster hinaus, und das Herz ward ihm kalt in der Brust. »Fort, fort!« rief er mit erstickter Stimme, »duck' dich, schleich' hier durch die Tür und durchs Fenster dann, wie du gekommen.«

»Der Herzog?« flüsterte Tobias wie fragend und hatte ihn doch selbst gesehen und erkannt.

»Fort, fort, Unglückseliger«, rief Adalbert und drängte Tobias in den Nebenraum, wo das Fenster offen stand wie vorher, nur daß der Ausblick aufs freie Feld verstellt war durch zwei dunkle Gestalten, die vom dämmernden Himmel sich übergroß abzeichneten. Zugleich klopfte es an die Haustür. Adalbert stürzte hinaus, und seiner Sinne kaum mächtig öffnete er.

Der Herzog stand da, hinter ihm ein Lakai mit einer Fackel. Auf seines Herrn Wink zündete er mit der Fackel die Kerzen der zwei dreiarmigen Leuchter an, die auf der Anrichte standen. Dies geschah, ohne daß ein Wort gesprochen wurde. Auf einen neuerlichen Wink des Herzogs entfernte sich der Lakai mit der Fackel und schloß die Tür hinter sich.

»Schließt Ihr die andere Tür, Tobias Klenk, und tretet näher«, sagte der Herzog.

Tobias tat, wie ihm geheißen. Nun waren die drei Männer in dem abgeschlossenen Raum versammelt; – nur das Fenster gegen die Straße zu stand offen, – und die Kerzen flackerten im Frühlingsabendwind.

Der Herzog, als wäre er hier zu Hause, ließ sich nieder

und sprach: »Es trifft sich gut, Tobias Klenk, daß ich Euch hier bei Eurem Freunde finde. Er hat es Euch wohl schon zur Kenntnis gebracht, was ich mit Euch für Pläne habe?«

Dem Adalbert schnürte es die Kehle zu, denn nichts anderes konnte die Frage des Herzogs bedeuten als dies, ob Adalbert dem Tobias des Herzogs Absicht kundgegeben, ihn als Jäger in seine Dienste zu nehmen. Tobias hinwieder mußte glauben, die Frage des Herzogs spiele auf die Todesstrafe an, die nach Adalberts Bericht ihm zugedacht gewesen. Was immer Adalbert nun erwidern konnte, aufs neue und immer furchtbarer hätte er sich verstrickt; nichts anderes blieb ihm übrig, als unverzüglich alles zu bekennen, was ja doch binnen kurzem in Rede und Gegenrede notwendig zu Tage kommen mußte.

Da hörte er schon, wie Tobias an seiner Statt erwiderte: »Was hilft nun alles, Durchlauchtigste Gnaden, da bin ich nun einmal und weiß mich völlig in Euerer Gewalt. Draußen stehen auch zwei, ich hab' sie gesehen, und wenn ich auch keineswegs sagen will, daß ich mich reumütig in mein Schicksal ergebe, es wird nun wohl dafür gesorgt sein, daß ich nicht dawider an kann, was immer über mich beschlossen sei. So wage ich nur die Bitte, Herr Herzog, daß Ihr es meinem kläglichen Freund nicht entgelten lasset, wenn er mir vor der Zeit die Tür des Kerkers wieder aufgetan. Er hatte schlimmere Angst vor mir als vor Eurer herzoglichen Gnaden. Und dies mit allem Anlaß. Denn die ungerechte Strafe, die er über mich verhängte, wäre ihm übel geraten. Und die Rache wäre schlimmer gewesen als jede Strafe, die Euere herzogliche Gnaden über ihn hätte verhängen können.«

Adalbert ließ das Haupt sinken wie ein Verurteilter. Er wagte es nicht, dem Herzog ins Antlitz zu sehen, und hielt den Atem an, als jener, wieder an ihn sich wendend, zu reden anfing. »Ehe wir den Fall des Tobias Klenk mit aller nötigen Umsicht behandeln, werdet Ihr wohl über das Schicksal Eurer Gattin Gewißheit haben wollen. Herr Richter Adalbert Wogelein, sorgt Euch nicht um sie. Da sie vorläufig in keiner Weise zu bewegen war, zu Euch zurückzukehren, hab' ich sie bei der Frau Oberjägermeisterin einquartiert. Nach einem Monat, so hab' ich von ihr gefordert, wird sie bereit sein, Euch zu empfangen zu gründlicher Aussprache; und es wird sich erweisen, ob Ihr Euch miteinander verständigen und wieder vereinigen könnt oder nicht. Da ich Euch in Euerm Amt als einen klügeren und gewitzteren Mann erfunden als in Eurer Ehe, mir aber scheint, daß Ihr Eure Rechtskenntnisse besser an Dingen werdet erweisen können, wo mehr Schlauheit als Mut vonnöten, will ich dafür sorgen, daß Euch eine Stelle am Reichsgericht zu Wetzlar zugewiesen werde. Was nun Euer Vergehen anbelangt, das Ihr Euch durch die eigenmächtige Freilassung des Tobias Klenk habt zuschulden kommen lassen, so wollen wir es durch die Angst, die Ihr ausgestanden, als gesühnt erachten. Ihr aber, Tobias Klenk, mögt vor allem dahin aufgeklärt sein, daß die zwei Menschen draußen keineswegs beauftragt waren, Euch wieder gefangen zu setzen, sondern vielmehr: Euch aus dem Gefängnis abzuholen und vor mich nach Karolslust zu bringen. Ich will nicht eben sagen, daß Ihr mir wohlgefallt; doch da Ihr doch zu nichts Besserem taugt, Euch aber das Jagen Spaß zu machen scheint, so wollt' ich Euch im Schloß Karolslust als Jagdgehilfe in Dienst nehmen. Dies aber merkt wohl, daß Ihr dort unter strenger Hut und Aufsicht stehen und die geringste Auflehnung oder Nachlässigkeit aufs strengste zu büßen haben würdet. Insbesondere aber seid Ihr dringend gewarnt, dem Richter Adalbert Wogelein irgend etwas nachzutragen oder gar auf irgendeine Weise nach Vergeltung zu trachten.«

Indes hatte Adalbert manchen bangen Blick zu Tobias Klenk hingeworfen und gewahrte nun ein so tückisches Aufblitzen in dessen Augen, daß er nicht zweifeln konnte, wessen er sich von ihm bei allernächster Gelegenheit zu versehen hätte. Und so stürzte er, von seiner Angst völlig um alle Besinnung gebracht, vor dem Herzog auf die Knie, und ehe noch Tobias antworten konnte, rief er aus: »Was liegt an mir, Herzogliche Gnaden, und an meinem armseligen Leben? Nur durch ein aufrichtiges Geständnis vermag ich meine Dankesschuld an Eure Herzogliche Gnaden abzutragen. Herr Herzog, es gibt eine geheime Brüderschaft in deutschen Landen, – Tobias selbst hat es mir vertraut, er wird es nicht leugnen, – die verbrecherische Anschläge gegen die geheiligten Häupter der Fürsten plant. Ich würde mich zum Mitschuldigen machen, wenn ich es in Kenntnis dieser Umstände wortlos mit ansähe, daß Eure Herzogliche Gnaden ein Mitglied dieser geheimen Brüderschaft, daß Ihr den Tobias Klenk in Eurer unmittelbaren Nähe verweilen ließet, da doch den Versicherungen und Schwüren solcher Leute, auch wenn sie anfangs ehrlichen Willens sein mögen, in keinem Falle zu trauen ist.«

»Erhebt Euch«, befahl der Herzog in hartem Ton. Adalbert erhob sich und wagte nicht aufzuschauen. Und noch weniger getraute er sich, den Blick zu Tobias Klenk hin zu richten. Der Herzog schwieg eine ganze Weile, dann sagte er: »Was ich gesagt habe, Tobias Klenk, bleibt aufrecht. Ich nehm' Euch zum Jagdgehilfen in Schloß Karolslust. Euern Dienst sollt Ihr sofort antreten.«

»Durchlauchtigster Herzog«, erwiderte Tobias Klenk, »mit allem schuldigen Danke schlage ich Euer Hoheit gnädiges Angebot aus. Ein so arger Lumpenkerl, mit Respekt zu vermelden der Herr Richter Adalbert Wogelein auch sein mag, wie ich ihn schon in meinen Kinderjahren erkannt, – es wäre wohl möglich, daß ich noch immer der Schlimmere von uns beiden bin. Und mit seiner Warnung hat er recht, Herzogliche Gnaden, und in höherem Maß, als er selbst ahnen konnte. Denn wenn ich im Revier herumschlich mit geladener Waffe, so war es keineswegs, um einen Rehbock zu schießen, sondern vielmehr, um Örtlichkeit und Umstände in der Nähe von Karolslust auszukundschaften für bessere Gelegenheit.«

»Was meint Ihr damit?« fragte der Herzog. »Des Lebens und der Freiheit dürft Ihr Euch in jedem Fall versichert halten. Sprecht also ohne alle Scheu.«

Tobias zögerte und sah vor sich hin.

Um des Herzogs Mundwinkel zuckte es verächtlich. »Wenn Ihr Furcht hegen solltet ungeachtet meines fürstlichen Worts, daß Ihr des Lebens und der Freiheit sicher seid, so mögt Ihr auch schweigen, Tobias Klenk«, und er machte Miene, sich von ihm abzuwenden.

Doch nun, als kenne er keine schlimmere Schmach, als daß man ihn zumute, für sein Leben zu zittern, begann Tobias mit Hast: »Von der geheimen Brüderschaft, Herr Herzog, und all dem Unsinn, den dieser Wicht hier vorgebracht, ist kein Wort wahr, – und ich will nicht, daß irgendein unschuldig Verdächtigter zu leiden habe. Doch was ich für meinen Teil zu tun vor hatte, Herr Herzog, das war und ist meine Sache allein. Und wenn einer den Anfang machen sollte mit den Dingen, die doch einmal geschehen müssen, daß Ordnung, Gerechtigkeit und Gleichheit geschaffen werde in der Welt – ich glaube wohl, daß ich der Richtige gewesen wäre, es zu tun. – Und Ihr, Herr Herzog«, – und er blickte ihm mit düsterer Frechheit ins Auge, – »Ihr wart mir am nächsten zur Hand«, und er senkte den Blick nicht.

»Nun, Tobias Klenk«, entgegnete der Herzog nach einem kurzen Schweigen, »ob nun Euer Geschwätz nur eitel Prahlerei sein mag oder Schlimmeres oder Besseres – einen Gesellen wie Euch will ich weiterhin weder in meiner Nähe noch in meinem Lande dulden. Die beiden, die da draußen warten, die sollen Euch unverzüglich an die Grenze bringen. Und ich rat' Euch, daß Ihr nicht allzusehr auf meine Großmut baut, der ich an diesem einen Tag müd genug geworden bin für – lange Zeit. Und merkt Euch, Tobias Klenk, trifft man Euch irgendwann oder irgendwo je wieder im Bereiche meines Landes an, so sollt Ihr am nächsten Galgen hängen, so gewiß ich hier auf diesem Stuhle sitze. Und nun öffnet die Tür, an der Ihr steht, Tobias Klenk.«

Der gehorchte. Draußen vor dem Fenster in der Dunkelheit standen die zwei Männer regungslos. »Hört«, rief der Herzog ihnen zu. »Im nächsten Augenblick wird einer durchs Fenster springen. Nehmt ihn in Eure Mitte und bringt ihn bis zur Grenze nach Feldbach. Gebt aber wohl acht auf ihn; und wenn er Miene macht zu entwischen, so schickt ihm Eure Kugeln nach. Von der Grenze aus mag er sich trollen, wohin es ihm beliebt, und sein töricht fruchtloses Leben weiterführen, bis sein Schicksal ihn ereilt.«

Gebieterisch wies er mit gestrecktem Arm gegen das Fenster zu, Tobias wandte sich ohne Gruß, schwang sich über die Brüstung, die beiden Wartenden draußen legten ihm schwer die Hände auf die Schultern und verschwanden mit ihm in die Nacht.

Nun stand Adalbert allein mit dem Herzog da, und dieser sprach weiter: »Ihr habt nun wohl eingesehen, Herr Richter Wogelein, daß es nicht gut tut, vor der Welt, insbesondere aber vor seinem Weib, den Helden spielen zu wollen, wenn man nun einmal als Hasenfuß geboren ward. Es geht in solchem Falle ohne Lüge nicht ab; – und habt Ihr Euch erst zu einer herbeigelassen, so folgen ihr die nächsten unweigerlich und umstehen Euch am Ende alle wie böse Feinde, die Ihr selbst aus Eurer Brust gezeugt, und schlagen Euch zu Boden, daß Ihr Euch nimmer erheben könnt. So ist es Euch geschehen, Adalbert Wogelein, und Ihr liegt nun so kläglich da, daß Ihr mich dauern solltet. Doch Ihr dauert mich nicht; – und da Ihr mir irgendeiner Großmut oder nur geringsten Rücksicht noch weniger wert scheint als Euer Freund Tobias Klenk, vor dem Ihr nun nicht weiter zu zittern braucht, so sollt Ihr wissen, daß ich von hier keineswegs in die Residenz, sondern geradenwegs nach dem Schlosse Karolslust zu fahren gedenke, und daß Euer Weib heute nicht im Hause der Oberjägermeisterin, sondern in meinem fürstlichen Bette schlafen wird, wie es ihr eigener Wunsch war. Die Stelle in Wetzlar beim Reichsgericht soll Euch gewahrt sein ... Und nun gehabt Euch wohl, Herr Richter Wogelein.«

Er ging. Draußen mit der Fackel stand der Lakai. Die Tür fiel zu, Schritte verhallten, bald darauf auch das Rollen der Räder.

Adalbert, mit einemmal wie gefällt, brach zusammen. Auf dem Boden liegend, wimmerte er eine Weile vor sich hin, plötzlich brüllte er auf wie ein wildes Tier. Die Magd, zu Tode erschrocken, trat ein. »Was will sie da«, schrie Adalbert, die Arme auf den Boden gestützt. »Wo war sie den ganzen Tag?« und er sprang auf die Füße.

Die Magd machte große Augen, dann fing sie blöde an zu schluchzen. Adalbert trat näher auf sie zu. Da sie zu jammern nicht aufhörte, faßte er sie bei den Schultern, und wie er sie so immer näher an sich heranzog und von ihren Brüsten ein heißer Dunst ihm in die Nüstern stieg, wandelte sich seine ungeheure Wut, wie es ihm nicht zum erstenmal geschah, zu brünstiger Erregung; und während er immer noch schrie: »Hinaus mit ihr! Geh sie zum Teufel!« preßte er sie immer heftiger an sich, so daß sie endlich zu lachen begann und sich seinen Liebkosungen fügte, noch ehe sie oder er selber wußten, daß es Liebkosungen waren, die sie von ihm zu leiden hatte.

V

Als Frau Agnes am nächsten Morgen in der herzoglichen Karosse vor dem Hause anlangte, fand sie die Tür unverschlossen, niemanden in Vorzimmer und Küche, doch im ehelichen Schlafgemach ihre Magd in Adalberts Armen. Er empfing sie mit höhnisch albernem Grinsen, sie, blaß und stumm, schlug der Magd ins Gesicht, diese sprang heulend aus dem Bett und lief im Hemde hinaus.

Adalbert zog sich unwillkürlich die Decke übers Gesicht, das Gefühl einer untilgbaren Schmach und einer nichtigen Rache rann ihm, zu bitterer Wollust vereint, durch das Blut.

Als er den Kopf wieder hervorstreckte, war er allein. Jählings stand er auf, noch unschlüssig, was er zunächst beginnen sollte, doch da ihm am Ende nichts anderes übrig blieb, machte er sich endlich, wie an jedem andern Morgen, fertig für den gewohnten Lauf des Tags. Und da er sich doch nicht für die künftige Zeit seines Lebens im Hause einschließen und verborgen halten konnte, entschied er sich, wohl etwas verspätet, ins Amt zu gehen.

Die Magd besorgte schon ihre allmorgendliche Arbeit in der Küche, als der Herr vorüberging, und sah nicht auf. Doch was ihn noch seltsamer berührte, war, daß im Vorgarten Frau Agnes saß, im hellen Morgenkleide, und sich von der köstlichen Frühsonne das blonde Haupt bescheinen ließ. Für einen Augenblick war ihm, als sei alles, was sich seit gestern abend begeben, doch nur ein böser Traum gewesen und nicht mehr. Und fast war er daran, Agnes anzurufen, ihr einen guten Morgen zu wünschen, doch er fühlte, wie ihr

Blick durch ihn hindurchging wie durch einen Schatten, so daß er unwillkürlich an seinem Leibe auf und ab tastete, ob er überhaupt noch vorhanden und nicht eigentlich ein Gespenst geworden sei.

Auf dem Wege zum Gerichte hin empfing er und erwiderte er, wie allmorgendlich, manchen Gruß, in dem kein Spott, keine Mißachtung, ja keinerlei Ahnung von dem Geschehenen sich zu verraten schien. In der Amtsstube wartete der Schreiber ganz wie gewöhnlich, zeigte keinerlei Erstaunen, daß der Herr Richter so verspätet, noch darüber, daß er überhaupt erschien; und ohne weiteren Verzug nahmen die Verhandlungen ihren Anfang und Fortgang wie jeden Tag. Herr Adalbert Wogelein urteilte streng, aber gerecht, wie man es von ihm gewohnt war, und während er amtshandelte, wurde ihm mit jeder Minute deutlicher bewußt, um wieviel wohler ihm zumute war als gestern zur selben Stunde und im gleichen Raum. Kein Mensch auf Erden, aufatmend fühlte er's, konnte ihm nun etwas anhaben; nach allen Seiten hin war er wie gefeit gegen Unbill und Gefahr.

Erhobenen Hauptes verließ er das Gericht, vom Schreiber aufs devoteste gegrüßt, mit allem Respekt auch von den andern höheren und geringeren Amtspersonen, denen er in Gang und Flur begegnete; auf dem Heimweg hielt er sich eine Weile in der Apotheke auf, um dem Schwiegervater, der zuerst eine gewisse Betroffenheit nicht verbergen konnte, sich aber gleich wieder faßte, die Hand zu drücken und ihm, wie er es auch sonst manchmal tat, im Vorübergehen einen Gruß von seiner Tochter Agnes zu bestellen. Dann schritt er in weit beruhigteren Gedanken als vierundzwanzig Stunden vorher den besonnten Weg seinem Hause zu.

Agnes fand er nicht daheim, sie war, wie die Magd berichtete, schon in früher Nachmittagsstunde von der herzoglichen Karosse abgeholt worden. Es war ihm behaglicher, als wenn sie dagewesen wäre. Und er wußte sich leidlich die Zeit zu vertreiben, bis am nächsten Morgen der Wagen mit Agnes vor dem Hause wieder hielt.

In der gleichen Weise ging es noch manchen Abend, manche Nacht, manchen Morgen. Und alle, Agnes, ihr Gatte, ihr Vater, der Bürgermeister, und ganz Karolsmarkt fanden sich rascher in den Lauf der Dinge, als irgendeiner an dem Tage hätte prophezeien dürfen, da der Herzog in sein Land wieder heimgekehrt war.

Der aber ward binnen kurzer Frist ein Fürst von ganz ähnlicher Art, wie seine Ahnen es gewesen. Kein geradezu schlimmer Herr, wie von manchen seiner Vorfahren der Ruf ging, aber auch keiner von den besten. Er verblieb noch einige Zeit in Korrespondenz mit dem Baron Grimm, lud manchmal fremde Notabilitäten an den Hof von Sigmaringen, verdankte seinen Ruf aber auch weiterhin mehr der Pracht seiner Jagden und der Üppigkeit seiner Zechgelage, als der Förderung der Wissenschaften und schönen Künste.

Karl Eberhardt XVII. hatte eine Prinzessin von Württemberg zur Frau, hielt manches Gartenmägdlein neben ihr, bekam im Laufe der Jahre drei eheliche und sieben uneheliche Kinder, deren erstes von Agnes war und im Hause ihres Gatten als ein junger Wogelein aufwuchs. Drei Jahre später wurde dem Richter, von dessen Anstellung beim Reichsgericht in Wetzlar nicht weiter die Rede war, noch ein zweiter Sohn geboren, der es aber in seinem ferneren Leben nicht zu gleichem Ansehen brachte, wie sein älterer Bruder, der um die Wende des Jahrhunderts die Würde eines Oberstallmeisters am Hofe zu Sigmaringen bekleidete.

Der Galgen, an dem Tobias Klenk sein abenteuerliches Leben endete, stand in einem andern Land.

ZEITTAFEL

1862
Am 15. Mai wird Arthur Schnitzler in Wien geboren. Sein Vater, Prof. Dr. Johann Schnitzler (1835-1893), arbeitet als Laryngologe. Er ist von 1880 bis 1893 Direktor der Allgemeinen Wiener Poliklinik, Universitätsprofessor, Regierungsrat, Mitarbeiter der »Wiener medizinischen Presse« und Begründer der »Internationalen klinischen Rundschau«. Die Mutter Louise Schnitzler, geb. Markbreiter (1838-1911), ist die Tochter von Dr. med. et phil. Philipp Markbreiter, der an vielen medizinischen Fachzeitschriften mitarbeitet. Die Eltern heiraten am 2. Juni 1861.

1865
Am 13. Juli wird der Bruder Julian (1865-1939) geboren. Er arbeitet später als Professor der Chirurgie und Primararzt in einem Wiener Krankenhaus.

1867
Am 20. Dezember wird die Schwester Gisela (1867-1953) geboren. Sie heiratet einen Studienkollegen von Schnitzler, Marcus Hajek, der später Professor für Laryngologie wird.

1871-1879
Besuch des Akademischen Gymnasiums in Wien.

1879
Am 8. Juli macht Schnitzler seine Matura mit Auszeichnung.

Vom 30. August bis zum 15. September: Maturareise nach Amsterdam.

Im Herbst beginnt er sein Medizinstudium in Wien.

1880
Schnitzler arbeitet erstmals als Korrektor für die medizinische Zeitschrift seines Vaters; 13. November: erste Veröffentlichung von *Liebeslied der Ballerine* in »Der freie Landbote«. Am 15. November wird sein Aufsatz *Über den Patriotismus* veröffentlicht.

1882
Am 1. Oktober Antritt des obligatorischen Dienstes als Einjährig-Freiwilliger im Garnissonsspital Nr. 1 in Wien.

1885
Am 30. Mai Promotion zum Dr. med. Im August tritt Schnitzler eine Reise nach Mailand an; ab September arbeitet er als Assistenzarzt im Allgemeinen Krankenhaus und in der Poliklinik. In diesem Jahr beginnt der Briefwechsel mit Theodor Herzl (1860-1904).

1886
6. Januar: Festspiel zum 25. Promotionsjubiläum des Vaters. Im April lernt Schnitzler in Meran, wo er sich wegen Tuberkuloseverdachts aufhält, die Wirtin des »Thalhofes« in Reichenau, Olga Waissnix (1862-97), kennen. Ab dem 1. November arbeitet er in der Psychiatrie als Sekundärarzt bei Theodor Meynert.

Ab November: Beginn regelmäßiger Veröffentlichungen von Gedichten, Prosa, Skizzen und Aphorismen in Zeitschriften (»Deutsche Wochenschrift«, »An der schönen blauen Donau«).

1887

Ab 1. Januar: Arbeit als Redakteur bei der »Internationalen Klinischen Rundschau«, die von Schnitzlers Vater begründet wurde. Im gleichen Jahr gemeinsame Reise zum Naturforscherkongreß in Wiesbaden.

1888

Dank Rudolf Lothar erscheint bei O. F. Eirich in Wien *Das Abenteuer seines Lebens. Lustspiel in einem Aufzuge* als Bühnenmanuskript auf eigene Kosten. Vom 5. April bis zum 12. Mai: Studienreise nach Berlin. 21. Mai-25. August: Studienreise nach London – die *Londoner Briefe* erscheinen als Originalkorrespondenz in der »Internationalen Klinischen Rundschau«. Herbst: Schnitzler arbeitet als Assistent des Vaters an der Poliklinik. Er beschäftigt sich hauptsächlich mit Suggestion und Hypnose.

1888-92

Arbeit am *Anatol*-Zyklus.

1889

Die Untersuchung *Über funktionelle Aphonie und deren Behandlung durch Hypnose und Suggestion* erscheint in der »Internationalen Klinischen Rundschau«. Beginn des Verhältnisses mit der Schauspielerin Marie »Mizi« Glümer. In der Zeitschrift »An der schönen blauen Donau« erscheinen die Erzählungen *Amerika*, *Der Andere*, *Mein Freund Ypsilon*, *Episode*.

1890

Schnitzler kommt mit dem Literatenzirkel »Jung Wien« in Berührung und lernt Hugo von Hofmannsthal, Felix Salten, Richard Beer-Hofmann und Hermann Bahr kennen.

Veröffentlichungen: *Alkandis Lied*, *Die Frage an das Schicksal*, *Anatols Hochzeitsmorgen.*

1891
13. Mai: Uraufführung von *Das Abenteuer seines Lebens* am Theater in der Josefstadt in Wien.

Das Märchen (Bühnenmanuskript), *Denksteine*, *Reichtum*, *Weihnachtseinkäufe.*

1892
Erster Kontakt zu Karl Kraus; 17.-22. September: Reise nach Venedig.

Der Sohn. Aus den Papieren eines Arztes (später zu dem Roman *Therese* ausgeführt) und *Anatol* (mit einem Prolog von Hofmannsthal unter dem Synonym Loris).

1893
2. Mai: Tod des Vaters. Schnitzler eröffnet eine Privatpraxis, nachdem er die Poliklinik verlassen hat. 14. Juli: Uraufführung von *Abschiedssouper* am Stadttheater Bad Ischl. 1. Dezember: Uraufführung: *Das Märchen* am Deutschen Volkstheater in Wien (mit Adele Sandrock in der Rolle der Fanny Theren) – erster Skandal um Schnitzler.

1894
12. Juli: Erste Begegnung mit der Gesangslehrerin Marie Reinhard (1871-99). Beginn des Briefwechsels mit dem dänischen Kritiker und Literaturhistoriker Georg Brandes.

Blumen, *Die drei Elixiere*, *Sterben* (erschienen in der »Neuen Deutschen Rundschau«; erst die Buchausgabe 1895 bei Fischer machte Schnitzler einem größeren Publikum bekannt), *Der Witwer*, *Das Märchen* (Buchausgabe).

1895

9. Oktober: Uraufführung von *Liebelei* am Wiener Burgtheater. Beginn des Briefwechsels mit Otto Brahm (1856-1912), dem Direktor des Deutschen Theaters in Berlin.

Die kleine Komödie.

1896

26. Januar: erste öffentliche Aufführung von *Die Frage nach dem Schicksal* am Carola-Theater in Leipzig. Erstaufführung von *Liebelei* am Deutschen Theater. Schnitzler lernt den Theaterkritiker Alfred Kerr (1867-1948) kennen. 4. Juli - 29. August: Nordlandreise. 25./26. Juli: Besuch bei Henrik Ibsen in Christiania. 3. November: Uraufführung von *Freiwild* am Deutschen Theater.

Liebelei, Ein Abschied, Die überspannte Person.

1897

4. November: Tod von Olga Waissnix. 27. November: Prager Erstaufführung von *Freiwild.*

Die Frau des Weisen, Der Ehrentag, Halbzwei, Die Toten schweigen.

1898

13. Januar: Uraufführung von *Weihnachtseinkäufe* in den Sofien-Sälen in Wien. 26. Januar: Uraufführung von *Episode* am Ibsen-Theater in Leipzig. 11. Juli - 3. September: Reise mit dem Fahrrad durch Österreich, die Schweiz und Oberitalien – zeitweise mit Hugo von Hofmannsthal. 8. Oktober: Uraufführung von *Das Vermächtnis* am Deutschen Theater. 30. November: Wiener Erstaufführung am Burgtheater.

Die Frau des Weisen. Novellen (enthält: *Die Frau des Weisen, ein Abschied, Der Ehrentag, Blumen, Die Toten schweigen*), *Freiwild, Paracelsus.*

1899

1. März: Uraufführung der Einakter *Paracelsus*, *Die Gefährtin*, *Der grüne Kakadu* am Burgtheater. 18. März: Marie Reinhard stirbt. 27. März: Bauernfeldpreis »für die Novellen und dramatischen Arbeiten«. 11. Juli: Schnitzler vermerkt erstmals den Namen seiner späteren Frau: Olga Gussmann (1882-1970).

Der grüne Kakadu, *Um eine Stunde*.

1900

1. Dezember: Uraufführung von *Der Schleier der Beatrice* im Lobe-Theater in Breslau. Veröffentlichungen: *Der blinde Geronimo und sein Bruder*, *Leutnant Gustl* (am 25. Dezember in der »Neuen Freien Presse« erschienen), *Reigen* (auf eigene Kosten in einer Stückzahl von 200 Exemplaren gedruckt).

1901

14. Juni: wegen der Veröffentlichung von *Leutnant Gustl* wird Schnitzler der Offiziersrang abgesprochen. 13. Oktober: Uraufführung von *Anatols Hochzeitsmorgen* im Langenbeck-Haus in Berlin.

Frau Berta Garlan, *Lebendige Stunden*, *Sylvesternacht*.

1902

Uraufführung von *Lebendige Stunden* am Deutschen Theater (*Die Frau mit dem Dolche*, *Die letzten Masken*, *Literatur*). 9. August: Geburt des Sohnes Heinrich. 18.-20. Oktober: Schnitzler mit Otto Brahm zu Besuch bei Gerhart Hauptmann in Agnetendorf.

Die Fremde, *Andreas Thameyers letzter Brief*, *Die griechische Tänzerin*, *Exzentrik*, *Lebendige Stunden*.

1903
17. März: Bauernfeld-Preis für den Zyklus *Lebendige Stunden*. 25. Juni: das Studententheater München bekommt wegen der Aufführung von *Reigen* seitens der Regierung Sanktionen auferlegt. 26. August: Schnitzler heiratet Olga Gussmann, die Mutter seines Sohnes Heinrich. 12. September: Uraufführung von *Der Puppenspieler* am Deutschen Theater.

Der Puppenspieler, *Die grüne Krawatte*, *Reigen*.

1904
13. Januar: Uraufführung von *Der einsame Weg* am Deutschen Theater. 16. März: Buchausgabe von *Reigen* in Deutschland verboten. Uraufführung von *Der tapfere Cassian* (am Theater Max Reinhardts in Berlin), *Das Haus Delorme* wird von der Zensur verboten, es sollte am selben Abend aufgeführt werden.

Der tapfere Cassian, *Das Schicksal des Freiherrn von Leisenbohg*.

1905
28. Januar: Erstaufführung von *Freiwild* am Deutschen Volkstheater in Wien. 12. Oktober: Uraufführung von *Zwischenspiel* am Burgtheater.

Veröffentlichungen: *Das Neue Lied*, *Die Weissagung*, *Zum großen Wurstel*.

1906
24. Februar: Uraufführung von *Der Ruf des Lebens* am Lessing-Theater in Berlin (Direktion: Otto Brahm). 16. März: Uraufführung von *Zum großen Wurstel* am Lustspiel-Theater in Wien; ab dem 4. April Übernahme in das Theater in der Josefstadt.

1907
Die Geschichte eines Genies, *Der tote Gabriel*.

1908
15. Januar: Grillparzer-Preis für *Zwischenspiel*.
Der Weg ins Freie, *Komtesse Mizzi oder Der Familientag*, *Der Tod des Junggesellen*.

1909
5. Januar: Uraufführung von *Komtesse Mizzi* im Deutschen Volkstheater in Wien. 13. September: Geburt der Tochter Lili. 30. Oktober: Uraufführung von *Der tapfere Kassian* (Singspiel mit Musik von Oscar Straus) am Neuen Stadttheater in Leipzig.
Der tapfere Kassian.

1910
22. Januar: Uraufführung von *Der Schleier der Pierrette* am Königlichen Opernhaus in Dresden. 17. Juli: Einzug in das neue Haus in der Sternwartestraße 71. 18. September: Uraufführung von *Liebelei* (Oper von F. Neumann) in Frankfurt a. M. 24. November: Uraufführung von *Der junge Medardus* am Burgtheater.
Der Schleier der Pierrette.

1911
9. September: Tod der Mutter. 14. Oktober: Uraufführung von *Das weite Land* zeitgleich am Lessingtheater in Berlin, Lobe-Theater in Breslau, Residenztheater in München, Deutschen Landtheater in Prag, Alten Stadttheater in Leipzig, der Schauburg in Hannover, Stadttheater Bochum, Burgtheater.
Die dreifache Warnung, *Der Mörder*, *Die Hirtenflöte*, *Das Tagebuch der Redegonda*.

1912

10. Februar: Uraufführung von *Marionetten (Der Puppenspieler, Der tapfere Cassian, Zum großen Wurstel)* am Deutschen Volkstheater in Wien. 13. Oktober: Uraufführung von *Reigen* in Budapest verboten. 25. Oktober: *Professor Bernhardi* wird in Wien ebenfalls wegen Zensur nicht uraufgeführt. 28. Oktober: die Uraufführung von *Professor Bernhardi* kommt in Berlin zustande. An diesem Abend stirbt Schnitzlers Freund Otto Brahm.

Zum 50. Geburtstag Schnitzlers erscheinen die *Gesammelten Werke in zwei Abteilungen (Erzählende Schriften, 3. Bd.; Theaterstücke, 4. Bd.).*

1913

Frau Beate und ihr Sohn.

1914

22. Januar: Film-Premiere von »Elskovsleg« *(Liebelei):* erster Film nach einer Textvorlage Schnitzlers. 27. März: Raimund-Preis für *Der junge Medardus.*

Die griechische Tänzerin und andere Novellen.

1915

12. Oktober: Uraufführung der Einakter *Komödie der Worte (Stunde des Erkennens, Große Szene, Das Bacchusfest)* am Burgtheater, Neuen Theater in Frankfurt a. M. und am Hoftheater in Darmstadt.

1916

15. Mai: Uraufführung von *Denksteine* an einem Wohltätigkeitsabend zugunsten der Kriegsfürsorge im Volksbildungshaus der Wiener Urania.

1917

14. November: Uraufführung von *Fink und Fliederbusch* am Deutschen Volkstheater in Wien.

Doktor Gräsler, Badearzt.

1918

21. Dezember: Uraufführung von *Professor Bernhardi* am Volkstheater in Wien – die Zensur war mit dem Ende der Monarchie abgeschafft worden.

Casanovas Heimfahrt.

1919

Die Schwestern oder Casanova in Spa.

1920

26. März: Uraufführung von *Die Schwestern oder Casanova in Spa* am Burgtheater. 8. Oktober: Volkstheaterpreis für *Professor Bernhardi.* 23. Dezember: Uraufführung von *Reigen* in Berlin im Kleinen Schauspielhaus.

1921

1. Februar: Erstaufführung von *Reigen* in den Kammerspielen des Volkstheaters in Wien. 17. Februar: Aufführungen von *Reigen* werden wegen Unruhen in Wien verboten, dieses Verbot wird erst am 17. Februar 1922 aufgehoben. 22. Februar: organisierter Skandal während einer Berliner *Reigen*-Aufführung. 26. Juni: Scheidung von Olga Gussmann. 11. September: Premiere des Stummfilms *The affairs of Anatol* (USA/Regie: Cecil B. deMille). September: Anklageerhebung gegen Direktor, Regisseur und Schauspieler des Kleinen Schauspielhauses in Berlin. 8. November: Freispruch aller Beteiligten nach fünf Tagen Gerichtsverhandlung.

1922
16. Juni: Erstes längeres Zusammentreffen von Schnitzler und Sigmund Freud, nach einem Schreiben anläßlich Schnitzlers 60. Geburtstag.

Die *Theaterstücke* und die *Erzählenden Schriften* werden um je einen Band ergänzt.

1923
5. Oktober: Premiere des Stummfilms *Der junge Medardus* (Regie: Michael Kertesz) in Wien.

1924
11. Oktober: Uraufführung der *Komödie der Verführung* am Burgtheater.

Komödie der Verführung, *Fräulein Else*.

1925
Die Frau des Richters, *Traumnovelle*.

1926
21. Juni: Burgtheaterring (gestiftet vom Journalisten- und Schriftstellerverein Concordia). 27. Dezember: in Berlin letztes Zusammentreffen mit Sigmund Freud. 31. Dezember: Uraufführung von *Sylvesternacht* (einmalige Vorstellung der »Schauspieler des Theaters in der Josefstadt«).

Der Gang zum Weiher, *Spiel im Morgengrauen*.

1927
15. März: Premiere des Stummfilms *Liebelei* in Berlin. 30. Juni: Lili Schnitzler heiratet den italienischen Hauptmann Arnoldo Capellini.

Buch der Sprüche und Bedenken, *Der Geist im Wort und der Geist in der Tat*.

1928

März: Premiere des Stummfilms *Freiwild* (Regie: Holger Madsen) in Berlin. 26. Juli: Die Tochter Lili nimmt sich in Venedig das Leben. 27.-31. Juli: Aufenthalt in Venedig aufgrund der Beerdigung der Tochter.

Ergänzung der *Erzählenden Schriften* um zwei weitere Bde. (Bd. 5: Erstausgabe von *Therese. Chronik eines Frauenlebens*).

1929

Fräulein Else (Stummfilm/Regie: Paul Czinner) mit Elisabeth Bergner (Else) und Albert Steinrück (Dorsday). 21. Dezember: Uraufführung von *Im Spiel der Sommerlüfte* am Wiener Volkstheater.

1930

Im Spiel der Sommerlüfte.

1931

14. Februar: Uraufführung von *Der Gang zum Weiher* am Burgtheater. 19. September: Premiere des Tonfilms *Daybreak. Spiel im Morgengrauen* (Regie: Jacques Feyder).

Am 21. Oktober stirbt Arthur Schnitzler nach einer Gehirnblutung in Wien.

NACHWORT

»Als Erzähler behaupte ich mich besser wie als Dramatiker«

ARTHUR SCHNITZLERS FRAUENGESCHICHTEN

»Hier gab es ein Schicksal zu entdecken«, vermutet der Erzähler der Prosaskizze *Die Braut* (1891), der ersten von Schnitzlers Frauengeschichten in der vorliegenden Auswahl. Als Meister der kleinen Form konstruiert der als Dramatiker bekannt gewordene Autor in seinen Erzählungen Frauenfiguren, die komplexer als in seinen frühen Theaterstücken die bestimmenden Themen seiner Epoche spiegeln. Die Dirnen und »süßen Mädel«, die Schauspielerinnen und Damen aus den besseren Kreisen oder die Witwen, die noch zu jung sind, um das Begehren ihrer Körper leugnen zu können, dienen Schnitzler dazu, ein diagnostisches Bild des Verhältnisses zwischen den Geschlechtern zu zeichnen. Ein neues Bewußtsein von Körperlichkeit und Sexualität, das sich mit dem Übergang ins 20. Jahrhundert herausbildet und durch Sigmund Freuds Psychoanalyse eine theoretische Fundierung erfährt, verändert auch den männlichen Blick auf das Weibliche. In Schnitzlers noch auf den Naturalismus verweisender *Studie*, die Ende 1891 entstand, jedoch erst kurz nach seinem Tod 1932 veröffentlicht wurde, bewegen sich diese Projektionen noch in einem vom Klischee der »aufrichtigen Dirne« bestimmten erzählerischen Rahmen: »Sie war aus einer guten Familie, aus einer sehr geachteten und bekannten, behauptete sie sogar, und man hatte sie zu Hause streng erzogen. Aber ihre Sinne erwachten früh und in heftigem Verlangen«. Dies äußert sich als bloßer »Trieb«, ein »wütender, durstiger Trieb, der den Mann wollte, einfach den Mann«, und der nicht zu stillen ist. Allein die uneingeschränkte körperliche Hingabe erscheint als Lösung, doch dies muß zwangsläufig mit der gesellschaftlichen Ordnung kollidieren, in der kein Raum ist für die erotischen Wünsche der Frau, die so unausgesprochen bleiben. Die Erzählungen Arthur Schnitzlers demonstrieren, daß jeder Versuch des Verstehens scheitern muß. Die Rede der Braut, die sich dem Geliebten zu erklären versucht, weil sie ihre Ehe nicht auf einer Lüge aufbauen will, führt in die Katastrophe und zum radikalen Bruch: »fort von hier und toll hinausgejubelt in ein Leben ungezügelter Lust, für das sie nun einmal bestimmt war, in das sie hineinmußte, wenn sie nicht verrückt werden, wenn sie nicht zugrunde gehen sollte.« Dies berichtet der Ich-Erzähler im Bewußtsein, seine eigenen subjektiven Eindrücke wiederzugeben. In den Frauengeschichten Schnitzlers scheinen so die Schicksale der Figuren Projektionen von außen zu sein, die mit der Realität nicht übereinstimmen müssen. Diese Ambiguität gehört zum poetischen Verfahren Schnitzlers in seinen frühen Erzählungen. Die Gattungsbezeichnung *Studie* der Erzählung *Die Braut* weist auf Beobachtung und Subjektivität hin. Der fiktive Erzähler räumt die Beschränkheit seiner Sichtweise ein: »Übergänge haben sich für mich gefunden, Lücken, welche sie im Erzählen ließ, habe ich unbewußt im Bedenken, im Erinnern ausgefüllt.« Die Frauengeschichten sind Konstruktionen von Deutungen und Interpretationen: »Freilich hab' ich nun die Worte, mit denen sie mir schlicht und bereitwillig ihr Bekenntnis ablegte, vergessen, aber die Geschichte selbst steht mir eigentlich klarer vor Augen als in der Stunde, da ich sie vernahm.« Es ist so auch nicht die Sprache der Frauen, die selbst ihre Schicksale schildern, sondern die des

Erzählers, was die Grenze des Begreifens weiblicher Sexualität und weiblichen Begehrens markiert – auch die persönliche Grenze des Autors und des von ihm eingesetzten Erzählers. Die körperliche Lust, die hier zum Ausdruck eines »allmächtigen Gesetzes« der Natur erhoben wird, gehört notwendigerweise zu einer ganz konkreten Person, da es der einzelne Mensch ist, der den Forderungen des Leibes standhält oder ihnen folgt. Schnitzlers literarische Konstruktionen versuchen dieser Komplexität, die auch den historischen und sozialen Kontext mit einschließt, gerecht zu werden. Sie lassen sich daher nicht als einsinnige männliche Projektionen dekonstruieren. Aus der Sicht des Arztes und Schriftstellers bleibt die Frau das Fremde, seine weiblichen Figuren erscheinen rätselhaft und geheimnisvoll. Die Erzählungen sind daher nicht mehr als Annäherungen an das Weibliche, aber sie markieren zugleich einen kritischen Einspruch, der über den begrenzenden gesellschaftlichen Zustand hinauswill. Wo das sich selbst Begreifen der weiblichen Figuren den eigenen Untergang nach sich zieht, scheint eine Alternative auf – die des möglichen Gelingens von weiblicher Identität. Der Prozeß des Erkennens, den die Frauen in Schnitzlers Geschichten durchleiden und auf den seine männlichen Figuren mit begriffslosem Unverständnis oder oberflächlichen Fehldeutungen reagieren, ist ein Schritt, der lebensmächtig werden könnte.

In den frühen Erzählungen geht es jedoch zunächst noch mehr um das Verstehen des »Rätsels« Frau, denn diese entzieht sich dem männlichen Zugriff. Die Identität des Mannes ist brüchig geworden, er fühlt sich selbst zum Objekt eines Spiels degradiert, dessen Regeln er nicht mehr bestimmt. Die Frauen erscheinen in seiner Perspektive als »Komödiantinnen«, die ihre Rolle scheinbar mit dem Leben selbst verwechseln, wie in den Prosastücken *Helene* und

Fritzi, die im Oktober 1893 entstanden sind. »Nicht wahr, sie verstehen mich« – fast höhnisch klingt es, wenn die Schauspielerin Helene dem Erzähler gesteht, daß ihre Liebesbeteuerungen nur Komödie gewesen sind, ein schauspielerisches Experiment, das zeigen sollte, ob sie die Rolle der sich hingebenden Frau überzeugend würde spielen können – nicht auf der Bühne, sondern im Leben selbst: »Ich wollte wissen, ob es mir gelingen kann, etwas glaubwürdig darzustellen, wovon ich gar nichts empfinde.« Wenn jedoch die eingenommene Rolle schließlich die Person beherrscht, dann bleibt offen, was Verstellung ist und was Realität. Das macht auch das Ambivalente von Helenes Charakter aus. Zwar ist für sie das Künstlerische das Bestimmende, doch zugleich ist sie sich bewußt, daß die von ihr eingenommene ästhetizistische Haltung Distanz und Einsamkeit mit sich bringen muß: »Sie ahnen nicht, wie es mich manchmal selbst schaudert, so einsam durch eine ganz fremde Welt zu gehen.« Erträglich wird ihr diese Existenz nur als ästhetisches Spiel. »Ich muß spielen, Komödie spielen, immer, überall.« Als eine Rolle erscheint auch das Leben der Sängerin Fritzi, der zweiten der »Komödiantinnen«, die sich ihre Biographie den eigenen Zwecken gemäß konstruiert hat, bis sie zur persönlichen Wirklichkeit geworden ist.

»Wie wenig man doch die Bedeutung der einzelnen Dinge abschätzen kann zur Zeit, da man sie erlebt und aufnotiert«, wird dem Ich-Erzähler bewußt, als er sich an das einmal Erlebte zu erinnern versucht. Das Fremdwerden des eigenen vergangenen Lebens ist unaufhaltsam, in den alten Tagebüchern erscheint es schließlich wie die »Geschichten von fremden Menschen«. Acht Jahre nach dem Abschied von der leichtsinnigen Fritzi, dem feschen »Grisettenköpferl«, soll es zu einer erneuten Begegnung zwischen dem erzählenden Ich und der inzwischen berühmt gewordenen Sängerin kommen. Beim Blättern in seinen Tagebüchern liest er: »Fritzi ... Abschied ... der rote Schein am Himmel ... jagende Leute ... wie sie davonflog.« Diese flüchtigen Notate über den letzten gemeinsam verbrachten Abend rufen die Erinnerung an die plötzliche Trennung zurück. Der »rote Schein« verweist auf ein großes Feuer in der Stadt Wien. »Das Ringtheater brennt«: angesichts der in Flammen stehenden »Komischen Oper«, die im Dezember 1881 abbrannte und 380 Zuschauer umkommen ließ, »stürzte sie fort, ohne sich nur nach mir umzusehen«. In der Menschenmenge in den Straßen vor dem Theater am Schottenring verliert der Ich-Erzähler sie aus den Augen.

Später, nach dem Wiedersehen, berichtet der Erzähler, wie das Flammeninferno in der Erinnerung der Sängerin uminterpretiert wird. Die Geschichte des brennenden Theaters ist zu einem Teil ihrer Identität geworden. »Sie kann in keine Gesellschaft gehen, wo sie sie nicht zum besten gibt.« Sie erzählt von einer wundersamen Rettung. »Fritzi erzählte weiter. Sie erzählte, wie sie in einer ganz rätselhaften Weise gestoßen, geschoben, gehoben, über dunkle Gänge, über dunkle Stiegen ins Freie auf die Straße gekommen war.« Diese Geschichte ist erfunden – aber: »mir ist heute, als hätte ich sie wirklich erlebt«, bekennt Fritzi im Gespräch mit dem Erzähler. Die Erinnerungsarbeit ist somit nichts anderes als die Konstruktion von realen und fiktiven Momenten und unter wechselnden Perspektiven veränderbar.

Daß diese nicht immer gelingt, zeigt die an Edgar Allan Poes Erzählung *Das verräterische Herz* erinnernde Novelle *Die Toten schweigen* (1897), ein »Meisterwerk« von außerordentlicher Modernität, wie der dänische Literaturhistoriker Georg Brandes (1842-1927) geurteilt hat. Vordergründig ist es die Geschichte eines Ehebruchs, den Emma, die Frau eines Professors, nach einem Verkehrsunfall, der zum

Tod ihres Geliebten geführt hat, geheimzuhalten versucht. Damit greift Schnitzler auf den ersten Blick ein konventionelles Thema seiner Zeit auf: die Gefährdung der bürgerlichen Ehe als einer regulativen Institution, in der die Frau ausschließlich als Gattin und Mutter fungiert. Diese Ordnung ist jedoch brüchig geworden. Um ein Weiterleben in der Familie für sich und ihr Kind möglich zu machen, verläßt Emma die Unglückstätte und den toten Geliebten: »Nun aber geht sie ... geht rascher ... läuft ... und fort von da ... zurück ... in das Licht, in den Lärm, zu den Menschen!« Sie erreicht die Stadt und »sieht die Häuserzeile der Praterstraße«, es ist die Straße, in der Arthur Schnitzler im Mai 1862 geboren wurde, und es gelingt ihr, die Wohnung rechtzeitig vor dem Eintreffen des Ehemanns zu erreichen. Doch die Bilder des Erlebten weichen nicht. Emma sieht sich »gegenüber im Wandspiegel«, »grausam, und mit verzerrten Zügen«. Ihre Gedanken sind angsterfüllt. »Er wird es niemandem sagen, wird sich nie rächen, nie ... er ist tot ... er ist ganz gewiß tot ... er ist ganz gewiß tot.« Unkontrolliert entfahren ihr die Worte: »und die Toten schweigen«, ein Satz, der ihren Mann überrascht: »Und sie weiß, daß sie diesem Manne, den sie durch Jahre betrogen hat, im nächsten Augenblick die ganze Wahrheit sagen wird.« Die Konsequenzen des Geständnisses bleiben offen, doch Emma fühlt sich, »als würde vieles wieder gut ...«. Mit der tragischen Beendigung ihres Doppellebens hat sich die Möglichkeit einer Identität ohne Lüge eröffnet.

Diese versucht auch Katharina in der Erzählung *Die Fremde* (1902) zu gewinnen. Bereits der Titel macht deutlich, daß es sich um die Geschichte einer rätselhaften und geheimnisvollen Frau handelt. Sie beginnt damit, daß Katharina vierzehn Tage nach der Eheschließung ihren Mann verläßt. Albert erinnert sich an ein Gespräch mit seinem

Freund Vincenz, der ihn vor der Verbindung gewarnt hatte. Katharina hatte sich bereits nach dem Tod ihres Vaters, eines Oberst, der 1878 aufgrund seiner Verdienste während des bosnischen Feldzuges in den Freiherrnstand erhoben worden war, kurz danach jedoch von Aufständischen erschossen wurde, immer mehr in eine Scheinwirklichkeit zurückgezogen. Die ihr eigene Vermischung von Imagination und Realität setzt sich auch während der Beziehung mit Albert fort: »Doch alles, was sie berichtete, Erzählungen wirklicher Geschehnisse und Geständnisse ferner Träumereien, schwebte wie im gleichen matten Schimmer vorüber ...« Wo keine äußere Realität mehr existiert, vollzieht sich das Leben nach eigenen Gesetzen, eine Erkenntnis, die Albert aus Liebe ohne Bitterkeit akzeptieren kann. Da sein Vermögen nach Katharinas Fortgehen durch kostspielige Geschenke weitgehend aufgezehrt ist, sieht er nur die Selbsttötung als Lösung.

Ist Albert in dieser Erzählung eindeutig der Erduldende, wechselt in der Novelle *Die griechische Tänzerin* (1902), für die Schnitzler ursprünglich den Titel *Die duldende Frau* vorgesehen hatte, die Perspektive. »Die Leute mögen sagen, was sie wollen, ich glaube nicht daran, daß Frau Mathilde Samodeski an Herzschlag gestorben ist.« Ihr Leben an der Seite eines erfolgreichen griechischen Künstlers erscheint dem Ich-Erzähler als eine einzige Leidensgeschichte, und dies wird in einen bewußten Widerspruch zu dem von Mathilde selbst berichteten glücklichen Zusammenleben gestellt. Der Ich-Erzähler macht sich selbst als parteiisch kenntlich und gesteht seine Abneigung und den Haß gegenüber dem Künstler Gregor Samodeski offen ein. Es bleibt dem Leser überlassen, den Worten Mathildes mehr Gewicht einzuräumen als den Deutungen des Erzählers, der nicht akzeptieren will, daß sie ohne Eifersucht auf die wechselnden Geliebten ihres Mannes gewesen sein soll: »Und da hab' ich gefühlt, wie unaufhörlich ich und Gregor miteinander verbunden waren, und wie alles andere nichts sein konnte, als Schatten, Nichtigkeiten oder Komödie ...« Es ist der Erzähler selbst, der Zweifel darüber aufkommen läßt, ob seine Darstellung angemessen ist. Wiederum thematisiert Schnitzler, inwieweit sich die weibliche Emotion dem männlichen Verständnis entzieht.

Als eine Duldende erscheint auch Dionysia in der Erzählung *Die Hirtenflöte* (1909), in der die Suche nach dem weiblichen Ich in eine märchenhafte Distanz verlagert wird. Nach dreijähriger Ehe wird dem alternden Wissenschaftler Erasmus bewußt, daß ihm seine junge Gattin wie eine »Unbekannte« erscheint. Der Astronom verlangt, daß sie sich erst selbst erfahren und eine eigene Identität aufbauen müsse, bevor eine dauerhafte Beziehung zwischen ihnen möglich sei: »Ja, ich verlange vielmehr, daß du jeder Neugier, die sich in dir regt, jeder Sehnsucht, die dich lockt, ohne Zögern Folge leistet, wohin sie dich auch führe.« Mit diesen Worten wird Dionysia von ihrem Gatten in die Welt geschickt und verbringt die erste Nacht außerhalb ihres Hauses mit einem Hirten. Sie folgt dann einem reichen Gutsherrn und wird dessen Geliebte, sie verläßt ihn und gerät unter Aufständische, wird von einem Grafen aufgenommen, von dem sie schließlich ein Kind erwartet. Von ihrer »rätselhaften Anmut« angezogen, verfällt ihr der Fürst des Landes und verleiht dem inzwischen fünfjährigen Sohn den Titel eines Prinzen. Doch Dionysias Sturz ist unausweichlich, ihr Kind wird getötet, sie muß den Hof verlassen und begibt sich auf den Weg zurück zu Erasmus. »Ich habe dich erwartet. In dieser Nacht, nicht früher und nicht später mußtest du kommen.« Dionysia begreift, daß sie nichts anderes als ein Objekt der wissenschaftlichen Neugierde von

Erasmus gewesen war, eine lebende Figur in einer Versuchsanordnung – »wo alles Lockung war, mußte ich mich verlieren«. Sie verspürt nur noch Ekel: »So aber, tiefer als vor allen Masken und Wundern der Welt, graut mich vor der steinernen Fratze deiner Weisheit«, – mit diesen Worten verläßt sie endgültig das Haus: »Sie blieb verschwunden; und kein Mensch weiß, ob sie noch längere Zeit irgendwo in der Welt weitergelebt oder bald unerkannt ein zufälliges oder selbstgewähltes Ende gefunden hat.« Erasmus bleibt in dieser aus der Gegenwart entrückten Lehrdichtung jedoch ohne erkennende Einsicht.

Von Projektionen, aber auch von dem Verhältnis von Phantasie und Literatur, erzählt auch die Novelle *Das Tagebuch der Redegonda* (1909). Der Ich-Erzähler, der sich auch »schriftstellerisch« betätigt, berichtet von einer merkwürdigen Begebenheit. Der ihm flüchtig bekannte Dr. Gottfried Wehwald, ein Beamter in einer kleinen niederösterreichischen Provinzstadt, sucht ihn nachts im Stadtpark auf und schildert ihm seine Liebe zu der verheirateten Redegonda, Gattin des Rittmeisters Baron T., mit der er jedoch niemals auch nur ein Wort gewechselt hat. Alles, was er mit dieser Frau verbindet, erlebt er ausschließlich in seinen Tagträumen. »Nun ließ ich meinen beglückenden Wahn immer weiterspielen, und so dauerte es nicht mehr lange, bis Redegonda mich in meiner kleinen, am Ende der Stadt gelegenen Wohnung besuchte und mir Seligkeiten beschieden waren, wie sie mir die armselige Wirklichkeit nie so berauschend zu bieten vermocht hätte.« Eines Nachts erscheint der Rittmeister plötzlich bei Wehwald und eröffnet ihm, daß die plötzlich verstorbene Redegonda ein Tagebuch hinterlassen habe, das ihn als ihren Liebhaber verrate. Eine Stunde liest der Verliebte in den Notizen der Angebeteten und erkennt, daß das Tagebuch tatsächlich »die ganze Geschichte« seiner

Liebe enthält: »Alles stand in diesen Blättern aufgezeichnet, alles, was ich niemals in Wirklichkeit, und doch alles genau so, wie ich es in meiner Einbildung erlebt hatte.« Damit beginnt sich die Erzählung ins Surreale aufzulösen. Man erfährt, daß es bereits zu einem Duell zwischen dem Rittmeister und Wehwald gekommen ist: »Ich war auf der Stelle tot, wie man zu sagen pflegt.« Wie eine Phantasmagorie verschwindet die Szenerie, denn die Begegnung zwischen dem Erzähler und Wehwald hat es nie gegeben, wie man durch den Berichtenden selbst erfährt.

Auch die folgende Erzählung *Der Mörder* (1910) thematisiert die dunklen Seiten des Bewußtseins. Alfred, ein »junger Mann, Doktor beider Rechte«, des öffentlichen und privaten, verspürt nach einer anfänglich intensiven Beziehung zu Elise und dem »bequemsten Genusse gemeinsamer Freiheiten« »allmählich jene ihm wohlbekannte verheißungsvolle Unruhe (...), wie sie ihm sonst das nahe Ende einer Liebesbeziehung anzukündigen pflegt«. Das Gefühl trügt nicht, er verliebt sich in Adele, die Tochter eines begüterten Fabrikbesitzers, doch kann er von Elise nicht lassen, zumal diese ihm offenbart, daß sie unter bedrohlichen chronischen Herzkrämpfen leide. Während einer längeren Schiffsreise, die ihrer Erholung dienen soll, wird sich Alfred bewußt, daß er auf Adele nicht verzichten kann, und sieht die einzige Lösung in der Tötung Elises: »Seinen heißen, grausamen Wunsch, dessen Erfüllung er all die Tage gleichsam aus feiger Verborgenheit zu fördern gesucht hatte, er mußte ihn nun ohne weiteren Aufschub mit eigenem Willen, mit eigenen Händen zur Tat machen.« Er verabreicht ihr eine Überdosis Morphium. »Als Alfred mit dem Arzt in die Kajüte trat, lag Elise bleich mit halb offenen verglasten Augen, die Finger in die Decke verkrampft und schimmernde Tropfen auf Stirn und Wangen.« Tags darauf wird ihr Leichnam im

Meer bestattet. Alfred fühlt sich frei. Am Ende der Schiffspassage in Hamburg angelangt, findet er wider Erwarten keine Post von Adele vor. Seine Irritation teilt er ihr umgehend per Telegramm mit. Sie bestätigt kurz, daß sie ihn nach seiner Rückkehr in Wien erwarte. In ihrer Wohnung kommt es zu einer Aussprache, in der Adele ihm mitteilt, daß sie inzwischen mit einem anderen Mann verlobt sei. Fassungslos versucht Alfred sie umzustimmen: »›Nein‹, sagte sie starr, »es ist aus«, wobei sich in ihrer Miene »ein vernichtender Ausdruck von Gleichgültigkeit und Langeweile« spiegelt. Zurückgekehrt in die eigene Wohnung, wird Alfred von dem deutschen Baron erwartet, den er während der Schiffsreise kennengelernt hatte: »Es ist mir ein Bedürfnis, Ihnen mitzuteilen, daß ich Sie für einen Schurken halte.« Was folgt, ist nach dem Ehrenkodex der Zeit zwingend: im Duell läßt sich der junge Doktor töten. Seine letzten Gedanken gelten dem »verwesenden Leib« der von ihm getöteten Elise: »Und als er auf dem Boden lag und etwas Dunkles über ihn sich beugte, ihn umschloß, ihn nicht mehr lassen wollte, fühlte er selig, daß er, ein Entsühnter, für sie, zu ihr ins Nichts entschwand, nach dem er sich lange gesehnt hatte.«

Der Tod als Befreiung von der Welt und dem Körper, darin mündet auch auch die Erzählung *Frau Beate und ihr Sohn* (1912), die zwei tabuisierte Themenkomplexe entfaltet: die erotischen Wünsche verwitweter Frauen und die inzestuöse Liebe zwischen Mutter und Sohn. Die wohlhabende Witwe des erfolgreichen Schauspielers Friedrich Heinold lebt mit ihrem siebzehnjährigen Sohn Hugo ein zurückgezogenes Leben, das lediglich von kleineren gesellschaftlichen Verpflichtungen unterbrochen wird. Doch als sie erkennen muß, daß sie ihren pubertierenden Sohn an die junge, verführerische Baronin Fortunata zu verlieren droht, verändert sich ihr Leben: »Ich bin so wohl. Ich kann ja wirklich nicht für mich einstehen.« Dieses Eingeständnis der Baronin öffnet Beate Heinold das Bewußtsein ihrer eigenen unbefriedigten erotischen Wünsche und läßt sie ein Verhältnis mit dem Schulfreund ihres Sohnes beginnen: »Und mit verlangenden Armen zog sie den glühenden Buben an sich.« Als ihr Sohn von der sexuellen Beziehung der Mutter erfährt, sieht sie als einzige Konsequenz den gemeinsamen Tod, der zugleich das letzte Eingeständnis ihrer inzestuösen Liebe bedeutet: »Beate zog den Geliebten, den Sohn, den Todgeweihten, an ihre Brust. Verstehend, verzeihend, erlöst schloß er die Augen ...« Ihr »sterbender Blick« erkennt die Schatten einer »verlöschenden Welt«, von der sie der Tod erlöst. Mit Beate Heinold schuf Schnitzler eine Figur, die zugrunde geht, weil Frauen die Lebenspraxis versagt bleibt, die Männern aufgrund der akzeptierten gesellschaftlichen Doppelmoral selbstverständlich eingeräumt wird. Dies ändert sich auch nicht unter gewandelten politischen Bedingungen, wie die Erzählung *Die Frau des Richters* zeigt, die 1924 veröffentlicht wurde, doch im wesentlichen noch während des Ersten Weltkrieges und kurz vor der Ablösung der habsburgischen Monarchie durch die Republik Österreich entstanden ist. Zurückversetzt in die Zeit der Aufklärung und der französischen Enzyklopädisten, wird mit einem resignativen Gestus demonstriert, daß ein gesellschaftlicher Fortschritt ebensowenig möglich ist wie ein herrschaftsfreies Verhältnis zwischen den Geschlechtern.

Arthur Schnitzlers eindruckvollste Frauengestalten sind Opfer. Die soziale und gesellschaftliche Konturierung seiner weiblichen Figuren ist glaubhaft, aber wenig optimistisch. Darin liegt jedoch das kritische Potential seiner Frauengeschichten, denn sie machen kenntlich, woran die Sehnsüchte und Wünsche seiner literarischen Figuren scheitern. Lou Andreas-Salomé (1861-1937), die Schriftstellerin, ehemalige Freundin Friedrich Nietzsches und spätere Schülerin Sigmund Freuds, hatte bereits 1894 zu Recht an Arthur Schnitzler geschrieben: »Auffallend ist es, wie schlecht der Mann überhaupt in ihren Dichtungen wegkommt, – so schlecht, daß man versucht ist, an ein klein wenig Verläumdung zu glauben. Gleichviel ob er sich als der verhältnismäßig Bravere oder Bösere giebt – immer ist er, neben der Frau, der Uninteressantere. Alle diese Frauen sind ihm, und wäre es nur in der Unschuld ihrer Nichtsnutzigkeit, irgendwie überlegen ...«

Hansgeorg Schmidt-Bergmann

ZU DIESER AUSGABE

insel taschenbuch 2804: Arthur Schnitzler, Frauengeschichten. Herausgegeben und mit einem Nachwort versehen von Hansgeorg Schmidt-Bergmann. Die Texte folgen der Ausgabe im S. Fischer Verlag: Arthur Schnitzler, Gesammelte Werke. Die erzählenden Schriften, Erster Band.

Erstveröffentlichung: Die Braut 1891; Komödiantinnen 1893; Die Toten schweigen 1897; Die Fremde 1902; Die griechische Tänzerin 1902; Die Hirtenflöte 1909; Das Tagebuch der Redegonda 1909; Der Mörder 1910; Frau Beate und ihr Sohn 1912; Die Frau des Richters 1924.

Umschlagabbildung: Egon Schiele, Am Bauch liegender weiblicher Akt, 1917 (Ausschnitt).

»Österreich« im Insel Verlag Eine Auswahl

NF 63/1/4.01

Dietmar Grieser

- Alle Wege führen nach Wien. Abenteuer eines Literaturtouristen. it 2543. 255 Seiten
- Im Rosengarten. Eine literarische Spurensuche in Südtirol. Mit zahlreichen Abbildungen. it 2509. 245 Seiten
- Nachsommertraum im Salzkammergut. Eine literarische Spurensuche. Mit Abbildungen. it 1848. 262 Seiten

Hugo von Hofmannsthal

- Brief des Lord Chandos und andere poetologische Schriften. Herausgegeben von Hansgeorg Schmidt-Bergmann. it 2659. 320 Seiten
- Die Erzählungen. Herausgegeben von Hansgeorg Schmidt-Bergmann. it 2622. 400 Seiten
- Gedichte. IB 461. 79 Seiten
- Die Gedichte. Herausgegeben von Hansgeorg Schmidt-Bergmann. it 2623. 272 Seiten
- Der Kaiser und die Hexe. Mit Zeichnungen von Heinrich Vogeler. Reprint der 1900 in 200 Exemplaren erschienenen Ausgabe. Mit einem Nachwort von Rudolf Hirsch. IB 996. 59 Seiten
- Der Tor und der Tod. IB 28. 31 Seiten

Hugo von Hofmannsthal/Rainer Maria Rilke. Briefwechsel 1899–1925. Herausgegeben von Rudolf Hirsch und Ingeborg Schnack. Mit Faksimiles der Handschrift. 280 Seiten. Leinen

Karl Kraus

- Die chinesische Mauer. Mit Illustrationen von Oskar Kokoschka. Herausgegeben von Friedrich Pfäfflin. IB 1199. 69 Seiten
- Karl Kraus für Gestreßte. Ausgewählt von Christian Wagenknecht. it 2190. 139 Seiten
- Lob der verkehrten Lebensweise. Satiren. Ausgewählt von Christian Wagenknecht. 240 Seiten. Leinen

NF 63/2/4.01

Alexander Lernet-Holenia
- Der Baron Bagge. Eine Novelle. Mit einem Nachwort von Rüdiger Görner. it 2736. 128 Seiten
- Mars im Widder. Roman. Mit einem Nachwort von Rüdiger Görner. it 2799. 230 Seiten
- Ein Traum in Rot. Roman. Mit einem Nachwort von Rüdiger Görner. it 2719. 208 Seiten

Johann Nestroy. Komödien. Mit einem Vorwort von Siegfried Diehl. it 1742. 427 Seiten

Adalbert Stifter
- Bergkristall. Und andere Erzählungen. it 438. 326 Seiten
- Der heilige Abend. Mit farbigen Illustrationen von Monika Wurmdobler. it 699. 76 Seiten
- Die kleinen Dinge schreien drein. 59 Briefe. Ausgewählt und herausgegeben von Werner Welzig. 231 Seiten. Leinen
- Der Nachsommer. Mit einem Essay von Hugo von Hofmannsthal. it 653. 801 Seiten
- Nachkommenschaften. Eine Erzählung. Großdruck. it 2415. 120 Seiten

Stefan Zweig
- Die Augen des ewigen Bruders. Eine Legende. IB 349. 61 Seiten
- Brasilien. Ein Land der Zukunft. Mit einem Nachwort von Volker Michels. Mit zahlreichen farbigen Abbildungen auf Tafeln. it 1889. 302 Seiten
- Sternstunden der Menschheit. Fünf historische Miniaturen. IB 165. 79 Seiten

Stefan Zweig. Leben und Werk im Bild. Herausgegeben von Donald A. Prater und Volker Michels. it 532. 362 Seiten

NF 63/3/4.01

Klassische französische Literatur im insel taschenbuch Eine Auswahl

Gustave Flaubert
- Romane und Erzählungen. 8 Bände. it 1861-1868. 2752 Seiten
- Bouvard und Pécuchet. it 1861. 448 Seiten
- Drei Erzählungen. it 1862. 288 Seiten
- Lehrjahre des Gefühls. it 1863. 496 Seiten
- Madame Bovary. it 1864. 432 Seiten
- November. it 1865. 160 Seiten
- Reise in den Orient. it 1866. 464 Seiten
- Salammbô. it 1867. 464 Seiten
- Die Versuchung des heiligen Antonius. it 1868. 272 Seiten

Edmond de Goncourt/Jules de Goncourt
Tagebücher. Aufzeichnungen aus den Jahren 1851-1870. Ausgewählt, übertragen und herausgegeben von Justus Franz Wittkop. Mit zeitgenössischen Abbildungen.
it 1834. 447 Seiten

George Sand
- Geschichte meines Lebens. Aus ihrem autobiographischen Werk. Auswahl und Einleitung von Renate Wiggershaus. Mit Abbildungen und Fotografien. it 313. 254 Seiten
- Indiana. Übersetzt von A. Seubert. Mit einem Essay von Annegret Stopczyk. it 711. 321 Seite
- Lélia. Übersetzt von Anna Wheill. Mit einem Essay von Nike Wagner. it 737. 289 Seiten
- Lucrezia Floriani. Roman. Übersetzt von Anna Wheill. it 858. 198 Seiten
- Ein Winter auf Mallorca. Übersetzt von Maria Dessauer. it 2102. 220 Seiten

NF 29/1/6.00